밀실_{에서나}
하는
철학

밀실에서나
하는
철학

SADE

LA PHILOSOPHIE
DANS
LE BOUDOIR

밀실에서나 하는 철학

사드 장편소설

정해수 옮김

민음사

딸을 둔 어머니라면 딸에게 이 책을 읽혀야 할 것이다.

방탕아*들에게

남성이든 여성이든, 젊은이든 노인이든, 쾌락만을 좇는 그대들에게 이 책을 바치노니 작품이 내포하는 원칙으로 정신을 함양하시라. 이 원칙들은 그대들의 정열을 촉진할 터, 비록 냉정하고도 진부한 모럴리스트**들은 질겁하겠으나 정열이란 바로 자연***이 인간을 목적한 바로 이끌기 위해 사용한 방법에 지나지 않는다오. 그러니

---

*Libertin. 방탕아라는 의미도 있지만 자유사상가라는 의미도 있다. 17세기와 18세기에는 일상적으로 후자의 의미가 강했으나, 사드의 작품에서 이 두 의미는 같은 가치를 지닌다. 즉 방탕아는 필연적으로 자유사상가이고 그 반대도 동일하다.

** 16세기부터 18세기까지 프랑스에서 인간성과 인간이 살아가는 법을 탐구하여 글로 표현한 문필가를 이르는 말.

*** Nature. 18세기에 이 단어는 매우 복잡한 의미를 내포했는데, 18세기적인 의미로 주로 사용된 것은 계몽철학자들이 즐겨 쓴 능산적 자연(Natura naturan)이다. 존재하는 그대로의 소산적 자연(Natura naturata)에 대비되는 개념으로, 여기에는 종교에서 말하는 신적인 의미도 있다.

감미로운 정열에만 자신을 내맡기시라. 정열이라는 기관만이 그대들을 행복으로 인도할 것이니.

음탕한 여인들이여, 향락적인 생탕주*는 그대들의 모범이 될지니. 평생 숭고한 쾌락의 법칙에 천착했던 그녀의 예를, 또한 쾌락을 가로막는 모든 것을 무시해 버린 우리 주인공의 예를 따르라.

광적인 미덕과 진저리 나는 종교 때문에 너무나 오랫동안 위험하고 터무니없는 속박에 억눌린 아가씨들이여, 열정적인 외제니를 모방하여 어리석은 부모가 주입해 놓은 우스꽝스러운 모든 계율 따위를 그녀만큼이나 신속하게 뒤엎어 짓밟으시오.

그리고 사랑스럽기 그지없는 방탕한 그대들, 젊은 시절부터 욕망 이외에는 어떤 구속도 받지 않았고 일시적 기분 이외에는 어떠한 법칙도 세우지 않았던 그대들, 파렴치한 돌망세가 그대들에게 본보기가 되기를. 음란함이 펼쳐 보이는 매혹적인 모든 여정을 편력하고자 한다면 돌망세만큼이나 정도를 벗어나도록 하라. 더불어 쾌락적 취향과 기발함의 날개를 펼침으로써, 그리고 쾌락을 위해 모든 것을 희생함으로써만 인간이라는 이름으로 이 고통스러운 세상에 본의 아니게 내동댕이쳐진 불행한 존재가 가시밭 같은 삶에 약간이나마 달콤한 쾌락의 씨앗을 뿌리는 데 성공할 수 있다는 사실을 이 학습의 장에서 확인하시오.

---

* 외래어 표기법에 따라 등장인물들의 이름이 생탕주, 돌망세, 외제니가 되었다. 원래 발음은 쌩땅주, 돌망쎄, 으제니에 가깝다.

차례

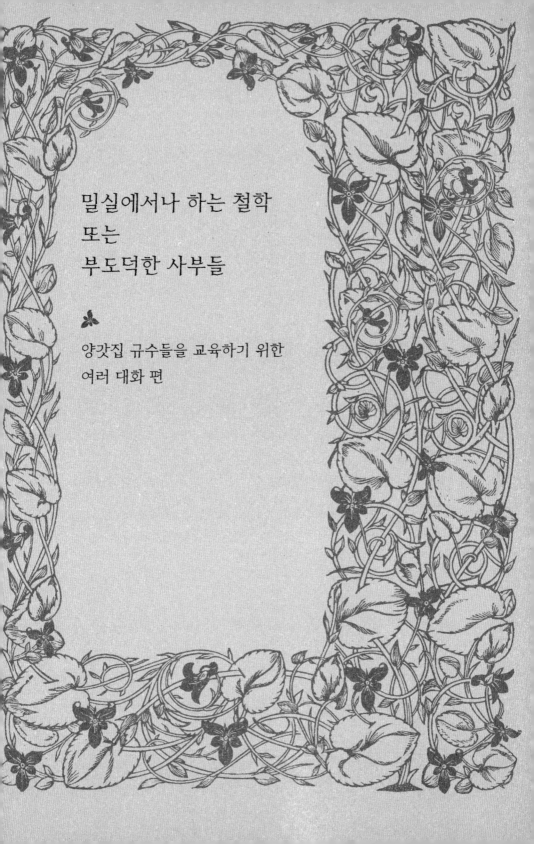

밀실에서나 하는 철학
또는
부도덕한 사부들

양갓집 규수들을 교육하기 위한
여러 대화 편

첫 번째 대화

생탕주 부인, 미르벨 공자*

생탕주 부인 어서 오게, 동생. 한데 돌망세 나리는?

공자 정확히 4시에 도착할 거요. 저녁 식사는 7시에나 할 테니 그 동안 충분히 담소를 나눌 수 있겠지.

생탕주 부인 동생, 내 호기심에 대해 그리고 오늘을 위해 마련한 음 란한 이 모든 계획에 대해 내가 조금은 양심의 가책을 받고 있다는 것을 동생은 알겠나? 동생은 심하다 싶을 정도로 내 말이라면 뭐든 다 들어 주었지. 내가 이성적이 돼야 하면 할수록 내 망할 놈의 머 리는 더욱 격해져서 방탕해지는데, 동생은 내가 무슨 짓을 해도 눈 감아 줬으니 말이야. 바로 그것이 나를 타락의 나락으로 떨어뜨린 원인이었어⋯⋯ 내 나이 스물여섯, 이제는 정숙한 여인이 되어 있

---

* Chevalier. 중세 기사를 가리키는 의미로 쓰였으나 기사 계급이 사라진 중세 이후 에는 작위(공작, 후작, 백작, 자작, 남작)를 받은 귀족 집안의 자제를 일컫는 의미로 사용되었으므로 기사보다는 공자가 적합할 것이다.

어야 하는데도 여자들 가운데 내가 가장 방탕해져 버렸으니…… 사람들은 내가 무슨 생각을 품고 있는지, 내가 무엇을 하고자 하는지 아무것도 몰라. 내가 여자들만을 상대하면 스스로 얌전해지겠거니, 또 여성에게만 국한되어 있는 욕망이 남성들 쪽으로는 더 확산되지 않겠거니 생각했지…… 모두 부질없는 생각이었어. 내가 그토록 떨쳐 버리려 했던 쾌락으로 내 정신은 더욱 강렬하게 달궈졌고, 나처럼 태생적으로 방탕하다면 스스로 자제하려는 생각 자체가 불필요하다는 것을 깨달았지. 격렬한 욕망이 이런 자제력을 금방 무기력하게 만들어 버리거든. 아무튼 나는 양서류같이 양성애자라 할 수 있어. 그래서 남성, 여성 상관없이 모두를 좋아하고, 모두를 탐닉하고, 모두를 상대하고자 하는 거야. 그런데 동생, 말 좀 해 줘. 동생도 말했듯이 돌망세 나리는 그동안 관습이 정하는 대로 여인을 접하지 않고, 철학적 원칙에 따라 남색가가 되어 남성을 열렬히 사랑할 뿐만 아니라 여성과 관계를 하더라도 남자들 사이에서 즐겨 사용하는 자세로 여자들이 자신에게 몸을 내맡긴다는 특별한 조건에서만이었다고 하는데, 내가 그 고상한 돌망세 나리에 대해 알고자 하는 것이 전혀 터무니없는 일은 아니겠지? 동생, 내가 어떤 희한한 생각을 하는지 들어 봐. 말하자면 나는 제우스처럼, 그분에게 새로이 나타난 가니메데스*가 되고 싶은 거야. 그분의 성적 취향, 그분의 음란함을 통해 쾌락을 얻고 싶고, 그분이 저지르는 탈선의 제물이 되고

---

* 그리스 신화에 나오는 인물로 제우스에게 납치되어 신들의 술 시중을 든 트로이의 미소년. 사드는 로마 신화에 보다 매료되었으나 본문에 등장하는 신들의 이름은 그리스 신화와 로마 신화 모두에서 인용됐다. 제우스는 로마 신화의 유피테르이며, 우리에겐 '주피터'로 익숙하다. 또한 앞으로 본문에 자주 등장할 베누스는 그리스 신화의 아프로디테로서, '비너스'라는 이름으로 잘 알려져 있다.

싶어. 잘 알겠지만 지금까지 나는 동생을 배려해서 동생에게만 그런 식으로 내 몸을 허락해 왔어. 내 하인들 가운데 아무개에게도 몸을 허락했지만, 그건 나를 그렇게 다뤄 달라고 돈을 지불해 가면서였네. 그놈이야 돈 때문에 그리 했던 것이 아닌가. 이제 내 마음을 움직이는 것은 더 이상 누구를 위한 배려나 일시적 기분 따위가 아니라 오로지 성적 취향일 뿐이네. 쾌락을 추구하는 데 있어서 그동안 내가 따랐던 기법과 나를 이 희한한 괴벽으로 이끌고 갈 기법들 사이에 상상도 할 수 없는 차이가 있을 것 같은데, 그것이 무엇인지 정확히 알고 싶어. 돌망세 나리에 대해 말 좀 해 줘. 나리가 오시기 전에 머릿속에서 미리 그분을 느낄 수 있도록 말이야. 동생도 알듯이 일전에 어느 집에선가 잠시 마주친 것 외에 나는 그분에 대해 아무것도 몰라.

공자 누이, 돌망세 나리는 서른여섯 살을 갓 넘기셨어. 키가 크고 미남인 데다 눈매가 날카롭고 매우 재기 넘치시지. 한데 조금은 딱딱하고 매정하다는 느낌이 용모에서 드러나기도 해. 그분의 치아는 세상에서 가장 아름다울 거요. 아마도 습관에서 비롯한 것이겠지만 유연한 허리와 맵시는 마치 여인네 같은 인상을 풍기지. 그분은 정말로 고상하고 목소리가 단아하며 재주가 뛰어난데 특히 철학적 기지가 대단하다오.

생탕주 부인 그분이 신 따위를 믿는 것은 아니겠지?

공자 무슨 소릴! 그분이야말로 가장 유명한 무신론자이고 가장 부도덕한 사람인걸…… 정말이지 가장 철저하고도 완벽하게 타락한 데다 이 세상에서 가장 비정하고 흉악한 위인이야.

생탕주 부인 모든 것이 나를 흥분시키는구나! 그분을 무척 좋아하게 될 것 같아. 그럼 그분의 성적 취향은 어때?

공자 알면서 그러시네. 그분은 능동적인 비역질은 물론 수동적인 비역질의 감미로움을 최상으로 여기고, 쾌락을 추구할 때는 남성들만을 좋아해요. 간혹 여자들과의 관계를 허락할 때가 있는데, 여자들 스스로 질 대신 기꺼이 다른 곳을 제공한다는 조건에서지요. 그분에게 누이의 이야기를 해 뒀어. 누이의 의향을 미리 알려 줬더니 동의하긴 했는데, 이번에는 그분이 몇 가지 거래 조건을 제시하더군요. 누이, 미리 일러두겠는데 그분을 다른 일에 끌어들이고자 한다면 그분은 자리에서 당장 일어설 거요. 그분이 말씀하시더군요. "내가 자네 누이와 일을 벌이는 데 동의한 것은 방탕의 나락이라 할 수 있지……. 말하자면 매우 세심하게 준비된 상태에서 유례를 찾아보기 힘들게 자신을 더럽히는 엉뚱한 짓거리인 것이지."

생탕주 부인 자신을 더럽힌다……! 세심하게……! 이런 말을 하는 사람들이 사랑스러워 미치겠구나. 하긴 우리 여성들 사이에서도 이런 은어가 있는데, 보통 남성들과 마찬가지로 이 말을 쓰는 여성들이 용인된 성행위 의식 외의 모든 것에 극도의 혐오감을 느꼈음을 증명하는 말이지…… 말해 봐, 동생, 그분에게 몸을 허락했지? 스무 살밖에 되지 않은 앳된 동생의 관능적인 용모라면 그분 같은 사람의 마음을 사로잡을 수 있었을 거야!

공자 그분과 벌였던 기행에 대해서 누이에게 하나도 숨기지 않겠어. 그런 일을 비난할 만한 정신의 소유자는 아닐 테니까. 사실 나는 여자를 좋아하지만 내가 좋아하는 남자가 채근할 때에는 그 야릇한 성적 취향에 빠져들곤 하는데, 그러면 내가 못 할 짓이라곤 아무것도 없는 셈이지. 그러나 나는 비역이 뭔지 안다고 촐랑대는 어린 녀석들을 교만하게 회초리질까지 하면서 비역질 제안이 들어오면 즉각 응해야 한다고 강요하는 우스꽝스러운 사람은 아니오. 각자의 타고난 성적 취향을 인간이 뜻대로 제어할 수 있겠어요? 성적 취향이 특이한 사람들에 대해서는 측은히 여겨야 할 것이지 결코 경멸해서는 안 돼요. 그들의 잘못이라면 본성에 있는 것이니까. 말하자면 사람이 세상에 태어날 때 절름발이냐 정상이냐를 스스로 선택할 수 없는 것처럼 이들 스스로 서로 다른 성적 취향을 가지고 세상에 태어나는 것을 각자 어찌할 수 없었던 것이지. 그리고 누군가가 다른 사람에게 함께 즐겼으면 하는 바람으로 욕망을 표시할 때 비위를 거스르는 말을 하던가요? 아마 없을 거요. 오히려 이런 사람은 우리에게 좋은 말을 하지. 그런데 무엇 때문에 이들에게 모욕을 주고 경멸로 대한단 말이오? 바보들이나 그렇게 하지, 현명한 사람은 결코 그러한 사항에 대해 내가 하는 것과 다르게 말하지는 않을 거요. 하지만 이 세상에는 형편없는 놈들이 가득해서 누군가가 별난 성적 취향이 쾌락을 얻는 데 더없이 좋다고 알려 주면 그조차도 자신들에게 잘못을 저지르는 일이라고 여기지. 게다가 여자들이란 평범한 성적 취향 따위를 자신들의 권리라 생각할 것이며, 별난 성적 취향은 이러한 권리를 침해할 소지가 있다고 하여 시샘이나 부릴 텐데, 바로 이런 여자들로부터 총애를 받는다고 착각한 이 바보들은 자기가 무슨 돈키호테라도 되는 양, 여자들의 이 흔해 빠진 성적 취향의 수호자처럼 일상적인 성적 취향에서 조금이라도 범위를 벗어나는 사람이 있다면 가혹하게 다룬단 말이오.

생탕주 부인 아, 내게 키스를! 그와 달리 생각한다면 내 동생이 아니겠지. 그런데 그분의 신체에 대해 그리고 동생이 그와 함께 나눴던 쾌락에 대해 좀 더 자세히 이야기를 해 주게.

공자 누이도 알듯이 나는 돌보아 주던 훌륭한 친구들 가운데 한 명에게서 돌망세 나리를 소개받았는데, 나리는 V×××× 후작에게 나를 그와 함께 저녁 식사에 초대해 달라고 한 적이 있었지. 그 자리에 도착했을 때 나는 내가 달고 있는 물건을 보여 주어야만 했어. 처음에는 그가 호기심 때문에 그랬던 것이라고 생각했는데, 매우 훌륭한 엉덩이를 내게 들이대고는 즐겨 달라고 애원하는 것으로 보아 성적 취향 때문에 이런 탐색을 하는 것임을 곧 깨달았지. 돌망세 나리에게 내가 공격하면 아플 것이라고 경고했으나, 그분은 그에 대해 전혀 겁먹지 않고 나에게 말하더군. "내가 말뚝에 박힐 위험에 처해 있단 말이렷다. 그렇다고 하더라도 공자는 내가 선사하는 이 엉덩이를 꿰뚫은 사람들 가운데 가장 혹독한 사람이라는 영광을 차지할 수는 없을 것일세!" 옆에 있던 후작은 나와 돌망세 나리가 드러낸 몸의 모든 부위를 만지작거리고, 쓰다듬고 애무하면서 우리의 성욕을 자극했어. 나는 내 물건을 내밀었지…… 적어도 포마드라도 발라야 했으니까. 후작이 말했어요. "잘해야 하네! 그렇지 않으면 돌망세가 자네에게 기대하는 쾌감의 절반은 날려 버리게 되니까. 그가 원하는 것은 자네가 과격하게 하는 것일세……. 자네가 엄청난 고통을 안겨 주기를 원한단 말일세!" 나는 정신없이 구멍을 쑤시면서 "만족할 만큼 해 드리지요."라고 말했지. 그런데 누이, 내가 몹시 힘들었을 것 같지……? 전혀 아니었어. 단단히 발기되어 거대해진 내 음경이 생각과는 달리 쑥 빨려 들어가서 창자의 끝 부분에 닿던걸. 비역질쟁이 가운데 어느 누구도 이런 느낌을 경험해 보지는 못했을 거요. 나는 돌망세를 애인처럼 다뤘어. 그가 극도의 쾌락을 맛보는 것, 그의 헐떡거림과 감미로운 속삭임, 이 모든 것으로 나는 금세 행복해져서는 곧바로 사정하고 말았지요. 그에게서 떨어지자, 돌망세는 바쿠스 신의 여제관처럼 벌건 얼굴과 흐트러진 몸가짐을 하고는 내 쪽으로 몸을 돌려서 상당히 길고 둘레가 적어도

6인치*는 되는 단단하고도 힘찬 음경을 내밀더니 이렇게 말하더군요. "공자, 자네가 나를 어떤 상태로 만들었는지 알겠나? 오, 사랑스러운 것! 그대가 남자 역할을 했으니 이제 나에게 여자 역할을 해주기 바라네. 그리고 천상과도 같은 그대의 품 안에서 내가 절대적으로 소중히 여기는 모든 성적 쾌락을 음미했다고 말할 수 있도록 해 주었으면 하네." 수동적이든 능동적이든 동성애에서 특별한 어려움이 없다고 생각한 나는 그의 부탁에 동의했지요. 그러자 후작이 내 앞에서 자신의 반바지**를 내리면서 내가 자기 친구의 여자 역할을 하는 동안 그에게는 남자 역할을 해 달라고 부탁하데요. 나는 돌망세와 할 때처럼 후작을 다뤘어. 돌망세는 내가 후작에게 하는 것보다 백 배는 더 휘젓더니 곧 내 엉덩이 깊숙한 곳에 매혹적인 액체를 사정했고, 그와 거의 동시에 나도 Vxxx 후작의 깊숙한 곳에 액체를 뿌려 댔지.

생탕주 부인 동생은 두 사람 사이에 그렇게 끼여 가장 기막힌 희열을 음미했겠네. 가히 매력적이라 할 수 있어.

공자 누이, 그런 체위가 최상이라는 것은 분명해. 하지만 누가 뭐라 하든 이 모든 것은 상궤를 벗어난 짓거리일 뿐, 결코 여성들로부터 얻는 희열에 비할 바는 아니지요.

생탕주 부인 그렇다면 좋아. 오늘의 밀회에 대한 세심한 배려의 대가로 앳된 아가씨를 내가 사랑하는 열정적인 동생의 제물로 넘겨주지. 사랑의 신 큐피드보다 더 아름다운 아이일세.

---

* 원문에 사용된 단위는 옛 길이 단위 푸스(pouce). 1푸스는 2.7센티미터 혹은 2.54센티미터에 해당한다. 여기서는 도량량이 비슷한 인치로 표현됐다.
** 대혁명 이전의 귀족들은 반바지에 스타킹을 착용했으며 여기에 칼을 차고 다니는 것이 그들의 특권이었다.

공자 뭐라고! 돌망세와 함께…… 여기에 여자를 불렀단 말이오?

생탕주 부인 교육해야 하거든. 지난 가을 남편이 온천장에 가고 없을 때, 수녀원에서 알게 된 아이지. 그곳에서 우리는 아무것도 할 수 없었고, 해 보려고 할 수도 없었어. 너무 많은 눈이 우리를 주시하고 있었으니까. 하지만 우리가 원하는 일이 가능해지는 대로 곧 만나기로 약속했지. 이 욕망에만 집착한 나는 그를 만족시킬 요량으로 우선 그 아이의 가족과 인사를 나누었어. 그 아이의 아버지는 방탕아인데…… 나에게 홀딱 빠져 버렸지. 여하튼 그 아이는 올 것이고, 나는 기다리는 중이야. 이틀을 함께 보낼 작정이지…… 달콤한 이틀, 나는 이 시간의 대부분을 이 아이를 교육하는 데 할애할 것일세. 돌망세와 나 둘이서 이 귀여운 아이의 머릿속을 가장 도가 지나친 방탕의 모든 원리들로 세뇌하고, 열정으로 끌어안을 것이며, 우리의 철학을 주입해 우리들만의 욕망을 고취할 것이야. 그리고 내가 이론과 실천의 합치를 원하는 만큼, 그리고 논증이 있으면 동시에 그에 대한 입증을 원하는 만큼, 신화 속 키티라 섬의 도금양꽃* 같은 그 아이의 앞쪽은 동생에게, 소돔의 장미꽃 같은 뒤쪽은 돌망세에게 나누어 맡기려네. 그리하면 나는 두 가지 쾌락을 동시에 느끼게 될 것이야. 즉 하나는 스스로 범죄적인 음란함을 즐기는 것이고, 다른 하나는 우리의 함정에 끌어들인 때 묻지 않은 사랑스러운 아이를 가르쳐 성적 취미를 고양하는 것을 즐기는 것이지. 어때, 공자님, 이 계획이 내 상상력에 걸맞은 것 같아?

공자 누이만이 그런 계획을 구상할 수 있겠지. 훌륭해요. 누이가

---

* 고대 신화에서는 주로 베누스에게 바쳐진 꽃으로 알려져 있으며 18세기에는 사랑의 상징으로 널리 사용되었다. 보티첼리의 「베누스(비너스)의 탄생」을 수놓은 꽃이 바로 도금양꽃이다.

정해 준 매혹적인 역할을 최선을 다해 수행할 것을 약속하지. 아! 음탕한 누이, 그 아이를 가르치는 희열을 어떻게 음미하게 되는지! 그 아이를 가르쳤던 사람들이 마음에 심어 놓은 미덕과 종교의 모든 씨앗을 쓸어 버리고 그 아이를 타락시키는 것이 누이에게는 얼마나 달콤한 일이겠소! 나에겐 그 계획이 참으로 난잡*하게 들리오.

생탕주 부인　정말이지, 벌써 그렇게 만들 수도 있었지만, 그 아이에게서 잘못된 모든 도덕 원칙들을 무너뜨려 그 아이를 타락시키고 망가뜨리는 데 아무것도 아끼지 않을 것이야. 두 차례의 강습으로 그 아이를 나만큼이나 몹쓸 것으로…… 나만큼이나 부도덕하게…… 나만큼이나 음탕하게 만들 작정이지. 돌망세에게 미리 일러 둬. 그의 부도덕함에 나의 부도덕함을 합쳐서 그 아이의 마음에 독성을 불어넣어, 우리가 없으면 싹틀 수 있는 미덕의 모든 씨앗을 곧바로 제거할 수 있도록 그가 도착하는 대로 우리의 계획을 알려 주란 말이네.

공자　누이가 필요로 하는 사람을 이보다 더 잘 찾을 수는 없지. 예전에 그 유명했던 캉브레 대주교**의 입가에 흐르던 신비롭다고까지 여겨질 정도로 감동적인 어조만큼이나, 돌망세의 입가에는 반(反)종교와 부도덕, 잔인함, 그리고 방탕함이 흐르지요. 그는 가장 심오한 오입쟁이에다 가장 타락하고, 가장 위험한 사람이라오…… 아! 누이, 그 아이는 그분의 가르침에 부응할 거요. 그리고 그 아이가 금방 망가질 것임을 장담하오.

＊roué. 18세기 특유의 단어. 오를레앙 공작의 섭정 시대에는 차형(범죄인의 육신을 절단해 커다란 바퀴에 넣어 놓는 형벌)에 처해질 만큼 풍기문란한 사람들을 가리킬 때 사용되었다.

＊＊1695년 캉브레 대주교로 임명된 신학자이자 저술가인 페늘롱을 말한다.

생탕주 부인　내가 아는 그분의 기질로 보아 그리 오래 걸리진 않겠지…….

공자　누이, 그런데 그 아이의 부모가 전혀 두렵지 않소? 그 애가 자기 집으로 돌아가서 떠벌리기라도 하면 어쩌려고 그러시오?

생탕주 부인　아무 염려 마. 이미 그 아이의 아버지를 꾀어 놓았으니…… 그는 내 품 안에 걸려들었다니까. 무슨 말인지 털어놔야 해? 입막음하려고 그에게 몸을 주었단다. 그는 내가 무슨 계획을 세우고 있는지 모르지. 하지만 알려고 하지도 못할 거야. 내 손아귀에 있는 사람이니까.

공자　끔찍한 방법이군!

생탕주 부인　확실히 하기 위해서는 어쩔 수 없었는걸.

공자　그런데 그 아이는 도대체 누구요?

생탕주 부인　외제니라고 하는 아이인데 열다섯 살밖에 되지 않았어. 그 애 아비는 파리에서 가장 부유한 징세 청부업자*인 미스티발이라고, 나이는 서른여섯 살 정도고, 어미는 많이 봐 주어도 서른두 살밖에는 되지 않은 것 같아. 미스티발 부인은 매우 정숙한 반면 남편은 음탕하기 이를 데 없지. 외제니에 대해 동생에게 설명하려는 것은 헛된 일일 거야. 내 능력으로는 설명할 재주가 없거든. 여하튼 동생이나 나나 세상에서 그렇게 매혹적인 아이를 보지 못할 것이라는 사실을 깨닫기만 하는 걸로도 충분할 거야.

공자　설명할 수 없다면 적어도 약간이라도 말해 줘야지. 나와 일을

＊대혁명 이전에 프랑스 국왕은 징세 청부인과 계약을 맺고, 세금 징수를 일임함으로써 그들이 거둬들이는 재원으로 국가 재정을 충당했다. 징세 청부업자들은 계약에 따라 일정한 액수만을 왕실에 납부하면 되었으나 대부분 국민들에게 과중한 세금을 부과하여 대혁명 당시 주된 원성의 대상이었다.

치르게 될 사람에 대해 조금이나마 알아야 내가 떠받들 우상에 대한 상상의 폭을 더욱 넓힐 수 있을 것 아니오.

생탕주 부인 그렇다면 말해 주지. 그 아이는 겨우 한 줌밖에 되지 않는 갈색 머리카락을 엉덩이 아래까지 늘어뜨렸어. 코는 약간은 매부리코지만, 피부는 눈이 부시도록 하얗고 눈은 열정적인 새카만 색이지…… 그 애 눈을 보고 감정을 주체하기란 불가능한 일이야…… 내가 그 눈 때문에 어리석은 짓을 얼마나 했는지 동생은 모를 거야. 그리고 눈을 장식한 어여쁜 눈썹…… 눈을 감싸는 매력적인 눈꺼풀을 동생이 보았더라면! 아주 작은 입, 가지런한 치아, 이 모두 생기가 넘치지! 어깨 위에 아름답게 얹혀 있는 두상의 우아한 자태와 머리를 돌릴 때의 귀족적인 품위 또한 그 아이의 아름다운 모습 가운데 하나라네…… 나이에 비해 성숙한 편이어서 열일곱 살쯤 되어 보여. 몸매는 우아함과 날씬함의 전형이고 젖가슴은 관능적이야…… 분명 가장 어여쁠 자그마한 젖무덤 두 개가…… 손을 가득 채우고도 남는, 그렇지만 그토록 보드랍고…… 그토록 생기 있고…… 그토록 하얀 것이라니! 그 아이의 가슴에 키스하면서 나는 스무 번이나 정신을 잃었다네! 게다가 나의 애무로 그 아이가 얼마나 흥분했는지를…… 큼직한 눈으로 자신의 정신 상태를 어떻게 말했는지를 동생이 보았더라면……! 동생, 그 나머지 것에 대해서는 나도 몰라. 아! 내가 알고 있는 것으로 그 아이의 아름다움을 평가해야 한다면, 올림포스의 신들도 그 아이에 비견되는 숭고함을 결코 지니지 못했다고 말하겠네…… 그런데 그 아이가 오는 소리가 나는구나…… 우리끼리 있게 해 줘. 그 아이와 마주치지 않도록 정원을 통해 빠져나가게. 그리고 약속 시간에 정확히 오도록 해.

공자 정확하게 시간을 지킴으로써 누이가 나에게 묘사해 준 것에 대한 보답을 하지요…… 이런! 지금 같은 상태에서 누이를 두고 나가야 한다니……! 곧 봐요…… 키스를…… 키스 한 번만, 적어도 그때까지 견딜 수 있도록. (그녀는 동생에게 키스하고 바지 속으로 손을 넣어 그의 음경을 만진다. 그러고 나서 공자는 황급히 나간다.)

두 번째 대화

생탕주 부인, 외제니

생탕주 부인 아! 내 사랑스러운 것, 어서 오너라. 애타게 기다리고 있었단다. 내 마음을 알고 있으니 쉽게 짐작했겠지.

외제니 오! 마님, 저는 이 시간이 결코 오지 않는 줄로만 알았어요. 그러나 열성을 다해 이렇게 마님의 품에 안기러 왔지요. 출발하기 한 시간 전에는 모든 상황이 바뀌지 않으면 어쩌나 하면서 몹시 걱정했지요. 엄마가 우리의 이 달콤한 밀회를 완강하게 거부했기 때문이었어요. 엄마 말로는 제 또래 소녀가 혼자 돌아다니는 것이 온당치 못하다는 것이지요. 하지만 아버지께서 어제 엄마를 심하게 때려서인지 아버지가 단 한 번 눈짓을 했더니 엄마는 쩔쩔매더군요. 아버지가 허락한 일이니까, 결국은 엄마가 동의해서 제가 이렇게 달려올 수 있었어요. 부모님께서 이틀의 시간을 주셨어요. 이틀 후 마님께서는 하녀를 딸려서 마차 편으로 저를 보내 주셔야 합니다.

생탕주 부인 내 귀여운 것, 시간이 너무도 짧구나! 그렇게 짧은 시간이라면 내가 너에게 얼마나 끌렸는지만을 겨우 설명해 줄 수 있겠다…… 해야 할 말이 많은데. 이번 밀회에서 내가 너에게 가장 신비로운 성의 비밀을 전수해야 한다는 사실을 모르겠니? 이틀로 될 수 있을 것 같아?

외제니 아! 제가 모든 것을 깨닫지 못한다면 여기 남을 겁니다…… 저는 배우러 온 것이니 깨우치지 않고서는 돌아가지 않겠어요.

생탕주 부인 (외제니에게 키스하며) 오! 내 사랑, 우리가 할 일과 나눠야 할 말이 얼마나 많은지 모르겠구나. 그런데 점심 식사를 하지 않겠니? 강습이 길어질 수도 있을 텐데.

외제니 마님 말씀을 듣는 것 외에는 아무것도 필요하지 않아요. 여기에 오기 10여 리* 전쯤에서 식사를 했거든요. 저녁 8시까지는 시장함을 느끼지 않고 견딜 수 있을 거예요.

생탕주 부인 그러면 밀실**로 가자꾸나. 거기가 훨씬 편할 거다. 하인들한테도 주의를 주었단다. 아무도 우리를 귀찮게 하지 않을 테니 염려 마라. (두 여인은 서로 부둥켜안고 밀실로 간다.)

---

* 원문에 사용된 단위는 lieue. 예전의 거리 단위로 1lieue는 3.8킬로미터에 해당한다. 이 작품의 저술 시기를 고려하여 예전에 우리가 사용했던 거리 단위인 리를 썼다.

** boudoir. 트레부(Trévoux) 사전에 따르면 주 처소에 딸린 작은 방으로, 기분 전환이나 남들의 시선을 피해 혼자 있고 싶을 때 사용하던 장소다.

세 번째 대화

환락적인 밀실에서, 생탕주 부인, 외제니, 돌망세

෴

외제니 (밀실에 들어서면서 생각지도 않았던 남자를 발견하고는 매우 놀라) 어머나! 마님, 이러실 수 있어요! 저를 기만하시다니!

생탕주 부인 (역시 놀라며) 웬일이십니까, 나리? 제가 아는 바로는 4시에 오시기로 한 것 같은데요?

돌망세 부인 같은 사람을 만나는 기쁨은 되도록 서둘러 누려야 하는 법이오. 부인의 아우님을 만났는데, 부인께서 아가씨에게 강습을 할 때 나의 참여가 필요하다고 하더이다. 이곳이 교육 장소라며 나를 이곳으로 은밀하게 인도했소만. 내가 와 있는 것을 부인이 싫어할 줄은 생각지도 못했소. 부인의 아우님은 우리의 이론적 논설이 끝나면 그가 참여하여 실험하는 것이 필요하다는 것을 알고 있는 만큼 조금 후에 돌아올 것이오.

생탕주 부인 돌망세, 사실 이 교육 과정은…….

외제니 저라면 속아 넘어가지 않을 교육 과정이겠지요, 마님. 모든 것은 마님께서 저지른 일일 거예요…… 적어도 저에게는 귀띔을 해 주셨어야죠…… 보세요, 지금 제가 얼마나 수치스러워하는지, 그리고 이런 수치는 분명 우리의 모든 계획에 장애가 될 겁니다.

생탕주 부인 외제니, 맹세하건대 이렇게 깜찍한 일을 꾸민 사람은 내 동생이란다. 하지만 염려 마라. 내가 아는 돌망세 나리는 매우 훌륭한 분이시다. 특히 너를 지도하는 데 꼭 필요한 철학적인 수준을 갖추셔서, 우리 계획을 이루고자 할 때 없어서는 안 될 분이란다. 네가 나를 믿는 것처럼 언행에 있어서 이분의 신중함을 믿어도 된다고 너에게 보증하마. 그러니 너를 성숙하게 만들고, 우리가 함께 얻고자 하는 행복과 기쁨의 행로로 너를 인도하는 데 가장 적절한 이분과 친숙해지도록 하거라.

외제니 (얼굴을 붉히며) 이런, 당혹스럽지 않을 수 없네요…….

돌망세 자, 외제니 양, 마음 편하게 먹어…… 수줍음이라는 것은 구태의연한 덕목이야. 아가씨처럼 매력적인 여성이라면 경이로움을 맛보기 위해 그런 것쯤은 간과할 줄 알아야 해.

외제니 하지만 품위는 지켜야…….

돌망세 그것 역시 오늘날에는 거의 따르지 않는 시대착오적인 관습이지. 품위를 지킨다는 것은 인간의 본성을 심하게 역행하는 행위란다! (돌망세가 외제니를 끌어당겨 품에 안고는 키스한다.)

외제니 (저항하면서) 그만두세요……! 정말이지, 제 체면은 조금도 세워 주시지 않는군요!

생탕주 부인 외제니, 우리 이렇게 멋진 분 앞에서 점잔 빼지 말자꾸나. 나도 너만큼이나 이분에 대해 잘 몰라. 그래도 나는 이분에게 몸을 내맡기는데, 어떻게 하는지 잘 보아라! (부인은 돌망세의 입에 음탕하기 이를 데 없이 키스를 한다.) 나를 따라서 해 보거라!

외제니 오! 저도 그렇게 해 보고 싶어요. 누구에게서 이렇게 훌륭한 실례를 접할 수 있겠어요! (외제니가 몸을 맡기자 돌망세는 그녀의 혀와 입을 번갈아 가며 격렬하게 키스를 퍼붓는다.)

돌망세 아! 사랑스럽고도 감미로운 것!

생탕주 부인 (돌망세와 같은 방법으로 외제니에게 키스하면서) 귀여운 것 같으니, 내 차례를 놓칠 거라고 생각하느냐? (여기서 돌망세는 두 여인을 양쪽 팔에 끼고 십오 분 정도를 핥는데, 두 여인은 이에 응한 후 돌망세가 전수한 방법을 흉내 내어 그를 핥는다.)

돌망세 아! 이래야 나를 환락에 빠지게 만드는 준비 단계라 할 수 있지! 두 사람은 나를 믿으시오. 몹시 후덥지근하구려. 편한 차림으로 있어야 이야기를 계속 나눌 수 있을 것이오.

생탕주 부인 그리 하십시다. 우리 모두 이 망사 가운을 걸치도록 하지요. 그러면 우리의 매력적인 몸매 가운데 욕망을 자극하지 않도록 숨겨야 할 부분은 가릴 수 있을 겁니다.

외제니 정말이지, 마님께서 제게 뭔가 대단한 일을 해 주시려나 봐요……!

생탕주 부인 (외제니가 옷 갈아입는 것을 도우며) 참으로 재미있는 일이지, 그렇지 않아?

외제니 적어도 노골적인 일이겠지요. 뭐랄까…… 마님께서 저에게 키스하신 것처럼 말예요.

생탕주 부인 어여쁜 가슴이로고……! 막 피어난 장미 꽃망울 같구나.

돌망세 (외제니의 유방을 만지지는 않고 관찰하면서) 그런데 비할 데 없이 더 훌륭한 또 다른 매력적인 곳은…….

생탕주 부인 더 훌륭한 곳요?

돌망세 그렇소! 정말이오. (이렇게 말하면서 돌망세는 엉덩이를 살펴보기 위해 외제니에게 돌아서라는 표정을 지어 보인다.)

외제니 오! 제발, 안 돼요.

생탕주 부인 돌망세, 아니 되오…… 나리께 너무도 강렬한 영향을 주는 그 부분은…… 아직 보지 않았으면 하오…… 그래야만 나리께서 그 부분에 대한 개념을 일단 염두에 두고 정확한 판단력으로 추론하실 수 있지 않소. 우리는 나리의 강의가 필요합니다. 우리에게 강의를 해 주시오. 그러면 나리께서 거두려는 도금양꽃과도 같은 그곳을 승리의 왕관으로 삼으실 수 있을 겁니다.

돌망세 좋소. 하지만 이 귀여운 아이에게 방탕의 첫 강의와 논증을 하기 위해서 적어도 부인은 기꺼이 몸을 제공해야만 하오.

생탕주 부인 이렇게 이른 시간에……! 할 수 없지요. 마음대로 하세요. 자, 옷을 다 벗었으니 나리께서 원하시는 대로 제 몸을 이용하여 논증을 하시죠!

돌망세 아! 훌륭한 몸매로고! 미의 여신들이 꾸민 베누스 그 자체로다!

외제니 오! 마님, 굉장한 몸매세요! 제 마음대로 더듬을 수 있도록, 구석구석에 입맞춤할 수 있도록 해 주세요. (외제니가 부인의 몸에 입맞춤을 퍼붓는다.)

돌망세 훌륭한 소질이구나! 외제니, 조금만 덜 격렬하게 해 봐라. 지금 너에게 원하건대 세심해야 하느니라.

외제니 그래요, 알겠어요, 알겠어요…… 마님이 너무 아름다워서…… 너무 탐스럽고, 생기가 있어서 그래요! 아! 마님이 얼마나 요염한지 모르겠어요. 나리께서는 그리 생각하지 않으세요?

돌망세 물론, 아름답고말고…… 참으로 아름답지. 하지만 너도 부인에 비해 전혀 뒤지지 않는구나…… 자, 꼬마 아가씨, 이제 말을 잘 들어야 하느니라. 그렇지 않고 내 말에 거역한다면 나에게 온전하게 주어진 네 사부로서의 권리를 행사할 것이라는 점을 명심하여라.

생탕주 부인 오! 그래요, 돌망세, 이 아이를 나리 마음대로 하세요. 이 아이가 말을 잘 듣지 않는다면 당연히 따끔하게 혼을 내 주셔야지요.

돌망세 훈계로만 끝내지는 않을 거요.

외제니 오, 저런! 무서워요…… 그러면 어찌하실 거예요, 나리?

돌망세 (외제니의 입에 키스하고 더듬더듬 말하며) 벌이지…… 매질이란다. 네가 삐뚤게 나가면 자그마한 이 예쁜 엉덩이가 책임져야 하느니라. (돌망세는 망사 가운에 감싸인 외제니의 엉덩이를 찰싹 때린다.)

생탕주 부인 그래요, 그 생각에 저도 동의해요. 하지만 그 외에는 안 됩니다. 자, 강의를 시작합시다. 이런 식으로 준비나 하다가 외제니와 함께 즐길 얼마 되지 않는 시간을 다 써 버리겠어요. 그러면 강의는 조금도 이루어지지 못할 겁니다.

돌망세 (생탕주 부인의 몸에서 설명하고자 하는 모든 부분을 상황에 따라 만진다.) 시작하겠소. 이 통통한 살집에 대해서는 언급도 하지 않을 것이지만, 이 살집이 가슴, 젖무덤, 또는 유방이라고 별 차이 없이 일컬어진다는 것은 외제니 너도 나만큼이나 잘 알 거다. 이것은 쾌락에 있어서 매우 큰 기능을 한다. 즉 보통 사람은 관계를 하면서 가슴을 보거나 애무하고 주무르기도 하는데, 어떤 사람들은 그것을 직접적인 쾌락의 부위로 삼기도 하지. 말하자면 베누스 여신의 두 봉우리로 음경을 감싼 상태에서 여자가 그것을 가슴으로 쥐고 조여 주면, 몇몇 사람은 몇 차례의 움직임만으로도 감미로운 향유를 내뿜게 되는데, 이 액체가 흐를 때 방탕아들은 극도의 행복을 맛보게 되는 것이…… 그런데 부인, 이 음경에 대해서는 계속해서 논증을 해야 할 텐데 기왕 말이 나온 김에 우리 문하생에게 이에 대한 논증을 해 줘야 하지 않겠소?

생탕주 부인 저도 그렇게 생각합니다.

돌망세 그러면 부인, 내가 이 소파에 누우리다. 부인은 내 곁에 자리 잡고, 강의 주제인 음경을 쥐시오. 그리고 우리의 어린 문하생에게 그 특성들을 설명하시오. (돌망세가 자리를 잡자 생탕주 부인이 설명한다.)

생탕주 부인 외제니, 네가 눈으로 직접 보고 있듯이 베누스 여신을 지배하는 이 권능의 상징은 쾌락을 추구하는 데 있어 무엇보다도 일차적인 동인으로 음경이라고 한다. 그것이 삽입되는 신체 부분은 오직 한 곳만이 아니란다. 이 음경은 이것을 움직이는 사람의 정열에 언제나 충실해서, 때로는 여기로 비집고 들어오기도 하는데, (그녀가 외제니의 음부를 만진다.) 가장 흔하고…… 일반적인 통로지만 가장 좋은 곳은 아니란다. 보다 신비로운 성소를 찾자면 바로 여기인데 (생탕주 부인이 자신의 볼기를 벌리고는 항문을 보여 준다.) 방탕아들이 즐기려고 주로 찾는 곳이지. 모든 성행위 가운데 가장 감미로운 이런 방식의 쾌락에 대해서는 다시 이야기하자꾸나. 입, 유방, 겨드랑이 등도 남자에게는 자신의 향을 태우는 제단과도 같은 곳이란다. 그런데 남자가 선호하는 곳이 어디든지 간에 음경을 그곳에다 얼마간 흔들어 주면 희고 끈적거리는 액체가 뿜어 나오는데, 바로 그때 남자는 매우 강렬한 흥분 상태에 빠져 자신이 삶에서 얻을 수 있는 가장 달콤한 쾌감을 느끼게 된단다.

외제니 오! 그 액체가 흐르는 것을 보았으면!

생탕주 부인 그런 것은 내 손으로 가볍게 몇 번만 흔들어 주면 될 것이다. 보아라, 음경을 흔드니까 얼마나 흥분하는지를! 이런 움직임을 손장난이라고 하는데 자유사상의 용어로는 용두질이라고 한단다.

외제니 오! 마님, 아름다운 이 음경을 제가 용두질하도록 해 주세요.

돌망세 나는 아무래도 좋소! 부인, 이 아이가 하도록 놔둡시다. 이 순진한 아이가 나를 무척이나 흥분하게* 만드는구려.

생탕주 부인 돌망세, 흥분하면 안 돼요. 침착하시오. 정액을 사정하고 나면 동물 정기**의 활동이 감퇴되어 논증에 대한 나리의 열의를 약화시킬 거요.

외제니 (돌망세의 고환을 만지작거리면서) 정말이지! 내가 하고 싶은 것을 마님께서 못 하게 하시니 화가 나요……! 그런데 이 동그란 것들은 뭐예요? 그리고 이것들을 뭐라고 부르지요?

생탕주 부인 속된 말로는 불알이라고 한다…… 고환은 전문용어지. 이 두 고환은 내가 방금 너에게 말한 정액의 저장소로서 생식기능을 하는 그 액체가 여자의 자궁에 사정되면 아기가 만들어진단다. 하지만 외제니, 방탕 행위보다 의술에 속하는 이러한 세밀한 사항에 대해서는 얘기하지 말자꾸나. 어여쁜 아가씨라면 그걸 하는 데 열중해야지 애 낳는 일에나 집착해서는 안 될 말이지. 인구 번식이라는 하찮은 체제에 관련된 모든 것들에 대해서도 지나치도록 하자. 이는 인구 증가에 관한 생각이라곤 전혀 없이, 특히 그리고 오로지 방탕한 쾌락에 도달하기 위함이란다.

외제니 그런데 마님, 이미 제게 충분히 그럴 수 있다고 말씀하셨지

---

* bander. 사전적 의미는 비어로 "(남자의 성기가) 발기하다, 그리고 (여자가) 성적으로 흥분하다."이다. 작가는 이와 같이 일상적인 속어와 비어를 작품에서 많이 사용했다.
** 데카르트가 육체에 대한 영혼의 작용과 영혼에 대한 육체의 작용을 설명하기 위해 사용한 개념으로 혈액에 들어 있는 아주 미세한 공기와 같은 것을 가리킨다.

만 제 손으로 겨우 쥘 수 있을 만큼 엄청난 이 음경이 마님의 항문처럼 좁디좁은 구멍에 삽입되면 여자는 매우 심한 통증을 겪을 것만 같아요.

생탕주 부인 앞으로 하든 뒤로 하든 삽입하는 것에 아직 익숙하지 않은 여인은 언제나 고통을 느끼기 마련이란다. 자연은 인간을 고통을 통해서만 행복에 도달하도록 만들었어. 하지만 일단 그 고통을 극복하고 나면 그렇게 맛보게 된 쾌락은 어떤 말로도 표현할 수 없는 것이 된단다. 따라서 음경이 항문에 삽입될 때 맛보게 되는 것은 앞쪽에 삽입될 때 얻을 수 있는 것보다 훨씬 낫지. 또 그렇게 함으로써 여자는 염려스러운 일에서 벗어날 수 있을 거야! 이런 행위에서는 여성의 보건 위생에 대한 위험도 줄어들고 임신에 대한 걱정도 전혀 없기 때문이지. 이런 성적 쾌락에 대해서 이제 더 이상 말하지 않겠다. 우리 사부께서 곧 이 쾌락에 대해 자세하게 분석하신 후, 이론에 실제를 가미하여 모든 성적 향락 가운데 이 쾌락이야말로 네가 택해야 할 유일한 것이라는 사실을 증명해 주실 거란다.

돌망세 부인, 제발 논증을 서둘러 주시오. 더 이상 참을 수 없소. 본의 아니게 사정할 것만 같소. 그러면 이 훌륭한 음경은 쪼그라들어 부인의 강의에 더 이상 필요가 없게 될 것이오.

외제니 뭐라고요! 마님께서 말씀하시는 그 정액을 사정하게 되면 음경에 힘이 빠진다고요……! 오, 제 손으로 그가 사정할 수 있도록 해 주세요. 음경이 어떻게 되는지 보고 싶어요…… 그 액체가 흐르는 것을 보는 것만으로도 큰 희열을 느낄 것 같아요!

생탕주 부인 아니 되오, 돌망세. 일어서시오. 사정은 당신이 한 작업에 대한 보상임을 명심하시오. 나는 나리께서 그럴 만한 일을 한 후라야 사정하도록 허락하겠어요.

돌망세 좋소. 한데 우리가 쾌락에 대해 늘어놓을 모든 이야기를 외제니에게 보다 확실하게 입증하기 위해서 부인께서 이 아이를 애무하게 될 것인데, 내가 그것을 바라보더라도 아무런 거리낌은 없겠소?

생탕주 부인 그럴 거야 없지요. 오히려 기꺼운 마음으로 이런 음탕한 일이 우리의 강의에 도움이 되도록 만들어 드리겠소. 애야, 여기 이 소파에 앉아라.

외제니 오, 이런! 정말로 안락한 보금자리네요! 그런데 이 거울들은 다 뭐예요?

생탕주 부인 그 거울은 여기에 있는 소파 위에서 향락을 즐기는 사람들로 하여금 자신들이 취하는 체위를 여러 각도에서 비춰 보게 함으로써 그들의 쾌락을 극대화하는 효과를 주려고 설치한 것들이란다. 그렇게 되면 쾌락을 탐닉하는 육체의 어느 부분도 가려질 수 없지. 즉 한 부분도 남김 없이 몸 전체가 보여야 한다는 것이다. 그렇게 되면 사방의 거울에 비친 육신은 마치 사랑을 나누는 사람들을 가운데 두고 구경꾼 무리가 운집하여 그들이 탐닉하는 쾌락을 흉내 내는 듯한 매혹적인 광경을 선사하는지라 그 음탕함에 정신이 아찔해진단다. 그리하여 이 거울들은 그 음탕함 자체를 완성하는 역할을 하는 것이지.

외제니 참으로 매혹적인 방법이네요!

생탕주 부인 돌망세, 당신이 직접 이 아이의 옷을 벗기시오.

돌망세 어려운 일은 아니지요. 우리의 제물이 지닌 요염한 자태를 살살이 살펴보려면 이 망사 가운만 벗겨 내면 되니까 말이오. (돌망세가 외제니의 옷을 벗기는데, 처음부터 시선은 그녀의 뒤쪽으로 향해 있다.) 이제야 그토록 열망했던 이 숭고하고도 소중한 엉덩이를 보게 되는구려……! 허! 풍만함과 생기가 넘치고 찬란함과 우아함이 어우러진 엉덩이로고! 이보다 아름다운 엉덩이는 일찍이 본 적이 없는걸!

생탕주 부인   아, 난봉꾼 같으니! 이런 종류의 찬사 때문에 당신의 쾌락과 성적 취향이 탄로 나겠어요!

돌망세   하지만 세상에 이보다 더 훌륭한 것이 존재하겠소? 또한 어느 사랑의 신이 이보다 더 신성한 사랑의 성소를 가질 수 있겠소? 외제니…… 숭고한 외제니, 네 엉덩이에 가장 감미로운 애무를 선사하마! (외제니의 엉덩이를 어루만지며 열정적으로 키스를 한다.)

생탕주 부인   그만 좀 하세요! 외제니는 전적으로 내 소관이라는 것을 잊었군요. 이 아이는 우리가 당신에게서 원하는 교육에 대한 유일한 대가랍니다. 교육이 끝난 후라야 답례로 외제니를 취할 수 있어요. 그러니 열정을 가라앉히세요. 그러지 않으면 화를 내겠어요.

돌망세   허! 짓궂기는! 질투 때문이겠지…… 그러면 부인의 엉덩이를 나에게로 내밀어 보시오. 그대에게도 똑같은 찬사를 해 주리다. (생탕주 부인의 가운을 벗겨 내고 엉덩이를 애무한다.) 아! 이렇게 아름다운 엉덩이를 비교해 보니 경탄하지 않을 수 없구려. 베누스와 함께 있는 가니메데스라 할 만하군. (두 여자의 엉덩이에 키스를 퍼붓는다.) 이토록 아름다운 엉덩이로 수놓인 매혹적인 광경을 머릿속에 항상 간직하고 싶어서인데, 내가 숭배하는 매력적인 이 두 엉덩이를 한데 포개어 내 면전에 내밀어 줄 수는 없겠소?

생탕주 부인   확실히 보여 드리지요……! 이러면 됐어요……? (두 여자가 서로 얼싸안아 돌망세의 면전에 두 엉덩이가 오도록 한다.)

돌망세   이보다 더한 것은 없을 것이오. 이것이 바로 내가 원했던 바요. 이제 타는 듯한 음탕함으로 아름답기 그지없는 두 엉덩이를 움직여 보시오. 리듬에 맞춰 엉덩이를 상하 왕복으로, 또한 쾌락이 작용하여 엉덩이가 움직이는 대로 말이오…… 좋아요, 좋아. 환상적이야……!

외제니　아! 마님, 너무 좋아요……! 우리가 지금 하고 있는 것을 뭐라고 하지요?

생탕주 부인　자위행위라고 하지…… 쾌락을 만끽하는 것이란다. 자, 자세를 바꿔 보자꾸나. 내 음부를 자세히 살펴보렴…… 베누스의 신전이라고 지칭할 만하지. 지금 네 손이 덮고 있는 이 구멍을 벌려 볼 테니 자세히 살펴보아라. 왕관을 씌운 것처럼 우뚝 솟아 있는 이곳을 불두덩이라 부른단다. 보통 여자 아이가 월경을 시작할 때쯤인 열넷에서 열다섯 살이 되면 불두덩 주변에는 음모가 무성해지지. 불두덩 바로 밑에 보이는 이 돌기는 음핵이라고 하는데 여기가 성감대의 핵심이 되는 곳이다. 물론 내 성감대의 중심이기도 하고. 어느 누구라도 이 부분을 애무해서 나를 쾌락으로 아찔하게 만들지 못하는 경우는 없을 거다…… 한번 해 보아라…… 아! 바로 네가 색마로구나! 좀 성급하긴 하지만…… 너는 살아오면서 이 짓만 해 온 것 같아……! 그만……! 그만해……! 안 돼, 이대로 몸을 내맡기고 싶지는 않아……! 아, 돌망세! 멈추게 해 주세요……! 이 아이의 매혹적인 손놀림 때문에 정신을 잃을 것만 같아요!

돌망세　성적 열기를 누그러뜨리기 위해서라면 가능한 한 다른 여러 가지 생각을 하면서 당신이 직접 이 아이를 애무해 보시오. 당신의 욕망을 억제한 상태에서 이 아이만 쾌락에 빠져들게 해야 하오…… 그래, 그렇게……! 그 자세로 말이오. 그래야 이 아이의 예쁜 엉덩이가 내 손아귀에 들어오지. 내 손가락으로 이 엉덩이를 살짝 범해 보리다…… 외제니, 내가 어떻게 하든 가만히 있어야 하느니라. 그리고 쾌락에 네 모든 감각을 내맡겨야 한다. 네 존재란 쾌락만을 좇아야 하느니. 한마디 더 하자면, 너처럼 어린 아가씨라면 오직 쾌락을 위해서 모든 것을 포기해야 하며 쾌락만큼 신성한 것은 없다고 여겨야 하느니라.

외제니 아! 어느 것도 이보다 더 감미로울 수는 없을 거예요. 그렇게 느껴져요…… 지금 제정신이 아니에요…… 제가 무슨 말을 하는지, 무엇을 하는지 모르겠어요…… 엄청난 황홀함이 미세한 제 감각의 구석구석까지 밀려오는군요!

돌망세 이 어린 아가씨가 사정하는 것 좀 보게……! 손가락을 끊어 버릴 만큼 항문을 조이는구려…… 이때 항문 삽입을 하면 이 아이는 황홀해하겠지! (일어서서 외제니의 항문에 자신의 음경을 들이댄다.)

생탕주 부인 조금만 더 참아요. 우리가 해야 할 유일한 일은 귀여운 이 아이에 대한 교육이에요…… 그것이 진정으로 기분 좋은 일이지요.

돌망세 할 수 없지! 외제니, 너도 이미 알겠지만 항문 삽입을 얼마간 하고 나면 난소가 팽창해 결국에는 액체를 분비하는데, 그때 여자는 가장 감미로운 환희의 도가니로 빠져드는 것이란다. 이것을 사정한다고 하지. 생탕주 부인이 원하신다면 이런 작용이 남성들에게서 얼마나 더 정력적이고 격렬하게 이루어지는지 보여 주마.

생탕주 부인 외제니, 잠깐만. 여자가 극도의 쾌락에 빠져들 수 있는 새로운 방법을 이제 너에게 가르쳐 주겠다. 두 허벅지를 충분히 벌려 보아라…… 돌망세, 지금 외제니가 취한 자세면 이 아이의 엉덩이는 당신의 면전으로 향하게 되지요! 입으로 엉덩이를 핥으세요. 그동안 나는 혀로 음부를 애무할 테니. 가능하다면 이렇게 우리 두 사람 사이에서 외제니가 서너 차례를 연달아 극도의 쾌감에 빠지도록 해 줍시다. 외제니, 네 불두덩이 매력적이구나. 내가 이런 솜털에 키스하는 것을 얼마나 좋아하는지…… 지금 더 잘 보이는 네 음핵은 덜 여물었어도 매우 민감하구나…… 이렇게 흔들어 대는 것을 보니…… 네 허벅지를 벌려 보겠다. 아! 너는 분명 숫처녀로구나. 우리의 혀가 네 두 구멍에 동시에 삽입될 때 느껴지는 감동을 말해 주겠느냐? (두 사람은 애무를 시작한다.)

외제니 아! 마님, 감미로워요. 설명할 수 없는 느낌이에요! 어느 분의 혀가 더 저를 이런 흥분의 도가니에 빠져들게 하는지 말씀드리기 어려워요.

돌망세 부인, 내가 지금 취한 자세에서 부인은 내 음경을 충분히 쥘 수 있을 것이오. 내가 이 훌륭한 항문을 빨고 있는 동안 내 성기를 용두질해 주시오. 그리고 당신의 혀를 더 깊숙이 밀어 넣으시오. 음핵을 빠는 일에 집착하지 말고 육감적인 그 혀가 자궁에까지 도달하도록 하세요. 그것이 이 아이가 사정하는 것을 앞당길 수 있는 최선의 방법이랍니다.

외제니 (몸이 굳으며) 아! 더 이상 견딜 수 없어, 죽겠어! 멈추지 마세요. 황홀경이 바로 눈앞에 보여요……! (외제니는 두 사부 가운데에서 사정한다.)

생탕주 부인 우리 꼬마 아가씨, 그래, 우리가 너에게 선사한 쾌락이 어떠하더냐?

외제니 실신할 만큼 아찔하고…… 온몸이 파열되는 것 같았어요……! 내 존재가 이대로 사라져 버리는 것이 아닌가 싶을 정도로. 그런데 두 분의 말씀 가운데 제가 이해하지 못했던 단어 두 개가 있는데 설명해 주시겠어요? 우선 자궁이 뭔가요?

생탕주 부인 자궁이란 병 모양 생식기로, 목 부분에 해당하는 질이 남성의 성기를 보듬게 되지. 그 기능은 난소의 팽창으로 유출된 여성의 정액*과, 너도 곧 보겠지만, 남자의 사정으로 분출된 정액을 담아내는 곳이란다. 이 두 종류의 액체가 그렇게 그 안에서 혼합되면 태아가 생겨 사내아이 또는 계집아이가 태어나게 되는 것이야.

외제니 아! 무슨 말씀인지 알겠어요. 마님의 자궁에 대한 정의는 제가 처음에 이해하지 못했던 정액이라는 단어에 대한 설명도 되는 군요. 그런데 두 종류의 정액이 섞여야만 태아가 만들어지나요?

생탕주 부인 물론이지. 오로지 남성의 정액 덕분에 태아가 형성된다는 사실이 증명되기는 했어도, 여성의 정액과 혼합되지 않고서 남성의 정액만으로 태아가 만들어질 수는 없어. 우리 여성이 배출하는 정액은 그저 동화되는 것이란다. 즉 태아가 만들어질 때 결정적인 역할을 하지는 못하더라도 태아 형성에 도움을 주는 것이지. 작금의 많은 자연학자**들은 태아의 형성에 여성의 정액이 필요 없다고까지 주장한단다. 자연학자들의 이런 주장에 힘입어 모럴리스트***들은 매우 그럴듯한 결론을 내렸는데, 그들에 따르면 아버지의 피를 이어받은 아이는 아버지만 따라야 한다는 것이지. 이러한 주장에 반론의 여지가 없는 것은 아니지만 여자인 나로서도 여기에 반론을 제기하고 싶지는 않아.

외제니 생각해 보니 마님의 말씀이 맞는 것 같아요. 왜냐하면 저도 아버지를 몹시 좋아하는 반면 엄마는 싫어하니까요.

돌망세 부모 가운데 아버지만을 사랑하는 일이 전혀 이상한 것은

---

* 사드는 남성과 여성의 분비물 모두를 정액으로 표현했다.

** 자연에 존재하는 금속, 광물, 보석, 식물, 동물 등을 연구하는 학자를 지칭한다. 여기에서 문제가 되는 자연학자는 의사였던 라 메트리이다.

*** 여기에서 모럴리스트란 모럴에 관심이 많았고 이에 대한 저서를 집필한 라 메트리, 엘베티우스, 디드로, 돌바크 등 계몽주의 사상가들을 암시한다.

아니지. 나 역시 그렇게 생각하고 있으니 말이다. 나는 아직도 내 아버님이 돌아가신 데 대해 비통함을 감출 수 없단다. 한데 어머니를 여의었을 때는 너무 기쁘더구나…… 어머니가 정말로 싫었지. 외제니, 아무 염려 말고 그러한 감정을 유지하여라. 그것이 인간의 본성이란다. 우리는 아버지 쪽에서 피를 이어받은 만큼 어머니 쪽에는 아무런 의무가 없어. 게다가 성행위는 아버지 쪽이 청한 것이지 어머니 쪽은 그것을 탐닉했을 뿐이다. 즉 아버지 쪽이 우리의 탄생을 원했던 것이지, 어머니 쪽은 여기에 동의했을 따름이야. 양쪽에 대한 감정에 큰 차이가 있을 수밖에!

생탕주 부인 외제니, 이 모든 이야기는 다 너를 위한 삶의 이치들이란다. 이 세상에 저주받아야 할 어미가 있다면 틀림없이 네 엄마일 거다! 네 엄마는 그렇게 까다롭고, 광적으로 교회에 충실하고, 신앙심이 깊고, 잔소리 많고…… 게다가 역겨울 정도로 얌전이나 빼니 말이다. 단언하건대 새침데기 같은 네 엄마는 평생 실수라곤 한 번도 하지 않았을 거다. 아! 정숙한 여인네란 정말로 가증스럽지…… 이에 대해서는 다시 이야기하자꾸나.

돌망세 부인이 방금 외제니에게 해 준 애무 방법대로 이제는 이 아이가 내 지도를 받아 배운 후, 내 앞에서 부인을 애무하는 것이 필요하지 않겠소?

생탕주 부인 맞는 말이오. 아니 그것이 유익할 것 같군요. 그동안 당신은 내 엉덩이를 감상하고자 하겠지요, 돌망세?

돌망세 당신의 엉덩이에 가장 감미로운 경의를 표하는 내 쾌락을 짐작이나 할 수 있겠소?

생탕주 부인 (엉덩이를 그에게 내밀며) 자! 이렇게 하면 되겠어요?

돌망세 훌륭하오! 그런 식으로면 외제니가 만끽했던 봉사를 당신에게도 최선을 다해 해 줄 수 있을 것이오. 자, 색골 아가씨, 이제 머리를 부인의 허벅지 사이에 파묻고 관능적인 혀로 네가 받았던 세심한 애무를 부인께 해 드려라. 좋아! 이런 자세라면 나는 두 엉덩이를 동시에 취할 수 있지. 외제니의 엉덩이를 관능적으로 주무르면서 부인의 엉덩이를 빨 수 있을 것이니 말이오. 자…… 좋아요…… 우리 모두 하나가 되었소.

생탕주 부인 (몽롱해하면서) 이런, 죽을 지경이에요……! 돌망세, 당신의 멋진 성기를 만지면서 사정하고 싶어요…… 당신의 사정으로 내가 흠뻑 젖으면 좋으련만…… 제발 어떻게 좀 해 주세요…… 빨아 주세요! 아! 내 정액이 이렇게 흘러내릴 때 창녀처럼 음탕해지는 것을 내가 얼마나 좋아하는지…… 이제 됐어요, 더 이상 못 하겠어요…… 두 사람 모두 대단해…… 내가 살아오면서 이토록 강렬한 쾌락은 처음 맛보는 것 같아요.

외제니 마님께서 쾌감을 만끽하는 데 제가 한몫했다니 얼마나 기쁜지 모르겠어요. 그런데 마님, 제가 모르는 단어 하나를 마님께서 말씀하셨는데, 창녀가 무슨 뜻이지요? 죄송해요. 하지만 아시다시피 저는 여기에 배우러 온 것이잖아요.

생탕주 부인 방탕한 남정네들의 공공연한 제물을 그런 식으로 말한단다. 즉 언제든지 남정네들의 육체적 욕구나 그들의 호기심에 몸을 내맡길 준비가 된 여자들을 일컫는 거지. 정당하고도 존중받을 만한 이 여인네들을 세상 사람은 억누르지만 다른 한편에서는 사람들의 향락 취미 때문에 우대한단다. 게다가 정숙한 여인네보다 우리 사회에 훨씬 필요한 창녀들은 사회로부터 이미 부당하게 자신들의 존엄성을 강탈당하기는 했지만 그래도 그 사회에 기여하기 위해서 그 존엄성을 기꺼이 희생하고 있단 말이지. 창녀의 칭호를 가진 그 여인들에게 영광이 있기를! 이 여인들이야말로 진정으로 사랑받을 자격이 있고, 그녀들만이 진정한 철학자들이야.* 외제니, 십이 년 전부터 그렇게 되려고 노력해 온 나로 말하자면 누가 날더러 창녀라고 말하더라도 기분이 상하기는커녕 오히려 그런 소리 듣는 것을 즐겨 왔다는 사실을 분명히 말해 두마. 더 좋은 것은 어느 누구와 성교를 할 때 상대가 나를 그렇게 불러 주는 것인데, 그런 모욕적인 언사가 나를 달아오르게 만들기 때문이란다.

외제니 아! 마님, 전 이해가 돼요. 아직 창녀란 칭호가 저에게 걸맞지는 않지만 누가 저에게 그런 말을 한다 하더라도 저 역시 화내지는 않을 것 같아요. 그런데 미덕의 감정이 난봉 피우기에 장애가 되지는 않을까요? 그리고 우리가 지금 하고 있는 것처럼 방탕한 짓을 하는 것은 미덕을 해치는 일이 아닐까요?

돌망세 아! 외제니, 미덕 따위는 포기하여라! 그릇된 그 미덕을 위해 희생할 수 있는 것 가운데 단 하나라도 미덕을 능멸하면서 잠시 맛보는 쾌락에 견줄 만한 것이 있더냐? 보려무나, 미덕이란 망상에 지나지 않아. 미덕을 숭배한다는 것은 끊임없이 희생을 감수해야 하고 성적 기질이 지닌 영감들을 억눌러야 가능한 것이지. 이러한 감정이 자연스러운 것일 수 있겠느냐? 그리고 자연이 본성을 훼손할 것을 권하겠느냐? 외제니, 네가 덕성이 있다고 말하려는 그 여자들에게 속지 마라. 이런 여자들이 금과옥조로 따르는 정열을 살펴보자면 우리의 정열과는 다르지만 대체로 비열한 것들이지······ 그 정열이란 바로 우월함에 대한 욕망,** 허영심, 개인적 이기심이

---

* 작품에서 자유사상가 또는 철학자가 방탕아와 동일시되는 대목이다. 18세기에는 방탕아 혹은 자유사상가 주인공이 등장하는 소설이 많았다.

** Ambition. 아카데미 프랑세즈가 1762년에 간행한 사전의 정의에 따르면 "명예,

며, 더 나아가 이런 여자들에게 전혀 도움을 주지 못하는 기질상의 냉정함이다. 이런 부류의 여자들에게 우리가 무엇을 해 줘야 할까? 생각해 보아라, 이 여자들은 자신의 마음속에 새겨진 이기심만을 따랐던 것이 아니겠느냐? 그런데도 정열보다 이기주의를 추구하는 것이 더 현명하고도 적절한 일일까? 나로서는 한쪽이 다른 한쪽보다 훨씬 낫다고 생각하는데, 물론 정열의 충동에 따르는 쪽이 옳은 일일 거다. 왜냐하면 정열은 본성의 유일한 기관인 반면 덕성이라는 것은 어리석음과 편견의 소치이기 때문이지. 외제니, 나에게는 이 성기에서 정액을 한 방울이라도 짜내는 행위가 가증스러운 미덕을 숭고하게 행하는 행위보다 더 소중한 일이란다.

외제니 (이런 논증을 하는 동안 약간 조용했던 여자들은 가운을 걸치고 소파에 반쯤 누웠고 돌망세는 여인들 옆의 큰 안락의자에 앉는다.) 그래도 한 종류 이상의 미덕은 있잖아요. 예를 들어 신앙심에 대해서는 어떻게 생각하세요?

돌망세 종교를 믿지 않는 사람에게 그런 미덕이 무슨 소용이 있겠느냐? 그리고 어느 누가 종교 따위를 믿을 수 있겠느냐? 외제니, 논리 정연한 사고를 해야 한다. 너는 인간과 조물주 사이를 연결하는 조약, 그리고 예배를 통해 숭고한 조물주로부터 생명을 받은 데 대한 감사의 표시를 해야 한다고 인간을 구속한 그 조약을 종교라고 부르는 것이 아니더냐?

외제니 그보다 더 나은 정의를 내릴 수 없을 거예요.

돌망세 좋아! 만일 인간이 어찌할 수 없는 자연의 계획에 따라 생명을 얻은 것이라는 사실이 증명된다면, 지구만큼이나 오랫동안 종

영광, 우월, 우대에 대한 과도한 욕망"이다.

을 유지해 온 인간이 참나무나 사자, 그리고 땅속 깊은 곳에서나 찾아볼 수 있는 광물처럼 이 지구 존재에 필요한 피조물이라는 것과, 그래서 인간은 누가 되었든 아무에게도 의무가 없다는 사실이 밝혀진다면, 어리석은 자들이 현상계의 모든 것에 대한 유일한 조물주라고 여기는 그 신이라는 것이 고도의 인간 이성의 결과에 지나지 않으며, 신이 세상에서 작용하는 것을 돕기 위해 이 이성이 눈을 감고 있는 사이에 조작된 환영에 지나지 않는다는 사실이 입증된다면, 신의 존재란 불가능하다는 것과, 언제나 활동 중이고 스스로 작용하는 자연이 그 자체로, 어리석은 자들이 스스로 말하는 신에게 근거 없이 즐겨 의미를 부여한다는 사실이 증명된다면, 활동도 생기도 없는 무기력한 이 존재가 있다고 가정하고, 신이 겨우 하루밖에 일하지 않은 만큼* 모든 존재들 가운데 가장 우스꽝스러운 존재라는 사실과, 수억 년 전부터 경멸받을 만한 무위 상태에 있었다는 사실이 확실하다면, 그리고 종교가 우리에게 이르고 있는 것처럼 신이 존재한다고 가정하고, 그의 권능으로 악이 이 세상에 도래하는 것을 막을 수 있었음에도 악의 존재를 허용한 만큼 모든 존재들 가운데 가장 가증스러운 것이 신이라는 사실이 확실하다면, 만일 이런 모든 사실이 지금 명백히 밝혀진 것처럼 입증된다 하더라도, 외제니 너는 이렇게 어리석고, 불충분하고, 잔인하며 가증스러운 이 신과 인간을 이어 주는 신앙심을 더없는 미덕이라고 생각하겠느냐?

외제니 (생탕주 부인에게) 뭐라고요! 마님, 신의 존재라는 것이 실제로는 망상이라는 거예요?

생탕주 부인 더군다나 가증스럽기 이를 데 없는 망상 가운데 하나

---

* 「창세기」에서 하느님이 세상을 창조하는 데 걸린 하루를 말한다.

란다.

돌망세 신을 믿으려면 그 이전에 올바른 판단력을 잃어버려야만 하지. 유령같이 끔찍하기만 한 이 환영은 사람들의 두려움 반 나약함 반으로 날조되었는데 현세의 체계에는 쓸모없는 것이지. 더불어 이 환영은 틀림없이 세상에 지장을 초래할 것이다. 왜냐하면 정의로워야 할 신의 의지는 자연의 법칙에서 핵심이 되는 불공평함과 결코 융화될 수 없기 때문이고, 설사 신이 끊임없이 선을 원한다손 치더라도 자연은 자연법칙에 기여하는 악에 대한 보상의 차원에서만 선을 원하기 때문이며, 신이 세상에 작용한다손 치더라도 자연도 역시 끊임없는 작용을 법칙으로 하는 만큼 자연은 신과 영원히 경쟁하는 대립 상태에 놓일 것이기 때문이다. 이에 대해서 사람들은 신이나 자연이나 같은 것이라고 하겠는데 이 말은 몰상식함의 소치가 아니겠느냐? 창조된 것은 창조의 주체와 동일할 수 없다. 다시 말하면 "시계는 시계 제조공이다."라는 말이 가능할까? 사람들은 또 자연은 아무것도 아니고 신만이 전부라고 하겠지. 이것도 바보나 하는 소리야! 삼라만상에는 반드시 조물주와 피조물 이 두 가지가 존재한다. 그런데 조물주란 무엇을 말할까? 이것이 해결해야만 하는 유일한 난점이고 답변해야 할 유일한 문제지.

만일 물질*이 우리에게는 알려지지 않은 어떤 조합의 영향으로 스스로 작용하고 움직인다면, 움직임이 이 물질의 속성이라면, 또한 물질만이 자체적인 에너지로서, 무한대의 우주 공간 속에서 우리의 눈을 아찔하게 만드는 별들, 일정하고 변치 않는 운행으로 우리로

---

* Matière. 아카데미 프랑세즈 사전의 정의에 따르면, 철학적 용어로 확장 가능하고 불가해한 물질을 말한다. 이 '물질'은 자연학자들에게서 영향을 받은 대부분의 계몽철학자들의 논거에서 가장 기초적이고도 중요한 주제였다.

하여금 경의와 경탄을 자아내도록 하는 모든 별들을 창조하고 생성하고 보존하고 유지하고 균형을 잡아 줄 수 있는 것이라면, 이 모든 현상에서 아무런 상관이 없는 동인(動因)을 굳이 찾을 필요가 있겠느냐? 자연 자체에 본질적으로 이런 작용력이 있고 또한 자연도 움직이는 물질에 다름 아니기 때문인데, 이와 별도로 사람들이 말하는 그 신격화된 환영이 뭔가를 밝혀 주었느냐? 어느 누구도 이것을 내게 증명해 보일 수 있으리라고는 생각하지 않는다. 설사 내가 물질에 내재하는 작용력에 대해 잘못 생각하고 있다고 가정하더라도, 내게는 어쨌든 당장 풀리지 않는 난점이 하나 있다. 사람들이 그들이 믿는 신을 내게 강요하면서 어떻게 했는지 아느냐? 또 다른 것을 덧붙여 강요하더구나. 그런데 이해할 수 없는 것을 이해하려고 더 이해할 수 없는 여러 사실들을 받아들이는 게 어떻게 가능할 수 있겠느냐? 기독교 교리를 이용해 그 끔찍한 신을 검토하고 소상히 밝혀 보자꾸나…….

여기에서 종교가 신을 우리에게 어떻게 표현했는지, 그리고 신이 모순되고 잔인한 존재라는 사실을 제외하더라도, 이런 파렴치한 종교의 신에게서, 또한 언제는 세상을 창조하고 다음에는 창조된 것에 대해 후회하는 신에게서 내가 무얼 깨달을 수 있겠는지, 그리고 인간으로 하여금 자신이 원했을 심오한 진실을 전혀 깨닫게 할 수 없을 정도로 무기력한 존재에 지나지 않는 신에게서 내가 무얼 이해할 수 있겠는지 좀 생각해 보아라. 이 존재는 인간의 생각으로 날조되었음에도 인간을 지배하고 인간을 해칠 수도 있는 만큼 영원한 형벌을 받아 마땅한 것이야. 이런 신은 무능하기 이를 데 없지! 현상계의 모든 것을 신이 창조할 수 있었다면, 자신이 원하는 대로 인간을 만드는 것이 어떻게 불가능했겠느냐? 사람들은 이 점에 대해 신이 나중에 후회할 만한 인간이 창조되었다는 것은 인간이 신의 공덕을 받지 못했기 때문이라고 대답할 것이다. 이 얼마나 한심한 말이더냐! 그런데도 인간이 신을 위해 공헌할 필요가 있겠느냐? 인간을 완벽하게 선하도록 만들었다면 신은 인간으로 하여금 악을 행하도록 놔둘 수는 없었을 것이고 이럴 때라야만 인간은 신의 작품으로 손색이 없는 것이지. 신이 인간에게 선과 악 가운데 하나를 선택하도록 놔두었다는 것은 인간을 시험하는 것을 말한다. 그런데 신이라면 미래에 대한 무한한 예지로 이에 대해 어떤 결과가 일어날지 잘 알겠지. 여기에서 알아야 할 것은 신은 자신이 직접 창조한 피조물을 공연히 지옥의 나락으로 떨어뜨린다는 점이야. 이 얼마나 끔찍한 신인가! 웬 괴물이냔 말이다! 도대체 우리의 증오와 가차 없는 복수를 받아야 마땅한 이 신보다 더 간악무도한 범죄자가 어디에 있겠느냐? 그런데도 희한하기 이를 데 없는 그런 과업에 그다지 만족하지 못하고 신은 자신을 믿도록 하기 위해 인간을 구렁텅이에 빠뜨리고, 혹사하다가 내동댕이쳐 버린다. 그러나 이런 수작들을 벌이더라도 어느 것도 인간을 신에게 귀의하도록 변화시키지는 못하지. 비천한 이 신보다 더 강력한 악마가, 항상 자신의 영역을 유지하며 자신의 조물주에게 용감히 맞설 수 있는 만큼, 신이 확보한 양 떼인 인간을 유혹해서 성공적으로 끊임없이 타락시키기 때문이다. 게다가 이 악마가 우리 인간에게 행사하는 에너지는 어느 누구도 억제할 수 없어. 그리고 네가 보기에 사람들이 찬양하는 그 끔찍한 신은 어떤 생각을 하고 있을 것 같으냐? 신에게는 아들이 하나밖에 없지. 어떤 성관계에서 얻은지도 모르는 그 독생자 말이다. 이 말을 왜 하는고 하니, 인간이 그것을 하는 것처럼 신은 자신의 아들 신도 그걸 하길 원했기 때문이다. 어찌 되었든 신은 천상에서 자신의 경탄할 만한 일부분을 떼어 낸 것이지. 아마도 사람들은 전 우주가 지켜보는 가운데 천상의 광명과 함께 천사들의 행렬을 동반하고서 숭고한 이 존재가 태어난 것이라고 생각할 거다…… 말도 안 되는 소리야. 지상을 구원하러 온 신의 탄생이 알려진 곳은 유대인 창녀의 품에서였고 그것도 돼지우리에서였어! 이것이 바로 그가 부여받은 숭고한 혈통이라는 것이야! 그런데 고귀한 사명을 띠고 왔다는 그가 우리를 보듬어 줄 수 있을까? 조금만 그의 사람됨을 살펴보자. 그가 무얼 말했고 무엇을 행했느냐? 그가 수행한 숭고한 임무에서 우리가 받은 것이 무엇이더냐? 그가 밝혀냈다고 하는 신비란 어떤 것이더냐? 그는 우리에게 어떤 교리를 명했느냐? 그리고 어떤 행위에서 그의 숭고함이 빛나게 되더냐?

우선 그의 어린 시절에 대해서는 아무것도 모르겠으나 나는 이 부랑아가 예루살렘에 있는 어떤 신전의 사제들에게 매우 방탕한 봉사를 해 주었을 거라고 여긴다. 그런 다음 십오 년 동안 사라졌던 이 사기꾼은 그동안 이집트의 한 종교 유파의 헛된 모든 망상 때문에 타락했던 것 같은데, 이런 망상들을 유대 지방으로 옮겨 온 것이겠지. 돌아온 지 얼마 되지 않아 그는 정신착란을 일으켜 자신이 신의 아들이며 신이나 다름없다고 했고, 이런 관계에다 성신(聖神)이라고 그가 말하는 또 다른 유령과 같은 것을 끌어들여, 이 세 위격(位格)이 하나가 되어야 한다고 설파한 것이야! 이런 우스꽝스러운 삼위일체의 비의(秘儀)가 이성을 교란할수록 상스러운 그놈은 비의야말로 선택할 가치가 있는 것이라고 더 확언을 하게 되었지……이성을 말살할 위험이 있는데도 말이다. 얼간이 같은 이자가 강조하기를 자신이 신임에도 어린아이의 육신으로 세상에 태어난 것은 우리 모두를 구원하기 위해서이고, 그가 일으킬 기적들로써 자신이 구원을 위해 여기에 왔다는 사실을 세상 사람들에게 금방 납득시키리라는 거야! 성서 구절에 따르면 이 사기꾼은 만찬을 겸한 술판에서 물을 포도주로 만들었다지 뭐야. 사막에서는 자신의 추종자들이 미리 준비해 숨겨 둔 비상식량으로 몇몇 악당들을 먹여 주었고. 그의 동료들 가운데 하나가 죽은 척하고 있을 때 이 협잡꾼은 그를 깨워 마치 소생시킨 것처럼 꾸미기도 했지. 산으로 올라가서는 겨우 친구 두세 명 앞에서 요술을 부렸는데 요즘의 초짜 요술쟁이라도 낯 뜨거워 했을 거다.

자신을 믿지 않는 모든 사람들에 대해서는 열을 내며 저주하는 한편, 자신을 따르는 어리석은 모든 사람들에게 이 불한당은 천국을 약속했다. 그는 자신의 무지함이 탄로 날까 봐 두려워 글을 쓰지 않았고, 자신의 어리석음이 드러날까 두려워 말을 아꼈으며, 나약함을 감추기 위해 행동을 적게 했지. 폭동을 선동하는 그의 연설은 사법관들을 더는 참을 수 없게 만들었고, 결국 이들은 이 선동가를 십자가에 못 박았던 것이야. 바로 그 이전에는 따르는 무뢰배들에게 자신을 향해 구원을 빌 때마다 그들에게 내려와 구원해 주겠노라고 했지. 하지만 처형이 집행되는데도 그는 어찌할 수 없었어. 그가 평소 아버지라고 불렀던 자에게 내려와 달라고 간청했으나 그 거룩하다는 하느님께서는 그에게 어떠한 도움도 주지 않았지. 이 무뢰한 이야말로 마지막 간악한 자로 처단된 경우인데, 간악한 무리의 괴수로서는 마땅한 일이었다.

그런 일이 있은 후 그의 추종자들이 모여 말했지. "보다시피 우리는 파멸이오. 만일 모종의 과감한 행동으로 우리가 구제받지 못한다면 우리의 모든 희망은 사라져 버릴 것이오. 예수를 지키고 있는 수비병에게 술을 먹인 후 시신을 탈취하여 예수가 부활했노라고 소문을 퍼뜨립시다. 이것은 확실한 방법이오. 이런 사기가 먹혀만 준다면 우리의 새로운 종교는 반석 위에 올라 번성하여 모든 사람의 마음을 끌 것이오…… 시작합시다!" 그들은 작전을 개시하여 일을 성사했다. 많은 사기꾼들이 바로 이런 파렴치한 짓거리를 자신의 공적으로 여겼던 것이 아니더냐! 시신을 탈취하여 대중에게 보이자 얼간이들과 여인네들 그리고 어린애들은 이것을 기적으로 여기고는 있는 힘을 다하여 탄성을 질렀지. 그런데 이상한 일은 이렇게 놀랄 만한 대사건이 벌어진 이 도시에서, 신의 피가 물들었던 이 도시에서 아무도 이 신을 믿으려 들지 않았다는 것이야. 단 한 사람도 기독교로 개종하지 않았던 것이지. 다행이었던 점은 이 사건의 전모가 전파될 만한 것이 아니어서인지 어떤 역사가도 이에 대해 언급하지 않았다는 사실이다. 이 사기꾼의 추종자들만이 계속 속임수를 쓰려고 꾀했으나 즉각적으로 일을 벌였던 것은 아니었다. 아직 조심스러운 행보가 필요했던 것이지.

몇 년이 지나서야 그들은 뻔히 보이는 사기 행각을 벌였고, 결국 그들은 이런 사기를 토대로 역겹고도 조리가 없는 교리 체계를 구축했는데, 이러한 모든 변화를 사람들은 좋아했다. 여러 황제의 폭정으로 혁명이 필요해진 시기였으니까. 그리하여 사람들은 이런 간계에 귀를 기울였고, 전파 속도도 엄청나게 빨랐지. 이것이 잘못된 역사의 전말이다. 얼마 지나지 않아 예수와 마리아를 숭배하는 제단이 베누스와 마르스 신을 모시던 제단을 대신하게 되었고, 사기꾼 예수의 일생을 다룬 책이 나와 잘 속아 넘어가는 사람들을 파고들었지. 예수 자신은 전혀 생각해 보지 않았던 수많은 이야기가 이 책에서는 그가 말한 것으로 기술되어 있다. 그 가운데 몇몇 우스꽝스러운 이야기가 곧 그 종교가 표방하는 도덕의 근간이 되었는데,

새로이 등장한 종교가 가난한 사람들에게 호소했던 만큼 자비심이 제일의 덕목이 되어 버린 것이야. 또한 성사라는 미명으로 괴이한 의식들이 행해졌는데 그중 가장 비열하고 추악한 것은 온갖 죄악을 저지르는 사제가 몇 마디 주술로 빵 조각 속에 신을 불러낼 수 있는 능력을 지녔다는 것이지.

당치도 않은 이 종교를 사람들이 태동 당시부터 무시했더라면 천박한 이런 신앙 의식은 어찌할 도리 없이 근절되었을 거야. 이 사실에는 의심할 여지가 없지. 아무튼 이 종교 집단은 자신들의 신앙이 박해를 받으리라는 사실을 알아차리고는 불가피하게 술수를 동원했는데, 그게 이 신앙이 널리 보급되는 결과를 가져온 것이다. 요즘에도 이 종교는 망측한 짓거리로 스스로를 포장하지만 이 신앙은 결국 저절로 사그라지게 될 거야. 재치 있는 볼테르는 모든 작가들 가운데 이 종교를 가장 확실하게 저버렸다고 뽐낼 수 있는 사람인데, 그런 사람조차 종교를 공격하기 위해 다른 어떤 수단도 사용하지 않았다. 외제니, 간단히 말해서 이것이 신과 종교의 역사란다. 우화같이 터무니없는 이런 이야기가 정당한 것인지 잘 생각해 보고, 이들의 속셈이 무엇인지 명확히 알아야 하느니라.

외제니 분명한 선택을 하겠어요. 나리께서 지금까지 말씀하신 것처럼 역겨운 신에 대한 그 모든 망상을 저는 무시하겠어요. 그리고 지금까지 나약함에서건 무지에서건 제가 집착했던 그 신은 이제 저에게 혐오의 대상밖에는 되지 못할 것입니다.

생탕주 부인 신을 더 이상 생각하지 않을 것과 신에 대해 전혀 관심을 두지 않을 것, 네가 살아가면서 어느 한 순간도 신에게 기도하지 않을 것, 그리고 살아생전에 신에게 다시는 귀의하지 않을 것을 맹세하여라.

외제니 (생탕주 부인의 가슴을 파고들면서) 아! 마님의 품에서 맹세하지요. 그런데 마님이 요구하시는 것이 저를 위해서라는 것과, 가끔씩이나마 떠오르는 신에 대한 그러한 생각이 언제고 제 마음의 평온함을 깰 수도 있다고 염려하시는 마님의 마음을 제가 알아차리기란 쉬운 일이 아니잖아요.

생탕주 부인 나에게 다른 이유야 있겠느냐?

외제니 그런데 돌망세 나리, 제가 알기론 우리가 미덕에 대한 분석을 하다가 종교로 화제가 넘어갔어요. 미덕에 대해 다시 말씀해 주세요. 비록 우스꽝스러운 일이지만 그래도 이 종교에는 종교가 규정하는 몇몇 미덕은 있지 않을까요? 그리고 종교의식이 우리 인간의 행복에 기여하는 뭔가가 있지는 않을까요?

돌망세 그래, 더 토론해 보자꾸나. 외제니, 네가 말하는 미덕이라는 것이 방금 스스로 짓밟아 버린 그 순결이라는 것이더냐? 네 몸가짐에서 볼 수 있었던 그 미덕 말이다. 자연적인 모든 행위를 억제하라는 계율을 너라면 존중하겠느냐? 그리고 결코 과실을 범하지 않는다는 그 우스꽝스러운 행복을 위해 자연적인 모든 행위를 헛되이 희생하라면 하겠느냐? 공정하게 한번 대답해 보아라. 너는 부조리하고 위험천만한 그런 영적 순수함에서 그와 반대되는 방탕의 모든 쾌락을 얻을 수 있다고 생각하느냐?

외제니 그건 아니에요. 저는 영적 순수함을 전혀 원치 않을뿐더러, 조금도 순결하다는 생각을 하지도 않고 오히려 극심한 방탕의 기질을 지니고 있다고 생각해요. 그런데 돌망세 나리, 순결이나 선행 같은 미덕은 감성적인 사람들에게 행복이 될 수도 있지 않겠어요?

돌망세 당치 않은 소리. 미덕이란 사람을 냉정하게만 만드느니라. 외제니, 그 미덕에 속지 마라. 선행이란 인간의 진정한 미덕이라기

보다는 거만함에 기인하는 악덕이니라. 누가 이웃을 도울 때는 허영심 때문에 그런 것이지 결코 선행 자체가 목적은 아니지. 이웃에게 적선을 했을 때 그 사실이 알려지지 않는다면 적선한 사람은 매우 화를 낼 거다. 또한 외제니, 사람들이 생각하는 것만큼 그 적선이 좋은 결과를 가져다줄 것이라고 여기지도 마라. 나는 그 행위를 다른 모든 속임수 가운데 가장 심각한 것으로 생각한다. 적선은 가난한 사람이 도움 받는 것에 익숙하도록 만들어 그들의 에너지를 고갈하고, 자비를 기대해 더 이상 일을 하지 않게 하며, 동냥이 끊어질 때에는 도둑이나 살인자가 되도록 만드는 것이다. 나는 걸인을 제거할 방법을 다방면에서 찾고 있는데, 내가 애쓰는 동안 어떤 사람들은 걸인의 수를 늘리려고 온갖 짓을 다하고 있어. 방에 파리 떼가 눈에 띄지 않게 하려면 파리 떼를 끌어들이는 설탕을 뿌려 놓지 말아야 하느니라. 프랑스에 가난한 사람들이 보이지 않게 하려면 어떠한 적선도 해서는 안 되고, 특히 구호기관을 없애야 하지. 불행하게 태어난 사람은 위험스럽기 그지없는 그 기관들이 사라진 것을 깨닫고 나면 태어나면서부터 처한 상태에서 벗어나기 위해 모든 열성과 자연으로부터 받은 모든 수단을 사용하게 될 것이고, 그리하여 결국 다른 사람들에게는 폐를 끼치지 않을 것이기 때문이다. 또한 이런 구호기관은 가난한 사람들이 방탕의 결과로 낳은 아이들을 뻔뻔스럽게 은닉하는 곳이고, 오로지 우리의 주머니에 희망을 걸고 있는 새로운 빈민의 무리를 매일같이 역겹게 토해 내는 끔찍한 소굴이니 인정사정 볼 것 없이 파괴하고 뒤엎어 버려야 한다. 도대체 정성을 다해 그런 사람들을 보살피는 것이 무슨 소용이 있겠느냐? 프랑스 인구가 감소하는 것을 두려워해서인가? 그런 걱정일랑 전혀 할 필요가 없느니!

이 정부가 개선해야 할 큰 결함 가운데 하나는 인구가 너무 많다는 것이야. 그리고 그렇게 남아도는 인구가 국부라는 생각은 터무니없는 발상이지. 이 잉여 인간들은 나무에 기생하는 잔가지 같아서 나무에 피해를 주며 살아가다가 언제고 말라비틀어지고야 마느니라. 어떤 정부에서고 인구 부양 능력보다 인구가 많아지면 그 정부가 쇠퇴한다는 사실은 당연한 결과지. 지금 프랑스는 이에 대한 예를 명확히 보여 주고 있다. 그래서 어떤 결과를 낳을 것인가? 생각할 필요도 없는 일이지. 우리보다 더 현명한 중국 사람들은 과도한 인구 때문에 국가가 부담을 받지 않도록 경계해 왔어. 그래서 방탕의 결과로 부끄럽게 태어난 아이들을 위한 고아원을 하나도 세우지 않고 그 아이들을 소화 과정에서 나오는 배설물처럼 내다 버렸지. 또한 빈민 구호기관도 없어서 중국 사람들은 가난함이 무엇인지 전혀 몰라. 그곳에서는 모두가 일하고, 모두 행복하며, 어느 것도 가난한 사람의 에너지를 약화하지 않는다. 그래서 그 사람들은 네로 황제가 그랬던 것처럼 "가난이 무엇이냐?"*라고 말할 수 있는 거지.

외제니 (생탕주 부인에게) 마님, 저희 아버지의 생각도 돌망세 나리와 똑같아요. 아버지는 지금까지 적선이라곤 해 본 적이 없으며, 부질없이 그런 곳에 많은 돈을 쓰는 엄마를 끊임없이 나무라셨지요. 엄마는 부녀봉사단체와 박애 협회 회원인 데다, 저도 무엇을 하는지도 모르겠는 단체에 가입하지 않은 곳이 없어요. 아버지는 엄마가 다시 그런 어리석은 짓을 하면 엄마를 싸구려 수녀원 기숙사로 보내 버리겠다고 으름장을 놓으며 모든 단체에서 탈퇴하라고 종용

---

* 원문은 다음과 같은 라틴어로 되어 있다. "Quid est pauper?"

하셨지요.

생탕주 부인   그런 자선단체들보다 더 우스꽝스럽고 동시에 위험한 것은 없단다. 우리가 지금 처한 것과 같은 끔찍한 대혼란은 바로 그 단체들, 그 무상교육기관과 자선단체들 때문이란다. 그러니 외제니, 적선 따위는 전혀 하지 마라.

외제니   아무 염려 마세요. 오래전부터 아버지도 똑같은 말씀을 하셨어요. 게다가 선행을 위해 아버지의 명령이나 내 마음의 충동 그리고 마님의 욕망을 저버릴 만큼 그 행위가 저를 유혹하지는 못한답니다.

돌망세   자연으로부터 받은 우리 감성의 일부를 분리해서 생각하지 말자. 감성을 타인에게 확장한다는 것은 결국 우리의 고유한 감성을 망친다는 것을 말하기 때문이다. 타인의 불행이 도대체 나와 무슨 상관이란 말이냐! 나와 상관없는 사람들을 위로하러 가서 확인하지 않더라도 그만한 불행 정도야 나에게도 있지 않겠느냔 말이다! 감성의 심지가 오로지 우리 인간의 쾌락을 자극해 주기를! 쾌락을 만족시키는 것에는 민감하고 나머지 모든 것에 대해서는 매몰차야 한다. 이런 감정의 결과로 일종의 잔인함이 만들어지지만 그 잔인함은 가끔 뭐라 형언할 수 없는 쾌감을 가져다주기도 한다. 사람이 항상 악행만 할 수는 없는 노릇이지. 악행이 주는 기쁨을 누리지 못한다면 적어도 선행을 전혀 하지 않음으로써 생기는 약간의 짜릿한 고약함을 대신 느껴야 하느니라.

외제니   어쩌면! 나리의 가르침은 정말로 저를 흥분시키는군요! 사람들이 저에게 선행을 하도록 시키는 것이 지금 오히려 나를 죽이는 것이라는 생각이 드네요.

생탕주 부인   그렇다면 외제니, 만일 사람들이 나쁜 짓을 시킨다면 할 준비가 되어 있다는 말이냐?

외제니 마님은 참으로 짓궂으세요. 그러지 마세요. 마님의 가르침을 다 받았을 때 이에 대한 대답을 해 드릴게요. 그런데 돌망세 나리, 나리께서 말씀하신 모든 것을 종합해 보면, 지상에서 선을 행하든 악을 행하든 아무런 상관이 없는 것 같고, 우리의 취향과 기질만이 존중되어야 한다고 여겨지네요.

돌망세 그건 분명한 일이다, 외제니. 악덕과 미덕이라는 단어가 내포하는 개념은 전적으로 지역적인 것이다. 비록 사람들이 조금 이상하다고 생각할 수는 있겠다만, 어떠한 행위도 진정으로 범죄가 되는 것은 없고, 어떠한 행위도 실제로 미덕이라고 여겨질 만한 것은 없어. 왜냐하면 모든 것은 우리의 풍습과 살고 있는 기후에 따라 달라지기 때문이야. 이곳에서 범죄가 되는 일이 몇백 리 떨어진 곳에서는 흔히 미덕이 되고, 남반구 어느 지역에서의 미덕이 우리에게는 반대로 범죄가 될 수 있는 것이지. 즉 잔인함이 숭배되기도 하고 미덕이 낙인찍힐 때도 있는 것이다. 이렇듯 단순한 지리적 차이에서 우리가 누구를 좋게 평가하거나 경멸하는 당치 않은 경우가 생겨나는 것이야. 따라서 만일 우리나 할 수 있는 못된 행위가 일말의 쾌락을 가져다주기만 한다면 거리낌 없이 그들이 퍼붓는 경멸을 택할 수 있을 정도까지, 우스꽝스럽고 헛된 그 감정을 초월해야 하느니라.

외제니 그렇지만 여기에서나 지구 반대편에서나 행위 자체가 일반적으로 범죄라고 여겨져 처벌을 받을 만큼 상당히 위험하고도 나쁜 행위가 있을 것 같아요.

생탕주 부인 그렇지 않단다, 아가야. 도둑질도 근친상간도, 살인이나 존속살해도 그렇지 않단다.

외제니   뭐라고요! 그런 끔찍한 짓거리가 다른 곳에서는 용서받을 수 있다고요?

돌망세   그런 곳에서는 그 짓들이 훌륭한 행위로 여겨져 높은 평가와 칭송의 대상이 되기도 하고, 또 다른 곳에서는 인정, 순진함, 선행, 순결, 그리고 다른 모든 미덕이 끔찍한 것으로 치부되기도 하지.

외제니   바라건대 이에 대한 모든 설명을 해 주세요. 그런 죄악들에 대해 간단하더라도 개별적인 분석이 필요해요. 우선 소녀들의 방종함에 대해서, 다음으로는 여인네들의 불륜에 대해서 두 분 사부님의 견해를 밝혀 주세요.

생탕주 부인   그래, 이야기해 주마. 아이가 어미의 젖을 떼고 난 다음부터 죽을 때까지 부모의 의지대로 계속 살아가야 한다고 말하는 것은 우스꽝스러운 일이란다. 인간의 권리와 그 범위가 그토록 세심하게 규명된 이 시대에, 그리고 소녀들에 대한 가족의 권한이 전적으로 망상이라는 것이 확실해진 지금, 소녀들이 계속해서 그들 가족에 얽매여 있어야 한다고 생각해서는 안 된다. 우리는 흥미로운 대상에 대해서는 본성을 따라야 한단다. 본능에 가깝게 행동하는 동물들의 법칙을 예로 잠시 살펴보자꾸나. 동물에게 있어서 아비로서의 의무 때문에 아비가 자기 새끼에 대한 원초적인 욕구를 누그러뜨리는 경우를 보았느냐? 수컷과 암컷이 쾌락을 만끽한 결과로 새끼들이 태어났는데, 그 새끼들은 그들 나름대로의 자유와 권리를 누리지 못할까? 새끼들이 스스로 걷고 먹이를 구해 먹을 수 있을 때부터 그 아비들은 새끼들을 자신의 새끼들로 생각이나 할 수 있겠느냐? 아울러 그 새끼들은 자신들에게 생명을 불어넣어 준 아비들에게 무언가 의무가 있다고 생각이나 하겠느냐? 아마도 아닐 거다. 동물의 세계에서도 이러할진대 어떤 이론에서 인간 세계의 우리 아이들이 억지로 온갖 의무를 다해야 한다는 말이더냐? 그리고 아버지들의 탐욕과 흑심이 아니라면 도대체 누가 그런 의무들을 설정했단 말이냐? 그래서 이제 감수성이 생기고 생각이 깊어지기 시작하는 소녀가 그런 속박에 굴하는 것이 합당한 일인지 묻는 거란다. 혹 편견 자체가 그런 굴레를 확장한 것은 아닐까? 그리고 왕성한 정욕에 불타는 열대여섯 먹은 아가씨가 불행한 어린 시절을 보낸 후 지옥에서보다도 더 가혹한 고통 속에서 부모의 비위를 맞추려 그 욕정을 감내하고 기다리다가, 사랑받을 일이라곤 전혀 없거나 미움 받을 모든 조건을 갖춘 한 남자와 억지로 결혼함으로써 부모의 위험한 탐욕에* 좋은 시절을 바쳐 희생하는 것처럼 우스운 일을 어디서 찾아볼 수 있겠느냐?

암! 아니고말고, 그런 부질없는 관계는 곧 사라질 거다. 이런 의미에서 소녀가 철들 나이가 되면 국가가 나서서 집을 떠나도록 해서 교육을 한 후, 나이 열다섯이 되면 각자 자신이 원하는 일을 스스로 하도록 놔두는 것이 필요하단다. 그렇게 되면 방탕해질 것이라고? 아무려면 어때! 젊은 아가씨가 외부와 차단되어 자신의 남편만을 위해 봉사하는 것보다는 자신을 원하는 모든 사람들에게 행복을 선사하기 위해 봉사하는 것이 훨씬 중요한 일이 아니겠느냐? 여자의 운명이란 암캐나 암이리 같아서 자신을 원하는 모든

---

* 18세기 후반 프랑스 상층부에서는 결혼을 통해 가문 간 유대를 강화했다. 즉 작위와 재력 또는 정치권력과의 결합으로, 몰락했으나 지체 높은 귀족의 아들과 신흥 법복귀족 또는 재력가의 딸의 결합이 당시에는 흔했던 결혼 형태였다. 사드의 결혼도 이러한 배경에서 이루어졌는데, 사드의 아버지인 사드 백작은 몰락 중인 가문을 다시 세우기 위해 정치, 경제적으로 유력했던 법복귀족 가문과 인연을 맺은 것이다. 그러나 처가와 불화가 있었던 사드에게 이 결혼은 삼십여 년간 이어진 그의 수감 생활에 직접적인 원인이 되었다.

사람의 것이 되어야 한단다. 적적한 결혼처럼 터무니없는 속박으로 여자들을 옭아매는 것은 자연이 여자에게 부여한 운명을 분명히 훼손하는 일이야.

이제는 사람들이 모든 것을 깨닫기를, 또한 모든 사람들의 자유가 보장될 때 소녀들의 불행한 운명도 잊히지 않기를 기대하자꾸나. 그러나 이에 대한 무관심이 계속되어 소녀들의 한탄이 극에 달한다면, 그녀들 스스로 관습과 관행을 벗어남으로써 사람들이 소녀들을 옭아매기 위해 씌워 놓은 수치스러운 굴레를 과감하게 짓밟아 버릴 거다. 그리하여 소녀들은 곧 관습과 편견을 극복하겠지. 여자들보다 더 자유분방하기 때문에 보다 유순해진 남자들은 그렇게 행동하는 여자들을 경멸하는 것이 부당하다는 것과, 본능적 충동에 따르는 행위가 자유를 빼앗긴 사람들에게서는 범죄로 여겨지지만 자유분방한 사람들에게서는 전혀 그렇지 않다는 사실을 알게 될 거란다.

그러므로 외제니, 너는 지극히 정당한 이런 여러 원칙으로부터 출발하여 어떤 대가를 치르고서라도 너를 속박하는 족쇄를 끊어 버려라. 어리석은 어미의 부질없는 훈계 따윌랑 무시해라. 네가 네 어미에게 증오와 경멸로 보답해야 하는 것은 당연한 일이니라. 만일 방탕한 네 아버지가 마침 너에게 욕정을 품고 있다면 너를 속박하지 않는다는 조건으로 기꺼이 응하도록 하여라. 한마디로 실컷 즐기란 말이다. 네가 이 세상에 태어난 것은 바로 그 때문이니, 네 정신력과 의지의 한계를 제외하고 네 쾌락에 있어서 어떠한 제한도 없이, 장소, 시간, 그리고 상대할 사람에 대해 어떠한 예외를 두지 않고 실컷 즐겨야 하느니라. 모든 시각, 모든 장소, 모든 사람은 네 쾌락을 위해 도움이 되어야 한다. 금욕이란 도대체 말도 되지 않는 미덕이란다. 그런데 금욕이란 본성을 훼손하는 일인 만큼 금욕 생활을 하면 자연은 곧바로 온갖 불행으로 우리를 벌하지. 또한 법은 지금도 그런 것처럼 나중에도 우리를 속박할 것인 만큼 연막을 쳐야 할 것이야. 그렇지 않으면 여론이 우리를 더 압박할 것이란다. 하지만 우리가 공공연하게 취해야 하는 그 끔찍한 정숙함을 은밀하게 짓밟음으로써 이에 대한 보상을 받자꾸나.

앳된 소녀라면 자신에게 은밀하게 쾌락을 맛보게 해 줄 수 있는 자유분방한 거리의 여인을 훌륭한 여자 친구로 두려고 노력해야 한다. 그런 친구를 얻지 못한다면 자신을 호시탐탐 노리고 있는 사내들을 유혹해야지. 그러고는 매춘으로 번 돈 모두를 주겠다고 약속하면서 매음을 주선해 달라고 부탁하면 되고, 그것도 안 되면 바로 그 사내들 또는 그들이 찾아낸 뚜쟁이라고 불리는 여인네들이 그 소녀의 계획을 충족해 주면 된다. 또한 소녀라면 형제, 사촌, 친구, 부모 등 주변 사람들의 눈을 속여야 하고, 혹시라도 자신의 행실을 감추기 위해 필요하다면 누구에게라도 몸을 허락해야 한다. 자신의 취향과 감정까지도 포기해야 한다면 그리 해야지. 필요에 따라 몸을 맡기는 것과 같이, 내키지 않는 정사도 소녀에게는 머지않아 아주 쾌적하게 바뀌는데, 그때부터 그 소녀는 사람들이 말하는 것처럼 내놓은 여자가 되는 것이야. 그러나 소녀라면 어린 시절의 편견에 또다시 빠져서는 안 되고, 위협, 권유, 의무, 미덕, 종교, 충고 따위를 무시해 버려야 한다. 또한 자신을 다시 옭아매는 모든 것과, 음란함의 깊은 매력을 추구하지 않는 모든 것을 집요하게 무시하고 떨쳐 버려야 한단다.

방탕한 삶의 결과로 불행이 닥칠 것이라는 우리 부모들의 잔소리는 황당한 것이야. 왜냐하면 여기저기 가시밭길이 널려 있어도 악의 행로를 섭렵하다 보면 가시밭 위로 봉오리를 내밀고 있는 장미 꽃과도 같은 행복을 찾을 수 있기 때문인데, 바로 그런 진창길에 자연이 전혀 만들어 낼 수 없는 미덕이 있는 것이란다. 이런 행로에서 염려해야 할 유일한 암초가 있다면 그것은 사람들의 공연한 편견이야. 하지만 지각 있는 아가씨라면 약간의 성찰을 통해 부질없는 그런 편견을 제압함으로써 그에 대응하지 않겠느냐? 외제니, 타인의 존경을 받아 생기는 쾌락은 그저 몇몇 사람들에게나 어울리는 도덕적 쾌락일 따름이지만 성교로부터 나오는 쾌락은 모두가 좋아하는 것이란다. 그리고 그 매혹적인 쾌감은 공공연한 편견에 맞설 때 하찮은 것이지만 피하기 어려웠던 경멸에 대한 보상을 해 주지. 재미있는 사실은 분별 있는 여인네라면 경멸을 쾌락으로 묘하게 변화시킬 정도로 남들의 경멸에 대해 전혀 개의치 않는다는 것이다. 그러니 외제니, 즐겨야 한다. 네 육체는 너의 것, 너만의 것이야. 네 마음껏 네 육체를 즐기고 타인으로 하여금 네 몸에서 쾌락을 얻도록 하는 권리는 이 세상에 오로지 너만이 누릴 수 있는 것이란다.

네 인생에서 가장 행복한 시기를 누리도록 하여라. 쾌락을 만끽하기 위한 우리의 나날은 너무도 짧아! 쾌락을 누려서 얻는 지극한 행복감은 지금으로 끝나는 것이 아니고, 감미로웠던 그 기억은 계속 남아 우리에게 위안이 되어 주고 늙어서까지 우리를 즐겁게 해 준단다. 그런데 그런 행복을 누려 보지 못했다면 나중에 우리는 어떨까? 쓰라린 후회와 극심한 회한으로 괴로워하다가, 늙어서 오는 고뇌가 더해져 결국 눈물과 고난 속에 비통한 최후를 맞겠지…….

네 이름을 영원히 남기고 싶은 열정이 있느냐? 그렇다면 성교를 하여라. 뭇 사내들의 기억 속에 네 자취가 계속 남아 있을 것이니. 루크레티우스* 같은 위대한 시인들은 금방 잊히더라도 테오도라**나 메살리나*** 같은 요부들은 가장 달콤하고 가장 빈번한 화젯거리로 여전히 인구에 회자되는 것처럼 사람들의 기억 속에 남는 것이란다. 그러니 외제니, 이승에서는 우리에게 영광을 베풀다가 저승까지 가서도 숭배의 대상이 될 수 있다는 희망을 남겨 주는 삶의 방식을 어떻게 더 좋아하지 않을 수 있겠느냐? 다시 말하면, 현세에서 우리를 어리석게도 보람 없이 살게 하다가 죽어서는 경멸 속에 잊히는 신세로 전락시키는 삶보다는 내가 말한 삶의 방식을 어떻게 선택하지 않을 수 있겠느냔 말이다.

외제니 (생탕주 부인에게) 아! 사랑스러운 마님, 방금 하신 말씀은 제 머리를 뜨겁게 달구고 제 마음을 휘어잡아 뭐라 말씀드리기 어려울 지경이랍니다…… 그런데 마님께서는 그런 여인네들 가운데 몇몇을…… (평정을 잃고) 제가 부탁하면 매춘을 주선해 주는 그런 여자들을 소개해 주실 수 있겠어요?

생탕주 부인 이런 분야에서 너에게 딱 들어맞는 사람이라곤 나밖에 없을 것이다. 그런 일이라면 나에게 맡겨라, 네가 어찌할 바를 모르는 것을 감싸 주기 위해 내가 베푸는 세심한 배려에 너를 맡겨 보란 말이다. 내 동생과 너를 가르치고 계신 이분에게 가장 먼저 네 몸을 허락하면 좋을 듯싶구나. 다른 사람들은 다음에 찾아보기로 하고.

---

* 기원전 1세기에 활동한 고대 로마의 시인이자 철학자이며 『자연론(De rerum natura)』의 저자다.
** 비잔틴 제국의 황제 유스티니아누스 1세의 황후. 비잔틴 역사상 가장 강력한 영향력을 행사한 여성으로 평가되며 배우로 활동했던 젊은 시절의 자유롭고 요란한 성격으로도 유명하다.
*** 로마 황제 클라우디우스의 세 번째 아내로 음탕하고 방종한 행동으로 악명이 높았다.

염려하지 마라, 아가야. 네가 온갖 종류의 쾌락을 맛보도록, 네가 환락의 바다에 푹 잠기도록, 그리고 너 자신을 쾌락으로 가득 채워 그것을 만끽하도록 해 줄 테니!

외제니 (생탕주 부인의 품을 파고들며) 아! 마님, 존경합니다. 원하시는 대로 하세요. 저보다 더 말을 잘 듣는 아이가 없다는 것을 보여 드릴 겁니다. 그런데 일전에 나눴던 대화에서 마님께서 말씀하신 것 같은데, 장차 배우자가 될 사람이 눈치채지 못하게 하면서 젊은 여자가 방탕한 생활에 빠지는 것이 그렇게도 어려운 일인가요?

생탕주 부인 그건 그래. 하지만 이미 흠집이 난 여자도 처녀의 순수성을 벌충할 수 있는 여러 비법이 있는데, 너에게 그것들을 가르쳐 주마. 그렇게 한다면 마리 앙투아네트처럼 즐길 수 있을 거다. 네가 이 세상에 태어났을 때와 같이 너를 순결하게 만들어 줄 것이야.

외제니 아! 마님에게는 매력이 넘쳐흘러요. 저에게 계속해서 가르침을 주세요. 이제 결혼했을 때 여자는 어떤 행실을 취해야 하는지어서 가르쳐 주세요.

생탕주 부인 아가씨든, 결혼한 부인이든, 또는 과부든, 여자란 자신이 처한 어떤 상태에서도 아침부터 밤까지 성교하는 일 외에는 다른 어떤 목적도 다른 어떤 생각도 다른 어떤 욕망도 가져서는 안 된다. 자연이 여자를 창조한 것은 바로 이러한 이유에서이기 때문이지. 그런데 자연의 이러한 의도를 충족하기 위해 내가 여자들에게 어린 시절의 모든 편견을 짓밟으라고 요구할 때마다, 그리고 가문의 법도를 단호하게 무시하라고 명령할 때마다, 부모들이 하는 훈계 가운데, 외제니 너도 동의하겠지만, 끊어 버려야 할 굴레들 가운데 가장 확실하게 떨쳐 버려야 할 것은, 그리고 내가 되도록 빨리 없애라고 충고하는 것은 바로 결혼이라는 것이란다.

잘 생각해 보아라. 아무것도 모르고, 아무런 경험도 없는 한 어린 소녀가 부모 집이나 기숙 수녀원을 떠나, 한 번도 본 적이 없는 남자의 품에 곧바로 안겨야 하고, 제단 앞에서 그 남자에게, 가슴속 깊숙한 곳에서 실제로는 지키지 않을 것이라는 생각을 하는 만큼 더욱 터무니없는 복종과 순종을 맹세해야 하는 것을 말이다. 외제니, 세상에 이보다 더 끔찍한 운명이 있겠느냐? 어쨌든 남편이 자신의 마음에 들건 그렇지 않건, 남편이 자신에게 애정이 있건 딴짓을 하건 간에, 결혼한 여자가 있다고 치자. 여자의 명예는 복종과 순종에 대한 맹세에 달렸지. 그 맹세를 어기면 그녀의 명예는 실추된단다. 그러면 필시 그녀는 신세를 망치거나 평생 멍에를 지고 살다가 고통 속에 죽게 되겠지. 아! 외제니, 그럴 수는 없단다. 우리는 그런 이유 때문에 이 세상에 태어난 것이 결코 아니란다. 터무니없는 그런 규칙은 다 사람들이 만들어 낸 것이니, 우리가 거기에 따라서는 안 된다. 그렇다고 해서 이혼을 한다면 우리 여자들이 만족할까? 그것도 아닐 거다. 어느 누가 첫 번째 결혼으로 말미암아 잃어버린 행복을 다음 결혼에서 더 확실히 찾을 수 있다고 말할 수 있겠느냐? 따라서 우리 여자들은 터무니없는 결혼에서 오는 속박에 대한 보상을 은밀하게 받아야 해. 이런 종류의 보상으로 확실한 것은 우리가 저지를 수 있는 모종의 무절제에서 오는 난잡함이 있는데, 이는 자연을 모독하기는커녕 오히려 자연에게 진심으로 경의를 표하는 것이 된단다. 자연이 우리에게 심어 놓은 욕망에 따르는 것은 자연의 법칙에 순응하는 것이고, 욕망을 억제하는 것이야말로 자연을 모독하는 것이야. 사람들이 죄악시하는 간통, 그 행위 자체에 대해 사형을 부과하는 그 간통이라는 것도 사실은 자연에 대한 우리의 권리를 이행하는 것에 지나지 않아. 그러니 엉뚱한 생각이나 하는 우리의 압제자들은 결코 우리에게서 그 권리를 빼앗아서는 안 되는 것이란다. 그런데 보통 남편들이 말하는 것처럼 우리 여자들의 무절제함으로 생긴 아이들을 자신의 아이처럼 귀여워해 주고, 자신의 아이처럼 안아 주는 처지가 되도록 만드는 것은 끔찍한 일이 아니겠느냐? 이것이 루소의 반론인데 약간 허울만 좋다는 느낌을 주기는 하지만 간통을 억제할 수 있는 유일한 이론이지. 나도 그런 생각에는 동의해. 자! 그러면 임신에 대한 두려움 없이 방탕한 생활에 몰입하는 것이 훨씬 더 용이하지 않겠느냐? 더불어 부주의로 임신이 되더라도 낙태하는 것이 더 편하지 않겠느냐? 이 주제에 대해서는 다시 논의할 것이니 문제의 핵심만을 다루자꾸나. 언뜻 보기에 매우 그럴듯한 논거도 실제로는 망상일 뿐이라는 사실을 확인해 보자는 것이지.

우선 내가 남편과 계속 동침하는 한, 그래서 내 자궁 깊숙한 곳에 그의 정액이 꾸준히 흘러 들어오는 한, 남편 외에 다른 남자들 열 명과 동시에 관계를 가진다 해도, 태어날 아기가 남편의 소생이 아니라는 사실을 어느 무엇으로도 증명해 보이지 못할 게 없다. 아이가 남편의 소생이 아닐 수 있는 것처럼 남편의 자식일 수도 있어. 그래서 이렇게 불확실한 경우 양심의 가책을 느끼면서까지 (아이가 만들어질 때 남편도 일조를 했으니까) 이 아이가 출생한 과정에 대해 털어놓을 수 없는 노릇이고 또 그렇게 해서도 안 되는 거지. 아이가 남편의 소생이 될 수 있는 순간부터 그 아이는 남편의 자식이 되는 것인데, 이런 사실에 의심을 품어 불행해질 남자는 자기 부인이 처녀였다 하더라도 똑같이 불행할 것이란다. 왜냐하면 여자가 아이에 대해 답변을 한다는 것은 불가능한 일이고, 또 십여 년 동안 정숙했던 여자라도 어느 날 갑자기 태도를 바꿔 정숙함을 포기할 수 있기 때문이야. 다시 말하자면 본래 의심 많은 남편이라면 어떤 경우에라도 의심이 많아서, 안고 있는 아이가 진정으로 자신의 소생이라고는 결코 확신하지 않을 테니까. 그런데 남편이 모든 경우에 있어서 의심이 많은 사람이라 하더라도 그 의심을 풀어 주는 것은 일도 아니란다. 도덕적으로 행복하다거나 불행한 상황을 초래한 당사자는 엄밀히 말해 남편 자신이기 때문이야. 결국 있는 그대로를 받아들이는 편이 백번 옳은 일이지. 그래서 의심 많은 남편들은 완전히 잘못된 생각을 해서 자기가 아내의 방탕으로 만들어진 아이를 보듬고 있다고 여긴단다. 상황이 이럴진대 누구에게 죄가 있다는 것이냐? 또한 부부의 재산은 공동소유가 아니더냐? 이런 경우 이 재산의 일부에 대한 권한이 있는 아이를 가정에 들여놓는다고 해서 내가 어떤 해악을 끼친 것이 되느냐? 그 아이가 가질 것은 내 재산이야. 사랑하는 내 남편에게서는 아무것도 탈취하지 않는 것이지. 나는 아이가 받을 몫을 내 지참금에서 떼어 낸 것이라 여긴단다. 그러므로 그 아이나 나나 남편에게서는 아무것도 빼낸 것이 아니지. 그런데 만일 그 아이가 남편의 소생이었다면 어떤 명목으로 내 재산에서 일정한 몫을 갖게 되는 것일까? 그 아이가 내 피를 이어받았다는 이유에서는 전혀 아니지 않느냐? 그래도 그 아이는 사사로운 가족 관계에 따라 자신의 몫을 누리게 된단다. 그 아이도 내 자식인 만큼 나는 그 아이에게 재산의 일부를 나눠 줘야 하는 것이지.*

그런데도 나에게 비난할 만한 점이 있겠느냐? 그 아이는 어찌 되었든 자신의 몫을 차지하게 되었는데 말이다. 그러면 혹자는 내가

---

*사드의 모든 작품은 이처럼 방탕아 주인공들의 궤변으로 점철되어 있다.

남편을 기만했으며 이런 잘못은 끔찍한 일이라고 말하지. 그러나 그건 아니야. 내가 그렇게 하는 것은 그저 대갚음일 뿐이야. 다시 말하자면, 처음부터 강요에 따라 맺어진 결혼으로 속아 넘어간 것이기 때문에 나는 이에 대한 복수를 하는 것뿐이란다. 이보다 더 소박한 일이 있겠느냐? 또 어떤 사람은 내가 실제적으로 남편의 명예를 더럽힌다고 말하기도 하는데 그것도 편견이란다. 내 방종은 남편과 아무런 상관이 없어. 내 잘못은 순전히 내 개인적인 문제니까. 그 불명예스러운 행위라는 것도 지난 세기에는 아무 일도 아니었는데 오늘날에 와서 사람들의 생각이 바뀌었기 때문이지. 그리고 남편이 저지르는 방종이 어떠한지는 나도 모르는 만큼, 내 방종함 때문에 남편이 더 절망할 것이라고 말할 수는 없단다. 게다가 나는 세상 모든 사람들과 관계를 해 왔으면서도 남편에게는 조금의 상처도 안 남기지 않았더냐! 그러므로 이런 불륜이라는 것은 말도 안 되는 우스운 이야기란다. 내 남편이 짐승 같고 질투심이 많든지, 또는 관대하든지 두 부류 중에 하나일 것이다. 첫 번째 경우라면 그의 행실에 대한 복수를 하는 것이 내가 최선을 다해 할 수 있는 일이지. 두 번째 경우라도 내 행실이 그에게 고통을 안겨 주지는 않을 것이다. 왜냐하면 그가 올바른 사람이라면 내가 쾌락을 맛보는 것에 대해 기꺼워할 것이기 때문이지. 관대한 사람이란 자신이 사랑하는 사람이 행복해하는 정경을 좋아하지 않을 수 없는 것이야. 그런데 또 혹자는 내가 남편을 사랑하는데 그가 나만큼이나 방탕한 생활을 해도 좋겠냐고 묻겠지. 아! 감히 남편을 질투하는 여인에게 불행이 있으라! 남편을 사랑한다면 그가 자신에게 해 준 것만으로도 만족해야지, 남편을 속박하려고 해서는 안 될 일이야. 그런 일은 이룰 수 없을 뿐만 아니라 그 일로 결국 스스로를 증오하게 된단다. 분별이 있는 사람이라면 남편의 방종에 대해 결코 고통스러워하지 않을 것이야. 나와 똑같이 남편도 방탕한 생활을 하면 가정에는 평화가 넘치는 것이지.

요약해 보자. 간통의 결과가 어떻든 간에 태어난 아이들이 남편의 소생이 아니더라도 집에 받아들여야 하고, 그 아이들은 아내의 자식인 만큼 아내가 결혼하면서 가져온 지참금 가운데 일부에 대한 권리를 누린다. 남편은 모든 사실을 알았다 하더라도 이 아이들을 아내가 첫 결혼에서 얻은 자식으로 여겨야 한다. 남편이 이에 대해 아무것도 모른다면 그가 불행해질 수는 없을 것이다. 알지 못하는 재난에 대해 불행을 느낄 수는 없기 때문이지. 아내의 간통 행위가 그 이후로는 일어나지 않았고, 그 간통 사실에 대해 남편이 모른다면, 이런 경우 어떤 법률가도 그 간통이 죄가 된다고 증명할 수 없을 것이다. 이때부터 간통이란 것은 간통 사실을 모르는 남편에게는 아무런 상관이 없는 행위이고, 간통을 즐기는 아내에게는 매우 좋은 일이 되지. 만일 남편이 간통 사실을 알게 되더라도 그 간통은 더 이상 죄악이 아니다. 왜냐하면 간통 사실이 알려지기 직전에는 간통이 죄가 될 수 없는데, 이 무죄라는 사실에 대한 본질 또한 바뀔 수는 없는 것이니까. 죄악이 있다면 남편이 간통 사실을 알았다는 것뿐이며 이 죄는 남편 혼자서 저지른 것인지라 나중에 그는 아내를 똑바로 쳐다볼 수도 없을 것이다.

그러므로 예전에 간통을 처벌했던 사람들은 망나니들이고 폭군들이며 질투심 많은 자들이야. 이들은 모든 것을 자신들에 비춰 생각하면서, 마치 사사로운 모욕은 결코 범죄행위로 여겨질 수 없다는 것처럼, 그리고 자연과 이 사회를 모독하기는커녕 모두에게 명백하게 기여하는 행위를 범죄라고 부를 수 있다는 것처럼, 자신들을 거역하는 것은 죄악이라고 부당하게 생각했던 것이다. 그런데 간통이 여자에게 더 거추장스러운 경우들이 있단다. 물론 그 때문에 간통이 더 범죄적이 되는 것은 아니지만 말이다. 예를 들어 남편이 성불구자라든가 비정상적인 성적 취향에 빠진 경우가 그러하지. 아내는 쾌락을 즐기고, 남편은 전혀 즐기지 않는다면 아마도 그녀의 방탕함은 더욱 노골적이 될 것이야. 그렇다고 해서 그녀가 체면을 차려야만 할까? 그럴 것은 없겠지. 아내가 유일하게 조치해야 할 것은 임신이 되지 않도록 대비하는 것과 잘못되어 임신한 경우 낙태를 하는 것이다. 남편의 성적 취향이 동성애적이기 때문에 아내가 남편의 성적 태만함에 대해 보상을 요구하는 것을 자제하고 있다면, 남편의 몇몇 성적 취향이 어떠하든지 간에 혐오감을 보이지 않고 우선적으로 남편을 충족해 주어야 한다. 그런 다음 남편에게 행한 배려가 몇 가지 관점에서 충분한 가치를 지니고 있음을 주지시키고, 그녀가 남편에게 동의한 것을 이유 삼아 완전한 자유를 요구해야 하는 거야. 그러면 남편은 이에 대해 거절하든가 아니면 동의할 것이다. 내가 그랬던 것처럼 남편이 동의한다면, 극진한 정성과 배려로 그의 환상을 충족해 주면서 다른 한편으로는 아무런 장애물 없이 편안하게 몸을 굴리면 되는 거지. 그가 거절한다면 베일을 더욱 두껍게 치고 숨어서 은밀하게 즐기면 되는 것이고. 남편이 성불구자라면? 이때는 서로 헤어져야 하는데, 어떤 경우에도 쾌락에는 빠져야 한다. 어떤 경우라도 쾌락을 누려야 한다. 왜냐하면 우리는 쾌락을 누리기 위해 세상에 태어났고, 쾌락을 누리면서 자연의 법칙을 실현하기 때문이며, 자연의 법칙들을 거스르는 인간의 모든 법칙 따위는 무시해도 무방하기 때문이란다.

여자란 바보 같을 정도로 고지식해서 처녀막의 굴레만큼이나 터무늬없는 결혼 때문에 자신의 취향에 몰입하는 데 지장이나 받으면서, 임신, 남편에 대한 불명예, 오점, 그리고 더 헛되게 자신에 대한 평판 따위나 걱정하지. 외제니, 이제 알겠지? 그래, 여자가 얼마나 어리석은지, 여자가 자신의 행복과 삶의 모든 기쁨을 가장 우스꽝스러운 편견에 얼마나 비굴하게 희생하는지를 깨우쳤을 것이다. 아! 여자란 쾌락을 즐겨야 한단다. 어떤 처벌에 대한 염려 없이 쾌락을 즐겨야 하지. 그녀의 모든 희생이 얼토당토않은 약간의 평판, 헛된 종교적 소망으로 보상받을 수 있겠느냐? 그건 아니지. 미덕이나 악덕이나 무덤에 들어가면 다 똑같은 것이란다. 몇 년이 지난 뒤, 사람들이 누구는 비난하고 다른 누구는 찬양할까? 다시 한번 단언하건대 절대로 아니야. 쾌락 없이 살아온 불행한 여인은 슬프게도 아무런 보상도 받지 못하고 생을 마감하게 된단다.

외제니 마님의 말씀이 제 폐부를 찌릅니다. 그 말씀으로 제 편견을 물리쳐 주셨어요! 게다가 제 엄마가 저에게 심어 준 그릇된 모든 원칙을 마님께서 파기해 버리셨어요! 아! 내일이라도 당장 결혼해서 마님의 금과옥조 같은 행동 방침을 실천해 보고 싶어요. 정말이지 마님의 준칙은 흥미롭고 참된 것이에요. 그래서 마님의 말씀을 제가 그토록 좋아하는 것이지요! 그런데 마님의 말씀 가운데 한 가지 이상한 점이 있어요. 저는 전혀 이해하지 못했으니 그에 대해 설명해 주세요. 마님의 나리께서는 쾌락을 즐기면서 아이를 갖지 않는 방식을 취하셨다고 말씀하셨는데, 마님께 어떻게 하신 거죠?

생탕주 부인 내가 결혼했을 때 남편은 이미 늙은이였다. 결혼 첫날밤부터 남편은 자신의 엉뚱한 생각을 나에게 말해 주었지. 내가 엉뚱한 짓을 하는 것에 대해 자신도 결코 방해하지 않겠다고 약속하면서 말이다. 그래서 남편이 하자는 대로 따를 것을 맹세했고, 그때부터 우리 두 사람 모두는 언제나 지극히 감미로운 자유를 누리며 살았단다. 남편은 누가 자신을 빨아 주는 것을 좋아하는데, 이와 관련된 한 가지 매우 특이한 일화가 있다. 내가 누워 있는 그의 면전에 엉덩이를 수직으로 두고 몸을 구부려 열심히 정액을 빨아 마셨는데 그러다 그의 입에 똥을 누었더니…… 남편이 그것을 삼키더구나!

외제니 정말로 희한하리만큼 엉뚱한 짓이군요!

돌망세 엉뚱하다고 여겨지는 어떠한 짓거리도 그렇게 규정될 수는 없다. 엉뚱한 모든 짓거리는 본성에서 나온 것이지. 자연은 인간을 창조하면서 그들의 모습을 서로 다르게 구별했듯이 성적 취향도 서로 다르게 구별하는 것을 좋아했어. 그러니 자연이 우리의 모습만큼이나 우리의 성향을 다양하게 만들어 놓았다는 사실에 놀랄 것까지는 없다. 부인께서 방금 너에게 말씀하신 그 엉뚱한 짓은 보통 사람들이 쉽게 알 수 없는 것이야. 그러나 무수한 사람들, 주로 특정한 연령에 이른 사람들은 거기에 놀랄 만큼 열중한단다. 외제니, 누가 너에게 그런 짓을 하자고 요구한다면 거절하겠느냐?

외제니 (얼굴을 붉히며) 지금 저에게 주입된 준칙들에 따르자면, 제가 무엇을 거절할 수 있겠어요? 다만 제가 놀란 것에 대해서는 용서를 구합니다. 사실 그런 음란한 이야기들은 처음 듣는 것이에요. 그러니 우선 그 음란함이 어떤 것인지를 이해하는 것이 필요합니다. 그런데 문제의 해결에서부터 시행 절차까지 사부님들께서 서로 요구하시는 것에는 어떠한 차이도 있을 수 없다고 확신하시는 것 같아요. 어쨌든 마님께서는 그러한 배려에 동의함으로써 자유를 얻은 것이지요?

생탕주 부인 가장 완전한 자유였단다. 남편이 아무런 토를 달지 않아서 나도 원하는 것을 모두 했으니 말이다. 하지만 절대로 정부를 두지는 않았단다. 정부를 두기보다는 쾌락에 열중하는 것이 훨씬 좋았기 때문이었어. 스스로 얽매이는 여인에게 불행이 있을지니! 정부를 둔다는 것은 여자 스스로를 망치는 일이야. 반면, 정부를 두지 않는다면 여자가 원할 때 매일같이 반복되는 다양한 종류의 방탕한 행위들이 성사되는 즉시 밤의 정적 속에서 정신을 잃을 수 있지. 부유한 나는 돈을 주고 젊은 사람들을 사서 내가 누구라는 사실을 감춘 상태에서 즐겨 왔단다. 매력적인 하인들도 내 주위에 여럿 있었는데 입이 무거운 자들은 나와 함께 아주 감미로운 쾌락을 확실하게 만끽했고 한마디라도 발설한 몇 놈은 쫓아 버렸지. 외제니, 이런 방식으로 내가 흠뻑 빠져 있었던 격류와도 같은 환락이 어떤 것인지 너는 모를 거다. 그러나 이것이 바로 나를 모방하고자 하는 모든 여인네들에게 지시해 주는 행동 방식이란다. 결혼한 이후 십이 년 만에 만이천 명 정도가 나를 거쳐 갔을 거다…… 그런데도 주위에서는 모두 내가 정숙하다고 하지 않더냐! 한 여자가 정부를 얻는다는 것은 결국 부수적인 문제에 사로잡혀 본질을 보지 못하게 된다는 점을 나는 말하는 것이란다.

외제니 마님의 행동 방침이 가장 확실하군요. 저도 분명하게 그 준칙을 택하겠어요. 마님처럼 저도 부유한 남자와, 게다가 특히 엉뚱한 환상을 품은 남자와 결혼해야겠어요…… 그런데 마님, 전적으로 자신의 취향에만 얽매여 있는 마님의 나리께서는 마님께 다른 것을 전혀 요구하지 않으셨나요?

생탕주 부인 전혀 없었어. 지난 십이 년 동안 단 하루도 앞서 한 말을 뒤엎지 않았단다. 내가 월경할 때를 제외하고는 말이다. 그럴 때면 남편은 매우 귀여운 내 몸종을 원해서 그 아이가 나를 대신해 왔단다. 일이 최선으로 풀려 간 것이지.

외제니   하지만 그 정도로 끝나지는 않았을 것 같고, 마님의 나리께서는 다양한 쾌락의 영역을 넓히려고 외부에서 다른 상대들을 끌어들이셨겠지요?

돌망세   생각할 것도 없단다, 외제니. 부인의 부군은 전대미문의 방탕아들 가운데 한 사람으로, 부인이 방금 너에게 설명하신 음란한 성적 취향을 위해 연간 10만 에퀴* 이상을 지출하지.

생탕주 부인   진실을 말하자면 나도 그렇게 생각해요. 그러나 남편의 이루 헤아릴 수 없이 다양한 방탕함 덕분에 내 방종이 용인되고, 게다가 내 방탕함이 가려지기까지 하는데, 그의 방탕함이 나에게 해가 될 일이야 있었겠소?

외제니   마님, 결혼 여부에 상관없이 젊은 여자가 임신을 예방할 수 있는 방법들을 자세히 좀 알려 주세요. 고백하건대 제 남편이 될 사람과 관계를 해서든 방탕한 생활의 결과에서든 임신한다는 사실 자체에 질겁할 것 같아요. 방금 전에 마님은 나리의 취향을 말씀하시면서 피임에 대해 한 가지 방법을 일러 주었지요. 그런데 그 방식으로 즐기는 것이 남자에게는 매우 쾌적할 수 있겠지만 여자에게는 그렇지 못할 것 같아요. 그리고 즐길 때 제가 염려하는 위험이 없는, 우리만의 쾌락에 대해서 마님의 말씀을 듣고 싶어요.

생탕주 부인   아가씨의 성기에 남자의 성기가 삽입된다고 해서 그때마다 아가씨가 임신할 위험에 처하는 것은 아니란다. 하지만 그런 성교 방식은 되도록 피해야 하며 그 대신 손, 입, 유방, 그리고 항문 등을 구별 없이 사용해야 한단다. 가장 나중에 언급된 부위를 통해

---

*10만 에퀴는 30만 리브르로, 부유한 왕족의 일 년 수입에 해당한다.

아가씨는 상당한 쾌감을 얻는데, 그 쾌감은 다른 곳, 즉 성기를 통해 얻는 쾌감보다 더 훌륭하단다. 그 외 다른 방식으로는 아가씨가 상대에게 쾌감을 제공하는 것이지.

이 여러 방법들 가운데 첫 번째 것을 살펴보자꾸나. 방금 전에 네가 보았던 것처럼 손을 통한 방법 말이다. 손으로 하는 것은 상대 남자의 음경을 마치 펌프질하는 것처럼 흔들어 대는 것을 말한단다. 몇 번만 쥐고 흔들면 정액이 뿜어져 나오지. 손으로 음경을 흔들어 대는 동안 남자는 여자에게 키스와 애무를 하는데, 그러다가 그가 상대의 몸 가운데 가장 좋아하는 부분에 그 액체를 사정하는 거야. 음경을 유방 사이에 놓고 흔들고 싶다면? 여자는 바로 누워서 두 젖무덤 사이에 음경을 고정해 살짝 조여 주면 되고, 거기서 남자는 얼마간 흔들어 대다 유방, 때로는 얼굴을 흠뻑 적시도록 사정하면 된단다. 이 방법은 다른 모든 것에 비해 선정적인 면에서 질이 떨어지고, 유방을 너무 사용한 나머지 남자 위에서도 음경을 조여 줄 수 있을 만큼 충분히 가슴이 늘어진 여인네들에게나 어울리는 것이야. 입을 통해 즐기는 것은 남자에게나 또 여자에게나 훨씬 더 기분 좋은 일이지. 쾌감을 만끽하는 가장 좋은 방법은 여자가 상대 남자의 역방향으로 눕는 것이야. 그리하면 그의 음경은 여자의 입으로 들어가고, 머리는 여자의 허벅지 사이에 위치해서, 여자가 그에게 해 주는 것과 같은 행위를 남자는 여자에게 해 줄 수 있는데, 보통 여자의 성기에 혀를 삽입하거나 음핵을 자극한단다. 이런 체위를 취할 때에는 각자 상대방의 엉덩이를 움켜쥐고 서로의 항문을 애무해 주어야 해. 이는 쾌감의 정도를 높이기 위한 보완 작업으로 언제나 필요한 일이란다. 뜨겁게 달궈지고 상상이 풍부해진 연인들이라면 각자의 입에 스며든 정액을 삼켜서, 원래의 목적이 고의적으로 상실된 그 귀중한 액체를 서로의 배 속으로 흘려보내는 지극히 관능적인 쾌락을 섬세하게 누려야 한단다.

돌망세   외제니, 그것은 더없이 기분 좋은 방법이다. 나중에 그것을 한번 실행해 보아라. 생식의 권리를 스스로 포기하는 것, 그럼으로써 어리석은 자들이 자연의 법칙이라고 부르는 것에 거역하는 것은 진정으로 매력이 충만한 일이야. 허벅지, 겨드랑이도 종종 남자가 즐기는 부위로, 임신에 대한 부담 없이 정액을 뿜어낼 수 있는 곳이 되어 주지.

생탕주 부인   어떤 여자들은 정액을 번식시키는 자궁 안에 그 액체가 유입되는 것을 차단하려고 질 속에 흡수력 강한 스펀지를 집어넣기도 한단다. 다른 여자들은 상대방 색골들에게 보통 콘돔이라고 부르는 베네치아식 가죽 주머니를 착용하도록 하는데, 그 안에 정액을 받아 내어 정액이 자궁에 도달하는 위험을 없애는 것이야. 그러나 위의 모든 방법이 어떻든 간에 항문을 통한 방법이 아마도 가장 기분 좋을 거다. 돌망세, 이에 대해서는 나리께서 논증해 보시지요. 누가 그 성적 취향에 대한 변론을 위해 나리의 목숨을 요구한다 하더라도 나리는 기꺼이 응할 정도인데, 이에 대해 어느 누가 나리보다 더 훌륭하게 설명할 수 있겠어요?

돌망세   세상 사람들이 말하는 내 단점을 고백하겠다. 이 세상에 항문을 통한 쾌락보다 더 나은 것은 없느니라. 나는 남자든 여자든 관계를 할 때는 그 방식을 좋아한다. 하지만 젊은 남자의 항문이 젊은 여자의 항문보다 더 농도 짙은 쾌락을 제공해 주지. 이런 정열에 빠지는 사람들을 남색가라고 하는데, 어차피 남색가가 되어 행세할 바에야 완벽하게 해야 하지 않겠느냐. 여자와 비역을 하는 것은 쾌감이 반으로 줄어든다. 자연은 이런 행위를 한 남자가 여자 아닌 다른 남자에게 하기를 원한 것이고, 특히 남자를 위해 그 취향을 선사한 것이야. 그러므로 그런 기벽이 자연을 모독한다는 말은 터무니없는 것이다. 자연, 즉 본성이 우리를 그렇게 하도록 만들었는데 그 행위를 한다고 해서 우리가 자연을 모독하는 것이 될 수 있겠느냐? 자연이 우리에게 스스로를 망가뜨려 달라고 명할 수 있겠느냔 말이다. 아니지, 외제니, 그럴 수는 없단다. 우리는 자연을 모독하기는커녕 어느 곳에서든지 자연에 도움이, 어쩌면 성스럽다고까지 할 수 있는 그런 도움이 되려고 할 따름이다. 이런 의미에서 보면 종족 번식이라는 것은 자연이 묵인해 준 것에 지나지 않아. 종족 번식은 자연이 일차적으로 의도한 것의 결과로 이루어지는 것이고, 우리 인류가 세상에서 완전히 사라진다 하더라도 자연이 스스로의 존엄과 권능을 위해 기쁘게 직접 작업한 결과로 다시 만들어진 새로운 구성물이 다시 애초의 자연이 되는데, 어떻게 자연 스스로 자신의 전지전능한 권한을 인간이 박탈할 것을 법칙으로써 명령했을 수 있겠느냐?

생탕주 부인 돌망세, 그 사상 체계로 나리께서는 결국 우리 인류의 완전한 멸종이 바로 자연에 기여하는 것이라는 주장을 하고 있다는 사실을 아시오?

돌망세 왜 아니겠소, 부인?

생탕주 부인 오, 세상에! 그러면 전쟁, 페스트, 기근, 살인 같은 것들이 모두 자연의 법칙에서 필연적인 일일 뿐이고, 이런 결과의 능동자이자 수동자인 인간은 어떤 경우에서도 범죄자일 수 없고, 어떤 측면에서는 희생자라는 말씀이에요?

돌망세 인간이 불행에 굴복했을 때 희생자일 수는 있겠지만, 결코 범죄자는 아니라오. 이런 것들에 대해서는 조금 후에 이야기를 나누도록 하십시다. 그동안 여기 어여쁜 외제니를 위해 지금 우리 이야기의 주제가 되는 비역의 쾌락에 대한 분석을 해 줍시다. 이런 쾌락에서 여자들이 주로 취하는 자세는 양 볼기를 충분히 벌리고 머리는 최대한 낮춘 상태로 침대 가장자리에서 허리를 쭉 펴고 엎드리는 것이란다. 진정한 호색한이라면 눈앞에 기막히게 펼쳐진 엉덩이의 모습을 잠시 눈으로 즐기다가, 엉덩이를 손바닥으로 찰싹 때려 보고, 주물러 보고, 어떤 때는 채찍질도 해 보고, 찔러도 보고, 물어도 본 후, 자신이 곧 꿰뚫어 버릴 사랑스러운 구멍을 입으로 축축하게 적시고, 혀끝으로 삽입 준비를 하지. 그리고 자신의 성기에도 타액이나 포마드를 바르고 관통하고자 하는 구멍에 그것을 서서히 들이댄다. 한 손으로는 성기를 항문에 정확히 고정하고 또 다른 한 손으로는 파트너의 양 볼기를 벌려야 해. 그런 다음 음경이 삽입되는 것을 느끼자마자 편한 자세를 흐트러뜨리지 않도록 조심하면서 격렬하게 밀어붙여야 한다. 여자가 처음이고 어리다면 종종 고통스러워하지. 그러나 곧 쾌락으로 바뀔 그 고통에 대해서는 어떠한 고려도 하지 않은 채 색골이라면 점진적으로 그러나 격렬하게 목적지에 다다를 때까지, 다시 말하면 그의 음모가 정확히 자신이 꿰뚫은 항문 주위에 나부낄 때까지 음경을 밀어 넣는다. 색골은 그렇게 빠른 속도로 자신이 하는 일을 계속하지. 그러면 가시 같은 모든 고통이 모여 격렬한 아픔이 있겠으나, 그 후로 남는 것은 장미꽃과도 같은 환락뿐이다. 그래도 남아 있을 상대방의 고통을 쾌락으로 바꿔 주기 위해서는, 상대가 젊은 남자라면 그의 음경을 쥐고 용두질해 주면 되고, 아가씨라면 음핵을 애무해 주면 되는 거야. 그렇게 해서 생긴 자지러지는 듯한 쾌감은 수동자의 항문을 엄청나게 수축시키는 결과를 가져와 능동자의 쾌감을 배가하는데, 기쁨과 쾌감이 가득해지면 능동자는 상대의 항문 깊숙한 곳에 진하고도 풍부한 정액을 쏟아 내지. 음탕한 세부 사항들은 차후에 규정될 것이다. 또 어떤 사람들은 수동자가 즐기는 것을 원하지 않는다고도 하는데, 이에 대해서도 곧 설명할 것이다.

생탕주 부인   나도 잠시 가르침을 받는 문하생이 되어 나리께 질문을 하고 싶군요. 돌망세, 능동자의 쾌락을 증대하기 위해 수동자의 항문은 어떤 상태로 있어야 하나요?

돌망세   당연히 똥이 가득 차 있어야 하오. 항문을 제공하는 쪽은 금방이라도 배설하고 싶은 상태에 있는 것이 매우 중요한데, 그래야만 색골의 음경 끝이 똥 덩이에 이르러 그것을 휘저을 수 있고, 거기에다 매우 따뜻하고 부드러운 정액을 쏟아 놓을 수 있는 것이오. 흥분을 주체할 수 없는 그가 쾌감의 극치를 경험하게 되는 것은 바로 이때라오.

생탕주 부인   그렇게 하면 수동자는 쾌락을 별로 얻지 못할 것 같소만.

돌망세   전혀 그렇지 않소! 이런 종류의 쾌락이란 수동자가 아무런 고통을 받지 않고는 얻기가 불가능한 것이며, 그래야만 그 행위를 위해 몸을 제공하는 대상이 쾌락을 맛보면서 조금이나마 환희의 절정으로 다가갈 수 있게 해 주는 그런 것이오. 어떠한 것도 그 쾌락에 견줄 만한 것이 없고, 어떠한 것도 그 쾌락에 열중하는 각각의 참여자들을 그렇게 완벽하게 만족시켜 줄 수 없소. 그 맛을 본 사람이라면 다른 종류의 행위를 다시 하기는 어려울 거요. 외제니, 이런 행위들이야말로 임신에 대한 위험에 빠지지 않고 남자와 함께 쾌락을 만끽하는 최선의 방법들이란다. 왜냐하면 내가 조금 전 설명했던 것처럼 남자에게 엉덩이를 내주는 기쁨과 남자를 빨아 주고 용두질해 주는 등의 무수한 기쁨을 누리는 것인데 당연하지 않겠느냐. 나는 방탕한 여러 여자들을 알고 있는데, 이렇게 뭔가 아는 여자들은 주로 누구나 다 맛보는 쾌락보다 내가 말하는 쾌락에 더 매료되어 있지. 한편 쾌락의 동기가 되는 것은 상상력이니라. 특히 이런 종류의 쾌락에 있어서 상상력은 모든 것을 조정하고 모든 것의 원동력이 되어 주지. 그렇다면 사람이 즐긴다는 것은 이 상상력으로 말미암아서가 아니겠느냐? 그리고 그 상상력으로부터 가장 짜릿한 쾌감이 나오는 것이 아니겠느냐?

생탕주 부인 무슨 말씀인지 알겠어요. 그러나 외제니가 여기에서 알아 두어야 할 게 있어요. 즉 상상력이란 우리의 정신 작용에서 편견이 완전히 제거되었을 때에만 우리에게 기여한다는 것인데, 정신 작용에 편견이 하나라도 남아 있으면 상상력이 얼어 버리기 때문이지요. 우리의 정신 작용에서 이 환상적인 상상력은 어느 무엇으로도 누를 수 없는 방탕한 성질을 지니고 있으며, 그 작용에 대립하는 모든 구속을 부숴 버리는 것은 그 상상력의 측면에서 보자면 가장 의미 있는 승리, 더 나아가 가장 명확한 기쁨이 될 것이오. 또한 이 상상력은 규칙과는 상극이고, 무질서와 죄악의 색채를 띤 모든 것을 숭배하지요. 그런 이유로 상상력이 풍부한 한 여자가 남편과 무미건조한 성교를 하면서 다음과 같은 대화를 나눈 것이라오. 즉 "어찌 그리 무덤덤하시오?"라는 남편의 투정에, 여자가 이렇게 기발하게 대답했지요. "그건 당신이 아무 생각 없이 너무 단순하게 해 줘서 그런 거잖아요."

외제니 기가 막힌 대답이네요…… 아! 마님, 상궤를 벗어나는 상상력의 숭고한 비약이 뭔지 깨닫는 데서 제가 어떤 기분을 느끼고 있는지 모르실 거예요. 우리가 함께했던 그때부터…… 아니 방금 전부터도, 제 정신 작용을 자극했던…… 그 모든 음탕한 착상들을 마님께서는 상상하시지, 아니 그럴 거라고는 생각조차 못 하셨을 거예요. 아! 이제야 악이 무엇인지, 그리고 제가 얼마나 가슴속 깊이 악을 원하고 있었는지 알겠어요!

생탕주 부인　외제니, 이제 잔인함이나 끔찍함, 그리고 가장 흉악한 범죄행위가 있다 하더라도 더 이상 놀라지는 마라. 더럽고, 파렴치하고, 금지된 것일수록 우리의 머리를 더욱 강렬하게 자극하고, 우리로 하여금 항상 감미롭게 사정하도록 만들어 준단다.

외제니　두 분께서는 얼마나 엄청나게 상궤를 벗어난 일을 많이 벌여 보셨을까! 자세한 내용들을 알고 싶네요!

돌망세　(외제니에게 키스하고 쓰다듬으면서) 귀여운 외제니, 내가 벌였던 일을 너에게 이야기해 주는 것보다는 내가 하고자 하는 모든 것을 네가 직접 경험하는 것이 백배는 나을 것 같구나.

외제니　모든 것에 동의하는 것이 저를 위해 좋은 일인지는 잘 모르겠어요.

생탕주 부인　외제니, 나는 네가 그리 하지 않으면 좋겠구나.

외제니　그러면 돌망세 나리의 경험에 대한 세부 사항은 뇌두기로 하고, 마님의 이야기를 듣기로 하지요. 지금까지 마님께서 경험했던 것 가운데 가장 기이했던 것은 무엇이었어요?

생탕주 부인　나 혼자서 열다섯 명과 질펀하게 한판 벌인 일이란다. 그때는 스물네 시간 동안 앞쪽 뒤쪽을 가리지 않고 아흔 번을 했더랬지.

외제니　그것은 그저 난봉이고, 방탕한 놀이일 뿐이잖아요. 제가 확신하건대 마님께서는 훨씬 특이한 일들을 벌이셨을 거예요.

생탕주 부인　매음굴에도 있기는 했지.

외제니　매음굴이 무엇이지요?

돌망세　젊고 예쁜 아가씨들이 돈을 받고 남자의 정열을 충족해 주기 위해 항상 대기하고 있는 곳이지. 남자들이 즐겨 찾는 사창가를 그렇게 부른단다.

외제니　그러면 거기에서 그 질펀한 성교 놀음을 벌이셨다는 거예요?

생탕주 부인　그렇단다. 나는 거기에서 창녀로 있으면서 매일같이 엉뚱한 취향을 지닌 많은 호색한들을 충족시켜 주었고, 매우 특이한 성적 취향도 경험했단다. 유스티니아누스*의 아내인 유명한 테오도라 황후처럼 한결같이 방탕한 원칙에 따라 길모퉁이와 공원에서 손님을 유혹했는데, 그렇게 창녀 짓을 해서 번 돈으로 복권을 샀다.

외제니　마님, 마님의 생각은 제가 잘 알아요. 마님은 그보다 훨씬 더 했을 거예요.

생탕주 부인　그보다 더할 수야 있었겠느냐?

외제니　그럼요! 당연하지요. 왜 그리 생각하느냐 하면요, 상상력에서 가장 감미로운 도덕적 감각이 나온다고 말씀하셨잖아요?

생탕주 부인　그랬지.

외제니　그러니까 그 상상력이 어디까지 가든 그냥 두고, 종교, 순결, 인류애, 미덕, 그리고 이른바 우리가 의무라고 하는 모든 것이 지시하고자 하는 마지막 경계를 넘는 자유를 상상력에 부여한다면, 그 상상력은 엄청나게 상궤를 벗어나지 않겠어요?

생탕주 부인　그렇겠지.

외제니　그렇다면 상상력으로 말미암아 탈선 행위가 무한하게 확장되기 때문에 우리가 더 강렬한 자극을 받는 것이 아닌가요?

생탕주 부인　당연하지.

---

* (원주) 프로코프가 기술한 일화를 참조하시오.(프로코프는 6세기의 그리스 역사가로 동로마제국의 황제 유스티아누스가 수행한 전쟁의 역사를 저술했다. ─ 옮긴이)

외제니 만일 그런 것이라면 우리가 흥분되기를 원할수록, 우리 스스로 격렬한 자극을 받기를 원하면 원할수록, 전혀 생각도 할 수 없는 것에 대해서도 마음껏 상상의 나래를 펴야만 할 것이에요. 그러면 우리의 쾌감은 두 요소가 만들어 놓을 것으로 조화를 이룰 텐데, 바로 머리와……

돌망세 (외제니에게 키스하며) 감미로운지고!

생탕주 부인 얼마 되지 않은 시간에 이토록 발전한 우리 꼬마 아가씨 좀 보세요! 그런데 얘야, 네가 말한 그 방법으로 더한 것도 할 수 있다는 것은 알겠지?

외제니 물론 알고말고요. 게다가 저는 어떠한 속박에도 매여 있지 않으니까요. 제가 어디까지 생각하고 있는지 마님은 아실 거예요.

생탕주 부인 범죄지. 가장 흉악하고 끔찍한 범죄를 생각하고 있겠지.

외제니 (목소리를 낮추고 사이사이가 끊어지는 말투로) 하지만 그런 것은 존재하지 않는다고 말씀하셨어요…… 그건 단지 상상에 불을 댕기기 위한 것일 뿐, 따라서 실행되는 것은 아니라고요.

돌망세 하지만 상상 속의 일을 행동으로 옮기는 것은 매우 감미로운 일이지.

외제니 (얼굴을 붉히면서) 그러면 실행해 보는 것이…… 그런데 두 분 사부님께서는 상상했던 일을 한 번도 실행하지 않았다고 제가 믿도록 만드시려는 것은 아니지요?

생탕주 부인 가끔 실행해 보기는 했다.

외제니 그것 보세요.

돌망세 똑똑한 아이로세!

외제니 (말을 이으면서) 제가 마님께 듣기를 원하는 것은 마님이 상상하셨던 것, 그리고 상상한 것을 어떻게 실행하셨는지에 대해서랍니다.

생탕주 부인 (더듬거리며) 외제니, 며칠 후에 내가 살아온 이야기를 해 주마. 지금은 강의를 계속하자꾸나…… 네가 이상한 말을 시키고 있어서 말이야…….

외제니 알겠어요. 마님은 아직 마음을 여실 정도로 저를 좋아하시지는 않는 것 같군요. 저에게 약속하신 기한을 기다려 보죠. 방탕의 세부 사항에 대한 이야기를 계속하지요. 마님은 누구에게 처음 몸을 바치셨나요?

생탕주 부인 어릴 적부터 나를 끔찍이도 좋아했던 내 동생이었단다. 어느 정도 나이가 되었을 때부터 우리는 직접적인 행위는 없었지만 자주 서로를 탐닉해 왔고, 내가 결혼한 후 바로 몸을 바치겠다는 약속을 했더랬지. 나는 약속을 지켰는데, 다행히 남편이 내 처녀를 손상시키지 않아서 동생에게 처녀를 바칠 수 있었다. 우리는 계속해서 이러한 정사에 열중했지만 서로를 거북하게 하지는 않았단다. 우리 서로는 이보다 더하면 더했지 결코 덜하지 않은, 가장 숭고한 방탕의 나락에 빠져 있었던 것이야. 게다가 우리는 서로의 쾌락을 위해 서로에게 도움을 주었지. 즉 나는 동생에게 여자를, 동생은 나에게 남자를 소개해 준 것이었단다.

외제니 감미롭기 이를 데 없는 합의네요! 그런데 근친상간은 범죄 행위가 아닌가요?

돌망세 오히려 자연이 가장 감미롭고 자연스러운 결합으로서 우리에게 명한 것이지. 그리고 자연이 우리에게 제대로 된 권고를 한 것으로 보아야 할 것이야! 외제니, 생각해 보아라. 지구에서 천지창조의 혼돈 상태가 끝난 후 근친상간이 아니라면 어떻게 인류가 종족 번식을 할 수 있었겠느냐? 기독교에서 금과옥조로 떠받드는 여러

책에서도 그와 같은 예와 증거를 찾을 수 있지 않느냐? 즉 아담*과 노아의 가족이 근친상간이 아닌 다른 방법으로 종족을 번식할 수 있었겠느냐? 이 세상에 존재하는 갖가지 풍습이 어떤지 책을 뒤져 보고 조사해 보아라. 그러면 도처에서 근친상간이 허용되고 있을 뿐만 아니라 현명한 법칙으로 받아들여지고 또한 가족 간의 유대를 더욱 공고히 하기 위한 것임을 깨닫게 될 거다. 한마디로 말해서 사랑이 유사함으로부터 싹트는 것이라면 남매 사이에서보다, 부녀 사이에서보다 더 완벽한 유사함을 어디서 찾을 수 있겠느냐? 그러나 몇몇 가문이 너무 강대해지는 것에 대한 불안감에서 꾸며진 엉뚱한 책략으로 말미암아 우리의 풍습이 근친상간을 금지하게 된 것이다. 아무튼 사리사욕에 따라 강요된 것을 자연법칙으로 여길 만큼 남용해서는 안 될 일이야. 내가 현학자들처럼 뽐내는 모럴리스트들에게 항상 참조하라고 이르는 것이기도 한데, 우리의 심정에 대해 조사해 보아라. 이 성스러운 기관을 탐구해 보아라. 그러면 가족들 간의 육체적 결합보다 감각에 더 쾌락을 주는 것은 없다는 것을 인정하게 될 것이다. 여자 형제에 대한 남자 형제의 감정, 딸에 대한 아버지의 감정에 대해서 이제 모르는 척 눈을 감아서는 안 될 일이야. 이들은 서로 부질없이 가족 간의 사랑이라는 너울을 쓰고 있지만 실제로는 그런 감정들을 숨기고 있는 것이지. 감정만으로 그들을 끓어오르게 만드는 것이 가장 강렬한 사랑인데, 자연이 인간의 심정에 불어넣어 준 것은 바로 그 사랑뿐이다. 그러므로 감미롭기만 한 이런 근친상간을 두 배고, 세 배고 아무런 염려 없이 더 해야 하

---

* (원주) 노아처럼 아담은 인류를 복원한 사람이다. 끔찍한 혼란으로 아담은 지상에 홀로 남았고 노아도 같은 원인으로 지상에 홀로 남았다. 그런데 아담에 대한 구전은 사라진 반면, 노아에 대한 것은 아직 남아 있다.

며, 우리 욕망의 대상이 더 가까운 관계일수록 그 대상과 즐기는 것은 보다 더 매혹적인 쾌락을 준다는 것을 알아야 한다.

내 친구 중 한 명은 자기 부인이 낳은 친딸과 살고 있는데, 바로 일주일 전에 자기 딸과의 사이에서 낳은 열세 살 된 사내아이의 순결을 빼앗았지. 몇 년 뒤 이 아이는 내 친구의 소원에 따라 자신의 친어미와 결혼할 거다. 내 친구가 그랬듯이 이들도 근친상간을 하는 운명을 받아들여, 그들의 결합에서 태어난 아이들까지 범할 것이라는 사실을 나는 알고 있다. 내 친구가 여전히 젊어서 그런 것을 바랄 만하지. 외제니, 우리 인간으로 하여금 이런 관계를 악으로 받아들이도록 만드는 편견이 약간의 진실이라도 내포하고 있다면, 이 정직한 친구가 근친상간과 범죄행위 때문에 얼마나 더럽혀졌을지 잘 생각해 보아라. 아무튼 이런 모든 일들에 대해서 나는 언제나 하나의 원칙에서부터 출발한단다. 즉 만일 자연이 비역, 근친상간, 자위행위 등을 금했다면, 우리가 그 행위들에서 그렇게 감미로운 쾌락을 얻는 것을 그냥 놔두었겠느냐는 것이다. 자연이 자신에게 진정으로 해가 되는 것을 허용한다는 것은 도저히 성립될 수 없는 일이야.

외제니 오! 존경하는 두 분 사부님, 두 분의 원칙에 따라 이 지상에 죄악이란 거의 존재하지 않으며, 우리 인간은 아무런 염려 없이 모든 욕망에 몰두해도 된다는 사실을 깨달았어요. 모든 일을 불쾌하고 불안하게 여기면서 바보처럼 사회제도를 숭고한 자연법칙으로 받아들이는 어리석은 자들에게는 비록 이런 욕망들이 다소 특이하게 보일 수 있더라도 말입니다. 그러나 아무리 자연이 명한 것이라할지라도 참으로 역겹고 확실히 범죄적인 행위가 몇 가지는 있다는 것을 두 분께서는 인정하지 않으시나요? 저는, 자신이 창조한 피조물들을 특이하게 만든 것만큼이나 우리 인간에게 다양한 성향을 부여한 그 자연이 종종 인간으로 하여금 잔인한 행위를 하도록 만든 다는 사부님들의 생각을 받아들이겠어요. 하지만 만일 이런 비정상적인 행위를 탐닉하는 우리가 자연의 괴상한 계시를 따라서 같은 인간의 생명을 해칠 정도까지 된다면, 적어도 그 행위는 범죄가 될 것이라는 제 생각을 두 분께서는 인정하시겠지요?

돌망세   외제니, 그런 일을 두고 우리가 너에게 동의할 수 있다고 생각하는 것은 큰 오산이야. 파괴라는 것이 기본적인 자연법칙 가운데 하나라면 파괴자의 어떠한 행위도 범죄가 될 수 없다. 자연에 그토록 훌륭하게 기여하는 행위를 어떻게 자연을 해치는 것이라고 말할 수 있겠느냐? 사람들이 종종 환상을 품고 있는 파괴라는 것도 사실 전혀 근거 없는 망상일 뿐이야. 왜냐하면 살인을 범하는 자가 자연이 만든 요소를 자연에 되돌려 주어, 솜씨 좋은 자연으로 하여금 이것으로 다른 존재를 위해 사용하도록 한다면 살인은 결코 파괴 행위가 아니라 형태만을 변화시키는 것이기 때문이지. 한편 창조라는 것이 조물주에게 있어서 즐거움이 될 수 있는 것이라면, 살인자는 자연을 위해 한 가지 즐거움을 마련해 준 것이나 다름없지 않느냐. 즉 살인자는 자연이 곧바로 사용하게 될 재료를 제공해 주는 것이지. 바보들이나 어리석게도 그런 행위에 비난을 퍼붓지, 우주를 주관하는 자연의 입장에서는 선행일 뿐이야. 결국 자만심 많은 인간이 살인을 범죄로 규정지을 것을 생각해 낸 것이란다. 다시 말하자면 인간 스스로 우주에서 으뜸가는 피조물로 여기고 있는 만큼, 그런 숭고한 피조물에게 상해를 입히는 것은 당연히 엄청나게 큰 범죄가 되어야 한다는 어리석은 생각을 사람들이 해낸 것이지. 또한 그토록 훌륭한 인류가 지구에서 멸종되어 버린다면 자연도 소멸하는 것이라고 인간은 믿고 있으나, 인류의 완전한 파괴는 자연이 인류에게 부여한 창조적 능력을 자연에 되돌려주는 것인 만큼, 인간이 종족 번식을 하면서 자연으로부터 받은 에너지를 회복시켜 주는 것이 된단다. 그런데 웬 모순이란 말이냐, 외제니! 야심 있는 어떤 군주는 위대해지고자 하는 자신의 계획을 방해하는 적들을 마음대로, 그리고 조금의 거리낌도 없이 파괴할 수 있고…… 잔인하고, 자의적이고, 강압적인 법으로도 매 세기 수백만의 사람을 죽일 수 있는데…… 우리가 아무리 약하고 불행한 개개인이라고 할지라도 어째서 복수를 위해 또는 우리의 일시적 기분을 위해 한 사람도 희생할 수 없다는 것이냐? 이보다 더 야만스럽고 더 우스꽝스럽게 이상한 일은 없지 않겠느냐. 그리고 아주 교묘하고도 은밀하게 이 무능함에 대한 복수를 충분히 해 줘야 하지 않겠느냐?*

외제니　그렇고말고요…… 오! 나리의 도덕 체계는 정말로 매력적이에요. 제 마음에 꼭 들어요! 그런데 돌망세 나리, 나리는 마음속에서 종종 그런 종류의 일을 해 보겠다는 생각을 하지 않으셨는지 말씀해 주시겠어요?

돌망세　지난날의 내 과오를 밝히려 하지 마라. 내가 저지른 짓은 너무 많고 종류도 다양해서 부끄러워 얼굴을 들 수 없을 정도지. 이에 대해서는 언젠가 다시 이야기해 주겠다.

생탕주 부인　악한인 네 나리께서는 서슬이 퍼런 법조계를 지휘하면서 자주 법을 악용해 자신의 정열을 충족해 왔단다.**

---

* (원주) 이 주제는 뒤에 보다 자세히 다룰 것이므로 여기에서는 단지 곧 전개할 도덕 체계의 기초가 될 사항만을 몇 가지 제시하는 것으로 만족하고자 한다.
** 『소돔에서의 120일』의 퀴르발, 『알린과 발쿠르』의 블라몽과 마찬가지로 돌망세도 정치와 사법권의 정점에 있는 파리 고등법원장 직을 수행하고 있음을 암시하는 대목이다.

돌망세 나에게 비난을 퍼부을 일이 더 없지는 않소이다.

생탕주 부인 (그의 목을 끌어안으면서) 너무도 훌륭하시오……! 나리를 존경합니다……! 나리처럼 모든 쾌락을 만끽하려면 자유로운 정신과 용기가 있어야만 해요. 무지와 어리석음에서 오는 모든 속박을 깨부술 수 있는 영광은 오직 천부적 자질을 지닌 사람에게만 주어지는 것이오. 매력적인 나리, 나에게 키스를!

돌망세 솔직히 말해 보아라, 외제니. 너는 어떤 사람이 죽어 버리기를 원했던 적이 단 한 번도 없었느냐?

외제니 오! 그래요, 그런 적이 있어요. 저와 아주 가까운 사람 가운데 가증스럽기 그지없는 한 사람이 있는데, 저는 오래전부터 그리고 매일같이 그 사람이 죽기를 바라요.

생탕주 부인 그 사람이 누군지 확실히 알겠구나.

외제니 누구라고 생각하세요?

생탕주 부인 네 어미지.

외제니 아! 너무 부끄러워 마님의 품에 숨고만 싶어요.

돌망세 확실히 관능을 자극하는 아이야! 에너지 넘치는 네 심정과 매혹적인 네 생각에 대한 대가가 될 수 있는 애무를 이제 너에게 퍼붓고 싶구나. (돌망세가 외제니의 몸 구석구석에 키스하면서 엉덩이를 손바닥으로 살짝 친다. 그의 성기가 발기되자 생탕주 부인은 그것을 쥐고 용두질한다. 돌망세는 가끔씩 생탕주 부인의 엉덩이를 더듬는데, 부인은 그에게 자신의 엉덩이를 음탕하게 내민다. 흥분을 약간 가라앉히고 돌망세는 말을 잇는다.) 그런데 그렇게 숭고한 생각을 어째서 실행에 옮기지 않는 것이지?

생탕주 부인 외제니, 나도 네가 네 어미를 증오하는 것만큼이나 내 어미를 저주했는데, 나는 아무런 망설임 없이 실행했단다.

외제니 제겐 방법이 없었어요.

생탕주 부인 용기를 내라.

외제니 아! 아직 이렇게 어린 저에게!

돌망세 어쨌든 외제니, 지금이라면 어찌하겠느냐?

외제니 모든 일을 다 하겠어요…… 방법을 알려 주시면 제가 어찌하는지 보여 드리지요.

돌망세 그 방법들을 가르쳐 주겠다. 약속하지. 하지만 조건이 하나 있다.

외제니 무엇인지요? 혹시 제가 받아들일 수는 있는 것인가요?

돌망세 이리 오너라, 깜찍한 것 같으니라고. 내 품에 안겨라. 더 이상 견딜 수 없구나. 내가 너에게 약속한 것에 대한 대가로 네 엉덩이를 바쳐야 하느니라. 범죄에 대한 대가는 범죄로 치러야 하는 것이다. 오너라……! 아니 두 사람 모두 합심해서 정액을 철철 넘치도록 쏟아 내어 우리를 타오르도록 만들고 있는 신성한 정열의 불덩이를 식혀 보십시다.

생탕주 부인 이런 성교 놀음에서일지라도 약간의 순서는 정해 둡시다. 망상을 하는 데 있어서도 수치스러운 짓을 하는 데 있어서도 순서란 필요한 것이오.

돌망세 그보다 더 간단한 것은 없소. 중요한 일은 내가 최선을 다해 매력적인 이 꼬마 아가씨에게 최대한의 쾌감을 안겨 주는 동시에 나 스스로도 사정하는 것일 거요. 나는 이 아이의 엉덩이에 내음경을 찔러 넣을 것이오. 그동안 부인은 부인의 품 안에서 구부린 자세를 취하고 있는 외제니에게 최선을 다해 용두질해 주시오. 내가 취하도록 한 이런 자세면 외제니도 부인에게 용두질해 줄 수 있을 것이오. 그리고 서로 용두질한 곳에 키스를 하는 것이오. 이 아이의 항문에서 몇 차례 왕복운동을 한 후, 우리는 체위를 바꿀 것이오. 이번에는 부인의 항문에 음경을 찔러 넣기 위해서라오. 체위가 바뀌면 외제니가 부인의 위로 오게 되니 부인께서 머리를 외제니의 다리 사이에 넣고 있으면 외제니는 내가 그녀의 음핵을 빨 수 있도록 자세를 취할 것이오. 그렇게 해서 외제니가 두 차례 계속해서 정액을 쏟도록 만들 것이오. 그런 다음 내 음경은 다시 외제니의 항문을 공격할 것이오. 그러면 외제니가 나에게 자신의 성기를 내미는 그 자세 대신에 부인은 엉덩이를 나에게 내미는 자세를 취해 주시오. 다시 말하자면 외제니가 그럴 것처럼 부인은 다리 사이에 외제니의 머리를 고정시키고 있는 것이오. 그렇게 되면 바로 전에 외제니의 성기를 빠는 것처럼 부인의 항문을 빨게 될 것이고, 내가 그렇게 함으로써 부인은 사정하게 될 것이며, 그러는 동안 매력적이고 조그만 이 아이의 싱싱한 몸에 키스를 하는 한편 손으로는 외제니의 음핵을 자극하여 부인처럼 자지러지도록 만들 것이오.

생탕주 부인　나리, 훌륭하시오. 하지만 몇 가지는 하지 못할 것입니다.

돌망세　내 엉덩이를 다른 음경이 범하는 것을 말하는 거요? 부인 말씀이 옳소.

생탕주 부인　지금은 그냥 우리끼리 하기로 하고, 그 일은 오늘 밤으로 미룹시다. 내 동생이 우리를 도우러 올 것이니, 그리되면 우리는 최고의 쾌락을 경험할 것이오. 자, 시작하십시다.

돌망세　외제니가 나에게 잠시 용두질을 해 주었으면 하는데. (외제니가 시키는 대로 한다.) 그래, 그렇게 말이다…… 조금 더 빨리, 아가야…… 이 진홍빛 귀두는 결코 덮여 있어서는 안 되고, 언제나 벗겨진 상태로 있어야 한다…… 네가 신경망을 긴장시킬수록 발기 상태는 좋아지는 것이지…… 그리고 용두질하는 음경에 포피를 덮어서는 안 될 일이야……! 좋아! 네 몸속으로 들어갈 음경의 상태는 너 자신이 그렇게 만드는 것이다…… 음경이 얼마나 단단해졌는지 보이느냐……? 됐으니 그만 멈추어라…… 이제 네 엉덩이가 내 오른손 위에 놓이도록 하여라, 그러면 왼손으로는 음핵을 간질여 줄 것이다.

생탕주 부인   외제니, 나리께서 보다 강렬한 쾌락을 만끽하실 수 있도록 해 드리고 싶지 않으냐?

외제니   물론이지요…… 나리께 쾌락을 만들어 드리기 위해서라면 무엇이든 하렵니다.

생탕주 부인   그러면 나리의 음경을 입에 넣고 얼마간 빨아 보아라.

외제니   (시키는 대로 하면서) 이렇게 말이지요?

돌망세   아! 감미로운 입이로고! 몹시도 따뜻하구나……! 이제까지 내가 접해 보았던 중 가장 훌륭한 항문만큼이나 대단해! 음탕하고도 능수능란한 여자들이라면 성교 상대에게 이런 쾌락을 만들어 주는 데 결코 인색해서는 안 될 것이야. 이런 일은 여자들이 언제까지고 해야 할 것이기 때문이지…… 아! 제기랄 놈의 신 같으니……! 어미랑 붙어먹을 신 같으니라고는!

생탕주 부인   그대의 신성모독이란!*

돌망세   이제 부인께서 엉덩이를 내밀어 주시오…… 그렇소, 엉덩이를 말이오. 외제니가 내 음경을 빠는 동안 나는 부인의 엉덩이에 키스를 퍼부으리다. 그런데 내 신성모독에 대해서는 전혀 놀라지 마시오. 가장 큰 내 쾌락 가운데 하나는 성교 도중 신에 대한 욕설을 늘어놓는 것이라오. 그렇게 욕설을 늘어놓음으로써 천배는 더 고양된 내 자유로운 정신이 그 역겨운 망령을 더욱 확실하게 혐오

---

*이런 의미에서 주인공들이 내뱉는 몇몇 욕설(sacredieu, foutredieu 등)을 신성모독의 의미로 번역했다.

하고 경멸하게 되는 것 같소. 나는 그 신이라는 망령에게 더 심한 욕설을 퍼붓고 더 해가 되는 방법을 찾고 싶소. 그리고 내가 신에 대한 저주스러운 성찰을 계속해서 역겨운 내 증오의 대상이 아무짝에도 쓸모없는 허구에 지나지 않는다는 확신이 선다면 나는 흥분할 것이고, 곧바로 그 망령을 파기하여 적어도 내가 열정을 다해 신 따위가 아닌 다른 것들을 섭렵하기 위해 그 자리에 다른 것을 세우려할 것이오. 부인, 내 생각을 모방하시오, 그러면 이러한 말이 틀림없이 부인을 자극해 감각이 팽창한다는 것을 느낄 것이오. 그런데, 지독한 놈의 신 같으니라고……! 벌써 절정을 느끼다니. 내 쾌감이 어떠하든 신성한 외제니의 입에서 내 음경을 빼내야겠소……! 정액을 입속에 남겨 둔 채로 말이오……! 자, 외제니, 자세를 취하여라. 내가 이미 설명한 것을 실행하여 우리 세 사람 모두 가장 음탕한 도취상태에 빠져 보자꾸나. (자세를 취한다.)

외제니 나리, 저는 나리의 노력이 허사가 되지 않을까 걱정스러워요! 저의 좁다란 항문과 나리의 거대한 음경이 전혀 어울리지 않아요.

돌망세 나는 아주 젊은 사람들과 매일 비역을 한단다. 어제도 일곱 살 먹은 어린 사내아이가 채 삼 분도 안 되어 나에게 당했지…… 그러니 외제니, 용기를 내라, 용기를……!

외제니 아! 나리께서는 제 항문을 찢어 놓으실 거예요!

생탕주 부인 돌망세 나리, 그 아이를 조심해서 다뤄 주시오. 외제니는 내가 아끼는 아이라는 사실을 염두에 두시구려.

돌망세 부인은 이 아이에게 용두질해 주시오. 이 아이의 고통이 덜어질 것이오. 그런데 음경이 이제 목표에 도달했소. 음경이 항문 끝까지 들어간 것을 좀 보시오.

외제니 오, 세상에! 고통스러워요…… 나리, 제 이마에 흐르는 땀을 좀 보세요…… 아, 이런! 이렇게 찢어지는 듯한 고통은 처음이에요……!

생탕주 부인 외제니, 이제 너는 반쯤은 남색가가 되었다. 진정한 여자의 반열에 들어선 것이지. 약간의 고통으로 이런 영광을 살 수 있다면 그렇게 해야지. 그런데 내 손가락질이 네 고통을 전혀 가라앉혀 주지를 않더냐?

외제니 마님의 손가락질 없이 그 고통을 견딜 수나 있었겠어요……! 더 간질여 주세요…… 고통이 쾌락으로 바뀌는 것이 조금씩 느껴집니다…… 힘껏 밀어 넣으세요……! 힘껏 말이에요! 나리, 기절할 지경이에요……!

돌망세 아! 제기랄 놈의 신 같으니! 어미랑 붙어먹을 신 같으니라고는! 더할 바 없이 지독한 놈의 신 같으니라고는! 자세를 바꿉시다. 더는 견딜 수 없을 것 같소…… 부인의 엉덩이를 내미시오. 그렇게 해 주시구려. 당장 내가 말한 대로 자세를 취해 주시오. (자세를 취하자 돌망세가 말을 잇는다.) 이 항문에서는 고통이 덜하군…… 음경이 이렇게 수월하게 삽입되다니……! 그래도 부인의 항문도 외제니의 것만큼이나 감미롭소……!

외제니 제가 나리를 그렇게 감미롭게 해 드렸다는 말씀이에요?

돌망세 훌륭했지! 그런데 한 번도 경험한 적 없는 이 연약하고도 산뜻한 음부가 감미롭게도 내가 어떻게 해 주기를 기다리고 있구나. 나 스스로 내가 세운 원칙을 무너뜨리다니, 나는 죄를 저지르고 있는 거야. 외제니가 취한 자세가 나에게 대단한 것은 아니오. 하지만 이 아이에게 기본적인 방탕을 교육해 준다는 욕망으로 음부에 대해 전혀 다른 생각을 하게 되오. 외제니가 정액을 흘리도록 하고 싶소…… 가능하다면, 아, 아이에게서 정액을 한 방울도 남기지 않고 고갈시키고 싶소……. (돌망세가 외제니의 음부를 핥는다.)

외제니 아! 너무 좋아서 죽을 지경이에요, 더는 견딜 수 없어요……!

생탕주 부인 나도 그럴 것 같아요……! 아! 계속하시오……! 계속……! 돌망세, 나는 사정합니다!

외제니 저도 마님처럼 그래요…… 아! 이런, 나리께서 제 음부를 어떻게 빠시기에!

생탕주 부인 그러면 지금 신에게 욕을 퍼부어라……! 신성모독을 하란 말이다……!

외제니 그럴게요. 제기랄 놈의 신 같으니……! 저도 사정합니다……! 가장 감미로운 환희의 순간이에요.

돌망세 원위치로! 외제니, 원위치로! 이렇게 자세가 계속 바뀜에 따라 나는 나중에는 누가 누군지 구별하지 못할 거다. (외제니가 원래 자세를 취한다.) 아! 훌륭해! 이제 처음의 엉덩이로 되돌아왔구려…… 이제 부인의 항문을 내밀어 보시오. 편안하게 핥아 보리다. 내가 방금 관계한 그 항문에 키스하는 것을 나는 정말로 좋아한다오……! 아! 외제니의 항문 깊숙한 곳에 정액을 사정하는 동안 부인의 항문을 핥으리다. 이번에는 아무 고통 없이 음경이 외제니의 항문에 들어갔는데, 부인이라면 믿을 수 있겠소……? 아! 요망한 것 같으니! 이 요망한 것이 내 음경을 얼마나 조여 대고, 얼마나 압착하는지 부인은 상상하지 못하실 거요……! 말뚝에 박힐 놈의 신 같으니라고, 정말로 대단한 쾌감이야……! 아! 더는 참을 수 없어, 다 틀렸어…… 정액이 흘러내리는구려…… 죽을 지경이오……!

외제니 마님, 나리께서 저 역시 죽을 지경으로 만들어 놓으셨어요, 정말이에요…….

생탕주 부인   요망한 것! 이렇게 빨리 비역에 익숙해질 줄이야!

돌망세   나는 외제니 또래의 아가씨들을 셀 수 없을 정도로 많이 알고 있는데, 이들 가운데 어느 누구도 다른 방식으로는 즐기지 않는다오. 비역이란 처음에만 괴롭게 여겨지는 것이오. 또한 여자가 이런 방식을 경험하지 못했던 것은 자신에게 익숙한 방식 이외의 다른 방식을 전혀 원치 않았기 때문이오…… 아! 이런! 이제 녹초가 되었소. 잠시라도 숨을 돌려야겠소.

생탕주 부인   남자란 다 이렇단다, 외제니. 욕망이 충족되면 우리 여자들을 거의 거들떠보지도 않지. 사정하고 나서 무기력해지면 그들은 우리에게 싫증을 느끼고, 그 싫증은 곧 경멸로 전이된단다.

돌망세   (무덤덤하게) 이런, 미의 여신이 웬 욕설이오! (돌망세가 두 여인 모두를 품에 안는다.) 지금의 상태가 어떠하든 두 사람은 각자 숭배의 대상으로 정해진 것을.

생탕주 부인   그런데 외제니, 마음을 가라앉혀 보려무나. 남자들이 자신의 욕망이 충족되었다고 해서 우리를 무시하는 권한을 지녔다면, 남자들의 태도가 온당치 못할 경우 우리라고 해서 그들을 경멸할 권한이야 없겠느냐! 티베리우스*가 카프리섬에서 자신의 정열을 충족해 준 상대방들을 처치한 것과 마찬가지로,** 아프리카 왕비인 징가***처럼 여자도 자신의 정부들을 도륙할 수 있는 것이다.****

돌망세   나도 익히 알고 있는 그런 잔학한 행위에 아무런 가식이 포

---

*2대 로마 황제로 말년을 카프리 섬에서 은둔하며 방탕한 생활과 폭정을 일삼았다.
** (원주) 수에토니우스와 카시우스 디오를 참조하시오.
*** 앙골라의 여왕. 살인도 마다하지 않는 가학적이고 잔인한 방법으로 성적인 만족을 얻었다고 전해진다.
**** (원주) 『앙골라 여왕, 징가 이야기』를 참조하시오.

함되어 있지 않다 하더라도, 우리들 사이에서 그런 행위가 결코 실행되어서는 안 될 것이오. 좀 진부하긴 해도 "늑대끼리는 결코 서로 잡아먹지 않는다."라는 속담은 올바른 말이오. 두 사람은 나에게서 아무것도 두려워하지 마시오. 내가 두 사람에게 많은 고통을 줄 수는 있을지언정 잔학한 행위를 하는 일은 결단코 없을 것이오.

외제니 오! 아니에요, 마님, 제가 감히 말씀드리건대, 돌망세 나리께서는 우리가 나리께 바친 우리에 대한 권한을 결코 악용하지 않으실 거예요. 저는 나리의 파렴치한으로서의 성실함, 어디에서도 찾을 수 없는 최고의 성실함을 믿어요. 이쯤에서 돌망세 나리께서 자신의 원칙을 설파하실 수 있도록 해 주세요. 그리고 마님, 우리의 정열이 가라앉기 전에 우리를 흥분시키는 그 굉장한 구상을 다시 하도록 하지요.

생탕주 부인 뭐라! 요망한 것, 아직도 그 생각을 하고 있구나! 나는 네가 잠시 정신착란을 일으켜 내뱉은 이야기인 줄로만 알았다.

외제니 제 마음의 운동*에서 이미 정해져 나온 계획인걸요. 그리고 그 범죄를 성사한 다음이라야 저는 만족할 거예요.

생탕주 부인 알겠다. 외제니. 하지만 네 어미는 용서해라. 그래도 네 친어미가 아니더냐.

외제니 명목상 그렇지요!

돌망세 외제니 말이 옳소. 이 아이의 어미가 외제니라고 생각하면서 아이를 낳았겠소? 이 아이의 방종한 어미는 성교에서 쾌락을 맛

---

*18세기 유물론자들은 자연은 모두 물질로 이루어졌으며 각 물질마다 고유한 운동이 있어서 신의 개입 없이도 스스로 움직인다고 생각했다. 더 나아가 이들은 영혼까지도 물질로 파악했는데, 따라서 인간의 의식도 물질로 환원되며 외제니의 생각도 의식, 즉 물질의 운동에 다름 아니다.

보았기에 정사를 벌였으나 외제니를 낳을 의도는 거의 없었던 것이라오. 이런 관점에서 외제니는 자신이 원하는 바대로 행동해야 하는 것이오. 외제니가 완전무결한 자유를 누리도록 해 주고, 이 아이가 저지를 수도 있는 잔학한 행위가 있을지라도, 어떠한 죄악에 대해서도 결코 유죄가 되지 않는다는 사실을 증명하여 외제니를 안심시켜 줍시다.

외제니 저는 엄마를 몹시 싫어하고 혐오해요. 어떤 이유에서도 제 증오심은 정당화될 거예요. 그러니 치러야 할 대가가 어떤 것이든 간에 몇몇 대가를 치르고서라도 제 엄마의 목숨을 거둬야만 해요!

돌망세 좋아, 결심이 확고한 만큼 너는 일을 성사할 수 있을 것이다, 외제니. 내가 장담하마. 그런데 일을 벌이기 전에 너에게 가장 필요할 조언을 몇 가지 해 주마. 우선 비밀이 새어 나가서는 안 되느니라. 그리고 특히 혼자서 일을 처리해야 한다. 공범자들만큼 더 위험한 것은 없느니라. 매우 가깝다고 생각하는 사람들까지도 우리는 언제나 경계해야 하는 것이야. 마키아벨리도 "결코 공범자를 만들지 않거나, 혹시 만들더라도 그들의 역할이 끝나면 쫓아 버려야만 한다."라고 말했어. 또 다른 조언은 외제니 네가 구상하는 계획에서 위장 행위가 필요 불가결한 일이라는 것이다. 네 제물을 희생시키기 전에는 그 어느 때보다도 더 그와 가까워져야 하고, 그를 동정한다거나 위로하는 인상을 주어야 하며, 비위를 맞춘다든지, 고통을 함께 나눈다든지 하면서 그를 좋아한다고 확실하게 말해야 하는데, 타인을 기만하는 것이 오래갈 수는 없는 것인 만큼, 여기에다 그를 납득시킬 만한 일을 더해야 한다. 네로 황제는 폭풍우에 휩쓸려 침몰하기 직전의 배 위에서도 아그리피나를 보듬어 어루만졌다. 너는 이런 예를 모방하고, 네 자유로운 정신이 너에게 불러일으킬 수 있는 모든 간계와 속임수를 사용하여라. 여자들에게 거짓말이 언제나 필요하다면, 그것은 특히 거짓말이 자신들에게 필요 불가결하다는 것을 속이고자 할 때 그런 것이니라.

외제니　나리께서 주신 이 가르침을 명심하고 있다가 반드시 행동으로 옮길 것입니다. 그런데 여자들에게 실천하라고 조언하신 그 위선에 대해 좀 더 철저히 규명해 주시면 좋겠어요. 나리께서는 그런 처세술이 세상을 살아가는 데 절대적으로 필요하다고 생각하시는 것이지요?

돌망세　나는 삶에 있어서 그보다 더 필요한 것이 있다고는 생각하지 않는다. 아울러 모든 사람은 위선적 처세를 한다는 명백한 사실만으로도 여성들에게 위선의 필요 불가결함이 증명될 것이다. 이런 사실에 비춰 너에게 말하건대, 그릇된 사람들로 가득 찬 사회에서 참된 사람이 어떻게 항상 실패하지 않겠는가 말이다! 그리고 사람들이 주장하듯이, 시민으로서의 생활에서 미덕에 일정한 유용성이 있다는 것이 사실이라 할지라도, 많은 사람들에게서 흔히 볼 수 있는 것이기도 하지만, 미덕에 대한 어떤 의지도 능력도 그리고 자질도 갖추지 못한 사람이 그의 적들에게 빼앗긴 행복의 일부분을 되찾으려고 근본적으로 남을 속여야만 하는 입장에 처하지 않는다고 어떻게 장담하겠느냐? 그런데도 미덕, 또는 미덕을 가장한 것이 사회인으로서 세상을 살아가는 데 그렇게도 필요하다는 말이냐? 사회를 살아가는 사람에게 미덕을 가장한 것만으로도 충분하다는 사실에 대해서는 의심할 필요가 없다. 그렇게 하는 것으로 사람은 해야 할 모든 일을 다한 것이다. 사회에서 사람들이 서로 무의미하게 스쳐 지나가는 관계를 맺을 뿐이라면 각자는 서로 허울을 보여 주는 것으로 충분하지 않겠느냐? 더군다나 미덕을 실천한다는 것은 덕성을 지닌 사람 외에는 거의 유용하지 않다는 것을 명심해야 할 것이야. 인간들과 함께 살아가야만 하는 사람이 덕성스럽게 보이기만 한다면, 그가 실제로 덕성스럽건 아니건 별반 차이가 없게 되는 만큼 사람들은 미덕에 대해 거의 개의치 않는다는 말이란다. 반면 남을 기만하는 것은 거의 언제나 확실한 성공 수단이다. 남을 기만하는 자는 분명, 거래를 하는 사람이나 거래 비슷한 것을 하는 사람에 대해 일종의 우위를 점하게 되기 때문이지. 즉 거짓 허울로 상대방을 현혹해서 납득시키는 것을 말하는데, 그러면 성공하는 것이다. 누군가가 자신을 속였다는 사실을 알아차렸다 해도 그것은 모두 속은 사람 탓일 뿐이고, 당한 사람은 자존심이 허락하지 않아 한탄하지는 못할 것이니, 남을 기만한 사람은 훌륭한 장난을 친 것이 된다. 그리하여 당한 사람에 대한 그의 지배력은 언제나 당연한 것이 될 것이며, 당한 사람이 옳지 않은 사람으로 답보 상태에서 망해 갈 때, 그는 옳은 사람이며 성공해서 부유해질 것이다. 결국 남을 기만하는 자는 항상 당하는 자보다 우위를 점한 상태에서 여론을 사로잡을 것인데, 일단 그렇게 되고 나면 누가 아무리 그에게 누명을 씌우려 해도 사람들은 아무도 믿으려 하지 않을 것이야. 그러므로 우리 인간은 대담하게 그리고 끊임없이 남들에게 기막힌 속임수를 써야 하고, 이 속임수를 모든 지위, 총애, 명성, 부를 얻을 수 있는 열쇠로 여겨야 하며, 속임수의 희생자를 만들었다는 작은 슬픔쯤은 속이는 자의 짜릿한 쾌감으로 여유 있게 삭여야 한다.

생탕주 부인 이 주제에 대해 나리의 논증만큼 더 필요한 것은 없다고 생각해요. 이제 확신을 품게 된 외제니는 불안감을 누그러뜨린 상태에서 용기를 낼 것이고, 자신이 마음먹은 일을 곧바로 행동으로 옮길 것이오. 그런데 지금은 방탕 행위에서 남자들이 좋아하는 여러 희한한 짓거리에 대해 논증을 계속하는 것이 필요할 것 같소. 이 분야는 방대할 것이니 대강 살펴보도록 하지요. 우리는 방금 전에 우리의 문하생인 외제니에게 신비로운 몇몇 방탕 행위를 실천하는 방법을 전수해 주었지만 이론을 소홀히 해서는 안 될 것이오.

돌망세　인간이 지닌 방탕한 정열의 세부 사항들은 외제니와 같이 창녀를 직업으로 삼지 않을 소녀들을 위한 훈육의 주제로는 그다지 적절하지 않소. 외제니는 결혼할 것이고, 이런 가정에서라면 그녀의 남편은 십중팔구 그런 성적 취향을 지니지 않을 것이오. 남편이 그러하다면 외제니가 취할 행실은 간단하오. 즉 한편으로는 그에게 매우 유순한 모습을 보이면서 심한 교태를 부리는 것이고, 다른 한편으로는 매사에 남편을 속이고 자신의 욕망을 몰래 충족함으로써 스스로 보상을 받는 것인데, 방탕의 모든 비밀은 바로 이 몇 마디 말에 감추어져 있는 것이오. 그래도 우리의 문하생인 외제니가 방탕 행위에서 인간의 성적 취향에 대한 몇 가지 분석을 원한다면 그 취향을 아주 간략하게, 비역, 신성모독 행위, 잔혹한 취미 세 가지로 나누어 검토해 볼 수 있을 것이오. 첫 번째 정열은 오늘날 보편적이 되었는데 우리가 이미 언급한 것에다 몇 가지 생각을 더해 봅시다. 이 정열은 능동적, 수동적, 이렇게 두 부류로 나누어 생각해 볼 수 있소. 즉 상대가 남자가 되었든 여자가 되었든, 항문 삽입을 하는 남자는 능동적 비역을 하는 것이고 삽입을 당하는 자는 수동적 비역을 하는 것이오. 비역을 하는 두 가지 방식 가운데 어떤 것이 더 쾌감을 자극하는지에 대해 사람들은 자주 토론을 벌였는데, 수동적인 비역이 분명히 더 자극적이라는 결론을 얻었소. 왜냐하면 삽입을 당하는 사람은 앞쪽의 감각과 뒤쪽의 감각을 동시에 즐길 수 있기 때문이오. 남자가 여자의 역할을 한다는 것은 매우 기분 좋은 일이라오. 게다가 창녀 흉내를 내는 것, 남자를 여자처럼 다루는 남자에게 몸을 내맡기는 것, 여자 역할을 하는 남자가 이런 남자를 애인이라고 부르는 것, 그리고 비록 자신은 남자지만 그 남자의 정부임을 고백하는 것은 감미롭기만 하지요. 아! 친구들이여, 이것이 얼마나 큰 쾌락이란 말이오! 그러나 외제니, 남자들의 영역인 비역의 감미로운 쾌락을 즐기려고 남자들처럼 수동적인 역할을 하길 원하는 여자들을 위해서 세부적인 권고를 몇 가지 해야겠구나. 나는 조금 전 외제니 너에게 비역에 익숙해지도록 해 주었는데, 거기에서 나는 네가 언젠가는 그런 일에서 굉장한 발전을 할 것임을 확신했다. 이에 따라 나는 네가 키티라 섬*에서 가장 감미로운 여신들 가운데 한 여신처럼 쾌락을 편력하기를 권한다. 이 권고를 완수할 것이라는 확신을 품고서 말이다. 이런 종류의 쾌락, 또는 이와 유사한 쾌락 이외에는 아무것도 알려고 생각조차 하지 않는 모든 사람에게 두세 가지 중요한 견해만을 한정해서 말해 주마. 우선 누가 너에게 비역질을 할 때면 언제나 네 음핵을 용두질하고 있는 것을 눈여겨보아라. 비역질과 더불어 음핵을 동시에 자극하는 것처럼, 이 두 가지 행위의 화합보다 더 조화로운 쾌락의 방식은 어디에도 없기 때문이다. 또한 비역질로 관계를 맺은 다음 비데를 하든 천으로 하든 닦아 내는 것은 피하여라. 비역질 후 여전히 벌어진 그 틈은 언제나 보기 좋은 것일 뿐더러, 청결함을 위한 몸단장은 곧바로 욕망과 자지러지는 듯한 쾌감을 냉각하는 결과를 초래하기 때문이지. 그 느낌이 어느 단계까지 연장되는지에 대해서는 상상도 못 할 일이지만

---

* 그리스 남안의 작은 섬으로 아프로디테(베누스)가 이 섬의 바다에서 태어났다는 전설이 있다. 18세기에 자주 관능적인 의미를 내포하는 상징적인 장소로 쓰였다.

말이다. 아울러 외제니 네가 시대에 뒤지지 않고 비역질을 즐기게 될 때 산성 비누를 피해야 한다. 산성 비누는 치질에 걸리게 만들어 삽입할 때 심한 고통을 주기 때문이다. 또한 여러 남자가 이어서 네 항문에 사정하지 못하도록 해야 한다. 여러 사람의 정액이 섞인다는 것은 생각만 해도 쾌감에 자극을 주지만, 네 건강을 고려하면 매우 위험하단다. 따라서 남자들이 네 항문에 사정하는 것을 거부하고 언제나 항문 밖에서 사정하도록 만들어야 할 것이다.

외제니 그런데 여러 남자가 앞쪽에 사정해서 정액이 섞인다면 그것은 죄가 되지 않을까요?

생탕주 부인 가여운 것, 종족 번식이 결코 자연의 목적이 아닌 만큼 남자의 정자란 항문으로 유입되어야 정상이겠으나, 자연은 또 다른 한편으로 종족 번식을 묵인한 것이기에, 앞쪽을 제공하여 정자의 통로를 다른 곳으로 빼돌리는 데 대해서 조금이라도 잘못이 있다고는 생각하지 마라. 우리 인간이 앞쪽을 이용하지 않을 때라야 자연의 의도가 매우 훌륭하게 성취되는 것이기는 하지만 말이다. 외제니, 너는 진절머리 나는 이 종족 번식에 대해서는 불구대천의 원수가 되어라. 그리고 결혼 생활을 하더라도 해롭기 그지없는 그 액체를 앞쪽이 아닌 다른 곳으로 끊임없이 빼돌려야 한다. 정액이 생장한다는 것은 우리의 몸매를 망치고, 우리의 관능적인 감각을 감퇴시킬 뿐이며, 우리를 쇠잔하고 늙도록 만드는 데다가 건강까지 위협하는 것이란다. 네가 결혼을 하더라도 남편이 그러한 정액 유출에 익숙해지도록 만들고, 네 몸을 생명이 잉태되는 신전으로 착각하는 것을 막는 모든 수단을 동원할 것이며, 남편에게 너는 아이들을 혐오하니 아이가 생기지 않도록 해 달라고 애원하여라. 외제니, 이 조항을 잘 지켜야 한다. 그렇지 않으면 네가 임신하는 그 순간

너와의 관계를 끊어 버릴 것이다. 혹시라도 네가 잘못하지 않았는데 임신하는 불행이 닥친다면 임신 칠팔 주 이내에 나에게 알려 주어야 하느니라. 그러면 내가 아주 매끄럽게 낙태시켜 줄 테니. 영아 살해죄란 망상이 만들어 낸 것에 불과하니 전혀 걱정할 필요가 없단다. 우리는 언제나 우리가 품고 있는 아이를 마음대로 할 수 있으며, 우리가 필요하다고 생각할 때 약물로 태아를 없앤다 하더라도 이 행위가 다른 어떤 물질을 파괴해 버리는 것보다 더한 죄를 범하는 것은 아니란다.

외제니 그러나 태아가 산달에 가까워져 있다면요!

생탕주 부인 설사 아이가 태어난다 하더라도, 우리는 여전히 그 아이를 마음대로 없앨 수 있단다. 이 지상에는 아이에 대한 어미의 권리보다 더 명확한 것은 없으며, 이러한 진리를 인정하지 않는 민족이란 어디에도 없으니까. 어미의 권리에 대한 이런 진리는 그만큼 이성과 원리에 기초한 것이란다.

돌망세 부인께서 방금 말씀하신 그 권리란 자연의 체계 안에 있는 것으로서…… 이론의 여지가 없는 당연한 것이다. 사실 지금까지 황당한 모든 오류를 낳았던 원천은 신 따위를 받드는 우스꽝스러운 체계였다. 신의 존재를 믿는 어리석을 자들은 신으로부터 우리 인간이 생명을 얻는 것이 당연하다고 생각하는데, 이들은 특히 태아가 어느 정도 성숙하자마자 신이 발산한 미세한 영혼이 태아에게 도달하여 생명을 불어넣어 준다고 굳게 믿고 있어. 이런 얼간이들이 태아처럼 미숙한 생명체를 파괴하는 일을 중대한 범죄라고 여기는 것은 당연할 테지. 그들의 주장에 따르자면 그 생명체는 인간이 만든 것이 아니라 신이 만든 것이기 때문이야. 그들의 생각이 이러할진대 누가 신의 작품인 태아를 마음대로 처치하면 어찌 범죄가 되지 않겠느냐! 그러나 철학이라는 광명이 모든 속임수를 물리쳐 신이라는 것이 망상에 지나지 않는다는 사실이 드러나고 종교가 무시당하기 시작한 이래로, 그리고 자연학*의 여러 법칙과 많은 비밀을 깨닫게 된 우리가 생식의 원리를 발전시킨 이후로, 게다가 이런 물질적 메커니즘이 밀알의 생장보다 전혀 놀라울 것이 없다는 사실이 밝혀진 지금, 우리는 임신을 그저 인간이 본능에 따라 행동하다가 잘못을 저질러 생겨난 일이라고 결론지은 바 있다. 또한 우리가 지닌 권리의 한도를 확대해 본 결과, 우리는 결국 다음 몇 가지 사실을 인정했다. 즉 우리 인간이 각자 마지못해 또는 우발적으로 태아에게 생명을 불어넣어 주었다가 다시 거두어들이는 것은 전적으로 각 개인의 자유라는 사실과, 어느 누구든 각자가 원하지 않는데도 그에게 아비 또는 어미가 되라고 강요하는 것은 어불성설이라는 사실, 그리고 그렇게 생겨난 태아는 이 지상에서 대단한 중요성을 띠지도 않는다는 사실, 마지막으로 우리의 손가락에서 잘라 낸 손톱이나, 신체에서 도려낸 살점 또는 장에서 배설된 배설물 등과 같이 우리가 말하는 그 살덩어리에 비록 영혼이 깃들어 있다 할지라도, 그것을 우리 마음대로 할 수 있다는 사실들을 말한다. 이 모든 것들이 우리로부터 나왔고 우리의 것이며, 그리고 우리로부터 나온 것의 소유주는 바로 우리이기 때문이다. 외제니, 현실에서 일어나는 살인 행위에 대해 약간의 예밖에는 안 되겠으나 이것이라도 너에게 상세하게 설명했으니, 이미 철이 들었을 나이의 아이까지 포함해서 영아 살해와 관계된 모든 것도 우리에게 얼마나 대수롭지 않은 일

---

* physique. 18세기에 이 단어는 현대적인 의미의 물리학이 아니라 자연의 법칙과 상태를 광범위하게 탐구하는 학문의 영역, 즉 자연학을 의미한다. 여기에는 인간을 포함한 동·식물계, 우주, 지질 등 자연이 포괄하는 모든 대상을 다룬다.

인지 너는 깨달았을 거다. 이제 영아 살해에 대한 이야기를 다시 끄집어낼 필요는 없을 것이다. 지금까지 너에게 설명한 논거에 대한 보충을 너의 훌륭한 정신이 해 줄 것이니 말이다. 아울러 이 지구상에 존재하는 모든 민족의 풍속사를 읽다 보면 그러한 영아 살해는 보편적인 관습이라는 것을 깨닫는 동시에 전혀 대단치 않은 그런 행위를 죄악시하는 것은 어리석음의 소치일 따름이라는 사실을 결국 납득할 것이다.

외제니 (먼저 돌망세에게) 나리의 말씀에 제가 얼마나 감동했는지 말씀드릴 수 없을 정도입니다. (곧 생탕주 부인을 향해) 그런데 마님, 저에게 일러 주셨듯이 태아를 은밀하게 없애는 방법을 몇 번 사용해 보셨나요?

생탕주 부인 두 번 사용해 보았는데, 두 번 다 확실하게 성공했단다. 하지만 나는 임신 초기에만 낙태를 했다는 사실을 일러 두마. 내가 아는 두 여자는 임신 중반부에 이르러서까지도 이 방법을 사용했는데 그렇게 시기가 늦었음에도 성공했다고 말하더구나. 그러나 절대로 그 방법이 필요할 경우를 만들지 말아야 한다. 이것이 가장 안전한 일이지만 혹시라도 그럴 일이 생기면 나에게 맡겨라. 나리, 이제 우리가 이 아이에게 약속했던 음란한 세부 사항들에 대해 계속해서 설명해 주십시다. 신성모독에 대한 말씀을 하실 차례입니다. 돌망세, 계속하시지요.

돌망세 내가 생각하기에 외제니는 이미 종교적 미망에서 벗어났기 때문에 어리석은 자들이 신앙심의 대상으로 삼는 것을 조롱하는 모든 행위가 그다지 대단한 일이 되지 않는다는 것을 확신할 것이오. 사실 이런 행위의 효과는 극히 미미한 것이라서 자신에게 부과된 구속을 끊어 버리는 모든 것에서 쾌락을 느끼는 젊은 녀석들의 상상적인 기질만을 흥분시킬 따름이지요. 물론 이 행위는 신성에 가하는 일종의 복수로서 상상력을 흥분시키고 아마도 잠시 즐기도록 해 줄 것이오. 하지만 우리가 우롱하는 종교적 우상들이라는 것이 그저 보잘것없는 상징에 불과한 만큼, 신앙심의 대상들은 당연히 무효화되어야 할 허상이라는 사실을 깨닫고 납득할 시간을 보냈더라면, 이러한 쾌감은 곧 무미건조해지고 생기를 잃을 것입니다. 성유물, 성상, 제물로 바치는 빵, 십자가 등을 모독하는 행위, 이 모든 것은 철학자의 관점에서 이교도적 우상을 파괴하는 행위일 뿐이오. 너저분하기 이를 데 없는 그런 것들을 일단 경멸하기로 굳게 마음먹고 나면 더 이상 거기에 마음을 빼앗기지 말고 언제나 무시하도록 해야 하오. 그러나 그 가운데 신을 모독하는 언사만은 계속하는 것이 좋을 듯싶소. 거기에 어떤 실재성이 있어서 그러는 것은 아니오. 신이라고는 더 이상 존재하지 않는데, 신의 이름을 모독해 보았자 무슨 소용이 있겠소? 다만 쾌감에 도취되었을 때 거칠고도 상스러운 말을 내뱉는 것이 필요 불가결하고, 신을 모독하는 말들이 상상력에 충분한 도움을 주기 때문이오. 그러므로 신성모독을 해야 할 때는 가차 없어야 하고, 가장 현란한 표현으로 신을 모독하는 언사를 풍성하게 해서 선한 사람들을 최대한으로 타락시켜야만 하오. 남을 타락시킨다는 것은 매우 기분 좋은 일인데, 이것이 바로 조금도 멸시의 대상이 되지 않았던 신의 우월적 위상에 대한 약간의 승리, 즉 복수가 되는 것이오. 두 사람에게 고백하건대 그것이 나의 은밀한 쾌락 가운데 하나로서, 내 상상력에 이보다 더 강렬한 심적 쾌락을 주는 것은 찾아보기 어려울 것이오. 외제니, 너도 나처럼 해 보아라. 그러면 어떤 결과를 얻게 되는지 깨달을 것이다. 특히 아직도 암흑과 같은 맹목적인 신앙으로 보잘것없이 살아가는 네 또래 여자아이들과 함께 있을 때 신에 대해 대단히 불경한 욕지거리를 내뱉고 네 방탕함과 방종한 생각도 확실히 드러내 보여라. 창녀처럼 행동하고 즐겨 네 유방을 그 여자아이들에게 보여 주어라. 또한 그 여자아이들과 남의 눈에 띄지 않는 곳에 함께 가게 되면 노골적으로 치마를 걷어 올려라. 그 아이들에게도 당연히 같은 것을 요구해야 하며, 잘 구슬린 다음 설교를 늘어놓아 그 아이들이 지닌 편견이 얼마나 우스꽝스러운지 깨닫게 해 주어야 한다. 그러고는 그 아이들을 악행으로 불러들여 서서히 물들게 만들어, 이들과 함께 남자처럼 신을 모독하는 것이다. 여자아이들이 너보다도 어리다면 강제로 범하여 실컷 즐기고, 예를 들어서든지 충고를 해서든지 또는 네가 그 아이들을 가장 확실하게 망칠 수 있다고 믿는 모든 방법을 동원해서라도 그 아이들을 타락시켜라. 아울러 남자들과 있을 때는 지극히 자유분방해야 하고, 그들과 더불어 무신앙과 파렴치를 드러내 보여야 하며, 너 자신을 망치지 않는 일이면 그들이 무람없이 구는 데 대해서 전혀 놀라지 말고 그들이 즐거워할 수 있는 모든 것을 은밀하게 해 주어야 한다. 그들이 네 몸을 더듬더라도 그냥 놔두도록 하고 그들에게 용두질을 해 줄 것이며 또 너는 그들로부터 용두질을 받도록 하여라. 엉덩이까지도 그들에게 내맡겨야 한다. 하지만 여자들은 일반적으로 앞쪽의 처녀성에 집착하는 헛된 정조 관념이 있으니 앞쪽에 대해서는 쉽게 허락하지 마라. 일단 결혼하면 결코 정부를 두지 말고 하인들과, 또는 돈을 주고 확실한 사람을 사서 즐겨야 한다. 그래야만 모든 것이 안전하고 네 명예에도 전혀 해가 되지 않을 것이며, 아무도 너를 의심할 수 없는 상태에서 네가 좋아하는 것만을 하는 기교를 터득하게 되는 것이다. 계속 해 보자꾸나.

잔혹함은 우리가 너에게 분석해 주겠다고 말한 세 번째 쾌락이다. 이런 종류의 쾌락이 남자들 사이에서 매우 일반화된 요즘, 그들은 자신들이 즐기는 쾌락을 정당화하기 위해 다음과 같은 논거를 사용한다. 즉 그들은 성적으로 자극받기를 원하는데, 이는 쾌락을 탐닉하는 모든 남자의 목표인 만큼 자신들은 가장 강렬한 방법을 통해 자극을 받고자 한다는 것이다. 이런 논점에서 시작하자면, 그들의 행동 방식을 자신에게 봉사하는 대상이 좋아할 것이냐 그렇지 않느냐를 알 필요가 없으며, 가능한 한 가장 강렬한 충격으로 자신의 신경 덩어리를 뒤흔드는 것만이 문제가 된다. 쾌락보다도 더 강렬한 자극을 주는 고통, 타인들이 고통을 받을 때 그로 인해 사람이 얻는 충격은 근본적으로 보다 생기 있는 진동일 것이고, 우리에게서 보다 힘차게 반향을 일으킬 것이며, 보다 강렬한 순환 체제에 동물 정기를 불어넣어 줄 것이라는 사실에는 의심의 여지가 없다. 바로 이 동물 정기가 특유의 상하 운동으로 잠재되어 있던 영역을 일깨우면서, 곧바로 쾌락 기관을 둘러싸며 그 기관으로 하여금 쾌락을 감지하도록 만드는 것이다. 여자들에게 있어서 쾌락의 효과는 우리의 생각과는 언제나 다를 수 있는데, 예를 들어 추하거나 늙은 사람이 여자들에게 쾌락의 효과를 만들어 주는 것은 매우 어려운 노릇인 것이다. 이런 남자들이 어떻게 쾌락 효과를 만들어 낼 수 있겠느냐? 이들은 무기력해서 그들이 신경에 주는 충격은 훨씬 덜하니 말이다. 따라서 고통을 선택해야 한다. 그 효과란 원래 의도와 다를 수 없으며, 진동 또한 더 활기를 띠기 때문이다. 그러나 사람들은 그 고통이 타인을 괴롭히는 것이라 하면서 이런 괴벽에 심취한 사람들을 반박한다. 즉 자신의 큰 즐거움을 위해 타인에게 해를 끼치는 것이 과연 자애로운 일이냐는 것이지. 이에 대해 쾌락을 얻는 행위에서 자신만이 전부이고 남들은 전혀 고려하지 않는 데 익숙해진 방탕한 사람들이라면, 본성의 충동에 따라 전혀 느낄 수 없는 것보다는 느낄 수 있는 것을 선호하는 것이 지극히 당연하다고 답변한다. 그들이 계속해서 대담하게 말하기를 "타인에게 생긴 고통이 우리와 무슨 상관이란 말인가?", "우리가 그 고통을 느끼기라도 한단 말인가?" 그렇지 않아. 오히려 정반대로 우리가 방금 전 증명해 보인 것처럼 타인의 고통으로부터 우리의 감미로운 감각이 생기는 것이야. 그렇다면 무슨 명목으로 우리와 아무런 관련이 없는 자의 비위를 거스르지 않도록 조심해야 한다는 것이냐? 우리에게는 눈물 한 방울의 가치도 되지 않는 고통을 무슨 명목으로 그자가 면하도록 해 줘야 한다는 말이냐? 그 고통에서 엄청나게 훌륭한 우리만의 쾌락이 생겨나는 것이 분명한데 말이다. 우리보다는 남들을 위하라고 권하는 본성의 충동을 우리가 어느 때고 단 한 번이라도 체험해 본 적이 있더냐? 더군다나 각자는 이 세상에서 자신을 위해 존재하는 것이 아니더냐? 혹자는 이 본성에 대해 우리에게 뚱딴지 같은 말을 하는데, 본성은 남이 우리에게 하기 원하지 않는 일을 남들에게도 하지 말라고 인간에게 권한다는 것이라나. 그러나 이런 터무니없는 권고는 심지가 약한 사람들에게만 받아들여지는 것이지 심지가 강한 사람은 그런 말을 결코 하지 않는다. "우리를 화형하지 마시오, 우리의 가죽을 벗겨 내지 마시오! 남이 우리에게 하기 원하지 않는 일을 남들에게 해서는 안 된다고 본성은 주장하고 있소."라고 사람들에게 외쳐 댄 자들은 바로 어리석은 체계 때문에 매일같이 박해를 받았던 초기의 기독교도들이었다. 정말로 어리석은 자들이야! 우리에게 무한히 즐기라고 권고했던 자연이, 이 즐김 이외의 다른 어떤 운동이나 다른 어떤 계시도 우리에게 전혀 각인하지 않았던 자연이 그렇게 권유한 다음 갑자기 터무니없이 모순되게 어떻게 우리에게 무한히 즐길 생각을 해서는 안 된다고 단언할 수 있겠느냐? 비록 즐기는 과정에서 남들에게 고통을 줄 수 있기는 하지만 말이다. 외제니, 믿자꾸나. 우리 모두의 어머니와도 같은 자연은 우리에게 우리 인간에 관해서만 말하고 있다는 것을 믿자꾸나. 자연, 즉 본성의 충동처럼 이기적인 것은 어디에서도 찾아볼 수 없으며, 여기에서 우리가 보다 확실하게 인정할 것은 우리의 희생자가 누가 되었든 남들을 희생해서라도, 우리에게 무한히 즐기라고 하는 확고하고도 성스러운 자연의 권고이다. 하지만 혹자는 이에 대해서 이 희생자들이 복수할 수 있다고 말하지…… 그러면 잘된 일이야. 서로 싸워서 그 가운데 강한 자가 옳은 쪽이 될 테니 말이다. 이것이 바로 끊임없는 전쟁과 파괴를 반복하는 본원적인 상태로서, 자연은 이런 상태에다 우리 인간을 창조해 내동댕이쳐 버린 것이고, 우리 인간의 존재가 자연에 이로운 것은 이런 상태에서뿐이다.

외제니, 지금까지 말한 것이 잔혹한 쾌락을 즐기는 사람들의 생각이란다. 그동안의 내 경험과 탐구에 비춰 부언하자면, 잔혹함이라는 것은 죄악이기는커녕 자연이 우리에게 각인한 근본적인 감정이다. 어린아이는 철들 나이가 되기 훨씬 이전에 장난감을 부수고, 유모의 젖꼭지를 물어뜯으며, 새의 모가지를 비틀어 죽이지 않더냐. 이미 너에게 말한 것도 같은데, 동물들에게 각인된 잔인성의 예에서 볼 수 있는 것처럼 자연법칙은 우리 인간들에게서보다 동물들에게 훨씬 더 확실하게 적용되었다. 원시인들의 잔인성은 문명인의 잔인성보다 훨씬 더 자연에 가까운 것이다. 그러므로 잔인성을 퇴폐의 소치라고 규정하는 것은 어불성설이야. 다시 말하면 그런 사고 체계는 잘못된 것이다. 잔인성은 자연스러운 것으로서 교육을 통해 순화되어 밖으로 드러나지 않을 뿐 우리 모두는 각자 어느 정도의 잔인성을 지니고 태어난다. 그런데 교육은 자연스러운 것이 아니며, 땅을 경작하는 것이 자연스럽게 있는 나무들을 망쳐 놓듯이 신성한 자연의 작용을 해칠 따름이다. 과수원에 가서 자연스럽게 자라는 나무와 경작 기술을 동원해 인공적으로 키운 나무를 비교해 보아라. 그러면 어떤 나무가 더 아름다운지 확인할 수 있고, 어떤 나무가 더 많은 과실을 맺는지 감지할 수 있을 것이다. 잔인성은 아직 문명에 의해 타락하지 않은 인간의 에너지일 뿐이야. 따라서 잔인성은 미덕이지 악덕이 아니란다. 기존의 법, 형벌, 관습 등을 파기하면 잔인한 행위는 더 이상 위험한 결과를 초래하지 않을 것이다. 왜냐하면 잔인한 행위가 가해졌을 때 그와 동일한 여러 방식으로 곧바로 반격이 이루어질 수 없다면 잔인한 행위는 결코 생겨나지 않을 것이기 때문이다. 잔인함이 위험한 것은 문명화된 상태에서인데, 피해자는 거의 언제나 자신에게 가해지는 부당한 행위에 대해 반박할 힘이나 수단이 없기 때문이다. 그러나 원시 상태에서라면, 잔인한 행위가 강자에게 가해질 때 강자는 그 행위를 제압할 수 있을 것이고, 약자에게 가해진다 하더라도 자연의 법칙에 따라 강자에게 굴복한 자만이 당할 뿐, 잔인한 행위는 그 사회에 조금의 지장도 주지 않는다.

남자들이 즐기는 음란한 쾌락에 있어서 잔인함에 대한 자세한 분석은 하지 않겠다. 다만 외제니, 남자들에게서 나타나는 여러 과격한 행위에 대한 이야기를 너에게 개략적으로 해 줄 것인데, 단호하고 태연자약한 사람에게서 과격한 행위들은 어떠한 한계도 있을 수 없다는 사실을 네 풍부한 상상력이라면 충분히 이해할 수 있을 것이다. 네로 황제, 티베리우스 황제, 엘라가발루스 황제* 등과 같은 사람들은 성적 자극을 받기 위해 어린애들을 살육했고, 레츠 원수와 콩데 공의 삼촌인 샤롤레 백작도 자신들의 쾌락을 위해 살인을 저질렀단다. 이들 가운데 특히 레츠 원수는 남녀 구별 없이 어린애들을 욕보이면서 자신의 전속 사제가 아이들에게 형을 집행하는 것을 볼 때 얻는 쾌감보다 더 강렬한 것은 없다고 법정에서 진술했다. 실제로 브르타뉴 지방에 있는 그의 여러 성 가운데 한 곳에서 희생자 칠팔백 명이 발견되었지. 이 모든 것은 내가 너에게 조금 전에 증명해 보인 것처럼 이해 가능한 일들이란다. 즉 우리의 체질, 기관, 체액의 흐름, 동물 정기의 에너지 등이 신체적 동인으로, 이 동인의 차이에 따라 티투스**나 네로 황제 사이의 차이를 보이기도 하고, 메살리나나 상탈*** 사이의 차이가 나타나기도 하는 것이다. 그러므로 미덕을 뽐낼 필요가 없는 것처럼 악덕을 뉘우칠 필요가 없으며, 우리를 선하게 태어나게 했든 또는 간악하게 태어나게 했든 자연을 비난해서도 안 되는 것이다. 자연은 언제나 자신의 목적과 계획 그리고 필요에 따라 작용하는 것이니 우리는 거기에 따를 수밖에 없는 것이야. 이제 여자들의 잔인성에 대해 살펴보겠는데, 고도로 민감한 신체 기관 때문에 남자들에게서보다는 여자들에게서 잔인성이 훨씬 강렬하다는 것을 염두에 두어라.

잔인성은 일반적으로 두 종류로 나뉜다. 하나는 어리석음에서 나온 잔인성으로, 전혀 이론적이거나 분석적이지 않은 만큼 이런 잔인함을 지니고 태어난 자는 그저 사나운 맹수나 다름없다. 즉 이런

---

*로마의 황제로 괴팍하고 방탕한 행동으로 유명하다.
**로마의 황제로 교양 있고 온화한 성품으로 알려져 있다.
***프랑스의 방문 수도회 설립자로서 성녀로 추증된 인물.

잔인한 짓을 하는 경향의 사람은 어떠한 탐구의 대상도 되지 않기 때문에 이 잔인함은 어떤 쾌락도 불러일으키지 않는다. 이런 잔인성을 띤 사람을 피하는 일은 언제나 쉬운 만큼, 이런 잔인함이 위험한 경우는 거의 없다. 다른 종류의 잔인성은 고도로 민감한 신체 기관의 결과로, 극히 섬세한 자들만이 경험할 수 있으며, 이런 잔인성을 띤 잔혹한 행위들은 그들의 섬세함을 가다듬는 일일 뿐이다. 또한 과도하게 섬세해서 급속히 무뎌지는 속성을 지닌 이 섬세함 때문에 사람들은 무뎌진 그 섬세함을 되살리고자 모든 종류의 잔인한 행위를 하는 것인데, 이렇게 행해진 잔인한 행위들 사이의 미묘한 차이를 이해하는 사람은 거의 없단다…… 그 차이를 느낄 수 있는 사람은 또 얼마나 되겠느냐! 그러나 분명한 것은 그 차이라는 것이 확실하게 존재한다는 것이다. 그런데 여자들이 선호하는 잔인한 행위는 대부분의 경우 바로 두 번째 종류의 것들이란다. 이 잔인한 행위들에 대해 자세히 탐구해 보아라. 즉 그 여자들로 하여금 잔인한 짓을 하도록 이끈 요인이 그들의 과도한 감수성 때문은 아닌지, 또한 그녀들을 악하고 잔인하게 만든 것이 과도한 상상 활동과 자유로운 정신의 능력 때문은 아닌지 판단해 보란 말이다. 이런 방식으로 잔인한 모든 여자들은 그만큼 매력적이며, 이들 가운데 어느 누가 사람들을 타락시키려고 한다면 그렇게 하지 못할 여자는 하나도 없다. 불행하게도 엄격한 관습, 아니 오히려 터무니없는 관습이 여자들의 잔인성에 자양분을 남기지 않는 것이다. 이 여자들은 실제로는 누군가를 혐오하고 있으나 남들에게 그렇지 않다는 것을 보여 주기 위한 선행을 함으로써 각자 자신의 잔인한 성벽을 끊임없이 은폐해야만 했다. 극도의 세심함과 더불어 믿을 만한 몇몇 친구의 도움을 받아 아주 어두운 장막을 치고 각자의 성벽에 몰두한다는 것은 이제 더 이상 말도 되지 않는 소리야. 그리고 그런 여자들이 많다는 것은 그만큼 불행한 여자들이 많다는 것을 말하지. 이런 여자들에 대해 알고 싶으냐? 여자들에게 잔인한 구경거리, 결투, 화재, 전쟁, 검투사들의 검투 광경 등이 있다고 알려 줘 보아라. 그러면 그 여자들이 얼마나 황급하게 그곳으로 달려가는지 보게 될 거다. 하지만 그녀들의 열광적인 욕구를 북돋우기 위한 기회는 그다지 많지 않아서, 그들은 자제해야 하고 또 그만큼 고통스러워하는 것이다.

이런 여자들에 대해 대충 한번 훑어보자꾸나. 여자들 가운데 가장 잔인한 앙골라 왕비 징가는 남자와 쾌락을 나눈 다음 그 즉시 상대방을 죽였다. 그녀는 자주 자신의 면전에서 전사들끼리 결투를 벌이게 하고 이긴 자에게 포상으로 자신의 몸을 주었다. 또한 자신의 잔혹한 영혼을 달래기 위해 서른 살 이전의 모든 임산부들을 절구통 같은 곳에 몰아넣고 찧는 것을 즐겼단다.* 중국의 황후였던 조(照)**에게 죄인을 처형하는 광경을 직접 보는 것보다 더 훌륭한 쾌락은 없었다고 한다. 그러지 못할 경우에는 황제와 정사를 나누는 동안 궁인들을 살육하도록 했고, 이 궁인들이 견뎌야 할 극도의 불안감에 쾌락의 정점을 맞추었다. 바로 이 조가 희생자들에게 형벌을 가하는 방식을 고도화하는 과정에서 그 유명한 속이 텅 빈 청동 원통을 발명하여 그 속에 죄인을 가두고 그 통이 빨갛게 되도록 달구는 처형 방법을 고안해 낸 것이다. 유스티니아누스 왕의 왕비인 테오도라는 거세하는 광경을 즐겨 보았다. 메살리나는 자신이

---

* (원주) 어느 선교사의 저작, 『앙골라 왕비, 징가 이야기』를 참조.
**측천무후의 본명.

보는 앞에서 하인들을 시켜 남자들을 용두질해 주도록 하여 그 남자들이 기진맥진해하는 것을 보면서 스스로는 수음을 했단다. 신대륙의 플로리다 원주민 여자들은 남편의 음경을 발기시켜 귀두에 작은 벌레를 올려놓곤 했는데, 그렇게 하면 남편들은 엄청난 고통을 받지. 이 잔인한 일을 하기 위해 여자들은 남편들을 묶어 놓았고, 보다 확실하게 일을 처리하기 위해 한 남자를 여러 여자가 에워쌌단다. 그뿐만 아니라 이 여자들은 에스파냐 사람들이 침입해서 자신들의 남편을 야만스럽게 살육했을 때에도 남편이 꼼짝하지 못하도록 붙잡고 있었다지. 라 부아쟁과 브랭빌리에*는 단지 범죄를 저지른다는 쾌락만을 위해 남을 독살했다. 이렇듯 역사를 보면 여자들의 잔인함이 얼마나 다양한지 알 수 있지. 그 잔혹한 행위들, 특히 잔인한 남자들이 그들의 잔혹함을 달래기 위해 채찍질을 하는 것과 마찬가지로 나는 여자들도 채찍질을 하는 데 익숙해지기를 바라마지 않는데, 이 행위들에서 여자들이 느끼는 것은 자연적인 기질에 따라 서로 다르단다. 알려진 바로는 몇몇 여자들이 직접 채찍질을 하고 있다지만 내가 원하는 만큼은 아직 일반화되지 않았지. 그런데 여자들의 잔인함에 대한 해결 방법으로 주어진 채찍질을 통해 사회는 이득을 볼 것이야. 왜냐하면 채찍질과 같은 방법으로는 악독해질 수 없는 만큼, 여자들은 다른 방법을 통해서나 잔인해지는 것이며, 또 그들이 세상에 해악을 아무리 퍼뜨리더라도 고작 남편들과 가족들만을 절망에 빠뜨리기 때문이다. 기회가 될 때 선행을 거부하고 불쌍한 사람을 돕는 일을 거부함으로써, 자신도 모르게 잔인함에 이끌리는 여자들은 잔인성의 측면에서 비약하는 계기

---

* 17세기 프랑스에서 독살 사건으로 유명했던 여자들.

를 맞이하지. 하지만 그것만으로는 부족하며 최악의 행위를 해야 하는 그 여자들의 욕구와는 너무도 거리가 멀어. 감성적이고도 잔인한 여자가 자신의 과격한 정열을 달랠 수 있는 다른 여러 방법들이 분명 있지만, 외제니, 그것들은 위험해서 너에게 권해 줄 수 없구나…… 오! 이런! 왜 그러느냐, 아가야……? 부인, 지금 이 아이가 어떤 상태에 있는지 보시구려……!

외제니　(용두질하면서) 아! 제기랄 놈의 신 같으니! 저는 나리께 홀딱 빠지고 말았어요…… 지금 제 모습은 나리의 고약한 말씀의 결과예요!

돌망세　도와주시오, 부인, 도와주시오……! 이 귀여운 아이가 우리의 도움 없이 이대로 사정하도록 놔두실 거요?

생탕주 부인　당치 않은 말씀! (외제니를 끌어안으면서) 사랑스러운 것 같으니. 일찍이 너처럼 감성적이고 매혹적인 이성의 소유자를 본 적이 없구나!

돌망세　부인은 이 아이의 앞쪽에 정성을 쏟아 주시오. 그동안 나는 양 볼기를 손바닥으로 가볍게 찰싹거리면서 소담스러운 항문을 혀로 가볍게 다듬어 주리다. 우리 수중에서 이런 방식으로 적어도 예닐곱 차례는 이 아이가 사정해야만 하오.

외제니　(혼미한 상태에서) 아! 어서 해 주세요! 예닐곱 차례는 어렵지 않을 거예요!

돌망세　우리가 지금 취한 자세로라면 두 사람이 번갈아 가며 내 음경을 빨 수 있을 것이라 생각되오. 그렇게 해서 내가 자극을 받으면 훨씬 많은 에너지로 우리 문하생의 쾌락을 극대화해 줄 수 있을 것이오.

외제니　마님, 이 훌륭한 음경을 빠는 영광은 저에게 양보해 주세요.

(외제니가 음경을 켠다.)

돌망세 아! 감미로운지고……! 입속의 열기는 정말로 자극적이로다……! 그런데 외제니, 절정의 순간에도 제대로 해 줄 수 있겠느냐?

생탕주 부인 이 아이는 정액을 삼킬 거예요, 대신 대답하건대 삼켜버릴 겁니다. 그런데 어려서 그런 것인지, 어떤 이유에서인지는 모르겠으나…… 이 아이는 지금 음탕해야 한다는 자신의 의무에 소홀했어요.

돌망세 (매우 흥분하여) 그렇다면 이 아이를 용서치 않을 것이오, 부인, 용서치 않을 것이오……! 본보기로 벌을…… 이 아이에게 채찍질할 것을 부인께 약속하리다…… 피가 나도록 채찍질을 할 것이오……! 이런! 빌어먹을! 나오고 있어…… 정액이 흘러나온단 말이다……! 삼켜라……! 외제니, 한 방울도 남기지 말고 삼켜라……! 그리고 부인, 부인은 내 엉덩이에 정성을 쏟아 주시오. 내 엉덩이가 바로 부인 면전에 있지 않소…… 빌어먹을, 내 볼기가 벌어지는 것이 보이지 않소……? 부인의 손길을 기다리는 내 엉덩이가 보이지 않는단 말이오……? 빌어먹을 신 같으니라고! 완벽한 황홀감이로다…… 손목이 들어갈 때까지 부인의 손가락을 찔러 넣으시오……! 아! 이제 자리에 앉읍시다. 더 할 수는 없겠소…… 매혹적인 이 아이가 입으로 나를 만족시켜 주었소. 마치 천사가 한 것처럼 말이오…….

외제니 사랑하고 존경해 마지않는 사부님, 저는 한 방울도 남기지 않고 모두 삼켰어요. 키스해 주세요. 나리의 정액이 이제 제 장기 깊숙한 곳까지 흘러 들어갔어요.

돌망세 참으로 매혹적인 아이로다…… 꼬마 아가씨가 벌써 사정하다니!

118

생탕주 부인   흠뻑 젖어 버렸네……! 그런데! 이게 무슨 소리람……! 문 두드리는 소리가 나네. 누가 와서 우리를 방해하는 거야……? 내 동생이군. 경솔한 친구 같으니!

외제니   마님, 그건 저를 속이시는 거예요!

돌망세   비길 데 없는 속임수지, 그렇지 않느냐? 그러나 외제니, 아무 걱정 마라. 이게 다 네 쾌락을 위해서 그런 것이니라.

생탕주 부인   아! 우리의 의도가 그렇다는 것을 이 아이에게 곧 납득시켜 주십시다! 동생, 가까이 와서 동생의 눈에 띄지 않으려고 숨어 있는 이 귀여운 아이를 보고 즐기게.

네 번째 대화

생탕주 부인, 외제니, 돌망세, 미르벨 공자

∅

공자　외제니, 내 조심성에 대해서는 부디 의심하지 마라. 나는 정말로 신중한 사람이란다. 여기 내 누이와 돌망세 나리께서도 보증해 주실 거다.

돌망세　이 우스운 인사치례를 단박에 끝내 버리는 방법은 단 한 가지밖에 없지. 자, 공자님, 우리는 지금 이 귀여운 아가씨를 교육하는 중이네. 이 아가씨 또래의 양갓집 규수가 반드시 알아야 할 모든 것을 가르쳐 주는 것이지. 보다 좋은 결과를 얻기 위해 이론과 더불어 언제나 약간의 응용을 곁들이고 있다네. 지금 우리에게는 음경에서 정액이 사정되는 광경이 필요해서 그 장면을 재현하려는 중일세. 자네가 본보기를 보여 줄 수 있겠는가?

공자　도저히 거절할 수 없을 만큼 참으로 기분 좋은 제안이오. 그런 데다가 이 아가씨는 교육에 대한 기대 효과를 즉각적으로 반영할 만한 매력이 있어요.

생탕주 부인　자, 그러면 곧바로 시작합시다.

외제니　오! 그런데 너무들 심하세요. 제 젊음을…… 너무 악용하시는 것 같아요. 그리고 이 나리께서는 누구를 위해 저를 차지하시겠다는 것인가요?

공자　아주 매력적인 아가씨를 위해서이니라, 외제니…… 이 세상에서 가장 사랑받아 마땅한 여인을 위해서. (공자가 외제니에게 키스를 하고 손으로는 외제니의 매력적인 몸을 더듬는다.) 오! 이런! 대단히 생기 있고 탐스러운 육체로다…… 정말로 황홀한 몸매야!

돌망세　공자님, 말보다는 보다 더 많은 행동을 보여 주세. 자, 내가 이 현장을 통제하겠소. 이것은 내 권리이기도 하오. 곧 벌어질 장면의 목적은 외제니에게 남자가 사정하는 원리를 보여 주는 것이오. 그런데 외제니가 그런 현상을 태연하게 관찰하기란 어려운 노릇이니 우리 네 사람 모두 서로 밀착한 상태에서 마주 보는 자세를 취합시다. 그런 다음 부인은 외제니에게 용두질을 해 주시오. 그동안 나는 공자를 맡으리다. 남자가 여자를 향해 사정해야 할 때, 그 남자로서는 여자보다는 남자와 비할 데 없이 뜻이 잘 맞는 것이오. 남자에게 필요한 것은 남자가 잘 아는 만큼, 남자는 상대 남자들에게 해 주어야 할 일이 무엇인지를 잘 아는 것이외다…… 자, 어서 자세를 취하십시다. (모두 자세를 취한다.)

생탕주 부인　우리가 너무 밀착된 자세를 취한 것은 아닌가요?

돌망세　(벌써 공자의 몸을 차지하고는) 부인, 우리가 그렇게 밀착해 있는 것은 아니오. 부인이 사랑하는 외제니의 가슴과 얼굴이 부인 동생이 지닌 생식력의 증거로 흠뻑 젖어야만 하오. 부인의 동생이 사람들의 말처럼 외제니의 면전에 대고 사정해야 한다는 말이오. 커다란 음경을 자유자재로 다룰 줄 아는 내가 정액 줄기를 능숙하게 조절하여 외제니가 정액을 흠뻑 뒤집어쓰도록 해 보리다. 부인은 그동안 외제니의 육체에서 쾌감을 자극하는 모든 부분을 정성스럽게 용두질해 주시구려. 외제니, 너는 전적으로 방탕의 극단까지 가는 상상에만 몰두하여라. 그리고 네 면전에서 일어나는 그 대단한 신비로움이 무엇인지를 거기에서 깨닫게 될 것이라고 생각해 보아라. 자제하겠다는 태도 따위는 버려라. 정숙한 것은 결코 미덕이 아니니라. 자연이 우리 몸 가운데 특정 부분을 가리기를 원했다면 그런 일은 자연 스스로 해결했을 거다. 그런데 자연은 우리를 벌거숭이로 태어나게 만들었으니 우리가 벌거벗기를 자연 스스로 원한 것이며, 이에 역행하는 모든 행위는 자연의 법칙을 완전히 거스르는 일이야. 아직 쾌락이 무엇인지 전혀 모르는 어린애들, 따라서 절제를 통해 쾌락을 더 강렬하게 만들 필요성을 모르는 어린애들은 자신의 모든 신체 부위를 보여 주지. 보다 더 특이한 경우도 볼 수 있는데, 옷으로 정숙함을 지키는 것이 관습이지만 절제된 품행이라곤 찾아볼 수 없는 나라가 있단다. 오타이티 섬에서는 소녀들이 옷을 입고 있다 하더라도 누가 요구하면 곧바로 옷을 걷어 올린단다.

생탕주 부인 내가 돌망세 나리를 좋아하는 이유는 시간을 낭비하지 않는다는 것이야. 그렇게 사설을 늘어놓으면서도 그가 어떻게 행동하는지, 내 동생의 훌륭한 엉덩이를 어쩌면 저리도 기분 좋게 살살이 살피는지, 동생의 굉장한 음경을 어쩌면 저리도 음란하게 용두질하는지 보아라…… 자, 외제니, 시작하자꾸나! 여기 이 펌프와도 같은 음경이 곧 우리를 흠뻑 적실 것이다.

외제니 아! 마님. 엄청난 음경이네요! 손으로 겨우 쥘 수 있을 것 같아요! 오! 이럴 수가! 음경은 모두 이처럼 큰 것인가요?

돌망세 외제니, 너도 알다시피 내 것은 분명 그의 것보다 못하지.

그렇게 큰 물건은 사실 어린 아가씨들에게 위험하단다. 너도 짐작은 하겠지만 공자님의 물건이 너를 꿰뚫을 때 고통이 따르지 않을 수는 없다.

외제니 (벌써 생탕주 부인에게 용두질을 받고는) 아! 아무리 큰 물건이라 하더라도 즐기기 위해서라면 견뎌 내겠어요.

돌망세 암, 그래야 하고말고. 어린 아가씨라면 그런 것에 결코 겁을 먹어서는 안 될 일이야. 자연이 빚어낸 육신은 충분히 거기에 적응할 수 있으며, 그렇게 해서 얻은 노도와도 같은 쾌락이 이전 과정에서 발생하는 약간의 고통들을 곧바로 보상해 줄 것이다. 너보다 더 어린데도 공자님의 물건보다 더 큰 음경을 견뎌 내는 아가씨들도 있었다. 매우 어려운 난관들은 용기와 인내로 극복해 나가는 것이란다. 상대가 어린 아가씨일 때 가능하다면 아주 작은 음경으로만 범해야 한다고 생각하는 것은 터무니없는 일이야. 처녀일수록 오히려 처녀막이 찢어진 다음 보다 더 급속하게 쾌감을 얻기 위해서 물건이 좀 더 큰 사람을 맞이할 수 있다면 그에게 몸을 내맡겨야 한다고 나는 생각한다. 물론 그런 상태를 한번 맛보고 나면 평범한 남자들과 다시 관계를 갖기가 매우 힘들 것인데, 여자가 부유하고 젊고 또한 아름답다면 그녀가 원하는 크기, 그녀가 집착하는 크기의 물건을 지닌 남자를 쉽게 찾을 수 있지. 남자가 물건을 내놓았을 때 그다지 크지 않다면, 그러나 그것이라도 즐기고자 한다면 그 물건을 엉덩이용으로 이용하면 될 것이다.

생탕주 부인 여자는 보다 더 큰 기쁨을 맛보기 위해서 앞쪽과 뒤쪽을 동시에 이용해야 할 것이오. 즉 여자는 자신의 앞쪽을 맡은 자를 음란한 몸짓으로 흔들어 줌으로써 뒤쪽을 맡은 자로 하여금 황홀경으로 빠져들게 만들어야 하는 것이오. 그리고 두 남자의 정액으로 몸을 흠뻑 적셨다면, 다음 차례로 여자가 자신의 정액을 쏟아 내면서 쾌감으로 자지러져야 하오.

돌망세 (대화 도중에도 모두 용두질을 계속하고 있음에 주목해야 한다.) 부인, 우리가 재현한 이 현장에 두세 명의 음경을 더 끌어들여야 할 것 같소이다. 방금 말씀하신 것처럼, 부인이 예로 든 그 여자는 입과 양손으로 음경 하나씩을 더 취할 수 있지 않겠소?

생탕주 부인 여자야 겨드랑이로도 머리카락으로도 음경을 품을 수 있지요. 최대한으로 하자면 여자의 몸으로 음경 서른여 개를 동시에 취할 수 있을 것이오. 그런데 이때 여자는 자신에게 근접해 있는 음경들만을 받아들이고 만지고 빨아야 하며, 남자들 모두가 사정하여 자신을 흠뻑 적시는 바로 그때에 여자 스스로도 사정해야 하오. 아! 돌망세 나리께서 아무리 성교의 달인이라 할지라도 나는 이 음탕함에 대한 경쟁에서 나리께 필적하고자 합니다…… 나도 이런 종류의 일에서 할 수 있는 모든 짓을 해 보았지요.

외제니 (공자가 돌망세의 용두질을 받는 것처럼 생탕주 부인의 용두질을 받는 상태에서) 아! 마님…… 마님은 제가 정신을 잃도록 만드시네요…… 뭐라고요! 제가 그렇게 많은 남자들에게 동시에…… 몸을 내맡길 수 있다고요……! 아! 대단한 황홀경일 거예요……! 마님, 어떻게 용두질을 하시기에……! 마님이야말로 쾌락의 여신이에요……! 그런데 이 멋진 음경이 엄청나게 부풀어 올랐어요……! 위엄을 갖춘 귀두도 대단히 커진 데다 새빨갛게 변했어요!

돌망세 끝을 볼 때가 가까워진 거다.

공자 외제니…… 누이…… 모두 내게로, 내게 가까이 다가서시오…… 아! 가슴이 기막히네…… 허벅지는 감미롭고 토실토실하고…… 사정하시오…… 두 사람 모두 사정하시오…… 내 정액이 곧 거기에 합쳐질 것이오…… 정액이 흘러나와요…… 아, 제기랄 신 같으니! (공자가 사정할 때, 돌망세는 공자의 노도와도 같은 정액을 두 여자 쪽, 주로 외제니 쪽으로 세심하게 향하도록 하여 외제니를 정액으로 흠뻑 적신다.)

외제니 굉장히 훌륭한 광경이에요……! 대단히 고귀하고 위엄이 있어요…… 저는 정액으로 완전히 뒤덮였네요…… 정액이 솟구쳐 제 눈에까지 튀었어요.

생탕주 부인 잠깐만, 외제니. 진주와도 같이 값진 이 정액을 모으려 하니 가만히 있어라. 그것으로 네 음핵을 문질러 주마. 네가 보다 더 빨리 사정할 수 있도록 자극하기 위해서란다.

외제니 아! 그래요, 마님, 아! 그러세요. 마님 생각이 감미로워요…… 마님 생각대로 하세요. 저는 마님의 품에서 즐기렵니다.

생탕주 부인 훌륭하다. 나에게 키스를 퍼부어라…… 네 혀를 빨 수 있도록 해 주어라…… 네 음탕한 숨결이 불같은 쾌락으로 불타오를 때의 그 숨결을 호흡할 수 있도록…… 아! 이런, 내가 사정하게 생겼어……! 동생, 제발 내가 사정을 끝낼 수 있도록 해 줘.

돌망세 그러게, 공자…… 자네 누이에게 용두질을 해 주게.

공자 누이와 하는 것을 나는 더 좋아하오. 또 발기가 되는걸.

돌망세 그러면, 자네의 엉덩이를 내 쪽으로 향하도록 하여 자네 누이에게 삽입하게. 자네가 음탕하기 그지없는 근친상간을 벌이는 동안 나는 자네를 범하겠네. 외제니, 너는 이 인공 음경을 착용하고 내 엉덩이를 꿰뚫어라. 네가 언제고 각양각색의 음탕한 역할을 모두 섭렵할 거라면, 그 모든 역할을 골고루 소화할 수 있도록 우리가 지금 하고 있는 강습을 충실히 연습해야만 한다.

외제니 (기구를 착용하면서) 방탕한 행위에 관해서 제가 일을 그르치는 경우는 없을 것입니다. 방탕함은 이제 제 유일한 숭배의 대상이고, 제 행실의 유일한 척도이며 제가 하는 모든 행위의 유일한 근거이기 때문이지요. (외제니가 돌망세의 엉덩이를 꿰뚫는다.) 존경하는 사부님, 이렇게 말이죠? 제가 제대로 하고 있나요?

돌망세 훌륭하다…… 요것이 마치 남자가 하는 것처럼 내 엉덩이를 쑤셔 대는구려. 자, 우리 네 사람 모두 완벽하게 결합된 것 같으니 이제 끝을 보는 것만 남았소.

생탕주 부인 아! 너무 좋아서 죽을 지경이야, 동생……! 감미롭게 흔들어 대는 동생의 멋진 음경은 언제나 새로운 느낌을 준단 말이야……!

돌망세 제기랄 신 같으니라고! 이 매력적인 엉덩이가 주는 쾌락이라니! 아! 계속, 힘차게 하시오. 우리 네 사람 모두 동시에 사정하십시다…… 지독한 신 같으니! 죽을 것 같소…… 숨이 멎는 것 같아…… 아! 내가 살아오면서 이보다 더 음란하게 사정한 적은 없었소! 공자, 자네도 정액을 사정하셨는가?

공자 정액이 덕지덕지 묻은 내 누이의 음부를 보시오.

돌망세 아! 공자, 나는 자네의 엉덩이에 그만큼은 사정하지 못했을 것일세!

생탕주 부인 이제 좀 쉬십시다! 죽을 지경이오.

돌망세 (외제니에게 키스하면서) 이 매력적인 아가씨가 마치 신이 그런 것처럼 나를 꿰뚫어 버렸소.

외제니 사실 저도 그러면서 쾌락을 느꼈어요.

돌망세 음탕한 사람이라면 과도한 모든 짓에서도 쾌락을 느끼는 법이야. 그리고 여자란 가능한 범위까지도 넘어서는 그러한 짓거리를 할 수 있는 만큼 더욱 잘해야 하느니라.

생탕주 부인   나는 전에 어떤 공증인에게 내가 모르는 정열 하나를 가르쳐 줄 아무개 한 사람, 내가 아직 즐겨 보지 못했던 쾌락에 내 감각을 빠뜨려 줄 수 있는 아무개 한 사람을 찾아 달라며 500루이*를 맡긴 적도 있소.

돌망세   (여기서 사람들은 옷매무새를 고쳐 잡고 대화에만 열중한다.) 그 생각이 희한해서 이해를 해야겠소만, 부인, 부인이 갈망하는 그 특이한 욕망이래 봤자 방금 우리가 만끽한 쾌락과도 같이 그리 대단치는 않을 것이라 여겨지오.

생탕주 부인   어찌 그렇단 말씀이오?

돌망세   내 명예를 걸고 말씀드리건대, 여자의 음부를 즐기는 것보다 더 진절머리 나는 일은 없는데, 부인처럼 항문을 통해 얻는 쾌락을 한번 맛본 후 사람들이 어떻게 항문 외의 다른 부위를 통해 쾌락을 얻으려 하는지 상상할 수 없소.

생탕주 부인   음부를 통해 쾌락을 얻고자 하는 것은 낡아 빠진 습관일 뿐이지요. 여자들이 나와 같은 생각을 한다면 특정 부위에 상관없이 당하고만 싶고, 남자의 물건이 꿰뚫는 부위가 어디가 되었든 그 물건이 몸속에 들어오는 것을 느낀다면 그저 행복한 일입니다. 그렇지만 내 생각은 전적으로 나리의 생각과 동일하고, 항문을 통해 경험하는 쾌락은 음부를 통해 얻는 쾌락을 훨씬 능가한다는 사실을 음탕한 모든 여자들에게 증명해 보이겠소. 이해 대해 더 말하자면 음탕한 모든 여인네들은 두 가지 성교 방식을 가장 많이 실천하는 유럽 여자를 믿어야 할 것이오. 즉 나는 그 음탕한 여인들에게

---

* 금화 1루이는 24리브르이므로 500루이는 1만 2,000리브르의 가치가 있다. 이 액수는 파리의 저명한 의사의 연수입(약 1만 리브르)보다 많다.

두 가지 성교 방식에 대해 조금도 비교할 만한 여지가 없다는 것과, 그녀들이 뒤로 하는 성교를 경험하면 앞으로 하는 성교를 다시 하기 어려울 것이라는 사실을 보증하겠소.

공자　내 생각은 꼭 그렇지만은 않아요. 나는 사람들이 원하는 모든 행위를 탐닉하지만 내 성적 취향 때문에 자연이 여성의 상징으로 여자에게 헌정한 신전과도 같은 그 부위를 정말로 좋아하는걸요.

돌망세　허 참! 그래도 엉덩이를 좋아해야지! 이보게 공자, 자연의 법칙을 유심히 살펴보면, 자네도 알겠지만 자연은 결코 항문 외의 다른 곳을 우리가 숭배해야 할 신전과도 같은 곳으로 지시해 주지 않았네. 항문 외의 다른 곳도 용인되기는 했으나, 자연이 명한 곳은 오직 항문뿐이라네. 아! 제기랄 신 같으니라고! 만일 우리가 항문 성교를 하는 것이 자연의 의도가 아니라면, 자연이 우리의 음경에 꼭 맞도록 항문을 만들었겠는가? 항문은 음경처럼 원통형이지 않는가? 도대체 어떤 반지성적인 자가 원통형 음경을 위해 자연이 타원형에 속하는 음부를 만들었다고 상상할 수 있겠는가! 음경에 비춰 보면 기형인 음부에서 우리는 자연의 의도를 읽을 수 있네. 자연이 우리에게 관용을 베풀어 준 것에 지나지 않는 종족 번식 따위를 계속하려고, 우리가 숭배하는 그 부위를 너무 쉽게 방치해 두는 것은 기필코 자연을 거스르는 일이 될 것임을 여기에서도 명확히 보여 주고 있어. 그건 그렇다 치고, 우리가 하던 교육을 계속합시다. 외제니는 방금 전 사정이라는 지고의 신비함을 마음껏 관찰했소. 이제 이 아이가 정액의 분출 방향을 조정하는 방법을 배웠으면 하오.

생탕주 부인　두 사람 모두 정액이 고갈된 상태라서 어려움이 있다는 것은 각오해야 합니다.

돌망세　내 생각도 바로 그렇소. 그래서 부인의 저택에서 또는 부인의 영지에서 아주 건강한 젊은이를 몇 명 구해서 우리가 강습을 할 때 모델로 이용할 수 있었으면 하고 바랐던 것이오.

생탕주 부인 나리께 안성맞춤인 녀석이 하나 있지요.

돌망세 혹시 열여덟에서 스무 살 정도이고 인상이 매혹적인 젊은 정원사가 아니오? 좀 전에 채마밭에서 일을 하고 있던 녀석 말이오.

생탕주 부인 오귀스탱 말씀이죠! 그래요, 정확해요. 음경 둘레가 8인치 반이나 되고 길이가 13인치인 오귀스탱이 맞아요!

돌망세 아! 그럴 수가! 엄청난 놈이구려…… 그 음경으로 사정을 한다면 어떻게 될까?

생탕주 부인 노도와도 같다고나 할까…… 아무튼 내가 그놈을 찾아 보지요.

다섯 번째 대화

돌망세, 미르벨 공자, 오귀스탱, 외제니, 생탕주 부인

꼭

생탕주 부인 (오귀스탱을 데려오면서) 여기 이놈이 방금 내가 말했던 녀석이오. 자, 우리 모두 이놈과 함께 향락에 빠져 보십시다. 쾌락이 없다면 삶이 뭐가 되겠소……? 가까이 오너라, 이 곰딴지야…… 오! 무지렁이 같은 놈…… 내가 이 돼지 같은 놈을 여섯 달 동안이나 다듬어 주었는데도 이놈의 행동이 여전히 매끄럽지 못하다는 사실을 상상이나 하실 수 있겠소?

오귀스탱* 쳇! 그래도 마님, 이눔이 마님께 배울 때는 그렇게 못하지는 않는다고 몇 번이구 말했구먼요. 글구 황무지같이 한 번도 해 보지 않은 계집이 있다면 마님은 언제나 이눔에게 넘기시기루 했구먼요.

돌망세 (웃으면서) 허! 매력적이야…… 호감이 가는구나…… 솔직

---

* 오귀스탱은 교육을 전혀 받지 못해 문법이나 발음에 개의치 않고 말하는 등장인물이다. 따라서 독자들은 오귀스탱의 말에서 정확한 문법과 발음을 찾을 필요는 없다. 사투리도 특정 지역을 염두에 둔 것이 아니니 독자의 이해를 구한다.

한 만큼 순진하기 이를 데 없는 녀석이로세…… (외제니를 가리키면서) 오귀스탱, 여기 아무도 손대지 않은 꽃 무더기가 보이렸다. 네놈이 한번 잘 다듬어 보겠느냐?

오귀스탱 아! 지기미! 나리, 이렇게 예쁜 꽃은 우리 같은 상놈들에게는 과분합죠.

돌망세 그러면 우리 아가씨가 먼저 시작해 보아라.

외제니 (얼굴을 붉히면서) 아! 이런! 저는 부끄럼 많은 소녀잖아요!

돌망세 그런 소심한 감정 따위는 버려라. 우리가 하는 모든 행위, 특히 방탕과 관련된 모든 행위는 자연이 우리에게 불어넣어 준 것인 만큼, 네가 추측할 수 있는 행위가 어떤 종류라 할지라도 부끄러운 감정을 품어야 할 아무런 이유는 없는 것이야. 자, 그러니 외제니, 이 젊은이에게 창녀처럼 굴어 보아라. 젊은 아가씨가 젊은 사내를 유혹하는 모든 행위는 자연에 스스로를 봉헌하는 것이나 다름없다는 것을 염두에 두어야 한다. 또한 너희 여성들이 우리 남성들에게 창녀처럼 구는 때보다 더 훌륭하게 자연에 기여하는 행위는 없다는 사실을 유념하여라. 보다 쉽게 말하자면 네가 세상에 태어난 이유는 남자의 성교 상대가 되기 위해서이고, 이러한 자연의 의도가 여자에게 부과되었는데도 이를 거부하는 여자는 이 세상에 태어날 가치가 없는 것이니라. 외제니, 네가 직접 이 젊은이의 바지를 불기 밑동까지 내리고 상의 속 셔츠를 걷어 올려서, 불필요한 말이겠지만, 매우 훌륭한 그의 앞쪽…… 그리고 뒤쪽을 네가 마음대로 할 수 있도록 해 두어라…… 네 한 손으로는 이 푸짐한 살집을 움켜쥐어라. 금방 형태가 변하더라도 놀라지는 말고. 다른 한 손으로는 불기를 더듬다가 항문을 간질여라…… 그래, 그런 식으로 말이다. (외제니에게 지금 문제가 되고 있는 대상을 보여 주기 위해 오귀스탱 스스로 양 볼기를 벌린다.) 빨갛게 변한 이 귀두의 포피를 벗겨라. 용두질을 할 때 귀두를 포피로 덮지 말고 벗긴 상태에서 해야 할 것이야…… 포피가 찢어질 정도로 끌어내려라…… 그래! 여러분은 지금 내 가르침의 결과가 어떤지 보고 있는 중이오…… 그런데 네놈은 합장한 채로 손을 놀리고 있으면 안 되지. 네 손으로 할 일이 아무것도 없어서 그러는 것이더냐? 그러면 아가씨의 기막힌 가슴과 탐스러운 엉덩이를 쓰다듬어 주어라.

오귀스탱 나으리, 이눔헌테 이렇게 많이 쾌락을 주는 이 이쁜 아가씨를 지가 키스하실* 수 있씨우?

생탕주 부인 이봐! 키스해라. 멍청한 놈, 네 마음껏 키스하란 말이다. 내가 네놈과 잔다면 네놈이 나에게 키스를 하지 않겠느냐?

오귀스탱 아! 지기미! 입이 끝내주네…… 아기씨 입은 증말 생생혀! 울 정원에 핀 장미 송이에 코를 대는 것 같아유. (발기되는 자신의 음경을 보여 주면서) 나리, 키스만으로도 지 물건이 이렇게 된 것이 보입죠!

외제니 오! 이럴 수가! 어떻게 이처럼 커질 수가 있지!

돌망세 이제 네 동작은 보다 더 규칙적이고 힘차게 되어야 하느니라…… 잠시 자리를 바꿔 보자. 그리고 내가 어떻게 하는지 잘 보아라. (오귀스탱에게 용두질을 해 준다.) 내 동작이 어떻게 더 굳센지, 그러나 동시에 어떻게 더 유연한지를 보아라…… 자, 이제 네가 해 보아라. 그러나 무엇보다도 귀두가 덮이지 않도록 해라…… 좋아, 완전히 발기되었어. 이제 이놈 물건이 우리 공자님의 것보다 더 크다

---

* 오귀스탱은 일인칭 단수 주어에 복수 동사를 취하는 것처럼 문법을 무시하면서 말하고 있다.

는 게 사실인지 검사해 보십시다.

외제니 의심할 나위도 없어요. 제 손으로 이놈의 물건을 겨우 쥘 수 있다는 것을 잘 보세요.

돌망세 (가늠해 본다.) 그래, 네 말이 맞다. 길이 13인치에 둘레는 8인치 반이구나. 이놈 것보다 더 큰 음경은 아직 보질 못했소. 사람들은 이런 음경을 위풍당당하다고 하오. 그런데 부인께서 이렇게 큰 음경을 받아들이신다는 말이오?

생탕주 부인 내가 이 영지에 내려와 있을 때면 매일 밤마다 정기적으로 받아들이지요.

돌망세 하지만, 설마 엉덩이로 받아들이신 것은 아니겠지요?

생탕주 부인 앞쪽으로보다는 좀 더 자주 받아들였지요.

돌망세 허! 제기랄 신 같으니, 대단한 방탕이야…… 그건 그렇다 치고! 내가 이놈 물건을 받아들일 수 있을지는 정말 모르겠소.

생탕주 부인 그러니까 항문을 조이지는 마시오. 이놈의 물건이 내 엉덩이에 삽입된 것처럼 돌망세 나리의 엉덩이에도 삽입될 것이오.

돌망세 나중에 보십시다. 우리 오귀스탱이 내 뒤쪽에 정액을 뿜어 줄 것이 기대되는구려. 그러면 나도 이놈에게 똑같이 해 줄 것이오. 그러나 지금은 강의를 계속하십시다. 자, 외제니, 뱀이 독을 뿜듯 이 놈이 곧 사정할 것이니 준비하여라. 이 훌륭한 음경의 끝머리를 똑바로 쳐다보아라. 사정 직전의 징후로 음경이 부풀어 오르고 아름다운 진홍빛 색조를 띠는 것이 보일 때, 너는 가능한 한 힘차게 움직여야 한다. 여러 손가락으로 항문을 간질이다가 가능한 한 가장 깊숙이 밀어 넣어라. 그런 다음 너를 범할 이 방탕아에게 네 몸을 완전하게 내맡겨라. 또한 이놈 입을 찾아 핥아라. 말하자면 네 매력의 원천인 여러 신체 부위를 이놈이 양손으로 마음대로 할 수 있도록 만들어 주는 것이다…… 그러다 보면 이놈이 사정을 하는데, 외제니, 바로 그때가 네 목적이 달성되는 순간이다.

오귀스탱 아으, 아으, 아그씨, 죽을 지경이우…… 더는 못 참겠어, 제발이지 더 씨게…… 아! 제기랄 놈의 신 같으니! 앞이 아찔해지네!

돌망세 더 빨리, 외제니, 더 세게, 이제는 더 조심할 필요가 없느니라. 이놈은 기절하기 직전이야…… 아! 원기 왕성하게 뿜어져 나오는 엄청난 양의 정액 좀 보게……! 분출된 액체의 첫 줄기를 보시오. 열 자*나 되는 높이까지 솟구쳤소…… 어미랑 붙어먹을 신 같으니, 방이 온통 정액으로 범벅이 되어 버렸소. 어느 누구도 이렇게 사정하는 것을 여태껏 본 적이 없소. 그런데 부인, 지난밤 이 녀석과 했소?

생탕주 부인 아홉 번인가 열 번을 한 것 같아요. 횟수를 헤아려 본 지도 오래되었지요.

공자 귀여운 우리 외제니가 정액으로 흠뻑 젖었구나.

외제니 정액을 뒤집어쓰고 싶었어요. (돌망세를 향해) 사, 사부님, 제 동작이 괜찮았어요?

돌망세 처음치고는 매우 훌륭했다. 몇 가지 네가 소홀히 했던 사항이 있기는 하지만 말이다.

생탕주 부인 좀 참고 기다리십시다. 이 아이에게서 그 일들은 경험을 통해서나 해결될 수 있어요. 고백건대, 나는 우리 외제니를 매우 만족스럽게 생각하고 있소. 이 아이가 아주 탁월한 소질을 보이고 있어서지요. 그나저나 이제 외제니가 또 다른 광경을 즐길 수 있도록 해 주어야 한다고 생각합니다. 엉덩이에 음경이 삽입되면 어떻

---

* 1pied는 32.4cml로 우리나라의 옛 도량형 한자와 비슷하다.

게 되는지를 보여 주십시다. 돌망세 나리께 내 엉덩이를 선사하리다. 내가 동생의 품에 안긴 상태에서 동생이 내 앞쪽을 범하는 동안 나리는 내 뒤쪽을 범하시오. 나리의 음경이 잘 삽입될 수 있도록 준비해서 내 엉덩이에 밀어 넣는데, 이 모든 동작을 조절하는 것은 외제니가 할 것이오. 또한 외제니는 이러한 행위에 익숙해지기 위해서 여러 동작들을 연습할 겁니다. 그런 다음 외제니가 헤라클레스 같은 천하장사나 가질 법한 엄청난 물건을 받아들이도록 만들어 줍시다.

돌망세 기대가 되는구려. 우악스러운 오귀스탱이 격렬하게 흔들어 대면 소담스러운 외제니의 엉덩이는 우리 면전에서 곧 찢겨 나갈 것이오. 어쨌든 부인의 제안에 나는 동의하오만, 내가 부인을 잘 다뤄 주기를 바라신다면 한 가지 조건을 받아들이셔야 하오. 즉 내가 오귀스탱을 다시 자극해 그가 내 엉덩이를 범할 때 동시에 나는 부인의 밑구멍을 범하는 것이오.

생탕주 부인 그런 계획이라면 흔쾌히 동의하지요. 나로서도 그렇게 하는 것이 득이 될 것인데, 우리 문하생에게 한 가지가 아닌 두 가지의 훌륭한 강습을 동시에 해 주는 셈이기 때문이오.

돌망세 (오귀스탱을 덮치며) 이리 오너라 촌놈아. 네 물건을 다시 세워 줄 것이야…… 멋진 놈이란 말이야…… 나에게 키스해 보아라…… 네놈이 정액으로 범벅이 되어 있기는 하지만 내가 네놈에게 원하는 것은 여전히 네놈의 정액이야…… 아! 제기랄 신 같으니! 이놈에게 용두질을 해 주면서 항문을 핥아야만 하겠어!

공자 누이는 이리로 오시오. 돌망세 나리와 누이가 의도한 바에 부응하기 위해서 나는 이 침대에 누워야겠소. 그러면 누이는 내 위에 엎드려 양 볼기를 가능한 한 가장 넓게 벌려 나리께 향하도록 하시오…… 그래, 그렇게 말이오. 이런 자세면 우리는 언제라도 시작할 수 있을 것이오.

돌망세 아직은 아닐세, 좀 기다려 주게나. 오귀스탱이 나에게 삽입을 시작하려 하니 우선 내가 자네 누이에게 삽입을 해야 하네. 그런 다음 자네와 합칠 것인데, 내 여러 손가락을 매개로 자네와 연결될 것이야. 이 모든 원칙들 가운데 하나라도 그르쳐서는 안 될 일일세. 우리 문하생이 우리를 지켜보고 있다는 것과 그 아이에게 정확한 강습을 해 주어야 한다는 것을 염두에 두도록 하게. 외제니는 이리 와서 나에게 용두질을 해 주어라. 그동안 나는 상대하기 까다로운 이놈의 거대한 물건을 보다 단단하게 만들 것이다. 내 음경을 네 볼기에 대고 자극을 주어 그것을 곧추세워라. (외제니가 시키는 대로 한다.)

외제니 제가 제대로 하고 있나요?

돌망세 네 동작은 언제나 무기력하단 말이야. 외제니, 네가 용두질하고 있는 음경을 더 세게 쥐어 보아라. 실제로 성교를 하는 것보다 꽉 조여 주는 느낌 때문에 수음이 더 기분 좋은 것이라면, 수음할 때 사용하는 손이야말로 음경에 대해서 다른 어떤 신체 부위보다도 더 좁은 곳이 되어야 한다…… 그래 좋아졌어! 그렇게 하니 좋아졌잖아……! 볼기를 조금만 더 벌려 보아라. 그래야 내 음경의 끝머리가 흔들릴 때마다 네 밑구멍을 건드릴 수 있지. 그래, 그렇게 말이다……! 공자님은 우리를 기다리면서 자네 누이에게 용두질을 해 주게. 금방 자네와 합칠 것이네…… 아! 됐어! 이놈은 충분히 자극을 받았소…… 자, 이제 준비하시오, 부인. 그 고귀한 엉덩이를 부도덕한 열정을 지닌 나에게 열어 주시구려. 외제니는 음경을 잘 이끌도록 하여라. 바로 네 손으로 음경을 밑구멍으로 인도해서 삽입해야 한다. 내 음경이 마님의 엉덩이에 삽입되고 나면, 오귀스탱의 음경을 움켜쥐고 그것으로 내 깊숙한 곳을 채워 줘야 한다. 이 모든 과정은 신출내기가 해야 할 일인데, 각 과정마다 훈련을 받아야 한다. 그런 이유로 내가 너에게 이 일을 시키는 것이다.

생탕주 부인 돌망세, 내 엉덩이는 괜찮소? 아! 사랑스러운 나리, 내가 얼마나 나리를 원했는지, 오래전부터 어떤 남자든 내 항문을 범해 줄 것을 바랐다는 사실을 아신다면!

돌망세 부인의 소원이 곧 이루어질 것이오만, 부인, 내 숭배의 대상 앞에서 내가 잠시 멈추더라도 이해해 주시오. 성소 깊숙한 곳에 삽입이 이루어지기에 앞서 의식을 치르고 싶소…… 얼마나 숭고한 엉덩이란 말인가……! 거기에 키스를 하리다…… 천 번이고 만 번이고 엉덩이를 핥으리다. 자, 여기 있소, 부인이 원하는 그 음경이오. 음탕하신 부인, 음경이 느껴지시오……? 말해 보시오. 음경이 삽입될 때 어떤지 느껴지시오?

생탕주 부인 아! 내장 깊숙한 곳까지 음경을 밀어 넣으시오…… 감미로운 이 쾌감, 이렇게 지대한 영향력을 지닌 이 쾌감은 도대체 무엇이란 말인가!

돌망세 내가 지금까지 한 번도 꿰뚫어 본 적이 없는 그런 엉덩이로다. 가니메데스의 엉덩이라고 해도 무방할 것이야. 자, 외제니, 오귀스탱이 내 엉덩이를 꿰뚫도록 당장 손을 써야지.

외제니 여기 오귀스탱의 물건을 대령했어요. (오귀스탱에게) 자, 우리 귀염둥이, 네가 꿰뚫어야 할 항문이 보이느냐?

오귀스탱 잘 보이십죠…… 그럼입죠! 들어갈 자리가 여기 있구먼! 즉어도 아그씨보담 여기 안쪽이 더 잘 들어가겠는디요. 거시기가 더 잘 들어가게 조금만 빨아 주서요.

외제니 (거기에 입맞추면서) 그래! 네가 원하는 만큼 해 주지. 네놈은 정말로 생생하구나…… 이제 밀어 넣어라…… 음경 끝머리가 금방 빨려 들어가네…… 그 나머지 부분도 곧 딸려 들어가겠지…….

돌망세 밀어 넣어, 힘껏 밀어 넣으란 말이다. 정 필요하다면 엉덩이가 찢어져도 상관없다…… 자, 내 엉덩이를 잘 보아라, 네 음경과 얼마나 잘 들어맞는지를 보란 말이다…… 아! 제기랄 신 같으니, 이건 차라리 몽둥이야! 이런 것은 한 번도 받아들여 본 적이 없어…… 외제니, 엉덩이 밖으로 몇 인치나 남아 있지?

외제니 2인치가량 돼요.

돌망세 그러면 이놈의 음경 가운데 11인치가 내 엉덩이에 들어와 있는 것이로군…… 이런 환락이 어디에 있겠는가……! 터질 것 같구나. 더는 못 견디겠어……! 자, 공자, 준비되었는가?

공자 만져 보시고 어떤지 말해 주시오.

돌망세 가까이들 오시구려, 두 사람을 결합시켜 드리리다…… 이 신성한 근친상간이 이루어지도록 최선을 다해 협력하리다. (돌망세가 공자의 음경을 그의 누이의 음부에 밀어 넣는다.)

생탕주 부인 아! 여보시오들, 내 양쪽 모두 꽉 차 버렸소…… 제기랄 신 같으니! 이 얼마나 신성한 쾌락이란 말인가! 아니, 세상에 이와 같은 쾌락은 없어…… 아, 그것참, 이런 쾌락을 만끽하지 못하는 여자가 불쌍한 노릇이지…… 계속하시오, 돌망세, 계속해 주시오…… 칼과도 같은 내 동생의 음경에 박힐 수 있도록 격렬한 동작으로 나를 과격하게 다뤄 주시오. 그리고 외제니, 너는 나를 주시하여라. 이리 와서 악의 한가운데에 있는 나를 관찰하란 말이다. 나를 거울삼아 쾌락을 열광적으로 만끽하고 더할 나위 없는 기쁨으로 그 쾌락을 음미하는 방법을 배워라. 잘 보아라, 내가 동시에 하고 있는 모든 짓거리, 즉 파렴치한 행위, 타락의 나락으로 이끄는 행위, 추악한 본보기, 근친상간, 간통, 항문 성교 등이 어떤지 잘 보아라⋯⋯ 오, 내 영혼을 주관하는 유일무이한 신인 마왕이시여! 이 쾌락보다 더 심한 것에 대한 영감을 내려 주소서. 마음속으로부터 새로운 탈선을 품을 수 있도록 해 주소서. 그러면 그 탈선과 쾌락에 깊이 빠져 버리겠나이다.

돌망세 관능적인 여인이여! 그대가 내 몸에 정액을 고이게 만들고, 사정을 서두르도록 재촉하는구려. 그리고 그대의 말과 매우 뜨거운 엉덩이⋯⋯ 모든 것이 나를 당장 절정에 이르도록 만들겠구려⋯⋯ 외제니, 너는 내 뒤를 범하는 놈의 용기를 북돋워 주어라. 양 볼기 측면을 움켜쥐고 벌려 보아라. 식어 버린 욕망을 되살리는 기교를 너는 이미 알고 있으렸다. 네가 하는 작업만이 내 뒤를 꿰뚫고 있는 음경에 에너지를 주느니라⋯⋯ 이제 느낌이 와. 이놈의 움직임이 더욱 격렬해졌어⋯⋯ 방탕한 것, 내 엉덩이에만 하기를 원했던 일을 외제니 너에게 해 주도록 양보해야겠구나⋯⋯ 공자, 자네 벌써 끝내려고 하는 것 같은데⋯⋯ 나를 기다리게! 아니 우리 모두를 기다려 주게! 오! 여보시오들, 우리 모두 함께 사정하십시다. 그것이야말로 삶의 유일한 행복이올시다.

생탕주 부인 아! 이런! 이런! 원하실 때 오르가슴을 느끼세요⋯⋯ 난, 나는 더 견딜 수 없어요! 조금도 무서울 것은 없지만, 지독한 놈의 신 같으니⋯⋯! 형편없는 놈의 신 같으니라고! 난 사정할 것 같아요⋯⋯! 여보시오들, 나를 그대들의 정액으로 흥건히 적셔 주시오. 그대들의 창녀인 나를 적셔 달란 말이오. 타오르는 내 영혼 깊숙한 곳까지 거품이 이는 그대들의 정액 줄기를 나에게 뿌려 주시오. 내 영혼은 바로 그 정액을 받아들이기 위해서만 존재하기 때문이라오. 아으! 악! 아으! 이런……! 이것 참……! 상상조차 하기 어려운 방탕한 짓거리야……! 나는 죽을 지경이오……! 외제니, 너에게 입맞춤을 해야겠다. 너에게 애무를 퍼부을 것이야. 나 스스로도 정액을 쏟아 내면서 네가 쏟아 내는 정액을 모두 삼켜 주마. (오귀스탱, 돌망세, 그리고 공자는 합창을 하듯 소리를 질러 대는데, 동시에 나오는 비슷한 신음 소리를 여기에 모두 기술하는 것은 단조로울 것 같아 생략하기로 한다.)

돌망세 우리가 방금 전에 벌였던 정사는 내가 살아오면서 경험했던 쾌락 가운데 하나요. (오귀스탱을 가리키며) 이 녀석이 내 엉덩이를 자신의 정액으로 가득 채웠소……! 그런데 나 역시 부인에게 그렇게 해 주었겠지요……!

생탕주 부인 아! 말씀도 마세요. 나리의 정액으로 흠뻑 젖었다오.

외제니 나는 그렇다고 말씀드릴 수 없네요. (부인의 품에 익살스럽게 안기면서) 마님은 많은 죄를 저질렀다고 말씀하시는데, 나는 말이에요, 다행인지는 모르겠으나 한 가지 죄도 저지르지 않았어요! 아! 식탁이 아닌 벽난로 옆에서 빵을 먹는 것처럼 직접 참여하지 않고 바라만 보았으니 탈이 날 것도 없겠어요.

생탕주 부인 (폭소를 터뜨리며) 익살스러운 것 같으니!

돌망세 매혹적이지 않소……! 우리 아가씨, 이리 오너라. 흥분되도록 때려 볼 참이야. (외제니의 엉덩이를 손바닥으로 때린다.) 나에게 입맞춤을 하여라. 그러면 너도 입맞춤을 받을 거다.

생탕주 부인 다음 순서에서는 외제니에게만 관심을 두어야 할 것이오. 동생은 이 아이를 소중히 여겨야 할 것일세. 동생의 것이니 말이야. 어느 누구도 손대지 않은 이 매력적인 음부를 잘 살펴보게. 외제니의 음부는 곧 동생의 차지가 될 것이야.

외제니 오! 앞쪽으로는 안 돼요. 너무 고통스러울 거예요. 그렇게 원하신다면 돌망세 나리께서 방금 전에 때리신 뒤쪽에 하세요.

생탕주 부인 순진하고도 감미로운 아가씨야! 이 아이는 다른 사람들이라면 거의 허락해 주지 않을 일을 우리에게 요구하고 있소.

외제니 양심의 가책을 조금도 느끼지 않는 것은 아니에요. 왜냐하면 그 대죄에 대해 두 분 사부님은 저에게 안심이 될 만한 어떠한 말씀도 해 주시지 않았기 때문이에요. 제가 항상 들어 왔던 대죄 가운데 특히 방금 전에 돌망세 나리와 오귀스탱이 한 것처럼 남자와 남자 사이의 항문 성교를 하는 대죄에 대해서 말이에요. 자, 나리, 이제 이런 종류의 범죄를 나리의 철학으로 어떻게 설명하시겠어요, 이 범죄는 끔찍한 것이지요, 그렇지 않아요?

돌망세 한 가지 논점에서 출발하면 된단다, 외제니. 즉 방탕의 관점에서는 어떤 행위도 끔찍하지 않다는 것이다. 왜냐하면 방탕이 우리에게 불러일으키는 모든 일은 자연이 그렇게 하는 것에 다름 아니기 때문이야. 아주 기괴하고 아주 희한한 행위들, 그리고 인간의 모든 법과 제도에 (지상에서의 일 이외에는 말하지 않겠다.) 가장 확실한 타격을 줄 수 있는 행위들이라 할지라도 전혀 끔찍한 것이 아니며, 이 행위들 가운데 하나라도 자연의 법칙 안에서 설명될 수 없는 것이란 없단다. 네가 나에게 말한 그 행위도, 포로가 된 땅 바빌론에서 한 무지한 유대인이 여기저기에서 웃음거리밖에 되지 않는 우화들을 그러모아 『성서』라고 편집해 놓은 그 지루한 소설 속의 해괴한 행위들과 별반 다를 것이 없어. 물론 모든 개연성은 논외로 하더라도 촌락 정도의 규모밖에 되지 않을 『성서』 속 여러 도시가 그 안에서 일어난 일탈 행위 때문에 불로써 심판을 받아 멸망했다는 것도 실은 사실이 아니야. 오래된 휴화산의 분화구에 자리 잡은 도시, 소돔과 고모라는 이탈리아에서 베수비오 화산의 용암이 삼켜 버린 여러 도시처럼 멸망했던 것이란다. 이런 것을 『성서』에서는 기적이라 불렀던 것인데, 몇몇 사람들은 이렇게 하잘것없는 사건으로부터 출발해, 유럽의 일부 지방에서 엉뚱하기는 하지만 자연스러운 행위를 탐닉한 불쌍한 사람들을 벌주기 위해 야만스럽게도 화형을 생각해 냈던 것이야.

외제니 자연스러운 행위라고요!

돌망세 물론, 자연스러운 행위이지. 또 나는 그렇게 주장한다. 한쪽이 불러일으킨 생각을 또 다른 한쪽이 상습적으로 벌을 주는 것처럼, 자연, 즉 본성은 한꺼번에 두 가지 충동을 느낄 수 없어. 그리고 그런 기벽에 빠진 사람들이 그 기벽에서 감명을 받는 것이 본성이라는 기관에 의해서라는 것은 분명한 사실이야. 이 성적 취향을 금지하거나 벌을 주려는 자들은 그 취향이 인구 유지에 해가 된다고 주장하지. 머릿속에 인구에 대한 생각만 있어서, 그 인구라는 관념에서 벗어나는 모든 것을 범죄로 여기는 어리석은 이자들은 아주 한심한 사람들이야! 이 어리석은 자들이 우리에게 강요하듯, 자연이 인구를 유지해야 할 그렇게 거창한 필요성을 지니고 있다고 누가 증명한 바가 있더냐? 사람들이 이 터무니없는 종족 번식 행위를 멀리할 때마다, 그들은 자연을 모독한 것이나 다름없다는 것이 분명한 사실이더냐? 이런 생각에 대한 확신을 품기 위해서인데, 자연의 운행과 자연의 법칙들을 잠시만 살펴보자꾸나. 만일 자연이 파괴를 하지 않고 창조만을 한다면, 나는 진절머리 나는 그 궤변가들과 더불어 모든 행위 가운데 가장 신성한 행위는 생산하려고 애쓰는 것이라고 믿을 것이며, 이에 따라, 생산을 거부하는 것은 필연적으로 범죄가 된다는 그들의 주장에도 동의할 것이다. 자연이 하는 작업에 대해 조금만이라도 생각해 본다면 파괴도 자연법칙에서 창조만큼이나 필요하다는 사실과, 파괴와 창조 작업이 서로 연결되고 긴밀하게까지 결합되어 하나의 작업은 또 다른 작업 없이는 이루어질 수 없다는 사실, 그리고 파괴의 작업이 없이는 어느 것도 재생을 거듭할 수 없다는 사실 등이 증명되지 않겠느냐? 그러므로 파괴는 창조와 마찬가지로 자연의 법칙 가운데 하나란다.

이런 원리가 당연한 것으로 받아들여지고 있는데, 내가 종족 번식을 거부하는 것이 자연을 거스르는 것이 된다는 도식이 어떻게 가능할 수 있겠느냐? 또한 내가 방금 전에 증명해 보인 것처럼 자연의 법칙 안에 있는 그 행위를 죄악으로 간주하더라도, 파괴 행위에 비하면 아무런 죄가 되지 않을 정도로 아주 경미한 것이다. 만일 한편으로는, 자연이 나에게 선사한 기질을 받아들여 내가 정액을 다른 곳으로 유출한 것이고, 또 다른 한편으로는, 이런 유출이 자연에 필요한 것이어서, 내가 그런 행위에 열중하는 것은 자연의 의도에 충실한 것이라는 사실을 내 스스로 규명한다면, 너에게 묻건대, 도대체 무엇이 죄가 된다는 말이냐? 그런데도 어리석은 인구 보존주의자들은 아직도 우리와 같은 사람들의 주장에 대해 반박하기를, 생산력이 있는 정액은 종족 번식을 위해 너희 여자들의 자궁 속으로 흘러 들어가야 하는 것이지 다른 어떠한 용도로도 사용되어서는 안 된다고 한다. 즉 정액을 빼돌리는 것은 신에 대한 죄가 된다는 것이야. 우선, 나는 방금 전에 그들의 주장이 당치 않음을 증명했다. 다시 말하면 이 정액의 유출은 파괴와 성격상 동일할 수 없으며, 정액 유출에 비해 훨씬 심각한 파괴도 그 자체로는 죄가 되지 않는다는 것이지. 그다음으로 정액이 절대적으로 그리고 전적으로 번식을 위한 용도로 쓰이기를 자연이 원한다는 것은 잘못이라는 사실도 증명했다. 그저 하는 말이 아니라, 만일 정액은 번식만을 위해 쓰여야 한다는 것이 자연의 생각이라면, 우리가 경험해 본 바와 같이 우리가 원하는 때 그리고 우리가 원하는 곳에 정액을 유출, 즉 정액이 정상적인 곳이 아닌 다른 어떤 곳으로 유출되는 것을 자연은 원치 않았을 것이며, 더 나아가 꿈속에서라든가 상상 속에서 종종 일어날 수도 있는 경우처럼 정상적인 성교 없이 정액을 유출하는 것을 자연은 반대할 것이야. 또한 그렇게 귀중한 정액을 아끼는 자연은 종족 번식을 위해 꽃병과도 같은 자궁에서만 정액 유출을 허용할 것이고, 우리 인간이 쾌감의 증거를 다른 곳에 사정할 때에는 자연이 베풀어 준 정액 유출 시의 그 쾌감을 느끼는 것을 절대로 원치 않을 것이다. 자연의 명을 거스름으로써 우리가 자연에 대해 엄청난 모독을 했는데도 자연이 우리에게 쾌락까지 선사해 주기로 했다고 가정하는 것은 온당치 않은 일이겠지. 이 생각을 더 진전시켜 보자. 만일 여자들이 세상에 존재하는 이유가 아이를 낳기 위해서라면, 또한 분명하게 자연의 입장에서 이렇게 아이를 낳는 행위가 아주 귀중한 일이라면 그렇게 기나긴 여자의 일생에서 자신의 아이를 생산할 수 있는 기간이, 이외의 많은 시간을 공제한다손 치더라도, 어떻게 겨우 칠 년밖에 되지 않을 수 있겠느냐?* 어찌 그럴 수 있겠느냐! 자연은 종족 번식을 갈망하고, 이러한 목적을 지향하지 않는 모든 것은 자연을 욕보이는 일인데도, 아이를 잉태하기 위해 존재하는 여성이 백 년의 기간 동안 아이를 칠 년밖에 잉태할 수 없다니! 자연은 종족 번식만을 원하는데도 종족 번식을 위해 자연 스스로 남자에게 제공한 정자를 남자들 임의대로 낭비하도록 놔두고 있

---

* 당시 프랑스 여자들의 평균 자녀 수는 일곱 명이었다.

다니! 조금의 지장도 없이 정자를 잉태하는 용도로 사용하든 임의로 낭비하든 동일한 쾌락을 남자들이 맛볼 수 있게 하다니……!

그런 터무니없는 궤변은 우리의 상식을 어지럽힐 뿐이니 그런 것은 이제 그만, 그만 믿자꾸나. 아! 항문 성교와 여성 간 동성애가 자연을 거스르는 것이기는커녕 오히려 자연에 기여한다는 사실에 승복하면서, 자연에게 진저리 나는 새끼만을 양산하는 결과를 가져다주는 정상적인 성교를 완강히 거부해야 한다. 속지 말자. 그 종족 번식이라는 것은 결코 자연법칙 가운데 하나가 아니라 이미 설명한 바와도 같이 그저 허용된 것일 뿐이야. 그리고 또 인류가 멸종되어 지구상에서 사라진다 한들 자연의 입장에서 무슨 대수란 말이냐! 만일 그러한 불행이 발생하면 모든 것이 끝장난다고 믿는 우리 인간의 오만함에 대해 자연은 얼마나 비웃겠는가! 인류가 멸종한다 해도 자연은 자신의 영역에서 인류가 사라진 것을 조금도 알아채지 못할 것이니 말이다. 이미 여러 종의 동물이 멸종되었는데 사람들은 그렇지 않다고 생각하는 것이더냐? 뷔퐁*은 여러 종의 동물이 멸종되었음을 밝힌 적도 있지만, 자연은 그렇게도 귀중한 동물 한 종이 사라지더라도 전혀 개의치 않을 뿐더러 사라지는 것조차도 조금도 알아채지 못할 것이다. 대기가 더 탁해지고, 태양이 더 어두워지고, 우주의 운행이 보다 부정확해진다면 모든 동물 종은 멸종하게 되는 것이야. 그럼에도 불구하고 우리 인류는 세상에 너무나 필요한 종족이기 때문에 종족 번식을 위해 노력하지 않는 자, 또는 이 종족 번식을 방해하는 자를 당연히 죄인이라고 여기는 것은 어리석음의 소치임이 틀림없어! 여기에 대해서 더 이상 우리는 맹목적이

---

* 18세기 프랑스의 박물학자. 자연사에 관한 저서 『박물지』를 썼다.

되어서는 안 되며, 우리보다 더 현명한 여러 민족의 예를 살펴보면 우리가 잘못된 생각을 하고 있다는 사실을 수긍할 것이다. 소위 범죄라고 여겨지고는 있으나, 비역질을 위해 존재하는 성전과 수호자들이 없는 곳은 세상 어느 구석에도 없을 정도로 이 성적 취향은 일반화되어 있단다. 말하자면 비역질을 미덕으로 여겼던 고대 그리스인들은 그 행위를 기리기 위해 '아름다운 엉덩이의 아프로디테'라는 이름의 조각상을 건립했으며, 고대 로마 시대에는 아테네에 사람을 보내 법을 찾아오도록 했는데, 사람들은 거기에서 그 신성한 성적 취향을 배우고 돌아온 것이야.

로마 황제들의 치세 기간 동안 그 성적 취향이 얼마나 유포되었는지는 상상이 되고도 남겠지! 로마 군인들의 깃발 아래 제국의 끝에서 끝까지 그 성적 취향이 광범위하게 퍼지기에 이르렀고, 제국이 멸망한 다음에는 교회와 수도원에 은밀하게 숨어들어 잠복해 있었으며, 이탈리아에서 일어난 예술운동에 편승해 고개를 내밀고 있다가, 결국 우리 프랑스가 개화할 무렵 우리에게까지 전해진 것이란다. 우리가 사는 북반구와 남반구를 살펴보면, 거기에서도 항문성교 풍습을 발견할 수 있는데, 쿡* 선장이 신대륙에 닿았을 때 비역질이 세력을 떨치고 있었던 것을 말한다. 우리가 기구를 타고 달나라에 간다 하더라도 거기에서도 똑같은 비역질을 발견할 수 있을 것이야. 자연과 쾌락의 소산인 감미로운 그 성적 취향, 비역질 그대는 사람이 존재하는 곳이라면 어디에서도, 또한 그대가 알려질 만한 곳이라면 어디에서도 찾아볼 수 있으며, 사람들은 비역질 그대를 기리기 위한 제단을 세울지어다! 오, 여보시오들, 어느 남자가

---

* 1728~1799, 영국의 해군 장교이자 항해가, 탐험가.

쾌락을 즐김에 있어서 음부보다 밑구멍을 선호한다고 해서, 또 그가 한 가지 쾌감만을 보장하는 여자와의 성교보다 다른 남자와의 관계에서 얻을 수 있는 두 가지 쾌락, 즉 수동자와 능동자의 역할을 동시에 하면서 얻는 쾌락을 보장하는 동성애를 좋아한다고 해서 그 사람이 생명을 빼앗겨 마땅할 만큼 끔찍한 놈이라고 생각하는 것과 같은 터무니없는 망상이 있을 수 있겠는가! 이 사람이 자신의 성별이 아닌 다른 성별, 즉 여성의 역할을 하려고 했다면 그는 범죄자이고 흉악한 사람일 수도 있을 것이다. 그런데 어떤 이유에서 자연은 그로 하여금 그 쾌락에 그토록 민감하도록 창조했던 것일까?

이런 남자의 신체 구조를 검토해 보면 선천적으로 그런 성적 취향을 타고나지 않은 남자들의 신체 구조와는 완전히 다른 차이점을 발견할 수 있다. 즉 그의 양 볼기는 보다 희고 보다 통통하며 쾌락의 성소인 항문에는 한 올의 음모도 나 있지 않은데, 아주 섬세하고 감각적이고 예민한 점막으로 뒤덮인 항문 내부는 여성의 질 내부와 동일한 종류의 것이다. 이런 남자의 성격은 보통 남자들과는 당연히 달라서 아주 연약하고 유순하며, 여성 특유의 모든 악덕과 미덕을 고루 갖춘 데다, 여성적인 약점까지 드러내 보이고, 마지막으로 여성들의 기벽과, 그들 가운데 일부는 여성적인 용모까지 지닌다. 자연이 그들을 이렇게 여성들과 유사하게 만들어 놓은 터에, 그들의 성적 취향에 대해 화를 낸다는 것이 도대체 가능이나 한 일이겠는가? 또한 이들은 보통 사람들과는 다른 부류의 사람이라는 것과, 과도한 종족 번식은 필연적으로 자연을 해칠 것인 만큼 자연이 종족 번식을 줄이기 위해 그들을 창조했다는 것은 명백한 사실이 아니겠느냐……? 아! 우리 외제니, 엄청나게 큰 음경이 우리의 항문을 가득히 채울 때, 불알이 눌릴 정도로 음경을 밀어 넣은 상태에서 격렬하게 흔들어 댈 때, 포피가 보일 때까지 음경을 빼냈다가 음모가 항문에 닿을 때까지 다시 음경을 밀어 넣을 때, 얼마나 감미로운 쾌감이 이는지 네가 알 수 있을지! 아니야, 모를 거다. 그러나 세상천지에 이 쾌락에 비견할 수 있는 쾌락이란 있을 수 없단다. 왜냐하면 이 쾌락은 철학자들의 쾌락이고, 위대한 사람들의 쾌락이며, 더 나아가 신들의 쾌락이기 때문이다. 비록 이 성스러운 쾌락의 부분들이 그 자체로 우리가 이 지상에서 경배해야 할 유일한 신들은 아니라 하더라도 말이다.*

외제니 (매우 흥분하여) 오! 여러분, 내 항문을 범해 주세요⋯⋯! 자, 여기 제 엉덩이를 대령했어요⋯⋯ 여러분께 제 엉덩이를 바칩니다⋯⋯! 해 주세요, 사정할 것 같아요! (이런 말을 하면서 외제니가 생탕주 부인의 품에 안기자, 부인은 외제니를 끌어안고 입을 맞추다가 외제니로 하여금 엉덩이를 높이 곧추세우도록 하여 돌망세에게 선사한다.)

생탕주 부인 거룩하신 사부님, 이 제안을 거절하시겠소? 나리는 외제니의 숭고한 이 엉덩이에 마음이 끌리지도 않소? 뭔가를 갈구하며 벌리고 있는 이 엉덩이를 보시구려!

돌망세 미안하지만 외제니, 네가 아무리 원한다 해도 나 때문에 끓어오른 네 가슴속을 진정시켜야 할 사람은 내가 아니다. 애야, 내 생각으로는 네가 여자라는 사실이 아주 잘못된 일이야. 그래도 나는 네 처녀성을 범하기 위해 모든 선입견을 버리려고 했으니, 내가 여기에서 그만두더라도 원망하지 말고 좋게 생각하여라. 그 임무는 공자님이 맡아 줄 것이다. 그동안 그의 누이는 자신의 훌륭한 엉덩

---

* (원주) 이 주제에 대해 여기에서는 아주 기본적인 분석을 했는데, 보다 광범위한 논증은 이 작품의 속편에서 이루어질 것이다.

이를 오귀스탱에게 내미는 동시에, 기구를 장착하고 그것으로 동생의 엉덩이에 위험하리만치 격렬한 삽입을 할 것이다. 그러면 오귀스탱은 부인의 엉덩이를 범할 것이고 또 그의 뒤에서 나는 오귀스탱의 엉덩이를 공격할 것이다. 솔직히 말하건대, 한 시간 전부터 이 녀석의 매력적인 엉덩이가 나를 유혹하고 있으니, 이놈이 나에게 했던 짓을 이번에는 내가 그에게 똑같이 해 줘야겠어.

외제니 나리의 의견을 받아들이겠어요. 하지만 돌망세 나리, 나리께서 아무리 솔직한 고백을 하시더라도 저에게 실례를 범하신 것에 대해서는 용서가 되지 않을 것 같아요.

돌망세 정말로 미안하게 됐다. 하지만 우리 같은 사람들은 원칙에 있어서 솔직하고 정확하다는 것에 자부심을 느끼고 있다.

생탕주 부인 그 솔직하다는 평판과, 사람들과 관계를 가질 때 나리처럼 엉덩이만을 고집하는 사람들에 대한 평판은 다른 것이오.

돌망세 조금은 배반하는 기질도 있고, 그래, 조금은 속임수를 쓰는 것 같기도 하고, 뭐 그렇게 생각하시는 거지요? 그런데 말이오, 이미 부인께 입증해 보인 것처럼 그런 기질은 인간 사회에서 필요 불가결한 것이라오. 한 번도 행해 보지도 않은 미덕을 앞세우면서 우리의 눈을 속이고 자신의 악덕을 숨겨 막대한 이득을 보려는 사람들과 함께 살아야만 하는 우리에게는, 어리석게도 그들에게 솔직함만을 보여 주는 크나큰 위험성이 있는 것이오. 왜냐하면 우리의 모든 이점을 그들에게 제공하는데도 불구하고 그들이 우리에게 그렇게 하지 않는다고 할 때, 속임수라는 것이 명확하게 성립되기 때문이오. 감정을 숨기는 것과 위선은 사회가 우리로 하여금 그렇게 하도록 만든 필요악이니, 그에 따라야 하오. 본보기로 잠시 내 이야기를 해 드리리다. 이 세상에 어느 누구도 나보다 더 타락한 사람은 없소. 그런데도 나를 아는 사람들은 그 사실을 전혀 모르오. 즉 그들에게 나에 대해 생각하는 바를 물어보면 모두 내가 정직한 사람이라고 대답할 것이오. 내가 범죄를 저지를 때마다 아주 소중한 쾌감을 느끼지 않았던 적은 한 번도 없었는데도 말이오.

생탕주 부인　오! 나리께서 잔학한 범죄를 저질러 왔다고는 말하지 마시오.

돌망세　잔학한 범죄라…… 사실은 부인, 잔인한 짓을 자주 범하기는 했소.

생탕주 부인　훌륭해! 정말이오. 나리께서는 마치 고해성사를 듣는 신부에게 "신부님, 세세한 것까지 아실 필요는 없고, 살인과 도둑질을 제외하고 제가 모든 짓을 저지른 것이 확실하다고만 생각하시면 됩니다."라고 참회하는 사람 같아요.

돌망세　그렇소, 부인, 똑같은 말을 했을 것이오. 몇 가지 예외를 빼고는 말이오.

생탕주 부인　뭐라고요! 설마 그 짓까지…… 하셨단 말씀이오?

돌망세　모두 다 했소, 부인, 모든 짓을 다 말이오. 나 같은 기질과 원칙을 지닌 사람이 무슨 짓을 마다하겠소?

생탕주 부인　아! 합시다! 시작하십시다……! 나리의 유혹적인 말씀을 더 물리치기 어려운 지경이 되었소. 다음에 다시 이야기하지요. 나리의 말씀을 온전하게 믿기 위해서 맑은 정신에서 나리의 고백을 경청하고 싶어요. 나리께서는 흥분하면 잔인한 일들에 대한 이야기를 즐겨 하시던데, 진리를 위해 나리의 타오르는 상상력으로 우리에게 마력을 지닌 방탕아의 모습을 지금 보여 주시면 좋겠어요. (각자 자세를 취한다.)

돌망세　기다리게, 공자, 잠시 기다리게. 자네의 음경을 삽입해 줄 사람은 날세. 그러나 우선, 외제니에게는 미안한 일이지만, 준비 단계를 위해서 외제니는 내가 자신에게 채찍질을 가해도 된다는 동의를 해야만 하네. (돌망세가 외제니에게 채찍질을 한다.)

외제니　말씀드리건대 이런 의식은 불필요해요…… 나리, 말씀해 보세요, 이 의식이 나리의 음탕함을 충족해 준다고요. 하지만 그렇게 하시면서 저를 위해서 아무런 일도 하지 못했다는 느낌은 제발 주지 마세요.

돌망세　(여전히 채찍질을 하면서) 아! 잠시 후 너는 나에게 새롭게 경험한 것에 대해 말하게 될 거다……! 너는 이 예비 행위의 세계에 대해 몰라…… 자, 외제니, 내 매질을 받아라!

외제니　오! 이런! 너무해요……! 내 볼기가 불덩이가 됐어요……! 정말이지, 고통스러워요……!

생탕주 부인　아가, 네 복수를 해 주마. 나리에게도 채찍질을 해 줄 것이야. (생탕주 부인이 돌망세에게 채찍질을 한다.)

돌망세　오! 진심으로, 외제니에게 용서를 구하는 바이오. 나 스스로 심한 채찍질을 받고 거기에서 묘미를 구하기 위해 외제니에게 심한 채찍질을 한 것이었소. 내가 자연법칙 안에서 어떻게 행동하는지를 보시오. 그런데 잠시 다른 자세를 취해 봅시다. 외제니가 부인의 허리 위에 업히는 것이오. 즉 어린아이가 엄마 등에 업히듯 외제니가 부인의 목에 매달리는 것을 말하오. 그러면 나는 두 사람의 엉덩이를 마음대로 할 수 있을 것이오. 두 사람의 엉덩이를 흠씬 두들겨 팰 것이라오. 그러는 동안 공자와 오귀스탱 두 사람이 동시에 내 볼기에 채찍질을 할 것이오…… 그래, 그렇게 말이오…… 아! 바로 이거요……! 대단한 쾌락이로고!

생탕주 부인　이 요망한 것을 너그러이 봐주지 마시구려. 부탁이오.

내가 나리께 자비를 전혀 구하지 않았던 만큼, 나리께서 이 아이에게 자비롭게 대해 주시는 것은 원치 않소.

외제니 악! 아으! 아! 정말이지, 엉덩이에 피가 흐르는 것 같아요.

생탕주 부인 네 피가 흘러 내려와 내 엉덩이를 멋지게 물들일 것이니…… 조금만 참아라, 외제니, 용기를 내. 사람이 쾌락에 도달한다는 것은 항상 고통을 통해서라는 사실을 명심하여라.

외제니 정말이지, 더는 견딜 수 없어요.

돌망세 (자신이 매질한 엉덩이들을 바라보려고 채찍질을 잠시 멈춘다. 그리고 다시 채찍질을 하면서) 예순여 대만 더 하자꾸나, 외제니. 그래, 두 엉덩이에 각각 예순여 대씩만 말이다. 오! 요망한 것들, 지금 이 엉덩이로 음경을 받아들인다면 대단한 쾌락을 만끽하게 될 텐데! (채찍질하는 자세를 모두 해제한다.)

생탕주 부인 (외제니의 엉덩이를 살펴보면서) 아! 불쌍한 것, 엉덩이가 온통 피로 물들었어……! 고약한 사람 같으니. 잔인한 매질로 생긴 이 생채기에 입맞춤을 하면서 쾌락을 만끽하려 하시다니!

돌망세 (스스로 용두질을 하면서) 그렇소, 내 의도를 감추지는 않겠소. 진심을 말하자면 생채기가 더 참혹할수록 내 입맞춤은 보다 더 열정적일 것이오.

외제니 아! 나리께서는 잔인하기 이를 데 없는 분이시군요!

돌망세 나도 그렇게 생각한다.

공자 적어도 솔직하기는 하시네!

돌망세 자, 공자, 외제니의 엉덩이를 범하게…….

공자 외제니의 허리를 꼭 잡으시오. 세 차례 정도만 시도하다 보면 들어갈 것이오.

외제니 오! 이런! 공자님의 음경은 돌망세 나리의 것보다 더 커요…… 공자님, 제 엉덩이가 찢어질 것 같아요…… 제발, 조심해 주세요.

공자 불가능한 말이야. 나는 과녁을 꿰뚫어야만 한다. 사부님께서 나를 바라보고 계시지 않느냐…… 사부님의 가르침에 부응하는 행동을 보여 드려야만 하느니라.

돌망세 들어갔네……! 항문 내벽에 끼여 마찰을 일으키는 음경의 음모를 보는 것은 기막힌 일이야…… 자, 부인은 동생의 엉덩이를 범하시구려…… 여기 오귀스탱은 부인의 엉덩이에 삽입할 준비가 끝났소. 나로서는 부인의 뒤를 범하는 녀석을 가차 없이 다뤄 부인이 당할 일을 갚아 드리리다…… 아! 좋소! 이제 꿰어진 묵주처럼 우리 모두 연결된 것 같소. 이제는 우리 모두 절정에 이르는 생각만을 하십시다.

생탕주 부인 매춘부같이 헐떡거리는 이 아이를 좀 보시구려.

외제니 그것이 제 잘못인가요? 쾌락에 도취되어 죽을 지경인걸요……! 방금 전의 매질…… 엄청나게 큰 음경…… 그리고 지금 이 순간에도 저에게 용두질을 해 주시는 우리 사랑스러운 공자님…… 마님, 마님, 더는 견디지 못하겠어요!

생탕주 부인 제기랄 신 같으니! 나도 너처럼 그래, 나는 절정에 도달했어!

돌망세 우리 모두 함께 하십시다. 나를 위해 절정에 도달하는 것을 잠깐만 늦춰 주시면 나도 곧 절정에 도달할 것이니, 그때 우리 모두 동시에 오르가슴을 느끼십시다.

공자 더는 견딜 수 없어요. 외제니의 엉덩이에 내 정액이 흘러내리고 있어…… 죽을 지경이야…… 아! 빌어먹을 신 같으니! 대단한 쾌락이야!

돌망세　나도 그대들처럼 사정하고 있소…… 사정을 하고 있단 말이오…… 아찔하구려…….

오귀스탱　나두……! 나두 싸구 있구먼요!

생탕주 부인　굉장한 광경이오……! 그런데 이 녀석이 내 엉덩이를 정액으로 가득 채웠구려!

공자　씻어 내요, 두 사람 모두 잘 씻어 내란 말이오!

생탕주 부인　아냐, 나는 이 상태가 좋아. 내 엉덩이에서 정액을 느끼는 것이 좋네. 정액이 엉덩이에 남아 있는 한 결코 씻어 내지 않을 것이네.

외제니　정말이지, 저는 더 이상 못 하겠어요…… 그런데 이제 어느 분이든 말씀 좀 해 주세요. 누가 한 여자에게 이런 방식의 성행위를 제안할 때 그 여자는 언제나 그 제안을 받아들여야만 하나요?

생탕주 부인　언제나 그래야 한단다, 외제니. 그보다 더한 제안까지도 받아들여야 한다. 이런 방식의 성행위란 감미로운 것인 만큼, 여자는 자신의 몸을 내맡길 자에게 오히려 그런 성행위를 해 달라고 요구해야 하는 것이야. 그러나 함께 즐기는 남자에게 여자가 의탁하고 있는 경우라면, 그래서 그런 성행위를 통해 남자의 호의, 선물, 그리고 자비를 얻길 원한다면, 그 여자는 기교를 연마하여 남자가 채근하도록 만들어야 한다. 이와 같은 경우, 여자가 남자의 애간장을 태울 목적으로 이런 방식의 성행위를 거부할 만큼 능수능란하다면 이런 성적 취향을 지닌 남자는 모두 파산할 것이다. 결국 여자는 남자가 원하는 행위만 허용하는 재간이 있으면 자신이 원하는 모든 것을 얻어 낼 수 있는 것이다.

돌망세　어떠하냐, 우리 귀염둥이, 생각이 바뀌었느냐? 이제 비역질이 범죄라는 생각은 하지 않을 것이냐?

외제니   비역질이 범죄라 한들 저와 무슨 상관이 있겠어요? 이미 나리께서는 세상에 범죄라는 것은 존재하지 않는다고 입증하셨잖아요? 이제 저는 범죄가 되는 행위란 거의 없다고 생각하게 되었어요.

돌망세   세상에 존재하는 어떤 행위도 범죄가 될 수는 없다. 많은 행위들 가운데 아무리 잔혹한 짓이라 할지라도 누군가에게 유익한 측면이 있지 않겠느냐?

외제니   어느 누가 그렇다고 생각하지 않겠어요?

돌망세   그렇다면 말이다, 그 순간부터 잔혹한 짓은 범죄가 아니란다. 왜냐하면 한 사람을 해치는 것이 다른 사람에게는 유익한 일이라고 할 때 이 행위가 범죄로 여겨지려면 자연계에서 손해를 본 자가 도움을 받은 자보다 더 귀중하다는 사실이 입증되어야만 하기 때문이야. 그런데 자연의 입장에서 보자면 모든 인간이 평등한 만큼 자연이 누구를 선호한다는 것은 도대체 불가능한 일이지. 그러므로 누군가를 해치는 행위가 되었든, 또 그 일이 다른 사람에게 도움이 되는 행위가 되었든 자연과는 아무런 상관이 없는 것이다.

외제니   하지만 그 행위를 통해 우리가 아주 미미한 정도의 쾌락만을 얻을 수 있는 반면 수많은 사람들에게는 해를 준다고 할 때, 그 행위에 열중한다는 것은 참담한 일이 되지 않을까요?

돌망세   그렇지 않아. 왜냐하면 타인들이 겪는 것과 우리가 느끼는 것 사이에는 어떠한 비교도 이루어질 수 없기 때문이다. 즉 타인들이 아주 극심한 고통을 경험한다 하더라도 우리에게는 아무것도 아닐 수 있으며, 우리들이 매우 경미한 쾌감을 느낀다 하더라도 우리는 거기에서 감동을 받을 수 있는 것이다. 그러므로 어떠한 대가를 치르고서라도 우리에게 영향을 줄 수 없는 타인의 극심한 고통보다는 우리를 즐겁게 만드는 그 약간의 쾌락을 더 중시해야 하는 것이야. 그러나 이와 반대로 우리가 흔히 볼 수 있는 것처럼, 희한하게 만들어진 우리의 특이한 신체 기관 때문에 타인의 고통을 기분 좋은 일로 받아들이게 된다면 우리가 박탈당한 것이나 다름없는 고통의 부재보다는 우리를 즐겁게 해 주는 타인의 고통을 더 명백하게 좋아해야 한다는 것을 누가 의심하겠느냐? 인간의 도덕관념에서 잘못된 모든 생각의 원천은 기독교도들이 불행하고 비참했던 고난의 시대에 날조한 박애라는 그 우스꽝스러운 구속감을 받아들였다는 데 있다. 사실, 남들에게 동정을 구걸해야만 했던 그들이 교묘하게도 세상 사람 모두가 형제라는 도식을 만들어 냈던 것인데, 모두가 형제라고 하면서 누가 도움을 청할 때 어떻게 거절할 수 있겠느냐? 하지만 이런 논리는 도저히 받아들일 수 없지. 왜냐하면 우리 인간은 모두 개별적으로 태어난 것이 아니더냐? 더 심하게 말하자면, 모든 인간은 서로 적이며 모두 영속적인 전쟁 상태에서 살아가는 것이 아니겠느냐? 그런데도 이런 생각이, 소위 박애라는 그 구속감이 강요한 미덕이 어디선가 실제로 행해진다는 가정과 부합할 수 있겠느냔 말이다. 만일 자연이 우리 인간에게 이런 미덕을 행해야 한다는 마음을 주입했다면, 인간은 태어나면서부터 그 미덕을 감지했을 것이다. 그리고 그때부터 동정심, 자비로움, 인정 등은 자연적인 미덕이 되어, 그 미덕을 거부하기란 불가능해졌고, 그 미덕 덕분에 야만적인 인간의 원시 상태는 지금 우리가 보고 있는 인간의 모습과 전혀 딴판이 된 것이겠지.

외제니　하지만 나리께서 말씀하신 것처럼 만일 자연이 우리 인간을 개별적으로, 그리고 서로 관계없이 태어나게 했다면 적어도 우리 인간들을 서로 가깝게 해 주는 어떤 관계를 설정해야 할 필요성이 있다는 것은 인정하시겠지요? 즉 남녀의 결합에서 태어난 혈연,

사랑으로 맺어진 관계, 우정 관계, 감사하는 마음으로 맺어진 관계 등을 적어도 나리께서는 존중하시겠지요?

돌망세 남들보다 더하지는 않단다. 그러나 그런 여러 관계들에 대해 분석을 해 보자꾸나, 외제니. 특히 여러 관계들을 개별적으로 간략하게 훑어보면 좋겠구나. 예를 들어서, 혈통을 보존하기 위해서든 재산 정리를 위해서든 내가 결혼할 필요가 있다고 해서 부부관계를 맺는 대상과 확고하다거나 신성하다고 하는 그 관계를 구축해야 한다고 너는 말하겠느냐? 너에게 묻건대, 그런 주장을 하는 것은 터무니없는 짓이 아니겠느냐? 성행위를 지속해야 하는 한, 누군가와 성행위를 하기 위해서 어쩌면 그 대상이 필요할 수도 있을 것이다. 하지만 성행위가 끝나고 난 후 그 대상과 나 사이에 무엇이 남겠느냐? 그리고 이 성행위의 결과로 태어난 내 자식들이 나나 내 성교 상대에게 어떤 구체적인 의무를 다해야 한다는 것이더냐? 이런 관계는 부모들이 늙어서 사회로부터 버림받는다는 두려움에서 만들어진 것이며, 자식이 어렸을 때 부모로서 보여 주었던 사려 깊은 배려라는 것도 장차 그들이 거동이 불편할 정도로 늙었을 때, 자신이 자식들에게 베풀었던 보살핌을 그들로부터도 되돌려받을 권리가 있음을 표현하는 것에 지나지 않아. 이 모든 것들에 이제는 속지 말자. 다시 한 번 말하건대 우리는 부모에게 아무런 의무가 없는 것이야…… 외제니, 아주 적은 것이라 할지라도 말이다. 그리고 부모들이 한 짓은 우리를 위해서라기보다는 그들 스스로를 위해서였던 만큼 우리는 그들을 증오해도 되며, 부모의 태도가 우리를 성가시게 한다면 그들을 없애는 것까지 가능한 일이야. 다만 부모가 우리와 같은 행동을 한다면 그들에게 사랑을 표시해야 되겠지만, 그 애정은 결코 우리의 생각에 동조하는 친구들에게 품는 애정보다 더 깊어서는 안 될 일이다. 왜냐하면 누구를 낳을 권리란 어디에서도 구축된 바도 기초된 바도 없는데, 설사 있다 하더라도 그 권리에 대해 현명하고 사려 깊게 생각을 해 보면 부모들이 쾌락에만 골몰하다가 우리에게 불행하고도 위험한 생명을 불어넣어 세상에 내동댕이친 것에 다름 아니니, 이에 대한 증오의 이유만이 드러날 것이다.

외제니, 너는 사랑으로 맺어진 관계도 말했지. 그 관계들에 대해서는 네가 알지 못해도 되느니라! 아! 내가 말하는 행복을 위해서, 네가 그런 감정 따위에 휩쓸리지 않기를! 도대체 사랑이란 무엇이더냐? 내가 보기에 사람들은 사랑을 마치 아름다운 품성을 지닌 대상을 우리가 보고 느낀 결과로 여기는 것 같다. 이 결과가 우리를 열광케 만드는 것일 테지. 사랑하는 대상을 소유한다면 그것은 만족스러운 일이겠으나 그 대상을 소유하는 것이 불가능하다면 사람들은 절망할 것이다. 그런데 이런 감정의 근거란 무엇이더냐……? 욕망이지. 그리고 이런 감정이 낳게 되는 것은 무엇이더냐……? 무분별한 열광이야. 그러므로 이 감정의 동기가 무엇인지 철저하게 이해하여 결과를 보장해 줘야 한다. 물론 동기란 대상을 소유하는 것이야. 그렇다면 대상을 소유하기 위해 노력해야 하는데, 현명하게 해야 한다. 일단 대상을 소유하면 마음껏 즐겨야 하지만 그렇게 하지 못하더라도 마음을 달래야 한다. 그 대상을 소유하지 못했다 하더라도 그와 유사한 수많은 대상, 게다가 그보다 훨씬 나은 대상이 우리의 상실감을 위로해 줄 터이니. 모든 남자와 여자에게 해당되는 말이 있다면, 그것은 건전한 사고의 작용을 거역하는 사랑이란 어디에도 없다는 것이다. 오! 우리에게서 감각의 작용을 무력화하면서, 광적인 숭배의 대상을 통해서만 세상을 보고 세상에 존재하려는, 이런 상태로 우리를 몰아가는 이 도취는 분명 엄청난 허상이 아니겠느냐? 이것을 사는 것이라 할 수 있겠느냐? 더군다나 이는 삶에 있어서 모든 감미로움을 스스로 포기하는 것이 아니겠느냐? 또한 추상적인 쾌락, 즉 무분별한 열광의 작용과 다름없는 쾌락 이외에는 다른 어떤 행복을 가져다주지 않으면서도, 우리를 탕진시키고 쇠잔케 하는 강렬한 열병을 우리 인간은 자진해서 앓으려고 하는 것이 아니겠느냐? 만일 우리가 숭배할 만한 그 대상을 언제나 사랑해야 한다면, 그리고 우리가 그 대상을 영영 포기하지 않을 것이 확실하다 하더라도, 이것은 적어도 용서는 받을 수 있되 여전히 터무니없는 짓이야. 하지만 그런 일이 일어날 수야 있겠느냐? 결코 변치 않을 영원한 사랑 관계와 관련된 예를 어디에서 찾아볼 수 있겠느냐? 몇 달 동안이고 부질없는 쾌락의 시간을 보낸 후 사랑했던 대상은 자신의 처지를 깨닫게 되며, 우리는 그 대상의 몸에 불태웠던 향과도 같은 모든 정열에 대해 부끄러워할 것이며, 더 나아가 그 대상이 어째서 우리를 그 정도까지 유혹할 수 있었는지 이해하지 못하는 경우까지 생기지 않더냐.

오! 쾌락에 빠진 아가씨들이여, 그대들은 가능한 한 우리에게 몸을 내맡기기를! 성교를 하고, 마음껏 즐기는 것, 이런 것이 바로 본질적인 것이다. 하지만 세심한 주의를 기울여 사랑은 피하여라. 사랑에서 가치가 있는 것이라곤 육체뿐이라고 자연학자 뷔퐁이 말한 바도 있다. 물론 뷔퐁이 훌륭한 철학자로서 사유한 것이 이에 관한 것만 있는 것은 아니지만 말이다. 다시 한 번 강조하거니와 즐기되 결코 사랑을 하지 말 것이며 자신의 마음을 번잡하게 만들지 마라. 즉 아가씨가 해야 할 일이란 한탄을 하고, 한숨을 쉬고, 추파를 던지거나 연애편지 따위로 스스로 쇠약해지는 것이 아니라 성교를 하는 것, 자신을 범할 상대를 빈번하게 바꾸는 것과 그 숫자를 늘리는 것이다. 그리고 특히 한 남자에게만 마음을 주는 것을 거부해야 한다. 왜냐하면 한 남자와 지속적인 사랑을 한다는 것은 여자 스스로 그 남자에게 예속되면서 다른 남자에게 몸을 내맡기는 것에 방해를 받기 때문이다. 네가 추구하는 쾌락에 치명적인, 잔인한 이기주의가 거기에 도사리고 있다는 말이다. 여자란 한 남자만을 위해 태어난 것이 아니라 자연이 창조한 모든 남자들을 위해서 태어난 것이야. 그러므로 신성한 자연의 권고만을 따라 자신이 원하는 모든 남성들에게 사람을 차별하지 말고 몸을 내맡겨야 하느니라. 사랑하는 애인으로서가 아니라 언제나 창녀처럼 굴면서 사랑을 멀리하고 쾌락을 숭배하는 여자가 삶의 여정에서 마주치게 될 것이 장미꽃처럼 좋은 일만은 아닐 것이고, 이런 여자가 우리 남자에게 아낌없이 바치는 것도 꽃처럼 좋은 것만은 아닐 것이지만 말이다! 외제니, 한 남자와 즐기고 난 후 그 남자를 어떻게 처리하는지 너의 교육을 기꺼이 담당하고 있는 매력적인 부인에게 여쭤 보아라. (오귀스탱에게 들리지 않도록 아주 낮은 목소리로) 오늘 부인에게 황홀경을 맛보게 해 준 저 오귀스탱과 관계를 유지하기 위해 더 과감한 행위도 불사할 것인지도 여쭤 보아라. 또한 누가 부인에게서 오귀스탱을 떼어 낸다고 가정해 본다면, 부인은 오귀스탱 대신 다른 놈을 구할 것이고, 그런 다음 그에 대해서는 더 이상 생각조차 하지 않을 것이다. 그리고 그녀는 새로 구한 놈에게 곧 싫증을 느낄 것인데, 그놈을 쫓아내서 새로운 쾌락을 제공할 놈을 만날 수 있다면 두어 달 후쯤 그녀는 스스로 기꺼이 그놈을 쫓아낼 것이다.

생탕주 부인　마치 우리가 마음속 깊은 곳을 너에게 열어 보여 주는 것처럼, 돌망세 나리께서 지금 내 마음, 더 나아가 모든 여자들의 마음을 자세히 설명하신 것에 대해 우리의 사랑스러운 외제니 너는 확신을 품어야 하느니라.

돌망세 마지막으로 우정 관계와 감사하는 마음으로 맺어진 관계에 대한 분석을 하겠다. 우정을 돈독히 하는 일에는 나도 동의한다. 우정이란 우리에게 유용한 것이기 때문이지. 친구들이 우리에게 도움이 되는 한 그들과의 관계를 유지해야 한다. 그러나 그들로부터 아무것도 얻을 것이 없어지는 순간 우리는 그들을 무시해 버려야 한다. 사람들을 사랑해야 한다는 것은 오로지 자신만을 위해서이다. 즉 남들을 위해 사랑한다는 것은 한낱 속임수에 지나지 않아. 또 자연이 어떤 일에서든 우리 인간에게 꼭 필요한 충동이나 감정 외에 다른 것을 불어넣어 주는 경우란 없단다. 한데 자연처럼 이기적인 것이 없는 만큼 우리가 자연법칙을 따르고자 한다면 우리 역시 이기적이 되어야 한다. 감사하는 마음에 관해서 말하자면, 외제니, 내가 설명한 모든 관계들 가운데 그게 가장 하찮을 것이다. 사람들이 우리에게 감사하는 마음을 품도록 강요한다는 것이 과연 우리를 위해서이더냐? 얘야, 그런 마음을 강요하는 것은 과시나 오만함 때문에 그런 것이니, 이에 대해서는 아무것도 믿지 마라. 그렇게 남들 이기심의 노리개가 될 때 굴욕적이지 않더냐? 더군다나 노리개가 되도록 강요받는 것은 더더욱 굴욕적이지 않더냐? 또한 누가 베푼 선행의 수혜자가 된다는 것만큼 부담스러운 일도 없다. 즉 중용의 처세란 불가능하니, 받았던 것과 같은 선행을 그 사람에게 갚든지 아니면 선행을 받아 자신의 품격을 떨어뜨리든지 둘 중 하나를 선택해야 한다. 자존심 강한 사람들은 남들에게 받은 선행에 대한 부담 때문에 고통 받는다. 더 나아가, 자존심 강한 사람들은 그런 선행 때문에 극심한 중압감에 시달려, 결국 자기들에게 선행을 베풀어 준 사람들에 대한 증오심을 표출할 수밖에 없다. 그렇다면 외제니, 네 생각에 자연이 우리를 창조하면서 설정한 고립 상태를 보완하는 관계란 무엇이 있겠느냐? 무엇으로 인간들 사이의 관계들을 정립해야 한다는 말이냐? 또한 무슨 근거로 우리가 사람들을 사랑하고, 그들을 소중히 여기고, 우리 자신보다는 그들을 더 생각해야 한다는 말이냐? 무슨 권리로 우리가 불행한 사람들을 도와줘야 한다는 말이냐? 그리고 어리석은 몇몇 종교에서 터무니없는 계율로 정한 선행, 인정, 자비 등은 사기꾼 또는 비렁뱅이들이나 강조하는 것인 만큼, 이들을 옹호하거나 묵인하는 행위와 생각이 분명 권고될 것인데, 이처럼 아름답지만 부질없는 미덕의 발생지를 도대체 인간의 마음 어느 곳에서 찾아볼 수 있는 것이더냐? 그런데도 외제니, 인간과 인간 사이에 신성한 그 무엇이 있다고 생각하겠느냐? 언제나 남들보다 우리를 먼저 생각하지 말아야 한다는 믿음을 여전히 품고 있는 것이더냐?

외제니 심정적으로 이미 나리께 동조하고 있었지만, 나리께서는 제 자유로운 정신이 조금도 거부할 수 없을 만큼 만족스러운 강의를 해 주셨어요.

생탕주 부인 우리가 강의에서 다룬 것들은 분명 자연, 즉 본성에 포함되어 있는 것이다. 네가 나리의 강의에 대해 찬양하는 것만으로도 그것은 증명돼. 자연의 품에서 꽃망울을 터뜨린 것처럼, 방금 전에 본성을 이해한 네가 느끼고 있는 것을 어떻게 타락한 결과라고 할 수 있겠느냐?

외제니 그런데 두 분 사부님께서 권하시는 모든 방탕함이 본성에 포함된 것이라면, 무슨 이유로 법은 그 방탕함을 금하는 것인가요?

돌망세 법률이라는 것이 개인을 위해서가 아니라 일반을 위해 제정되었기 때문인데, 이런 이유로 법은 이익이라는 개념과 관련된 문제에 대해 영구적인 모순을 안고 있다. 즉 개인의 이익은 공익과 상충한다는 말이지. 그런데 사회를 위해서 법이 유익하다 하더라도 사회의 구성원인 개인에게는 매우 유해한 것이다. 왜냐하면 법이라는 것이 한 번 개인을 보호해 주거나 보증해 주고 나면, 그다음부터는 그 개인을 속박하고 자주 그의 인생 대부분을 억압하기 때문이지. 한편 현명한 사람은 법에 대해 매우 부정적인 견해를 지니고 있다 하더라도, 여러 종류의 뱀과 살무사가 사람을 물고 독을 뿜어내 해를 끼치기는 하지만 이 동물들이 의학적인 측면에서 활용되는 것처럼, 이런 방식으로 법이 통용되는 것을 묵인하고 있단다. 즉 현명한 자라면 이 독사들을 이용하는 것처럼 법률을 이용해 법의 보호를 받고, 용의주도함과 부유함 때문에 방탕해져 벌인 모든 짓을, 조심스럽고 비밀스럽게, 법이라는 보호막으로 감출 줄 알 것이다. 외제니, 네 영혼을 흥분시키는 몇 가지 죄악에 대한 생각을 품어 보아라. 그리고 네가 사랑하는 부인과 나 사이에서는 범죄를 저지르더라도 아무것도 염려할 게 없다는 것에 대해서는 확신해도 된다.

외제니 아! 저는 마음속에서 이미 그런 범죄적 생각을 품고 있었답니다!

생탕주 부인 외제니, 어떤 기막힌 생각이 네 마음을 흔들고 있는 것이더냐! 우리를 믿고 말해 보아라.

외제니 (얼이 빠진 상태에서) 희생양 한 사람이 있으면 좋겠어요.

생탕주 부인 그러면 어느 성별을 원하느냐?

외제니 저와 같은 여성을 원해요!

돌망세 어떻소 부인, 문하생인 외제니가 만족스럽소? 발전 속도가 대단하지 않소?

외제니 (계속 혼미한 상태에서) 희생양, 마님, 희생양이……! 오! 빌어먹을 신 같으니! 희생양이 있다면 제 삶은 아주 행복해질 거예요!

생탕주 부인 그런데 네 희생양에게는 무엇을 하려고 하느냐?

외제니 무엇이든 다요……! 제 희생양을 이 세상에서 가장 불행하게 만들어 줄 수 있는 모든 일을 다할 거예요……! 오! 마님, 마님, 제발 희생양 하나를 구해 주세요. 더는 견딜 수 없어요……!

돌망세 제기랄 신 같으니! 대단한 상상이로다……! 이리 오너라, 외제니, 너는 참으로 관능적이구나…… 이리 오너라, 천 번이고 만 번이고 키스를 해 줄 테니. (외제니를 끌어안는다.) 아니, 부인, 여기를 좀 보시구려, 누가 건드리지도 않았는데 상상만으로 스스로 자지러지는 이 방탕한 것을 좀 보시란 말이오…… 다시 한 번 이 아이의 엉덩이를 범해야겠소!

외제니 그 일을 치른 다음에 제가 원하는 바를 이룰 수 있는 건가요?

돌망세 아무렴……! 네 기대는 이루어질 것이야!

외제니 오! 나리, 여기 엉덩이를 대령했어요……! 이 엉덩이와 함께 원하시는 바대로 하세요!

돌망세 모두 잠시만 기다려 주시오. 내 성교 상대인 외제니가 좀 음란하게 자세를 취하도록 만들 것이니. (모두 돌망세가 지시하는 대로 움직인다.) 오귀스탱은 침대 가에 엉덩이를 걸치고 바로 누워라. 외제니가 네 품에 엎드려 있을 수 있도록 말이다. 나는 외제니의 항문을 범하면서 동시에 오귀스탱의 음경 끝으로 외제니의 음핵을 용두질할 것인데, 정액을 아껴야 하는 만큼 오귀스탱은 사정하지 않도록 주의해야 할 것이야. 그리고 우리 공자님은 아무 소리도 하지 않고 우리의 이야기나 들으면서 스스로 조용히 용두질을 치다가, 외제니의 어깨 위쪽에 자리 잡고 내가 입맞춤할 수 있도록 그 훌륭한 엉덩이를 내밀면서 엎드리게. 그러면 밑에서 용두질해 줄 것이네. 이렇게 하면 외제니의 엉덩이에 내 물건을 삽입하면서 양손으로는 두 음경을 용두질하게 될 것이오. 그리고 부인, 아까는 내가 부인의 남편 역할을 했으니, 이제는 부인께서 내 남편 역할을 해 주었으면 좋겠소. 부인이 가진 기구 가운데 가장 큰 것을 골라 착용하시구려. (생탕주 부인이 각종 기구로 가득한 상자를 열자, 우리의 주인공 돌망세는 가장 큰 것을 선택한다.) 됐소! 여기 길이 14인치에 둘레 10인치라고 쓰여 있소. 이제 그것을 허리에 잘 붙들어 매고 내 엉덩이를 아주 힘차게 꿰뚫어 보시구려.

생탕주 부인 정말이지, 돌망세, 나리께서는 이성을 잃으셨소. 이것으로 하면 나리의 항문은 문드러져 다시는 쓸 수 없을 것이오.

돌망세 아무 염려 마시구려. 밀어 넣으시오, 삽입하란 말이오. 부인이 착용한 그 거대한 기구가 내 엉덩이를 꿰뚫고 들어와야만 부인이 사랑하는 외제니의 엉덩이를 범할 것이오……! 들어왔소, 들어왔단 말이오, 제기랄 신 같으니……! 아! 네 엉덩이를 보니 내 행동이 더 적나라해지는구나……! 외제니, 동정 따위는 기대하지 마라……! 미리 말하건대, 윤활제를 바르는 것과 같은 준비 작업 없이 네 엉덩이를 꿰뚫을 것이니라…… 아! 제기랄 신 같으니! 훌륭한 엉덩이로다!

외제니 오! 나리, 제 엉덩이는 분명 찢겨 나갈 거예요…… 항문 벽에 윤활제라도 발라 주세요.

돌망세 물론 충분히 조심할 것이다. 하지만 어리석게도 그런 준비 작업을 한다면 쾌락은 반으로 줄어들고 말 것이야. 외제니, 우리가 세운 원칙에 충실하여라. 나는 지금 나를 위해 이렇게 하는 것이야. 너도 지금은 잠시 희생양 노릇을 하고 있지만, 조금 후에는 가해자

노릇을 할 것이다…… 아! 제기랄 신 같으니! 들어간다……!

외제니 죽을 지경이에요……!

돌망세 오! 어미랑 붙어먹을 신 같으니! 끝에 닿았어……!

외제니 아! 이제 원하시는 대로 하세요. 이젠 됐어요…… 쾌락만이 느껴져요……!

돌망세 누가 한 번도 범해 본 적이 없는 처녀의 음핵을 이 엄청난 음경으로 용두질하는 것이 얼마나 좋은지 모르겠어……! 공자님, 자네는 훌륭한 엉덩이를 나에게 내밀어 보게…… 내가 자네에게 용두질을 제대로 하고 있는가……? 그리고 부인, 부인은 계속해서 나를 밀어붙이시오, 갈보 같은 나를 말이오…… 그래요, 나는 갈보나 다름없고 그렇게 되고 싶구려…… 외제니, 사정하여라, 그래, 사정하란 말이다……! 오귀스탱이 본의 아니게 엄청난 정액을 나에게 뿜어 댔소…… 공자님의 정액도 받아 냈으니, 이제 나도 사정해야겠어…… 더는 견디지 못하겠어…… 외제니, 엉덩이를 뒤흔들어라, 항문으로 내 음경을 꽉 조여라. 네 항문 깊숙한 곳에 뜨거운 정액을 뿜어 줄 것이니…… 아! 잡것의 자식놈 같은 신이라고는! 죽을 지경이야! (돌망세가 뒤로 물러서자, 모두 엉켜 있던 자세가 풀어진다.) 이런! 부인, 정액으로 범벅이 된 이 방탕한 아이를 좀 보시구려. 음부 주변이 흠뻑 젖어 버렸소. 이 아이를 용두질해 주시구려. 정액으로 완전히 젖어 버린 외제니의 음핵을 힘차게 문질러 주시란 말이오. 그것이야말로 우리가 할 수 있는 가장 관능적인 일 가운데 하나라오.

외제니 (파다거리며) 오! 마님, 얼마나 대단한 쾌락을 맛보게 해 주실 것인지…… 아! 사랑스러운 마님, 음탕한 생각으로 몸이 달아올라요. (돌망세가 지시한 자세를 취한다.)

돌망세 공자님, 자네가 바로 이 귀여운 아이의 처녀성을 거둘 사람이니, 자네 품에서 이 아이가 자지러지도록 자네 누이와 함께 음부를 용두질해 주게. 그리고 엉덩이가 나에게 오도록 자세를 취하게. 오귀스탱이 내 엉덩이를 범하는 사이 나는 자네의 똥덩이를 범할 것이라네. (모두 자세를 취한다.)

공자 이렇게 하면 되었소?

돌망세 가능한 한 엉덩이는 높이 올리고 머리는 낮추도록 하게. 그래, 그렇게 말일세…… 윤활제는 바르지 않겠네, 공자…….

공자 물론이오! 나리께서 원하는 대로 하시오. 관능적인 이 아가씨의 품에서 쾌락 이외의 다른 것을 느낄 수 있을까? (공자는 외제니에게 입맞춤을 하고 용두질을 하다가 손가락 하나를 음부에 가볍게 집어넣는데, 그때에도 생탕주 부인은 외제니의 음핵을 문지른다.)

돌망세 나로 말하자면 말일세, 외제니와 관계를 해서 얻었던 쾌락보다는 지금 자네와 관계를 해서 얻는 쾌락이 훨씬 훌륭하다네. 젊은 사내의 엉덩이는 아가씨의 엉덩이와 큰 차이가 있는 것이야……! 그런데 오귀스탱, 내 엉덩이를 밀고 들어오너라! 발기시키는 것이 힘들겠지만 말이다!

오귀스탱 참말루! 나으리, 여기 이 비둘기마냥 참한 아기씨의 거시기 바루 옆에다 쬐금 전에 싸서 그럽지요. 헌데두 증말로 볼썽사나운 나으리의 궁뎅이를 위해 곧바루 거시기를 또 세우기를 바라시다뇨, 젠장할!

돌망세 어리석은 놈 같으니……! 웬 불평이 그렇게 많으냐? 각자 자신의 이익만을 추구하는 것, 그것이 바로 자연인 거야. 자, 자, 우리 성실한 오귀스탱, 계속해서 삽입해라. 네가 조금만 더 경험을 한다면, 항문이 여자의 음부보다 더 낫지 않다고는 말할 수 없을 거야…… 외제니, 너는 공자님이 너에게 해 주는 것과 똑같은 일을 공자님께 해 드려라. 너는 오로지 너 자신에게만 열중하는구나, 방탕한 것, 네가 옳다. 그러나 네 쾌락에 재미를 더하기 위해서라도 공자님께 용두질을 하여라. 그가 네 처녀성을 곧 거두어 갈 것이기 때문이야.

외제니 좋아요, 공자님에게 용두질을 해 드리고, 입맞춤을 해서 정신을 잃도록 만들어 드리지요…… 아으! 아! 아아! 더는 못 견디겠어요……! 제발, 제 상태를 좀 헤아려 주세요…… 죽을 지경이에요…… 오르가슴을 느끼고 있어요…… 제기랄 신 같으니! 말로 표현할 수 없는 쾌감이에요……!

돌망세 나는 좀 더 견뎌야겠다! 이 훌륭한 엉덩이와 함께 다시 시작하고 싶어서지. 하지만 공자님의 엉덩이에서 끓어오른 정액은 생탕주 부인을 위해 사정하지 않고 간수할 것이다. 한 엉덩이에서 그짓을 벌이다 다른 엉덩이에서 마무리 하는 것처럼 재미난 일은 없기 때문이지. 아니, 공자, 자네 벌써 일을…… 이 아이의 처녀성을 이제 범하겠는가?

외제니 오! 맙소사, 그건 안 돼요, 공자님이 제 처녀성을 범하는 것은 원치 않아요. 그렇게 되면 죽을 것 같아요. 돌망세 나리, 나리의 음경이 더 작으니 제발 나리께서 그 일을 해 주세요!

돌망세 그럴 수는 없느니라. 나는 지금까지 여자의 음부를 범해 본 적이 없어! 지금 이 나이에 그 짓을 시작하지 않도록 해 다오. 네 처녀성은 공자님의 것이고, 여기에서 네 처녀성을 취하는 일은 그가 해야만 어울린단다. 그러니 네 처녀성을 범할 그의 권리를 빼앗지 마라.

생탕주 부인 외제니같이 순결하고 멋진 아이가 바친 처녀성을 거절하다니…… 우리 외제니가 파리에서 가장 어여쁜 아이가 아니라고 누군가 말한다면 나로서는 즉각 반박할 만큼 아름다운 이 아이의 처녀성을 거절하다니요. 오! 나리……! 정말이지, 그 태도는 사람들이 말하는 것처럼 원칙에 좀 심하게 집착하는 것이에요!

돌망세 내가 원칙에 집착했다면 그보다 더 심했을 것이오, 부인. 왜냐하면, 파리에는 나와 같이 항문 성교를 즐기는 족속들이 즐비한데, 부인의 엉덩이를 범할 사람은 분명 아무도 없을 것이기 때문이오…… 그래도 나는 부인의 엉덩이를 범했고, 또 다시 범할 것이오. 그러므로 부인이 생각하는 것처럼 내가 광적으로까지 내 원칙을 고수했던 것은 결코 아니오.

생탕주 부인 공자, 그러면 시작하게! 하지만 조심해야 할 것이네. 동생이 꿰뚫을 좁디좁은 질 벽을 잘 살펴보게. 삽입될 것과 그것을 받아 낼 것 사이에 균형이 맞겠는가?

외제니 오! 저는 틀림없이 죽고 말 거예요…… 하지만 누구에게 당하고 싶다는 강렬한 욕망 때문에 아무런 두려움 없이 모든 것을 헤쳐 나갈 용기가 생겨요…… 자, 공자님, 삽입하세요. 공자님께 제 몸을 내맡기겠어요.

공자 (손을 크게 벌려 발기된 음경을 겨우 쥐고는) 그래, 바로 이거야! 이것이 삽입되어야만 해…… 누이와 돌망세 나리 두 분은 각자 외제니의 다리 하나씩을 잡아 주시구려…… 아! 제기랄 신 같으니! 대단히 흥미로운 시도요……! 그래, 그래, 이 아이는 맹렬한 공격을 받아 단박에 처녀성을 잃어버리게 될 거야. 지독한 신 같으니! 이 아이는 이 일을 꼭 겪어야 해요.

외제니 천천히, 천천히 해 주세요. 공자님의 것을 받아들일 수가 없어요…… (양 볼에 눈물을 흘리면서 울부짖는다.) 도와주세요! 마님…… (몸부림친다.) 안 돼요, 공자님이 삽입하는 것을 원치 않아요……! 계속 그러신다면 살려 달라고 소리칠 거예요……!

공자 마음껏 소리를 질러 보아라, 요망한 것. 너에게 말하건대, 네가 천 번이고 녹초가 되더라도 삽입을 해야만 한다.

외제니 너무 난폭해요!

돌망세 아! 그것참! 사람이 흥분하면 과민해지는 것인가?

공자 잘 잡으시오. 이제 됐어……! 삽입되었어요…… 제기랄 신 같으니……! 그것참! 처녀성이 악마에게 넘어간 것처럼 이제 외제니는 더 이상 처녀가 아니오…… 여기 흐르는 피를 좀 보시구려!

외제니 자, 잔인한 사람……! 원하신다면 산산이 부서질 정도로 공격하세요. 이제 괜찮아졌으니까요……! 키스해 주세요, 망나니 같은 공자님, 키스해 주세요, 공자님을 열렬히 사랑합니다……! 아! 삽입이 되고 나니 별것 아니군요. 모든 고통이 사라졌어요. 이런 삽입에 겁을 내 피하는 어린 아가씨들에게 불행이 있을지니! 아주 작은 고통을 피하려 한다면 크나큰 쾌락을 거절하는 것이 될지니! 밀어 넣으세요! 밀어 넣으세요! 공자님, 저는 오르가슴을 느껴요……! 공자님이 만들어 놓은 생채기에 정액을 뿌려 주세요…… 자궁 깊숙한 곳까지 밀어 넣으세요…… 아! 고통은 이제 쾌락으로 바뀌고…… 기절하기 일보 직전이에요……! (공자는 사정을 한다. 그가 외제니를 범할 때, 돌망세는 그의 항문과 고환을 애무하고 있었고, 생탕주 부인은 외제니의 음핵을 간질이고 있었다. 공자가 사정을 마치자 취했던 자세를 모두 푼다.)

돌망세 지금 내 생각으로는, 기왕 외제니의 음부에 통로가 났으니 이번에는 오귀스탱이 이 요망한 것을 곧바로 범하는 것이 좋겠소.

외제니 오귀스탱이요……! 그렇게 큰 음경으로……! 아! 그것도 당장 말이에요……! 지금 이렇게 계속해서 피가 흐르는데! 저를 죽이려고 그러시는 거예요?

생탕주 부인 나에게 키스해 다오, 내 사랑아…… 딱한 것…… 하지만 이미 결정이 난 일이다. 돌이킬 수 없는 일이니, 너는 그 결정에 따라야만 한단다.

오귀스탱 아! 이눔은 준비됐구먼유. 이리도 이뿐 아기씨와 거시기를 한다믄, 로마에 있다가두 뛰어와야지, 암!

공자 (오귀스탱의 큼직한 음경을 움켜잡으면서) 자, 외제니, 이 물건이 얼마나 달아올랐는지를 보아라…… 나를 대신할 만하지 않느냐!

외제니 오! 이럴 수가! 무슨 결정이 그래요…… 오! 저를 죽이시려는 것이 틀림없어요.

오귀스탱 (외제니에게 달려들면서) 오! 아기씨, 그렇지 않구먼요. 거시기를 한다구 절대루 사람이 죽지는 않거들랑요.

돌망세 잠깐, 잠깐만 기다려라. 네놈이 일을 치르는 동안 외제니의 엉덩이가 나를 향하도록 해야 한다…… 그래, 그렇게 말이다. 생탕주 부인, 부인은 이리 가까이 오시구려. 부인의 엉덩이를 범하겠다고 약속하지 않았소. 그 약속을 이제 이행하리다. 그런데 내가 부인과 관계하면서 외제니에게 채찍질을 할 수 있도록 내 손이 미칠 수 있는 곳에서 자세를 취하시구려. 우리가 일을 치르는 동안 공자님은 나에게 채찍질을 하게. (모든 채비가 갖추어진다.)

외제니 아! 이런! 이놈이 내 몸을 꿰뚫고 있어요……! 말도 안 돼, 천천히 좀 해, 이 잡놈아……! 아! 이런 촌놈하고는! 이놈이 밀고 들어오네……! 결국 들어왔어요, 망나니 같은 놈이 말이에요……! 끝까지 박혀 버렸어……! 죽을 지경이에요……! 오! 돌망세 나리, 저를 때리기까지 하시는군요. 그렇게 하면 양쪽 모두를 자극하는 거예요. 양 볼기가 달아오르고 있어요.

돌망세 (채찍을 다른 손으로 옮겨 매질하면서) 용기를 내라…… 음탕한 것! 힘을 내…… 아주 감미롭게 오르가슴을 느끼도록 해 줄 것이니라. 생탕주 부인, 이 아이에게 용두질을 해 주고 계셨구려…… 오귀스탱과 내가 외제니에게 안겨 주는 고통을 부인의 섬세한 손가락으로 누그러뜨려 주셨구려……! 그런데도 항문을 꼭 조이고 계시다니…… 나는 느낄 것 같소, 부인, 우리 모두 함께 사정하십시다…… 아! 두 친남매 사이에 끼여 즐기는 것이 이토록 훌륭할 줄이야!

생탕주 부인 (돌망세를 향해) 계속하시오, 내 운명의 별과도 같은 나리, 계속하시오……! 나는 결코 이러한 쾌락을 다시 만끽할 수 없을 것 같소.

공자 돌망세, 자리를 바꿔 봅시다. 민첩한 동작으로 내 누이의 엉덩이에서 빠져나와 외제니의 엉덩이를 범하시구려. 외제니가 중간에서의 쾌락을 이해하도록 하기 위함이지요. 나는 내 누이의 엉덩이를 범할 것인데, 그러는 사이에 내 누이는, 나리께서 외제니의 볼기에 채찍질을 해서 피로 물들였던 것처럼, 나리의 볼기에도 똑같은 채찍질을 할 것이오.

돌망세 (공자의 말대로 하면서) 그렇게 하세…… 이보게, 자, 이보다 더 민첩하게 상대를 바꿀 수 있겠는가?

외제니 뭐라고요! 두 사람이 한꺼번에 나를. 어쩌면 좋아! 누구에게 집중해야 할지 모르겠어요. 이 잡놈과 이미 충분하게 일을 치렀는데! 아! 이 이중의 쾌락을 만끽하려면 얼마나 많은 정액이 필요할까……! 벌써 정액이 흘러내리고 있어요. 내 몸에 이 관능적인 정액이 없었다면 죽을 지경이 될 정도로 힘들었을 거예요. 아니! 뭐예요, 마님, 벌써 저와 같은 상태가 되셨나요……? 오! 마님의 입에서 음탕한 욕지거리가 새어 나오고 있어요……! 돌망세 나리, 사정을…… 사정하세요…… 이 촌놈이 내 속을 가득 넘치게 만들고 있어요. 내장 깊숙한 곳에까지 정액을 뿜어 대고 있단 말이에요…… 아! 나를 범하고 있는 두 사람, 뭐예요! 두 사람이 모두 동시에 사정을, 제기랄 신 같으니……! 두 사람도 내 정액을 느껴 보세요. 내 정액도 두 사람의 정액과 섞일 것이니…… 이제 제 힘은 모두 빠져 버렸어요…… (엉켜 있던 자세가 풀어진다.) 자요! 마님, 마님의 문하생에 대해 흡족하세요……? 이제 저에게서 창녀의 자질을 보셨나요? 그런데 마님께서는 저를 좀 이상한 상태로…… 이상한 동요를 느끼도록…… 만드셨어요. 오! 그래요, 장담하건대 지금의 저는 도취 상태에 있는 거예요. 시키신다면, 저는 길 한복판에서라도 누구에게든 제 몸을 내맡기러 나가렵니다.

돌망세   그렇게 말하니 이 아이가 아름다워 보이는구려!

외제니   저는 나리를 미워해요, 제 요구를 거절하셨지요……!

돌망세   내 신조를 스스로 저버릴 수야 있겠느냐?

외제니   좋아요, 용서해 드리지요. 저도 사람을 광란으로 이끄는 원칙들을 지켜야겠지요. 범죄만 저지르며 살고자 하는 제가 어떻게 그 원칙들을 신봉하지 않을 수 있겠어요? 우리 모두 앉아서 잠시 이야기를 나누도록 합시다. 성행위는 더 이상 못 하겠어요. 돌망세 나리, 저에 대한 교육을 계속해 주세요. 그리고 무절제한 행위들을 탐닉했던 저에게 위로가 될 수 있는 말씀을 좀 해 주세요. 제 양심의 가책을 없애 주시고 저에게 용기를 북돋워 달라는 말씀입니다.

생탕주 부인   바로 그거다. 실제 행위가 일어난 다음에는 약간의 이론이라도 뒤따라야 하는 것이지. 또 그것이야말로 완벽한 문하생을 키우는 방법이다.

돌망세   좋아! 외제니, 너는 무슨 말을 듣고 싶으냐?

외제니　좋은 습속이 정부에 정말로 필요한 것인지, 또한 좋은 습속이 한 민족의 특성에 어느 정도의 영향을 끼치는지에 대해 알고 싶어요.

돌망세　아! 그렇지! 오늘 아침 파리에서 출발하면서 평등궁전* 앞에서 작은 책자를 하나 샀는데, 제목으로 미루어 보아 네 질문에 대해 틀림없이 해답을 줄 수 있을 것이다…… 잉크도 마르지 않은 신간이다.

생탕주 부인　한번 보십시다. (그녀가 읽는다.) "프랑스 사람들이여, 공화주의자가 되려면 좀 더 노력을." 정말이지 훌륭한 제목이야. 뭔가를 말해 줄 것 같소. 공자가 음성이 좋으니 우리에게 이 소책자를 읽어 주게.

돌망세　내가 잘못 생각하고 있는 것인지, 아니면 이 책이 외제니의 질문에 완벽한 답변을 해 줄 것인지는 두고 볼 일이야.

외제니　당연한 일이지요!

생탕주 부인　오귀스탱, 너는 나가거라. 지금 여기는 네놈을 위한 곳이 아니다. 하지만 멀리는 가지 마라. 네가 필요하면 다시 부를 것이다.

공자　그러면 읽겠소.

---

* 당시 팔레 루아얄의 주인인 오를레앙 공작이 '평등시민'이란 애칭과 함께 국민의회 의원에 선출된 1792년 8월 10일 이후 팔레 루아얄은 '평등궁전'으로 불렸다.

프랑스 사람들이여,
공화주의자가 되려면 좀 더 노력을

종교에 대하여

나는 몇 가지 중요한 견해를 독자들에게 피력하고자 하니, 이 글을 읽는 사람들은 여기에 귀를 기울이고 이 견해를 다른 사람들에게도 전해 주기를 바라겠소. 이 글에서 언급된 수많은 생각이 모두마음에 드는 것은 아니겠지만 그 가운데 최소한 몇몇 견해는 독자의 마음을 움직일 것이오. 여기서 언급될 사항은 몇 가지 측면에서계몽사상의 발전에 기여할 것인데, 이 사실만으로도 나는 만족할것이오.

솔직하게 말하건대, 우리 프랑스 사람들이 아주 더디게, 계몽사상의 목적에 도달하려고 애쓰는 것을 나로서는 무척 힘겹게 목도하고있소. 또한 나는 우리 프랑스 사람들이 그 목적을 이루는 일에 다시한 번 좌절의 쓴맛을 곧 볼 것이라는 불안한 예감도 품고 있소. 고작 법이 우리에게 주어진다고 해서 계몽사상의 목적이 이루어진다고 그대들은 믿는 것이오? 그렇게는 생각하지 마시오. 종교가 없는데 법으로 무엇을 할 수 있겠소? 우리에게는 신앙, 즉 로마의 기독교 신앙 따위를 언제고 다시 받아들일 수 있는 자와는 거리가 먼, 그런 공화주의자의 기질에 부합하는 신앙이 필요하오. 다시 말하면, 도덕이 종교에 근거를 두는 것이 아니라 종교가 도덕에 근거를 둬야 한다는 것을 우리가 그렇게 확신하고 있는 이 시대에, 습속을 정화하는 종교, 습속에서 발전이나 필연적인 결과로 여겨지는 종교,

그리고 영혼을 고양하면서 오늘날 사람들의 유일한 숭배의 대상이 된 고귀한 자유의 경지까지 그 영혼을 영원히 끌어올릴 수 있는 그런 종교가 필요한 것이오. 그런데 로마 황제 티투스 시대의 노예들이 믿었던 종교나 유대 지방의 비열한 역사가의 종교가, 얼마 전에 다시 태어나 자유롭고도 호전적이 된 민족에게 적합하다고 생각할 수 있는 것인지 묻고 싶소. 아니오. 그렇게 생각하지 마시오. 하지만 불행하게도 프랑스 사람들이 여전히 암흑과도 같은 기독교에 함몰되어 있다면, 한편으로는 불순한 사제들의 무리에서 독버섯처럼 끊임없이 솟아오르는 악덕인 오만, 폭정, 횡포와, 또 다른 한편으로는 터무니없고 가당치도 않은 이 종교의 천박하고 조잡하고 진부한 교리와 종교의식 탓에, 프랑스 사람들은 공화주의적인 정신에 대한 자긍심을 잃고, 자신들의 에너지로 얼마 전에 벗어났던 그 속박에 또다시 굴복할 것이오.

한편 "카이사르의 것은 카이사르에게"*라는 대목에서 볼 수 있듯이, 이 유치한 종교가 우리 프랑스의 폭군들에게는 매우 훌륭한 무기 가운데 하나였다는 사실을 간과해서는 안 될 것이오. 하지만 우리 프랑스 사람들은 왕을 폐위했으며, 왕이 존재하더라도 그에게 더 이상 아무것도 바치려고 하지 않을 것이오. 프랑스인이여, 공화국 시민 헌법에 선서한 성직자의 정신은 이를 거부한 성직자의 정신과 다를 것이라고 믿는 것은 부질없는 일이오. 악덕으로 뭉친 그들의 정신은 전혀 고쳐지지 않을 것이기 때문이오. 십 년 이내에 사제들은, 그들이 시민 헌법에 맹세했던 선서와 그동안의 초라함을 떨쳐 버리고, 기독교와 미신, 그리고 편견을 수단으로 자신들이 차

---

* 「마태복음」 22장 21절.

지했던 영향력을 다시 사람들의 영혼 속에 구축할 것이오. 그리하여 왕들의 권력이 언제나 교회의 권력을 비호했던 만큼, 사제들은 그대들을 다시 왕들에게 예속시킬 것이고, 그렇게 되면 공화주의 체계는 근거를 상실하여 붕괴할 것이오.

오, 손에 낫을 쥐고 있는 것처럼 강한 의지를 지닌 그대들이여, 미신이라는 거대한 나무에 마지막 일격을 가하시오. 하지만 잔가지를 쳐 내는 것에 만족하지 말고, 우리에게 매우 유해한 영향을 주는 미신의 뿌리를 완전히 뽑아 버리시오. 또한 그대들이 구축한 자유와 평등 체계가 언젠가는 유일한 체계가 되어 사람들이 그 체계를 신앙처럼 신봉하고, 사람들의 마음속에 예수가 또다시 세력을 얻는 데 성공한다 하더라도 어느 무엇으로도 자유와 평등 체계를 위태롭게 만들지 않게 하기 위해서, 그대들은 과도하다 싶을 정도로 공공연하게 예수의 제단을 지키는 사제들과 대립해야 한다는 사실을 확실히 납득해야 하오. 도대체 어느 사제가, 궁지에 몰린 지금의 상태와 영화를 누렸던 예전의 상태를 비교할 때, 자신이 강탈당했다고 생각하는 신뢰와 권위를 회복하기 위해 스스로 할 수 있는 모든 짓을 하지 않을 수 있겠소? 게다가 유약하고 소심한 사람들은 머지않아 야욕이 넘치는 성직자의 노예가 될 것이오. 그런데 왜 사람들은 이미 존재했던 나쁜 점이 다시 나타날 수 있다고 생각하지 않는 것이오? 예를 들어 초기 기독교 교회에서 활동했던 사제들이라고 해서 오늘날의 사제들과 무엇이 다르겠소? 그들이 얼마나 출세했는지, 그리고 무엇 때문에 그렇게 성공하게 되었는지 그대들은 아시오? 바로 종교가 그들에게 제공한 권한 덕분에 그랬던 것이 아니겠소? 그러므로 이 종교를 완전히 몰아내지 않는다면 종교를 전도하는 자들이 여전히 종교적 권한을 가지고 머지않아 그들이 예전부터 추구해 왔던 목적을 달성할 것이오.

그대들이 이룩한 지적 작업을 언제고 일순간에 파괴할 수 있는 모든 요인을 영원히 절멸해야 하오. 또한 그대들의 노력의 결과는 당연히 그대들의 자손에게 돌아가야 하는 만큼, 우리도 이미 힘들게 빠져나온 바 있는 그 혼돈 속에 자손들을 다시 빠뜨릴 수 있는 위험천만한 싹을 하나도 남겨 두지 않고 없애는 의무를 그대들은 성실하게 이행해야 하는 것이오. 우리가 품었던 많은 편견은 이미 사라졌고, 공화주의 시민은 기독교적인 부조리도 공식적으로 포기했으며, 미사 의식도 금지했고, 십자가를 포함해 기독교를 나타내는 모든 성상을 파괴한 데다, 결혼이라는 것도 더 이상 종교적인 일이 아니라 민사상의 행위일 뿐이라는 사실을 합의했소. 또한 교회의 고백소를 철거해 거기에서 생긴 목재를 공공 회관의 땔감으로 썼으며, 소위 신심이 깊다는 사람들도 이제는 교구의 성찬식을 떠나면서 영성체를 생쥐들에게나 던져 주고 나오게 되었소. 그러나 프랑스 사람들이여, 여기에서 멈추지 마시라. 미신으로 눈가리개를 하고 있는 것처럼 암흑 속에 있다가 이제 겨우 눈뜰 준비를 하고 있는 유럽 전체는, 그들의 앞에 가려 있던 눈가리개가 그대들의 힘으로 벗겨 내지기를 고대하고 있소. 서두르시오. 그대들의 에너지를 억누르려고 전방위로 활동하는 로마 교황청과 그 하수인들에게 나중을 도모하려고 개종한 것처럼 위장할 시간을 주어서는 안 될 일이오. 그러니 거만하고 살랑거리는 기독교의 심장부를 사정없이 내려치시오. 그러면 두 달 이내에 자유라는 나무가 성 베드로가 잠들어 있는 교황청의 잔해를 가리면서, 뻔뻔스럽게도 로마 시대의 카토와 브루투스의 후예들이 잠들어 있는 성소 바로 위에 세워 놓은, 비열한 기독교의 모든 성상들을 묵직한 승리의 잔가지들로 뒤덮어 버릴 것이오.

프랑스 사람들이여, 강조하거니와, 그대들이 유럽을 왕권과 교권으로부터 해방해 주기를 전 유럽 사람은 기다리고 있소. 그러나 미신과도 같은 종교적 속박을 동시에 끊어 주지 않고는 왕의 폭정으로부터 유럽을 해방하는 일이 불가능하다는 것을 명심하시오. 왕권과 교권은 서로 너무 밀접한 관계로 연결되어 있어서, 이 두 가지 가운데 하나를 붕괴시키지 않고 남겨 둔다면 그대들이 와해시키기를 소홀히 했을 그 속박의 구렁텅이에 그대들이 또다시 빠지지 않을 수 없기 때문이오. 공화주의자라면 이제 더 이상 인간의 상상이 만들어 낸 존재의 발치나 비열한 사기꾼 같은 하수인들의 발치에 무릎을 꿇지 말아야 하오. 공화주의자에게 있어서 신과 같은 존재는 이제 용기가 되어야 하고 자유가 되어야 하오. 기독교가 만연하자 로마 제국은 멸망하여 사라졌소. 이처럼 프랑스가 이 종교에 다시 빠져든다면 우리도 파멸할 것이오.

이 역겨운 종교가 포함하는 터무니없는 교리, 끔찍스러운 삼위일체, 기괴한 미사 의식, 말도 되지 않는 도덕 등을 주의 깊게 검토해 보면, 과연 이 종교가 공화제에 적합한 것인지를 알게 될 것이오. 진심으로 그대들은 나를 비롯한 수많은 사람들이 어리석은 기독교 사제의 수하에 있었던 사람의 생각에 무기력하게 휘둘릴 것이라고 믿는 것이오? 아니오, 분명 그럴 수는 없소! 이런 비열한 사람은 언제나 하찮은 안목에 이끌려 잔인한 구체제에 대한 애착을 품고 있소. 우리가 어처구니없이 받아들였던 종교만큼이나 야비한 또 다른 종교에 그 사람이 어리석게도 복종할 수 있는 그때부터, 그는 더 이상 나에게 법을 강제할 수도 계몽사상을 전달해 줄 수도 없는 것이오. 그는 한낱 편견과 미신의 노예일 뿐이기 때문이오.

이러한 진실을 수긍하기 위해, 우리의 전 세대들이 무분별하게 받아들인 종교에 아직도 얽매여 있는 소수의 사람들을 눈여겨보시오. 우리는 이들 모두가 현 체제에 대한 불구대천의 원수가 아닌지를 생각해 볼 것이오. 또한 이들 가운데 확실한 멸시를 받고 있는 계층, 즉 왕당파 계층과 귀족 계층이 모두 포함되어 있는 것은 아닌지 확인해 볼 것이오. 왕좌를 꿰어 찬 사기꾼의 노예라면 언제든지 회반죽으로 만든 우상의 발치에 무릎을 꿇으라. 이런 물건은 그 노예의 비열한 마음에나 어울리도록 만들어진 것이니. 왕들을 섬길 수 있는 자는 신들에도 경배할 것이니! 그러나 우리, 우리 프랑스 사람들이, 우리 동포들이 그렇게 경멸을 받아 마땅한 압제 아래서 비굴하게 몸을 낮추어 기어야 하겠소? 그런 압제에 다시금 예속되느니 차라리 천 번이고 죽는 것이 나을 것이오! 그러나 우리에게도 신앙이란 필요한 일, 그렇다면 고대 로마 사람들의 종교를 본받으시라. 이 종교에 들어 있는 행동, 정열, 영웅, 이런 것들이야말로 존경을 받을 만한 대상들일지니. 이런 우상들이 인간 영혼을 고양하며, 인간 영혼에 감동을 주는 것이오. 더 좋은 일은, 이 우상들은 인간에게 존경을 받았던 존재가 지닌 미덕을 고스란히 우리에게 전달함으로써 우리로 하여금 스스로 깨우치도록 만든다는 것이오. 즉 미네르바를 숭배하는 사람은 현명해지기를 원하고, 마르스 군신을 추앙하는 사람은 마음속에 용기를 품게 되는 이치와 같소. 위대한 이 고대 로마인들의 여러 신들 가운데 어떤 신도 활력을 잃지 않았으며, 이 신들은 자신을 숭배하는 사람의 영혼 속에서 불타오르고 있는 만큼, 모든 신은 화를 면하고 지금까지도 우리의 영혼 속에 남아 있는 것이오. 또한 사람들은 자신도 언젠가는 숭배를 받으리라는 기대를 품고 있는 것처럼, 적어도 자신이 모범으로 삼은 신만큼 위대해지려는 열망을 품어 왔던 것이오. 그러나 이와 반대로 기독교의 그 허망한 신들에게서는 무엇을 찾아볼 수 있겠소? 내가 묻건대, 도대체 이 얼빠진 종교가* 그대들에게 무엇을 해 주었다는 말이오? 나사렛의 그 야비한 사기꾼이 그대들에게 무엇인가 위대한 사상이라도 품게 해 주었소? 불결하고 역겨운, 게다가 음란하기까지 한 그의 어미 마리아가 그대들에게 어떤 미덕을 행하도록 부추긴 적이 있었소? 그리고 나사렛의 천국을 장식하고 있는 성인들에게서 위대함, 영웅적 정신 또는 미덕의 모범을 찾을 수나 있겠소? 이 어리석은 종교는 위대한 사상의 생성에 아무런 기여를 하지 못한다는 것, 그리고 어떠한 예술가도 그가 건축하는 대건축물에 이 종교의 상징을 사용할 수 없었다는 것은 지극히 당연한 일이오. 로마에서조차 이교도, 즉 고대인의 종교를 본보기로 삼아 교황청을 장식하고 채색했는데, 이 세상이 존속하는 한 고대인의 종교만이 위대한 사람들의 영감에 활력을 줄 것이오.

보다 많은 숭고함과 고귀함의 동기는 순수 유신론, 즉 신화적이거나 미신적인 어떠한 요소도 결합되지 않는 유신론에서나 찾을 수 있는 것인가? 우리가 가공의 존재를 받아들여야만 이 존재는 공화주의적인 미덕에 필요한 정도의 에너지를 우리의 영혼에 불어넣어 주면서 우리로 하여금 이 미덕을 소중히 여기고 실천하도록 만드는 것인가? 그렇게는 생각하지 마시오. 사람들은 그 유령 같은 존재

---

* (원주) 누구든 기독교를 유심히 검토해 보면, 일부는 유대인들의 잔인함과 어리석음에서, 일부는 이교도들에 대한 무관심과 오해에서, 불경건함으로 점철된 이 종교가 비롯되었다는 사실을 깨닫게 될 것이다. 고대의 여러 민족들이 지녔던 좋은 점을 자기 것으로 만들기는커녕, 기독교도들은 세계 도처를 유랑하면서 마주친 악덕들을 혼합하여 그들의 종교를 만들었을 것이다.

로부터 벗어났고, 지금으로서는 무신론이 사유할 줄 아는 모든 사람들의 유일한 체계인 것이오. 사람들은 이성의 빛을 받아 현명해지면서 몇 가지 사실들을 깨달았소. 즉 운동이 물질에 고유한 것이라면, 이 운동을 일으키는 데 필요하다는 동인은 헛된 존재라는 사실과, 본질적으로 운동하는 존재에 앞서 존재했던 총체, 곧 신은 불필요하다는 사실, 초기의 입법자들이 이 가공의 신을 교묘하게 날조하여 보다 더 강력하게 인간을 속박하기 위해 이용했다는 사실, 마지막으로 이 입법자들이 유령과도 같은 신의 입을 빌려 자신들의 의도를 말하는 권리를 확보해 두고는, 우스꽝스러운 법을 만들어 우리를 완전히 굴복시키기 위해 신의 입을 통해 이 법을 뒷받침하기 위한 말만을 하도록 했다는 사실을 깨닫게 된 것이오. 리쿠르고스,* 누마,** 모세, 예수, 무함마드 등 이 희대의 사기꾼들은, 즉 우리 사상에 대한 희대의 폭군들 모두는 자신들이 날조한 신성을 그들의 과도한 야욕에 교묘하게 결합시키는 요령을 알았으며, 이들 가운데 신들이 내린다는 처벌을 빌미로 백성들을 볼모로 삼은 몇몇은, 우리도 짐작할 수 있듯이, 언제나 주의를 기울여 시기가 적절할 때만 자신들이 창조한 신들의 의견을 묻는다든가, 그들에게 도움이 될 수 있다고 여겨지는 말만을 골라 신의 입을 빌려 백성들에게 답변했던 것이오.

그러므로 사기꾼들이 전도한 하잘것없는 신이나, 우스꽝스럽게도 그 신을 받아들이고 난 후 생긴 잡다한 종교적 문제들을 이제는 모두 무시해 버려야 할 것이오. 정신이 자유로운 사람들을 즐겁게

---

* 고대 그리스 시대 스파르타의 전설적인 입법자.
** 고대 로마의 전설적인 2대 왕으로, 여러 가지 로마 종교의식의 창설자로 일컬어진다.

해 주는 것은 어린애들이나 갖고 노는 그런 딸랑이같이 하찮은 것이 될 수 없소. 우리 프랑스 사람들이 유럽 전체에 퍼뜨린 원칙들을 다루려면 종교의식들을 완전히 근절해야만 하오. 왕권을 무너뜨린 것으로 만족하지 말고 종교적인 잔재까지도 영원히 절멸해야 하오. 미신 같은 종교에서 왕정주의로 가는 데 한 발자국이면 될 만큼 교권과 왕권은 아주 밀접한 관계가 있기 때문이오.* 왕들의 대관식에서 가장 중요한 조항 가운데 하나가 언제나 왕국을 지배하는 종교를 유지하는 것이었던 만큼, 종교는 아마도 왕권을 가장 굳건하게 떠받치는 정치적 기반 가운데 하나였을 것이오. 그러나 왕권이 무너진 이상, 그리고 다행히도 왕권은 언제나 무너진 상태로 있을 것인 만큼, 왕권의 버팀목 역할을 했던 세력을 함께 근절하는 것에 대해 두려워해서는 안 될 일이오.

프랑스 시민들이여, 그대들도 이미 깨달았겠지만, 이처럼 종교란 자유의 체계와 모순되는 것이오. 자유로운 사람은 결코 기독교의 신 앞에서 머리를 숙이지 않을 것이오. 결코 기독교 교리도, 종교의식도, 삼위일체라는 것도, 또는 기독교가 내세우는 도덕도 공화주의자에게는 적합하지 않소. 프랑스 사람들이여, 조금만 더 노력을. 그대들은 모든 편견을 타파하려고 애써 왔던 만큼, 하나의 편견이라도 존속시켜서는 안 될 것이오. 그 편견 하나가 이미 타파한 모든 편견을 되돌릴 가능성이 있기 때문이오. 그대들이 존속시킨 편

---

* (원주) 모든 민족의 역사를 살펴보자면, 미신 때문에 어리석어진 각 민족은 자신들이 군주제 정부 아래에서 신음하고 있는데도 이 정부 형태를 바꾸는 일이 없으며, 왕들이 항상 종교를 떠받쳐 주고 또한 종교는 왕들을 축성하는 일을 보게 될 것이다. "후추를 건네주시면 버터를 넘겨 드리리다."라는 집사와 요리사의 이야기에서처럼 말이다. 불행한 사람들, 그렇다면 그대들은 숙명적으로 항상 이 두 사기꾼의 스승처럼 행동해야 한다는 것인가?

견 하나가 실제로 다른 모든 편견의 발상지가 되는데도, 우리더러 그 편견들이 재발하지 않을 것이니 아무 염려 말라는 것이오? 종교가 우리 인간에게 유용할 수 있다는 생각일랑 버리시오. 차라리 훌륭한 법을 갖춘다면 우리는 종교가 필요하지 않을 것이오. 하지만 백성들은 종교를 필요로 하고 있소. 그들을 즐겁게 해 주고, 그들에게 질서를 유지시켜 주는 그런 종교를. 좋은 일이오! 그렇다면 자유로운 사람들에게 적합한 종교를 우리에게 내려 주시오. 고대인의 신들을 우리에게 되돌려 주시오. 우리는 기꺼이 제우스, 헤라클레스 또는 아테네 등을 숭배할 것이지만, 스스로 운행하는 이 우주를 만들었다고 하는 그 우스꽝스러운 창조자는 더 이상 원치 않소. 우리는 실체는 없으나 존재하지 않는 곳이 없는 신도, 전지전능하지만 자신이 원하는 일만 하는 신도, 더할 나위 없이 훌륭하지만 불만으로 가득 찬 사람만을 만들어 내는 존재도, 그리고 질서의 편에 서지만 한 나라에서 모든 것을 혼란스럽게 만드는 그런 존재도 더 이상 원치 않소. 싫소, 우리는 자연을 어지럽히는 신, 혼란의 시초인 신, 인간이 공포에 떨고 있을 때 인간을 자극하는 신도 더 이상 원치 않소. 그런 신은 우리를 분개시켜 치를 떨게 만드는 만큼, 신이란 존재를 망각 속으로 영원히 추방해야 할 것이오. 천인공노할 로베스피에르가 비록 망각 속에 묻혀 있었던 신을 되살리려고 했지만 말이오.*

---

* (원주) 모든 종교는 한결같이 우리에게 신의 예지와 권능을 고양한다. 하지만 그 여러 종교가 신의 행실에 대해 진술한 것으로부터 우리는 경솔함, 무기력함, 그리고 터무니없는 짓밖에는 볼 수 없다. 사람들이 말하기를, 신은 자신을 위해 세상을 창조했다고 하는데, 지금까지 신 자신에게 적절한 경의를 이끌어 내는 데는 성공할 수 없었다. 또한 신은 자신을 숭배하도록 인간을 창조했으나, 우리는 신을 모독하는 데 시간을 할애하고 있다! 이 신은 얼마나 불쌍한 존재인가!

프랑스 사람들이여, 로마제국에게 이 세상의 주인 자리를 차지하도록 해 준, 위엄이 넘치는 그 환영들로 이 가증스러운 유령을 대체하시오. 우리가 왕들을 가혹하게 다뤘던 방식대로 기독교의 모든 우상을* 다루시오. 우리는 예전에 폭군들을 떠받쳐 왔던 종교라는 기반 위에다 자유를 상징하는 대상이 제자리를 잡도록 해 주었소. 이와 마찬가지로 위대한 사람들의 인물상을 기독교가 숭상하는 방탕아들이 있었던 받침대에 다시 세워야 할 것이오. 이러한 작업을 하면서 무신론적 사고방식의 결과로 세상이 어떻게 될 것인지에 대해서는 두려워하지 마시오. 기독교가 진정한 자유의 원칙과 그렇게 모순되는데, 농부라고 해서 기독교 신앙을 절멸해야 할 필요성을 느끼지 못하겠소? 또한 이들은 기독교 제단이 붕괴되고 사제들이 몰락하는 것을 두려움이나 고통 없이 목도하지 않았소? 아! 이와 마찬가지로 그들은 우스꽝스러운 신을 버리게 될 것이고, 마르스와 미네르바의 입상들, 그리고 자유의 여신상이 그들의 거주지에서 가장 눈에 잘 띄는 곳에 모셔질 것이며, 매년 연례 축제가 개최되어, 나라에서 가장 큰 공헌을 한 시민에게 시민 영관이 수여될 것이오. 또한 한적한 숲 입구에는 베누스, 결혼의 신, 사랑의 신의 입상이 소박한 신전에 모셔져 사랑하는 사람들의 경의를 받게 될 것인데, 이때 미의 세 여신이 직접 여성에게 불변성이라는 왕관을 부여할 것이오. 이 왕관을 받을 자격이 있는 자가 되려면 단순히, 사랑하는 것이 문제가 아니라 당연히 그럴 자격을 갖추어야만 할 것이오. 영웅적인 행위, 재능, 인정, 고결한 영혼, 굳건한 애국심, 이런 것들이야말로 사랑하는 여자가 사랑하는 남자에게 갖추도록 강

---

* (원주) 오래전부터 인구에 회자되고 있는 인물들만이 여기에서 문제가 된다.

요해야 할 훈장과도 같은 칭호들인 것이며, 예전에 자만심에 기대어 어리석게도 요구되었던 가문이나 부귀로 얻는 칭호보다 훨씬 가치가 있을 것들이오. 적어도 이런 신앙에서는 어느 정도 미덕의 꽃이 피어날 것인 반면, 우리가 마음 약하게도 공언했던 신앙에서는 숱한 범죄만이 양산되는 것이오. 유신론이 그 본질과 특성상 우리가 떠받드는 자유에 대한 가장 치명적인 적인 반면, 이 신앙은 자유에 생기를 주고, 자유를 유지해 주며, 자유를 뜨겁게 달구는 것처럼 우리의 자유와 자연스러운 결합을 하게 될 것이오. 동로마제국 시대에 이교도의 우상들이 파괴되었을 때 사람들이 피 한 방울이라도 흘렸는 줄 아시오? 아무리 어리석은 민족이 꾸민 혁명일지라도 어떠한 장애물도 없이 이루어질 것이오. 그들이 비록 노예 상태로 되돌아가게 될지언정 말이오. 그런데 어째서 철학의 결과로 이루어진 일이 폭정의 결과로 이루어진 일보다 더 혹독하다고 걱정한다는 것이오? 한편, 그대들이 그토록 개화시키려고 노심초사하는 우리 민족을 여전히 가공의 신 앞에 포로로 잡아 두는 자들은 사제들뿐이니, 그들을 이 민족으로부터 떼어 놓으시오. 그러면 우리 민족의 눈을 가리고 있던 베일은 자연스럽게 벗겨질 것이오. 그대들이 생각하는 것보다 더 현명한 우리 민족이 폭정의 쇠사슬로부터 해방되면 곧 미신의 쇠사슬로부터도 해방될 것임을 믿으시오. 그대들은 미신이라는 억제력이 미치지 않는 민족의 미래를 염려할 수도 있겠으나, 그것도 터무니없는 걱정이오! 아! 법이라는 실제적인 권한으로도 결코 억제하지 못하는 이 민족은 지옥의 형벌과 같이 도덕적인 공포에 의해서 억제되지 않을 것임을 기억하시오. 더구나 이들은 어릴 적부터 이런 공포를 아랑곳하지 않았음에야. 한마디로 말해서, 그대들의 유신론은 사람들에게 가증스러운 수많은 죄악을 저지르도록 만들었을 뿐 단 하나의 죄악도 전혀 억제하지 못했소. 만일 정열이 이성을 잃게 만드는 것이 사실이라 하더라도, 또한 정열의 결과가 정열의 주위를 맴돌고 있는 여러 위험들을 우리가 보지 못하도록 은폐하는 암영을 우리에게 드리우는 것이 사실이라 하더라도, 신이 예고한 천벌처럼 우리로부터 그렇게 멀리 떨어져 있는 존재, 즉 신이 어떻게 정열을 언제나 금지하는 법의 권한으로도 흩뜨려 놓을 수 없었던 그 암영을 거두어 갈 수 있다고 생각할 수 있겠소? 신에 대한 생각 때문에 추가로 부과된 구속력이 불필요하다는 사실이 증명된다면, 또한 그 구속력이 또 다른 결과를 낳기 때문에 위험하다는 사실이 입증된다면, 그 구속력이라는 것이 어떤 용도로 쓰일 수 있는지, 그리고 어떤 이유에서 그 구속력을 신장시키는 것인지 나는 묻지 않을 수 없소. 매우 훌륭하게 성취한 혁명을 더욱 공고히 하기에는 우리가 아직 성숙하지 않다고 말할 것이오? 아! 동지들이여, 1789년 이후 우리가 걸어온 길은 우리가 앞으로 걸어야 할 길보다 훨씬 힘들었으나, 이제 남은 일이라곤 내가 그대들에게 제안한 견해를 가지고 새로운 이념을 만들어 내는 것이오. 바스티유 감옥이 함락된 이후 모든 방면에서 이념을 고문하듯 다룬 것처럼 말이오. 위대함의 절정에 있었던 파렴치한 군주를 형장으로 보낼 만큼 현명하고 용기 있는 민족을 믿으시오. 그렇게 많은 편견을 극복할 줄 아는 민족, 그토록 많은 구속을 분쇄할 줄 아는 민족이라면 가까운 몇 년 이내에, 실제로 세상에 존재하는 것을 위해, 그리고 공화국의 번영을 위해, 왕의 유령보다도 훨씬 더 허망한 유령을 말살하는 데 있어서도 충분히 그럴 것이오.

프랑스 사람들이여, 그대들은 중요한 몇 가지 일만을 감행하시오. 나머지는 국가교육이 담당할 것이니. 그러나 이 교육에 대한 임무도 신속하게 처리하시오. 이 일은 그대들이 위임받은 임무 가운데 가장 중요한 것이 될 것이며, 종교교육에서는 그토록 소홀히 다뤄진 기본적인 도덕을 국가교육은 특히 기반으로 삼을 것이오. 그대들의 아이들이 자라면서 매사를 신격화하는 어리석은 짓거리로 건강해져야 할 신체 기관을 망치는 대신 훌륭한 사회적 원칙을 내세우시오. 아이들은 나이 열여섯만 되면 기도문을 잊어버리는 것을 자랑으로 삼는 만큼, 쓸데없이 기도문을 암송하는 것 대신 사회에 대한 개인의 의무를 배워야 할 것이오. 아이들에게 예전에는 거의 말해 주지 않았을 미덕, 그러나 아이들의 개인적 행복을 위해 필요한 정도의 미덕을 가르치시오. 물론 우스꽝스러운 종교 이야기는 제외해야 하오. 또한 이 개인적 행복은 우리 스스로 행복하기를 원하는 것처럼 남들도 행복하게 해 주는 것으로 이루어진다는 것을 아이들이 느끼도록 해 주시오. 그대들이 예전에도 어처구니없이 그랬던 것처럼, 기독교적 망상 위에 이러한 진실의 기초를 다지려고 한다면 그대들의 아이들은 아무짝에도 쓸데없는 그 기초를 거의 인정하지 않고 붕괴시킬 것이며, 더 나아가 그들을 종교적 대역 죄인으로 만드는 결과를 초래할 것이오. 왜냐하면 그대들의 아이들은 자신들이 전복시킨 종교가 대역 죄인이 되는 것을 막아 왔음에도 불구하고 대역죄를 지었다고 생각할 것이기 때문이오. 따라서 이와 반대로, 아이들에게 미덕의 필요성을 느끼도록 해 준다면, 그래서 자신들의 행복은 미덕의 실천에 달려 있다는 것을 느끼게 된다면, 그들은 남들을 위함으로써 자신을 사랑할 줄 아는 공명정대한 사람이 될 것이고, 모든 사람을 지배할 이런 가르침은 언제나 모든 것들 가운데 가장 신뢰할 수 있는 가르침이 될 것이오. 그러므로 이 국가적 교육에 우스꽝스러운 종교적 이야기가 하나라도 섞이지 않도록 대단한 주의를 기울여야 할 것이오. 우리는 신 따위를 숭배하는 비열한 인간이 아니라 자유로운 인간을 양성하고자 한다는 사실을 결코 잊지 말아야 하오. 현학이 아니라 소박함이 배어 있는 철학자는 새로이 모인 문하생들에게 불가해한 자연의 숭고함을 알려 주어야 하고, 사람들에게 위험하기 짝이 없는 그런 신을 안다는 것은 그들의 행복에 아무런 도움이 되지 않는다는 것을 증명해 주어야 하며, 이해하지 못하는 것 때문에 더 이해하지 못할 것을 받아들인다고 해서 그들이 더 행복해지지는 않으리라는 사실을 입증해 주어야 할 것이오. 아울러 철학자는 자연을 이해하는 것보다는 자연을 누리고 자연의 법칙에 따르는 것이 훨씬 중요하다는 사실과, 자연의 법칙은 절제되어 있는 만큼 알기 쉽다는 사실, 그리고 그 법칙은 모든 인간의 마음에 아로새겨져 있다는 사실, 마지막으로 마음에서 충동을 식별해 내기 위해 바로 이 마음을 살펴보아야 한다는 사실을 입증해 보여야 할 것이오. 혹시라도 그대로부터 아이들이 창조자에 대한 설명을 기필코 듣고자 한다면, 눈에 보이는 사물은 언제나 있는 그대로 존재해 왔던 만큼, 또한 결코 시작도 없었으니 끝도 없을 것인 만큼, 아무것도 설명해 주지도 밝혀 주지도 않을 가상의 시초까지 거슬러 올라가는 것은 우리 인간에게 불필요한 만큼 불가능한 일이 된다고 대답하시오. 더불어 우리의 감각에 어떠한 작용도 하지 않는 존재에 대해 인간이 참된 관념을 품는다는 일은 불가능하다고 아이들에게 말하시오.

우리의 모든 관념은 우리에게 강한 인상을 주는 대상들이 재현된 것이오. 그렇다면 신이란 분명 대상이 없는 관념인데, 누가 우리에게 이 신에 대한 관념을 재현해 줄 수 있겠소? 아이들에게 부언하시오. 그러한 관념은 원인 없는 결과만큼이나 불가능하지 않겠느냐고. 원형이 없는 관념은 망상이 아니고 무엇이란 말이냐고. 그리고 계속해서, 학자 몇 사람이 신에 대한 관념은 선천적이고 사람들은 이 관념을 각자 어머니 배 속에서부터 가지고 있다고 단언했음을 말하시오. 그러나 이 주장은 거짓이라고, 모든 원리는 어떤 사실에 대한 의견이고, 모든 의견은 경험의 결과이며, 경험이란 것은 감각의 작용을 통해서만 얻어진다고 아이들에게 말하시오. 결과적으로 종교적 원리는 분명히 어떠한 것에도 근거를 두지 않으며 결코 선천적이 아님을 주지시키시오. 분별 있는 사람들에게, 이해하기 가장 어려운 것이 그들에게는 가장 기본적인 것이라는 말을 어떻게 납득시킬 수 있겠는가? 이 말은 분별 있는 사람들을 몹시 질겁하게 만드는데, 두려움이 있을 때 사람들은 사고하지 않는 까닭이오. 따라서 이 말은 특히 그들의 이성을 의심하라고 권하는 일이며, 머리가 혼란할 때 사람들은 모든 것을 검토하지 않고 믿는다는 사실도 말해 주시오. 무지와 공포, 이것이야말로 모든 종교가 성립할 수 있는 두 토대인 것이오. 인간은 스스로 존재하는 것이 아니라 자신의 신을 위해 존재한다는 그런 불안정함이 정확하게 인간을 종교에 집착하도록 만드는 이유이오. 인간이 무지하면 신체적으로나 도덕적으로 겁을 내고, 그 두려움은 그에게 습관적인 것이 되며, 더 이상 아무것도 기대하거나 두려워할 것이 없으면 마치 무엇인가 그리운 것처럼, 두려움을 필요로 하게 된다는 것까지 알려 주시오. 그다음으로는 도덕의 효용성에 대해 다시 이야기해 주시오. 이런 큰 주제에 대해서는 가르침보다는 보다 많은 예증을, 서책보다는 보다 많은 증거를 제시하시오. 그러면 아이들은 장차 훌륭한 시민이 될 것이고, 훌륭한 전사가 될 것이며, 훌륭한 아버지 그리고 훌륭한 남편이 될 것이오. 더 나아가 예속 상태에 대한 어떠한 개념도 그 아이들의 자유로운 정신에 떠오를 수 없는 만큼, 어떠한 종교적 공포도 아이들의 천분에 혼란을 일으키지 않을 것인 만큼 아이들은 더욱더 자유로운 조국에 애착을 품는 사람이 될 것이오. 그렇게 하면 모든 사람들에게서 진정한 조국애가 생겨날 것인데, 이 조국애는 사람들에게 있어서 유일한 중심적 감정이 될 것인 만큼, 또한 어떠한 이질적인 관념도 활력 있는 조국애를 누그러뜨리지 않을 것인 만큼, 힘차고도 순수하게 조국애가 사람들의 정신을 지배할 것이오. 그리하여 그대들의 다음 세대는 안전할 것이며, 그대들이 이룩한 과업을 이들이 더욱 공고히 하여 세상의 법칙이 되도록 만들 것이오. 그러나 만일 두려움이나 소심함 탓에 그대들에게 권고한 사항들이 지켜지지 않는다면, 또한 우리가 붕괴시켰다고 생각했던 체계의 토대를 존속시킨다면, 무슨 일이 벌어지겠소? 그 토대 위에 새로운 체계를, 전과 마찬가지로 거대한 우상을 세울 것이오. 이번에는 그대들 세대도 그대들 다음 세대들도 거꾸러뜨릴 수 없을 정도의 강도로 그 우상들이 그 토대 위에 접합되어 있을 것이라는 차이가 있지만 말이오.

종교가 전제주의의 시초라는 데 대해서는 의심하지 마시오. 모든 폭군들 가운데 가장 포악한 군주는 사제였소. 로마제국의 첫 번째 왕인 누마*와 첫 번째 황제인 아우구스투스는 둘 다 성직과 관련이 있는 인물들이었고, 콘스탄티누스 대제와 메로빙거 왕조의 창시자인 클로비스는 군주라기보다는 사제들이었으며, 엘라가발루스 황제는 태양신을 섬기는 사제였소. 어떤 시대를 막론하고 전제주의

---

*사드가 착각한 것으로 여겨지는 대목이다. 누마는 고대 로마의 2대 왕인데 여기서 첫 번째 왕으로 설명하고 있다.

와 종교에는 그런 밀접한 관계가 있었던 만큼, 또한 전제주의는 법을 이용해 종교에 도움을 준다는 크나큰 이유 때문에, 한쪽을 파괴하면서 또 다른 한쪽을 기둥부터 무너뜨려야 한다는 것이 분명해졌소. 그렇기는 하지만, 내가 그들을 학살하거나 추방하라고 제안하는 것은 아니오. 잔인한 그 모든 행위는 내 영혼과는 거리가 너무 멀어서 단 일 분이라도 그에 대해 감히 생각조차 할 수 없소. 그러면 아니 되오. 사람을 무참하게 죽이지 마시오. 사람을 추방하지 마시오. 그린 만행은 왕들이나, 왕을 모방하는 불한당들이나 하는 짓이오. 이런 짓을 자행하는 사람들을 경계하기 위해서라도 그대들은 결코 그들처럼 해서는 안 되는 것이오. 그러한 폭력은 우상을 파괴하는 데 사용하시오. 네로 황제가 명했던 모든 형벌보다도 율리아누스 황제의 빈정거림이 기독교에 더 타격을 주었던 예에서 볼 수 있듯이, 우상을 섬기는 자들이 있다면 웃음거리로 만들면 될 일이오. 그렇소. 신에 대한 모든 관념을 뒤엎어 버려야 하고, 사제들 가운데 일부가 이미 병사가 된 것처럼 이 사제들을 병사로 삼아야 할 것이오. 공화주의자에게는 몹시도 고귀한 그 직분에 이들도 만족해야 할 것이며, 그들은 우리에게 더 이상 그들이 신봉했던 가공의 존재에 대해서도, 우리의 경멸의 대상인 우스꽝스러운 그 종교에 대해서도 말해서는 안 될 것이오. 서품을 받은 사기꾼들이 우리에게 와서 여전히 신이나 종교에 대해 말한다면 우리는 그들을 프랑스 각 도시에서 진흙을 뒤집어쓴 채로 사람의 왕래가 많은 교차로를 돌아다니게 하여 망신당하고, 웃음거리가 되는 벌을 주어야 하오. 이와 똑같은 실수를 재차 저지른 자는 종신형에 처해야 할 것이오. 그다음으로는, 어린 시절부터 사람들의 마음과 기억 속에 점점이 박혀 있던 그 끔찍한 종교적 파편들을 제거하기 위해, 가장 모욕적인 신성모독과 가장 무신론적인 서적의 유포도 완전히 허가해야 할 것이오. 매우 중요한 주제, 즉 종교에 대해서 유럽 사람들에게 가장 명확하게 진실을 알려 줄 수 있는 서적을 선정해야 하며, 이 종교에 대해 모든 것을 말하고 모든 것을 입증해서, 동포들에게는 종교와 관련된 모든 유령들을 거꾸러뜨릴 수 있는 칼날과도 같은 낫과 그 유령들을 증오할 수 있는 올바른 마음밖에 더 남겨 줄 것이 없는 그런 서적에 대해서는 국민의 이름으로 수여되는 막대한 포상으로 보답이 이루어져야 할 것이오. 반년 후면 모든 것이 끝날 것이오. 즉 그대들의 천인공노할 신을 절대 무(無)로 돌아가도록 만들 것인데, 이 일을 함에 있어서 그대들은 남들이 받는 존경을 시기하여 정의로움을 포기해서는 안 되고, 언제나 법의 힘을 두려워해야 하며, 항상 공명정대해야 할 것이오. 왜냐하면 진정한 조국의 벗이라면 왕들의 노예처럼 가상의 망령에 끌려다녀서는 안 된다고 사람들은 믿을 것이기 때문이오. 간단히 말해 사후 세계에 대한 헛된 희망이나 자연이 우리에게 보내 준 많은 재난에 대한 두려움은 공화주의자를 인도할 수 없으며, 그에게는 양심의 가책이 유일한 구속이 되듯이 미덕이 유일한 행동 원리인 것이오.

습속에 대하여

공화주의 정부에서 유신론은 어디에도 적합한 곳이 없다는 것을 입증했으니, 이제는 프랑스 습속도 유신론과 전혀 어울리지 않는다는 사실을 증명할 필요가 있을 것 같소. 얼마 후 공포될 법률의 제정에서는 습속이 동기가 될 것인 만큼 이 문제는 더더욱 중요한 일이오.

프랑스 사람들이여, 그대들은 이성의 빛을 충분히 받아, 이제는 새로운 정부가 새로운 습속을 필요로 할 것임을 느끼고 있을 것이오. 이전에 비해 사뭇 달라질 그대들의 관심, 그대들의 의무, 그대들 서로 간의 관계는 근본적으로 전혀 다른 방식의 세상살이를 강요하기 때문에, 자유국가의 시민은 지난날 전제군주 시대의 노예처럼 행동할 수는 없소. 군주들은 존경을 강요하기 위해, 또는 누가 감히 범접하는 것을 막기 위해 백성들에게 재갈을 채워야 할 필요가 있었던 만큼 더더욱 많은 처벌을 요구했을 것인데, 이러한 군주제 정부하에서는 수없이 저질러진 사소한 탈선, 사회에 대한 경범죄 등을 매우 중대한 사안으로 다뤘으나 공화주의 정부하에서는 아무것도 아닌 일이 될 것이오. 대죄로 일컬어지는 시역(弑逆)죄나 신성모독죄는, 군주도 종교도 더 이상 존재하지 않는 정부하에서는 공화주의 정부 내에서와 마찬가지로 사라져야만 할 것이오. 시민들이여, 의식과 출판의 자유를 인정한 것처럼 약간의 경우를 제외하고는 행동의 자유도 인정해야 할 것이고, 자유와 평등에 기초한 사회에서는 실질적으로 범죄가 될 만한 행위란 거의 없기 때문에 정부를 지탱하는 토대에 직접적인 충격을 주는 것을 제외하면 그대들에게는 무엇을 처벌해야 할지도 모르는 종류의 범죄만이 남을 것이며, 사안을 신중하게 검토하고 조사한다면 지금 법에 저촉되는 행위일지라도 진정으로는 범죄에 속하지 않는다는 사실들을 잘 생각해 보시오. 왜냐하면 우리의 인체 조직을 고려해서든, 보다 철학적인 일이 되겠으나 악덕과 미덕 모두를 자연은 필요로 한다는 이치에 따라서든, 자연이 우리에게 두 가지 모두를 동시에 행하도록 명령한 것이라면, 그 자연이 우리에게 명한 것에 대해 무엇이 좋은 일이고 무엇이 나쁜 일인지 정확하게 결정하는 것은 매우 불확실한 일이 되기 때문이오. 그러나 이처럼 중요한 주제에 대한 내 생각을 보다 더 자세히 개진하기 위해 나는 지금까지 사람들이 범죄라고 불러 왔던 인간의 여러 행위들을 분류한 후, 공화주의자라면 져야 할 진정한 의무가 무엇인지 가늠해 볼 것이오.

언제 어느 시대나 사람들은 다음의 세 가지 관계 속에서 인간의 의무에 대해 생각해 왔소.

1. 절대자, 즉 신에 대해 인간이 자신의 양심과 믿음에 따라 강요받은 의무.
2. 같은 인간에게 다해야만 하는 의무.
3. 자신과 관련지어서 져야 하는 의무.

우리 인간은 어떠한 신의 간섭도 받지 않는다는 확실성, 그리고 식물이나 동물처럼 자연에 꼭 필요한 피조물인 우리 인간이 자연에 존재하지 않는다는 것은 불가능하기 때문에 인간은 존재하는 것이라고 우리가 믿어 의심치 않는 확실성, 우리가 아는 것처럼 이 확실성은 앞서 열거한 첫 번째 의무를 단번에 파기할 것이오. 우리가 신에 대해 책임을 다해야 한다고 잘못 생각하고 있는 그 의무감을 말하는 것이오. 이런 의무가 없어지면 모든 종교적 범법 행위와 불경, 신성모독 행위, 신성모독의 언사, 무신론 등과 같이 애매하고 막연한 이름으로 지칭되는 모든 범죄, 그리고 한마디로 말해, 아테네에서 매우 부당하게 알키비아데스가 처벌되고, 프랑스에서는 불쌍한 라바르 공자가 터무니없이 처벌당한 빌미가 되었던* 모든 범법 행위

---

* 기원전 421년 아테네 거리에서 헤르메스의 동상이 훼손되었을 때, 알키비아데스

도 함께 사라질 것이오. 터무니없는 일이 세상에 있다면, 그것은 사람들이 신에 대해서 알지도 못하면서, 또한 그 신이 요구할 수 있는 것이 무엇인지도 모르면서, 자신들의 상상으로 만들어 낸 그 우스꽝스러운 유령을 만족시켜 주거나 불쾌하게 만드는 것에 대한 본질을 그들의 그 빈약한 생각으로 결정하려는 것이오. 그러므로 내가 사람들에게 믿는 것을 자제해 주기를 바라는 모든 종교는 하나라도 허용되어서는 안 될 일이오. 내가 바라는 바는, 사람들이 모든 것에 대해 웃거나 자유롭게 농을 하는 것이오. 즉 사람들이 절대자에게 마음껏 기도하기 위해 어떤 사원에 모이더라도 연극이 상연될 때 희극배우들처럼 각자 웃으며 즐기는 것과 같은 광경을 보는 것이오. 만일 그대들이 종교를 이러한 관점에서 생각하지 않는다면, 종교는 다시 심각해져서 거드름을 피울 것이고, 편견을 비호할 것이오. 이렇게 되면 그대들이 종교를 다시 물리치기는커녕 그것에 항의조차 할 수 없을 것이오.* 종교를 좋아하고 옹호하여 기반을 잠식당한 평등 개념은 금방 정부에서 사라질 것인데, 이렇게 종교에 기초하여 새로이 형성된 신권으로부터 곧 귀족층이 생겨날 것이오. 반

_____

가 이 신성모독을 행했다는 혐의로 고발된 사건과, 1765년 아베빌 거리의 십자가를 훼손한 혐의로 고발된 라 바르 공자가 1766년 참수된 사건을 말한다.

* (원주) 각 민족은 종교가 가장 놀라운 일이고, 각 민족이 납득할 수 있을 만큼 무한한 증거에 기초한다고 주장한다. 하지만 그 증거들이란 서로 일관성이 없을 뿐만 아니라 거의 모두 모순된 것들이다. 지금의 우리처럼 신에 대해 아무것도 모르는 상태에서, 설사 신이 있다고 가정한다손 치더라도, 신을 즐겁게 해 줄 수 있는 것이 무엇인지 우리가 어떻게 알겠는가? 우리가 현명하다면 모든 종교를 한결같이 보호해 주거나 모두를 금지하거나 해야 한다. 그런데 모든 종교는 위선적 종교의식으로 가득 차 있다는 도덕적 확실성을 우리는 믿는 만큼, 또한 어떠한 종교의식도 존재하지 않는 신을 즐겁게 해 줄 수 없는 만큼, 모든 종교를 금지하는 것이 분명 가장 확실한 일인 것이다.

복해서 강조하더라도 지나친 일은 아닐 것이오. 더 이상 신을 믿어서는 아니 되오. 프랑스 사람들이여, 더 이상은 아니 되오. 그대들이 비참한 신의 제국에 떠밀려 끔찍한 전제주의의 폭정 아래에서 또다시 신음하지 않으려면 말이오. 한편 신을 무시함으로써만 그대들은 신에 대한 관념을 뒤엎어 버릴 수 있는 것이오. 그대들이 신에 대해 분노한다든지 신에게 권위를 부여한다든지 한다면, 그로 인해 야기되는 모든 위험성이 곧바로 떼 지어 나타날 것이오. 그러니 결코 노여워하면서 종교적 우상을 거꾸러뜨리지 말고, 농을 하면서 그것들을 가루로 만들어 버리시오. 그러면 종교적 편견도 자연스럽게 사라지고 말 것이오.

지금까지 살펴본 것처럼 가상의 망령을 거스른다고 해서 그 사람이 어느 무엇을 해치는 행위를 한 것이 아닌 만큼, 또한 누군가 다른 사람들보다 우월하다고 명백하게 증명하지도 못하는 종교를 해치거나 멸시하는 사람들을 처벌한다는 것은 최악의 자가당착인 만큼, 그리고 이런 처벌을 한다는 것은 필시 당파를 짓는 것이며, 그대들의 새로운 정부에 있어서 가장 우선적인 법칙인 평등에 대한 균형을 깰 수 있는 것인 만큼, 종교적 범죄를 처벌하는 어떠한 법률도 공포되어서는 안 된다는 사실을 증명하는 것으로는 이 정도면 충분하리라 생각하오.

이제는 앞서 언급한 인간의 의무 가운데 두 번째, 즉 매우 광범위한 주제가 되겠으나 같은 인간에게 다해야만 하는 의무에 대해 말하겠소.

우선 기독교적 도덕은 인간들 사이의 관계에 대해 너무도 모호한 입장을 취하는데, 우리로서는 도저히 받아들일 수 없는 황당무계한 궤변을 내세우고 있소. 한 체계의 원리를 구축하고자 할 때에는 궤변의 요소가 근본으로 개입되지 않도록 매우 주의를 기울여야 하는데도 말이오. 기독교적 도덕이 터무니없다는 것은 우리 스스로를 사랑하듯이 타인을 사랑하라고 말한다는 점이오. 꾸며 낸 것이 미의 성질을 한 번이라도 띨 수 있다면 어떠한 것도 절대로 숭고한 것이 될 수 없소. 즉 자기 스스로를 사랑하듯이 남들을 사랑할 필요는 없다는 것이오. 왜냐하면 이는 본성의 모든 법칙을 거스르는 일인데, 본성이라는 기관만이 우리가 하는 모든 행동을 이끌어야 하기 때문이오. 같은 인간을 사랑한다는 것은 자연스럽게 우리 주위에 존재하는 형제를 사랑하는 것처럼, 친구를 사랑하는 것처럼만 하면 될 것이며, 그들 사이에 거리가 없어지면 필시 관계가 굳건해질 것이니 그만큼 공화주의 국가에서는 그들과 함께 보다 더 나은 삶을 살아야 하는 것이오.

이런 관념에 따라 남들에 대한 인정, 박애, 선행 등이 우리에게 인간의 상호적인 의무로 규정되기를! 그리고 우리는 자연이 인간에게 부여한 에너지를 꾸밈없이 사용하여 개별적으로 이러한 의무를 다해야 할 것이오. 그러나 남들보다 냉담하거나 화를 잘 내는 사람들이 있다고 할 때, 지극히 감격적일 수 있는 이 같은 인간관계에서 다른 사람들은 모두 가지고 있는 다정함을 느낄 수 없다고 하여 이들을 비난해서도, 특히 처벌해서는 안 될 일이오. 왜냐하면, 그대들도 인정하겠지만, 모든 사람에게 일률적으로 적용되는 법을 강요한다는 것은 얼토당토않은 일일 것이고, 이러한 방식은 군대의 장군이 휘하의 병사들에게 똑같은 크기의 군복을 입히기를 원하는 것만큼이나 우스꽝스러운 일이 될 것이기 때문이오. 또한 기질이 서로다른 사람들에게 동일한 법을 따르라고 강요하는 것은 끔찍할 정도로 부당한 일인 것이오. 즉 누구에게 잘 적용되더라도 다른 사람에게는 전혀 적용되지 않는 일도 있는 것과 같은 이치인 것이오.

나는 세상에 존재하는 사람의 수효만큼 법을 만들 수 없음을 인정하오. 하지만 극히 적은 수효로 이루어진 것일지라도, 법이란 그다지 가혹하지 않아서 모든 사람들이 각자 기질적인 차이에도 불구하고 그 법에 순순히 따를 수 있어야 하는 것이오. 더구나 이 적은 수효의 법이 서로 다른 모든 사람의 기질에 쉽게 적용될 수 있는 종류의 것이 되기를, 또한 법의 통제를 받는 각 개인을 고려하여 처벌이 아니라 다소간 놀라게 하는 것이 사람들의 다양한 기질을 제어하는 이 적은 수효의 법의 정신이 되기를 특히 나는 요청하고 싶소. 어떤 기질에는 적합할 수 없는 교정 방법이 있는 것처럼 미덕을 실천할 수 없는 어떤 사람들이 있다는 사실이 증명되었소. 그런데 법을 따르는 것이 불가능한 사람을 법으로 처벌한다면 얼마나 부당한 처사이겠소! 이런 일에서 사람들이 범하는 부당함은 장님에게 색깔을 구별하라고 부당하게 억지를 부리는 것과 같은 일이 아니겠소? 이러한 여러 기본 원칙으로부터 가혹하지 않은 법을 만들 필요성, 특히 한 인간의 생명을 해치는 법이란 부당하고, 실행 불가능하며, 허용될 수 없는 일이기에, 잔학한 사형을 영원히 폐지할 필요성이 생기는 것이오. 사형의 폐지가 필요한 것은 모두의 어머니와도 같은 자연으로부터 이 자연을 거스르지 않고(내가 증명할 것이 바로 이 점이다.) 서로가 서로의 생명을 해쳐도 되는 절대 자유를 사람들이 부여받았다는 사실을 실례로 어디서도 볼 수 없기 때문이 아니라, 법은 그 자체로 무정해서 살인과 같이 잔인한 행위를 정당화해 줄 수 있는 정열에 대해 관대할 수 없기 때문에, 그리고 법이 그런 특권을 얻는다는 것은 불가능하기 때문에 그런 것이오. 그 잔인한 행위에 대해서 자연은 인간을 용서해 줄 수 있다는 인상을 사람들은 자연으로부터 받고 있는 반면, 법은 언제나 자연과 대립하고 있고 자연으로부터 아무것도 받지 않기 때문에 그 상궤를 벗어난 행위를 허용해 주는 권한을 부여받을 수 없소. 말하자면 동일한 동기를 가지지 않기 때문에 법이 동일한 권한을 가지는 것은 불가능하다는 것이오. 이것이 미묘하고도 이해하기 어려운 차이점들인데, 극소수의 사람들만이 진정한 사유를 하고 있을 뿐 많은 사람들은 이를 간과하고 있소. 하지만 내 호소의 대상인 교양을 갖춘 사람들이라면 이러한 차이점을 받아들일 것이고, 이 차이점들은 또 지금 우리 프랑스 사람들을 위한 새 법령에 영향을 줄 것이오.

사형을 폐지해야 하는 두 번째 이유는 바로 교수대 아래에서도 매일 범죄가 저질러지는 것처럼, 사형 제도가 범죄를 전혀 억제하지 못했기 때문이오. 한마디로 말해서 사람을 죽였다고 해서 그 살인자를 죽이도록 하는 계산법보다 더 형편없는 계산법은 없기 때문에, 그리고 이러한 방식에서는 한 사람만 잃는 것이 아니고 한꺼번에 두 사람을 잃는 결과가 나오기 때문에, 마지막으로 그러한 산술은 망나니나 어리석은 자들에게나 친숙해질 수 있기 때문에 이 사형 제도는 폐지해야 마땅하오.

어쨌든 우리 인간이 같은 인간에게 범할 수 있는 중대한 범죄는 크게 네 가지로 압축할 수 있소. 즉 중상모략, 절도, 음란함 때문에 남들을 불쾌하게 만들 수 있는 범죄, 그리고 살인을 말하는 것이오. 군주제 정부하에서 사형의 대상으로 여겨졌던 이 모든 행위들이 공화주의 국가에서도 그렇게 심각하게 여겨지겠소? 우리가 철학의 횃불을 비춰 분석하게 될 것이 바로 이 점인데, 그런 검토는 언제나 철학의 빛으로만 행해져야 하오. 그렇다고 해서 나를 위험한 개혁가라고 조금도 비난하지는 마시라. 또한 이 글이 그렇게 만들 수 있더라도, 악인의 영혼 속에서 양심의 가책을 무디게 만들 위험성이 있다고, 그리고 엄하지 않은 내 도덕 때문에 이 악인들이 범죄를 저지를 때 품는 기질의 폭을 더욱 넓히는 아주 중대한 해악이 있다고는 말하지 마시라. 나에겐 그런 사악한 의도가 전혀 없다는 것을 여기에서 명확하게 단언하는 바이오. 내가 철들 무렵부터 구체화해 왔던 사상들, 그런데 폭군들의 파렴치한 압제가 수세기에 걸쳐 막아 왔던 그 사상들을 나는 설명할 따름이오. 이 위대한 사상들 때문에 타락하는 사람이 있다면 딱한 일이겠으나, 모든 면에서 스스로 타락할 수 있으며 또한 철학적 사상에서 죄악만을 포착하려는 사람들이 있다 하더라도 어쩔 수 없는 노릇이오. 그들이 세네카*나 샤롱**과 같이 경건한 철학자가 펴낸 책을 읽은 후 정신이 썩어 문드러지지 않으리라고 누가 장담할 수 있겠소? 나는 이런 자들에게 말하려는 것이 아니오. 나는 내 말을 이해할 수 있는 사람들에게만 내 사상을 전하고자 하는데, 또 이런 사람들이라야 잘못되는 일 없이 내 글을 읽을 수 있을 것이오.

정말로 솔직하게 고백하건대, 나는 남을 중상하는 것이 범죄라고 생각해 본 적이 한 번도 없었소. 특히 우리와 같은 공화주의 정부 아래에서, 즉 사람들이 보다 더 친밀하고 가까워진 만큼 서로가 서로를 잘 아는 것이 모든 사람들에게는 분명 대단히 큰 이익이 되는 그런 정부 아래에서는 말이오. 보통 중상은 정말로 타락한 사람에게 가해지든가 아니면 덕성스러운 사람에게 가해지든가 둘 중에 하나일 것이오. 첫 번째 경우에서라면, 누군가 많은 죄악을 저질러 잘

---

* 에스파냐 태생의 고대 로마 철학자, 극작가.
** 프랑스의 사상가이자 신학자.

알려진 사람에 대해 실제로 그가 저지른 짓보다 약간 더 부풀려 중상하더라도 그 악인은 거의 무관심해지리라는 점에는 누구라도 동의할 것이오. 어쩌면 그렇게 해서 이미 저질러진 죄악에다 드러나 있지 않았던 죄상까지 밝혀질 것이니, 중상을 함으로써 악인은 보다 더 명확하게 자신의 악한 모습을 스스로 드러내 보일 것이오.

만일 하노버라는 도시에 위험한 전염병이 돈다고 할 때, 그러나 내가 이렇게 혹심한 공기에 노출되어 열병에 걸리는 것과 같은 어떠한 위험도 겪어서는 안 된다고 가정할 때, 내가 그 도시에 가려는 것을 막으려고 어떤 사람이 누구든 거기에 도착하자마자 죽을 것이라고 나에게 말한다고 해서 그가 나쁜 의도를 가졌다고 생각할 수 있겠소? 그럴 수는 없는 것이오. 왜냐하면 매우 큰 재난을 말하여 나를 질겁하게 함으로써 그는 나로 하여금 작은 재난을 겪는 것을 막아 준 것이나 다름없기 때문이오. 덕성스러운 사람이 중상을 받는다면? 그는 자신이 받는 중상에 대해 걱정하지 않을 것이오. 왜냐하면 자신은 그렇지 않다는 사실이 곧 드러날 것이며, 그렇게 되면 악의에 찬 중상에 대한 책임은 중상한 사람에게 돌아가기 때문이오. 덕성스러운 사람들에게 중상이란 한낱 정화를 위한 검증 작업에 불과한 것으로 이를 통해 그들의 덕성은 한층 더 빛날 것이오. 이런 중상모략에는 공화주의 체제가 필요로 하는 미덕의 총량과 관련하여 이득이 있소. 왜냐하면 덕성스럽고 감성적인 이 사람은 부당함을 겪고 난 후 자극을 받아 더욱더 노력할 것이기 때문이오. 즉 그는 자신과는 무관하다고 여겨 왔던 남들의 중상모략을 극복하기를 원할 것이며, 그의 선행은 한 단계 더 발전된 에너지를 받을 것이오. 그러므로 첫 번째 경우에서 중상하는 사람은 위험한 사람의 죄상을 부풀림으로써 좋은 결과를 가져다줄 것이며, 두 번째 경우에서도 미덕이 우리들에게만 온전하게 돌아올 수 있도록 강제함으로써 훌륭한 결과를 낳게 해 줄 것이오. 그런데 지금 반문하지 않을 수 없는 것은, 특히 악한 자를 식별해 내고 선한 자의 에너지를 증대하는 것이 매우 중요한 정부에서, 도대체 어떤 점에서 중상하는 자가 두려워 보일 수 있다는 말이오? 누구든 중상모략을 당했을 때 아무런 형벌을 받지 않도록 주의만 하면 될 것이고, 중상모략의 이중의 장점, 즉 죄상을 밝혀 주는 전조등이라는 점과 미덕을 증대시키는 자극제라는 점이 있다는 것, 그리하여 모든 경우에 중상모략은 매우 유용하다는 것을 참작해야 할 것이오. 입법자의 모든 사상은 자신의 저작에 적용된 사상만큼이나 위대한 것이 되어야만 하는데, 입법자는 사람들 개개인에게 타격을 주는 범죄의 결과 따위나 탐구해서는 안 될 것이오. 그가 검토해야 할 것은 오로지 대다수와 관련된 범죄가 되어야 할 것이오. 입법자가 중상모략으로부터 나온 결과를 이런 방식으로 관찰한다고 할 때, 나는 어떠한 중상모략에서도 그가 처벌할 만한 근거를 찾을 수 없으리라고, 또한 중상모략을 처벌하는 법에 저승을 연상시키는 재판의 권한까지 부여할 수는 없으리라고 생각하고 있소. 반면 입법자가 중상모략을 조장하고 중상모략에 대한 보상을 한다면 그는 가장 공평하고 가장 공명정대한 사람이 될 것이오.

우리가 검토하고자 한 도덕적 범죄들 가운데 두 번째는 절도요.

고대로 거슬러 올라가 살펴보자면 그리스의 모든 공화국에서 절도가 용인되었고 심지어는 보상까지 받았으며, 스파르타에서는 공공연하게 절도를 장려했다는 사실을 알게 될 것이오. 다른 여러 민족도 절도를 전쟁이라는 측면에서 하나의 미덕으로 여겼소. 사실 절도는 용기, 정신력, 솜씨 등 한마디로 공화주의 정부에 필요한 모든 미덕을 분명히 유지시켜 주는 것으로, 우리의 정부에서도 꼭 필요한 것이오. 이제 부를 평등하게 만드는 결과를 초래하는 절도가 평등을 목표로 하는 정부에서 그렇게 엄청난 죄악이 되는 것인지를 치우침 없이 감히 묻고자 하오. 아니오, 그렇지는 않소. 절도가 한편으로 평등을 유지시켜 준다면, 또 다른 한편으로는 각자가 더욱 꼼꼼히 재산을 보존하도록 경각심을 불어넣어 주기 때문이오. 어떤 민족은 구성원 개개인이 각자의 소유물을 지키는 것을 가르치기 위해 절도범을 처벌하지 않고 절도를 당한 사람을 처벌하였소. 이러한 사실에 비춰 우리는 보다 깊은 성찰을 해야 할 것이오.

그렇다고 해서 내가 여기에서 소유권 존중에 대해 우리 민족이 선서한 서약을* 공격하거나 파기하는 데 앞장서는 것이 아니기를! 그러나 이 서약의 부당함에 대해서는 몇 마디 해도 되지 않을까 하오. 한 민족의 구성원 전체가 선서한 서약의 정신이란 무엇이겠소? 시민들 간에 완전한 평등을 유지하고, 각자의 소유를 보호해 주는 법에 시민 모두를 평등하게 복종하도록 만드는 것이 아니겠소? 그런데 아무것도 가지지 않은 자에게 모든 것을 가진 자를 존중하라고 지시하는 법이 과연 옳은 것인지를 그대들에게 묻고 싶소. 사회 계약의 기본 원리가 무엇이겠소? 사회 구성원 서로가 유지하고 있는 공동체를 보장하고 존속시키기 위해 각자가 가진 자유와 소유의 일부를 양보하는 것이 아니겠소?

모든 법은 이러한 토대 위에 기초하고 있는데, 바로 이 법이 자유를 남용하는 자를 처벌하는 근거가 되는 것이오. 또한 이 법은 세금 징수를 정당화하기도 하오. 어떤 시민이건 세금이 자신에게 부과되

---

* 1795년 8월 22일 헌법, 제8조 의무 항목을 말한다.

었을 때 이의를 제기하지 않는 것은, 자신이 납부한 것으로써 자신에게 남아 있는 것을 지킬 수 있다는 사실을 알고 있기 때문이오. 하지만 한 번 더 말하건대, 무슨 권리로 아무것도 가지지 않은 자에게 모든 것을 가진 자만을 보호하는 계약에 따르도록 강요한다는 말이오? 그대들이 서약으로써 부유한 자가 가진 것을 보존해 주는 공정함을 보여 주었다고는 하지만, 아무것도 소유한 것 없이 현실에 순응하는 사람에게 서약을 강요한 것은 온당치 못한 행위였소. 그대들이 선서한 서약이 아무것도 소유하지 않은 사람에게 도대체 무슨 이득이 될 수 있겠소? 그리고 어떤 이유에서 이 사람더러 부의 측면에서 자신과 많은 차이가 나는 사람에게만 유리한 것을 보장하라는 것이오? 이보다 더 부당한 일은 어디에도 없을 것이오. 서약이란 선서를 한 모든 사람들에게 동등한 효력이 있어야 함을 말하는 것이오. 또한 서약을 준수한다고 해서 어떠한 이득도 취하지 못하는 자에게 그 서약을 강제한다는 것은 어불성설이오. 왜냐하면 그런 서약은 자유로운 민족의 계약이 아닐 것이기 때문이오. 즉 이 서약은 강자가 약자를 억압하는 무기일 뿐인 만큼, 약자는 이 서약에 대해 끊임없는 반감을 갖게 될 것이오. 그런데 얼마 전 우리 국민이 요구한 소유권 존중에 대한 서약에서도 이와 동일한 일이 일어나고 있소. 말하자면 부유한 자가 가난한 자를 이 서약에 끌어들인 것이고, 가난한 자의 서약이 초래할 결과, 즉 선의이기는 하지만 억지로 한 이 서약으로 가난한 자는 차마 부유한 자의 면전에서는 할 수 없는 짓을 하게끔 된다는 사실을 깨닫지 못하고 경솔하게 선서하여 부유한 자만이 이득을 취하게 된 것을 말하오.

이미 그럴 수도 있었겠으나 그대들이 이 잔인한 불평등에 대해 납득하고 있다면, 아무것도 가지지 않은 자가 모든 것을 가진 자에게서 무언가를 훔치려 한 데 대해 처벌을 하여, 그대들이 부당하다는 사실을 더 심하게 부각시키지는 마시오. 불공정한 서약으로 인해 그에게는 이미 훔칠 권리가 주어진 것이니 말이오. 그의 입장에서 볼 때 터무니없는 서약임에도 불구하고 거짓 맹세를 하도록 그를 강제했다는 사실만으로도 거짓 맹세 때문에 그가 저지르게 될 모든 죄악은 정당화되는 것이오. 다시 말하자면 그대들의 잘못으로 일어난 일에 대해서 그대들은 처벌할 권한이 없다는 것이오. 도둑을 처벌하는 것이 극심한 가혹 행위라는 사실을 주지시키고자 더 이상 말을 늘어놓지는 않겠소. 다만 내가 앞서 말한 현명한 민족의 법을 모방하시오. 즉 도둑질을 당할 만큼 태만한 사람을 처벌해야지 도둑질을 한 자에 대해 어떠한 종류의 형벌도 내리지 말라는 것이오. 그대들의 서약은 아무것도 가지지 않은 자에게 절도 행위의 구실을 준다는 사실, 그리고 그가 절도를 한다는 것은 자연적인 충동 가운데 가장 기본적이고 가장 현명한 충동, 즉 누구를 희생해서라도 자신을 보존하려는 충동을 따른 것일 뿐이라는 사실을 잊지 말아야 할 것이오.

같은 인간에 대한 의무들 가운데 두 번째 부류에서 우리가 검토해야 할 범죄들로는 방탕함 때문에 시도될 수 있는 행위들, 이 가운데 다른 무엇보다도 타인들을 더 침해하는 행위를 특별히 구별해 보자면, 매춘, 간음, 근친상간, 강간, 비역질 등이 있소. 우리는 단 한순간도 도덕적 범죄라고 불리는 모든 행위, 즉 앞서 언급한 부류와 같은 모든 행위들이, 어떤 방법을 써서라도 체제 유지에 필요한 형태만을 보존하는 것을 유일한 의무로 삼는 정부에서는 아무런 관심을 끌지 않는다고 생각해서는 분명 안 될 일이오. 이것이 공화주의 정부의 유일한 도덕이기는 하지만 말이오. 그런데 우리의 공화주의 정부는 언제나 주변의 전제군주들과 대립하고 있는 만큼, 분별이 있는 사람이라면 이 정부가 도덕적 수단을 스스로를 보호하는 수단으로 삼을 수 있다고는 생각지 못할 것이오. 왜냐하면 공화주의 정부는 전쟁에 의해서만 체제를 유지할 터인데, 전쟁만큼 도덕적이지 못한 것은 없기 때문이오. 이제 어쩔 수 없이 부도덕해진 국가에서 각 개인이 도덕적이 되는 것이 중요하다는 주장을 어떻게 입증해 낼 것인지 알고 싶소. 더 심하게 말하자면, 각 개인은 도덕적이지 않아야 좋은 일이오. 고대 그리스의 입법자들은 시민들의 정신을 타락시켜야 하는 중대한 필요성을 절실하게 느꼈는데, 그들의 도덕적 문란함을 사회조직상 필요한 문란함에서 작용하도록 하여, 공화주의 정부처럼 완벽하여 필시 주변의 모든 정부로부터 증오와 질시의 대상이 되는 그런 정부에서라면 언제나 필수적인 반란을 야기시키기 위해서였소. 그 현명한 입법자들의 생각에 따르면 반란은 결코 도덕적 상태가 아니라 공화정 특유의 영속적인 상태일 것이오. 그러므로 사회조직 내에서 영속적으로 부도덕한 동요 상태를 유지해야 하는 사람들에게 매우 도덕적인 사람이 되라고 강요하는 것은 상식 밖의 일인 데다 위험하기까지 한 일일 것이오. 왜냐하면 인간의 도덕적 상태는 평화와 질서의 상태인 반면, 인간의 부도덕한 상태는 인간으로 하여금 필연적으로 반란을 꾀하도록 유도하는 항구적인 운동의 상태이기 때문이고, 바로 이 반란을 통해 공화주의자는 언제나 자신이 소속된 정부를 유지하기 때문이오.

이제 소심한 감정에 속하는 것으로서, 음란한 감정과 상반되는 정숙함에 대한 분석부터 시작하여 상세히 접근해 보겠소. 인간이 정숙하기를 자연이 원했다면 자연은 분명 인간이 벌거벗은 채 태어나지 않도록 만들었을 것이오. 그런데 문명에 있어서 우리보다 덜 타락한 수많은 민족은 벌거벗은 채 살아도 아무런 부끄러움을 느끼지 않소. 옷을 입는 관습의 근저에는 기후의 혹심함과 여자들의 교태가 있을 뿐이라는 사실에는 추호도 의심할 여지가 없소. 즉 자신의 몸을 미리 보여 주면 욕망을 불러일으키기는커녕 오히려 그 욕망의 효과를 모두 상실할 것이라는 사실을 여자들은 이미 느꼈던 것이오. 또한 자연은 조금의 결함도 없이 여자들을 창조하지는 않았던 만큼, 그녀들은 몸치장을 함으로써 그 결함을 숨겨 남의 환심을 살 수 있는 모든 수단을 확보하려고 했던 것이오. 이처럼 정숙함이란 미덕이기는커녕 오히려 타락의 결과 가운데 하나, 즉 여자들이 교태를 부리는 기본적인 수단 가운데 하나에 불과한 것이오. 부정한 분위기로써 시민들을 공화주의 정부의 법에서 본질적인 토대가 되는 부도덕한 상태로 놔둘 수 있음을 확실하게 간파한 리쿠르고스와 솔론은 젊은 아가씨들로 하여금 벌거벗고 연극을 관람하도록 만들었소.* 얼마 지나지 않아 로마에서도 이와 같은 예를 따라 플로랄리아 축제**에서 사람들은 벌거벗고 춤을 추었소. 고대인의 여러 종교의식 가운데 가장 성대한 제전은 그렇게 거행되었던 것이며, 몇몇 민족에게서 벌거벗음은 미덕으로까지 발전했던 것이오. 어쨌든 수치심이 없다는 데서 음란한 성향이 나오고, 이 성향의 결과로 생기는 것이 우리가 지금 분석하고 있는 범죄라는 것이며, 그 범

---

* (원주) 이 입법자들의 의도는, 남자들이 벌거벗은 아가씨에 대해 느끼는 정열을 무디게 함으로써 그들이 같은 남자에 대해 종종 느끼는 정열을 보다 더 강렬하게 만드는 것이라고 알려져 있다. 이 현자들은 사람들이 싫증 내기를 원했던 것은 보이도록 하고, 아주 감미로운 욕망을 부추긴다고 생각한 것은 가리도록 만든 것인데, 두 경우 모두에서 그들은 우리가 말한 목적을 달성하고자 애를 썼던 것이 아닐까? 어쨌든 그들이 공화주의 습속에서 부도덕함의 필요성을 느꼈다는 것을 알 수 있다.
** 꽃과 봄의 여신인 플로라를 기념하는 축제.

죄 가운데 으뜸이 바로 매춘인 것이오. 우리 인간을 억누르고 있었던 무수한 종교적 오류에 대해 우리가 이미 모든 측면에서 재검토한 마당에, 그리고 수많은 편견을 타파함으로써 자연에 보다 더 가까워진 우리가, 죄가 되는 일이 있다면 자연이 우리에게 불어넣어 준 성향에 맞서는 것보다 그 성향을 억누르는 것에 있음을 확신하는 우리가, 또한 음탕함은 이 성향의 결과인 만큼 우리에게서 그 음탕한 정열을 근절하는 것보다는 조용히 그 정열을 충족시키는 해결의 실마리를 찾는 것이 더 필요하다는 사실을 납득하고 있는 우리가 자연의 의도만을 따르고 있는 마당에, 우리는 이제 이 매춘 분야에 대한 정리를 하고 음탕한 욕구에 따라 대상을 찾는 시민이 자신의 음탕함을 해소해 줄 대상과 함께 어느 것에 의해서도 구속을 받지 않고 정열이 명하는 모든 행위에 몰두하는 데 필요한 안전장치를 마련하는 데 전념해야 할 것이오. 인간에게 매춘보다 더 절대 자유에 대한 확장을 필요로 하는 정열은 없기 때문이오. 이에 따라 깨끗하고 널찍한 데다 가재도구까지 잘 갖춰지고 모든 면에서 안전한 여러 장소를 도시 곳곳에 세워야 할 것이오. 거기에서는 즐기러 온 방탕아들의 온갖 변덕스러운 취향을 만족시켜 주기 위해 남녀노소를 불문하고 가능한 모든 사람들이 제공되어야 하고, 절대 복종은 그렇게 제공된 사람들이 지켜야 하는 규칙이 되어야 하며, 누군가 요구한 행위가 조금이라도 거부된다면 거부당한 사람이 원하는 대로 즉시 벌이 주어져야 하오. 이에 대해서 나는 더 설명한 다음, 공화주의 습속에 비추어 검토해 보아야겠소. 이와 같은 추론을 계속할 것이라는 약속을 도처에서 한 것처럼 약속은 꼭 지킬 것이오.

방금 전에 말한 것처럼 어떠한 정열도 매춘보다도 더 절대 자유에 대한 확장을 필요로 하지 않는다면, 어떠한 정열도 그렇게 전제적일 수는 없을 것이오. 그런 이유로 사람은 누구에게 명령하는 것을 좋아하고, 누군가를 복종시키는 것과 자신을 만족시켜 줄 노예와도 같은 자들을 부리는 것을 좋아하는 것이오. 그런데 자연이 인간의 마음속 깊숙한 곳에 심어 놓은 포학한 성정을 조용히 발산하는 방법을 사람이 모른다면, 인간은 그 성정을 발산하기 위해 어쩔 수 없이 자신의 주변에 있는 대상에게 해가 되는 일을 할 것이며, 결국에는 정부를 혼란에 빠뜨릴 것이오. 이러한 위험을 피하려면 그 압제적인 욕구를 마음껏 발산할 수 있도록 해 주시오. 해소할 수 없는 그 욕구 때문에 끊임없이 괴로워하는 그를 위해서 말이오. 즉 터키의 시종무관이나 왕비들이 득실대는 하렘과 같은 매음굴에서, 이곳을 찾는 사람은 자신의 돈과 그대들의 배려로 제공된 성적 노리개들에게 하찮은 것이지만 절대적 권한을 휘둘러 볼 수 있었다는 데 대해 만족하고, 아울러 자신의 색욕을 해소하는 모든 방법을 기꺼이 보장해 준 만큼 정부를 혼란에 빠뜨릴 어떠한 생각도 품지 않고 거기에서 나올 것이오. 그러나 이와 반대로 그대들이 여러 가지 술책을 부린다면, 즉 사르다나팔로스*와 같이 음탕한 우리의 왕들**과 잔학한 그들의 신하들이 예전에 이미 고안해 놓은 우스꽝스러운 족쇄로 그 음탕한 대상들을 옭아매려 한다면, 누구라도 그대들의 정부에 대해 격분하고 몇몇 사람들만이 압제적인 행동을 하는 것을

---

* 아시리아의 마지막 왕으로 역대 어느 왕보다도 사치스러운 생활을 한 것으로 알려져 있다.
** (원주) 파렴치하고도 간악한 사르틴이 루이 15세를 위해 작성한 음란한 수단에 대한 보고서, 즉 파리의 음침한 장소에서 일어나는 모든 일에 대한 세부 사항이 적힌 보고서를 내용을 부풀려 작성하여 뒤바리로 하여금 일주일에 세 차례 읽어 주도록 했음은 이미 알려진 사실이다. 프랑스의 네로 황제는 이런 분야의 음탕함을 위해 300만 리브르의 돈을 지출해 왔던 것이다!

시기하여, 그대들이 씌워 놓은 굴레로부터 벗어나려 할 것이며, 더 나아가 그대들의 통치 방식에 싫증을 느낀 그들은 이미 그랬던 것처럼 통치 방식을 바꾸려 할 것이오.

스파르타와 아테네에서 이러한 생각을 깊이 이해한 고대 그리스의 입법자들이 방탕함을 어떻게 취급했는지 잘 보시오. 그들은 시민들에게 방탕함을 금하기는커녕 방탕에 빠지게 만들어 주었소. 시민들에게는 어떠한 종류의 음란함도 금지되지 않았으며, 또한 이 세상에서 가장 현명한 철학자인 소크라테스가 아스파시아*와 알키비아데스 두 남녀를 오가며 통정했다고 해서 그리스의 영광이 되지 못한 것은 아니었소. 이에 대해서 나는 논의를 더 전개해 볼 것인데, 비록 내 견해가 현재 우리의 습속과 상반될지라도 우리가 선택하여 세운 정부 형태를 지키고자 한다면 이 습속을 서둘러 변화시켜야 한다는 것을 증명하는 것이 내 목적인 만큼, 정숙하다고 알려진 여인들의 매춘이 남자들의 매춘보다 더 위험한 것은 아니라는 사실, 그리고 내가 설명한 그 매음굴에서 행해지는 음란한 행위에 이 여인들을 끌어들여야 할 뿐만 아니라 그녀들을 위한 매음굴을 설치하여 그곳에서 우리 남성들만큼 격렬한 기질을 가진 그녀들이 성별을 가리지 않고 모든 사람과 함께 자신의 변덕스러운 환상과 욕구를 채울 수 있도록 해 주어야 한다는 당위성을 그대들에게 납득시키고자 할 것이오.

우선, 엉뚱한 환상을 가진 남자들에게 여자들이 절대 복종할 것을 자연이 명했는데, 무슨 권리로 여자들이 여기에서 제외되어야

---

*기원전 5세기에 활동한 그리스 여성. 페리클레스의 정부이자 조언자로 미모와 재기가 출중한 것으로 유명했다.

한다고 주장하는 것인가? 그리고 여자들의 육체로는 금욕이 불가능하고 또 그것이 그녀들의 명예에 아무런 필요도 없는데 무슨 권리로 여자들에게 금욕을 강요한다는 것인가?

나는 이 두 가지 문제를 개별적으로 다뤄 볼 것이오.

자연 상태에서 여자들이 성적으로 분방하게* 태어났다는 것은 분명한 사실이오. 즉 동물의 암컷이 가지는 이점을 누리면서 동물 암컷들과 마찬가지로 어떤 예외도 없이 수컷 모두의 것이 되는 것처럼 분방하게 말이오. 또한 그것이 근본적인 자연의 법칙이고, 원시인들이 처음으로 모여 합의한 제도였음에는 어떠한 의심의 여지가 없소. 그런데 사람의 욕심, 이기심, 그리고 사랑이라는 감정이 그토록 꾸밈없고 그토록 자연스러운 자연의 원래 의도를 퇴색시켰소. 사람들은 한 여자를 취함으로써, 그리고 그녀와 함께 그 가족의 재산까지 취함으로써 부유해진다고 생각했던 것인데, 앞서 언급한 감정들 가운데 두 가지에 대한 설명은 이것으로 충분할 것이오. 보다 흔하게 사람들은 여자를 납치하여 그 여자를 사랑하게 되오. 이것이 나머지 감정, 즉 사랑의 동기이지만 어떤 경우에서도 이 모든 것은 부당한 일이오.

자유인을 소유한다는 것은 결코 있을 수 없는 일이오. 아울러 오로지 한 여자만을 소유한다는 것도 많은 노예를 소유하는 것만큼이나 부당한 일인 것이오. 모든 사람은 자유롭게 태어났으며 모두 권리에 있어서 평등하오. 우리는 이 원리를 결코 잊어서는 안 될 것이오. 그리고 이 원리에 비춰볼 때, 전적으로 한쪽 성에게 또 다른 성

---

* Vulgivagues. 라틴어 Vulgivalgus를 어원으로 하는 작가 특유의 신조어로 '방탕' 또는 '분방하다'는 의미다.

을 압제하는 정당한 권리가 결코 주어질 수 없으며, 결코 두 성 가운데 한 성 또는 여러 계급 가운데 한 계급이 제 마음대로 다른 한 성 또는 다른 한 계급을 소유할 수는 없는 일이오. 순수 자연의 법칙에 있어서, 여자로서도 다른 남자를 사랑한다는 핑계를 내세워 자신을 원하는 남자의 요구를 거절할 수 없는 일이오. 왜냐하면 그러한 핑계는 누군가 배제됨을 뜻하는 것인데, 여자란 분명히 모든 남자의 소유라는 사실이 명확해진 마당에 어떠한 남자도 한 여자를 소유함에 있어서 배제될 수 없기 때문이오. 소유한다는 것은 부동산이나 동물에 대해서만 이루어져야 하는 것이지 결코 우리와 같은 한 개인에 대해서는 이루어질 수 없는 것이며, 한 여자를 한 남자에게 옭아맬 수 있는 모든 관계는, 그대들도 추측할 수 있는 것처럼 부당할 뿐만 아니라 말도 되지 않소.

우리가 누구에게든 상관없이 모든 여자에게 구애의 표현을 할 권리를 자연으로부터 받았다는 사실이 명백하다면, 모순되는 말이 될 수도 있겠으나, 절대적인 것이 아니라 일시적으로 우리의 구애에 여자들이 복종하도록 강요할 권리가 우리에게 있다는 사실도 명백해질 것이오.* 불타는 정열을 가지고 자신에게 접근한 남자에게 여자가 몸을 내맡기도록 강제하는 법률을 제정할 권리가 우리에게 있

---

* (원주) 여기에서 내 말이 모순된다고 하지는 말기를. 앞서 우리에겐 한 여자를 속박할 아무런 권리가 없다고 밝힌 후, 지금에 와서 우리에게 여자를 속박할 권리가 있다고 말함으로써 나는 그 원칙들을 뒤집기는 했다. 하지만 강조하건대, 여기에서 문제가 되는 것은 소유가 아니라 쾌락이다. 예를 들어 내가 길을 가다가 샘을 발견했다고 할 때, 내겐 그 샘에 대한 아무런 소유권이 없으나, 그 샘을 어느 정도 누릴 수 있는 권리, 즉 내가 목마를 때 맑은 샘물을 떠 마실 권리는 있는 것이다. 이와 마찬가지로 나에게는 어떤 여자를 실제적으로 소유할 권리는 없지만, 그녀를 통해 쾌락을 누릴 수 있는 권리는 분명히 있으며, 어떤 이유에서이든 여자가 내 요구를 거절한다면 나는 그 쾌락의 제공을 강제할 권리가 있다.

다는 것은 분명하며, 폭력 행위조차 이 법의 결과로 나온 것 가운데 하나인 만큼, 우리는 폭력을 합법적으로 사용할 수 있는 것이오. 아! 여자들을 우리의 욕망에 복종하도록 만드는 데 필요한 힘을 자연이 우리에게 나누어 주었다는 것은, 우리에게 그런 권리가 있음을 증명하는 것이 아니고 무엇이겠소?

여자들은 자신을 지키기 위해 부질없이 정숙함이나 남자들에 대한 충실함을 주장해야만 하는데, 이런 비현실적인 방법은 헛된 일일 뿐이오. 정숙함이 얼마나 부자연스럽고도 비열한 감정인지 우리는 앞에서 이미 살펴보았소. 사랑이란 가히 정신 나간 짓이라고 할 수 있는 것으로서, 더 이상 여자들의 정숙함을 정당화하기 위한 명목을 내포하고 있지 않소. 사랑의 대상인 객체와 사랑을 하는 주체만을 만족시켜 주는 사랑은 두 개인을 제외한 다른 사람들의 행복에 기여할 수 없는데, 여자가 이 세상에 존재하는 진정한 이유는 모든 사람의 행복을 위해서이지 두 사람만의 이기적인 행복을 위해서가 아닌 것이오. 그러므로 모든 남자는 모든 여자들에 대해 동등하게 누릴 수 있는 권리를 가지며, 자연의 법칙에 따라 어느 누구도 한 여자에 대해 독자적이고도 사적인 권리를 주장할 수 없는 것이오. 그러므로 여자들이 매춘하는 것을 우리가 원하는 만큼, 앞서 문제가 되었던 매음굴에서 여자들이 매춘을 하도록 강요하는 법, 그녀들이 매춘을 거부한다면 그녀들을 강제하는 법, 그리고 매음굴에서 의무를 게을리할 때 그녀들을 처벌하는 법은 가장 공정한 법 가운데 하나이며, 이 법에 대해서 아무리 합당하고 정당한 이유가 있을지라도 이의를 제기하지는 못할 것이오.

그대들이 공포한 법률이 정당하다면, 기혼 여성이나 아무 아가씨와 함께 즐기고자 하는 남자는 성적 대상이 될 여자를 앞서 말한 여러 매음굴 가운데 한곳에 머물도록 명할 수 있을 것이오. 그리고 베 누스 신전과도 같은 그 매음굴에서 여자 포주의 보호 아래 있게 된 그녀는 자신을 그곳으로 보낸 남자에게 공손하면서도 순종하는 태 도로 몸을 내맡겨, 어느 것도 자연 즉 본성에 속하지 않는 것은 없 는 만큼, 또한 어느 것도 자연이 인정하지 않는 것은 없는 만큼, 별 난 행위나 난잡한 행위가 어느 정도 있을 수 있더라도 자신과 함께 이루고자 하는 모든 엉뚱한 환상을 만족시켜 주어야 할 것이오. 이 제 나이를 정하는 일 이외에는 문제될 것이 없는데, 아가씨의 나이 를 정한다는 것은 특정한 나이의 아가씨와 즐기기를 원하는 남자의 자유를 침해하는 것이나 다름없소. 예를 들어 한 나무에서 열린 과 일을 먹을 수 있는 권리를 가진 자는 잘 익은 것이든 설익은 것이든 자신의 취향에 따라 선택하여 따 먹을 수 있소. 그러나 어린 소녀가 일정한 나이에 이르지 않았다면 그 소녀는 남자의 소행 탓에 분명 히 건강을 해칠 것이라고 사람들은 반박할 것이오. 이것은 아무런 가치도 없는 의견일 뿐이오. 그대들이 쾌락에 대한 소유권을 인정 한 이상, 쾌락을 위한 행위의 결과와 이 권리는 무관하며, 이때부터 이 행위가 여기에 순종해야 하는 대상에 대해 좋은 일이 되었든 해 로운 일이 되었든 마찬가지가 되는 것이오. 이 주제에 대해 한 여자 의 의지를 속박하는 것은 적법한 것이라는 사실, 그리고 여자가 쾌 락에 대한 욕망을 부추긴 즉시, 이기적인 모든 감정을 배제한 채 그 쾌락의 행위에 따라야 한다는 사실은 이미 입증하지 않았소? 여자 의 건강에 대해서도 마찬가지요. 그러한 배려를 하면서 가질 수 있 는 관점이 여자를 원하는 자의 쾌락, 그리고 여자를 차지할 권리가 있는 자의 쾌락을 소멸시키거나 감퇴시킬 위험이 있는 이상, 나이 를 고려한다는 것은 무의미한 일이오. 왜냐하면 자연적으로 그리고 법에 따라 타인의 욕망을 일시적으로 만족시켜 주도록 강제된 대상이 느낄 수 있는 것은 여기에서 전혀 문제가 되지 않기 때문이오. 이 논의에서는 정욕을 품고 있는 자에게 알맞은 사항만이 문제가 될 뿐이오. 한쪽으로 치우치지 말고 균형을 회복해야겠소.

그렇소. 우리는 균형을 회복할 것이고, 또 그렇게 해야만 할 것이오. 너무도 잔인하게 노예 상태로 설정된 여인네들, 우리는 확실히 그녀들에게 보답을 해 주어야 하는데, 이것이 내가 앞서 제시한 두 번째 질문에 대한 대답이 될 것이오.

우리가 앞서 인정한 것처럼 모든 여자가 남자들의 욕망에 순종해야 한다는 사실을 인정한다면 여자들도 자신이 가진 모든 욕망을 충분히 충족하는 것을 확실히 허용해 주어도 될 것이오. 이러한 목적에서 법은 여자들의 열정적인 기질을 촉진해야 하는 것인데, 그녀들이 반자연적인 힘, 즉 여자로서의 명예와 미덕으로 우리 남자들만큼이나 자연으로부터 풍부하게 받은 본능적 성향을 억눌러 왔다는 것은 우스꽝스러운 일이 아닐 수 없소. 이렇듯 우리의 습속이 부당하다는 데 대해서 재론의 여지가 없다는 것은, 여자들을 유혹함으로써 무기력하게 만들고, 그다음으로는 여자들의 타락을 조장하기 위해 우리가 기울인 모든 노력에 그녀들이 굴복하는 벌을 부과해야 할 만큼 여자의 성벽을 억압해 왔기 때문에 더더욱 그러한 것이오. 내 생각으로는 이렇게 잔인한 불공평함이 매우 불합리한 우리의 습속을 수놓고 있는데, 다음의 설명만으로도 기존의 습속을 보다 더 순수한 습속으로 변화시켜야 할 절대적인 필요성을 충분히 느끼도록 해 줄 것이오. 말하건대, 이런 변화가 이루어진다면 여자들은 음란한 쾌락을 위한 행위를 할 때 남자들보다 훨씬 더 격렬한 성향이 있기 때문에 결혼이라는 모든 속박과 정숙해야 한다는 그릇된 모든 편견에서 완전히 해방되고 완전한 자연 상태로 돌아가게 되어 자신이 원하는 바대로 쾌락을 탐닉할 수 있는 것이오. 나는 그녀들이 되도록 많은 남자들에게 몸을 내맡기는 것을 법이 허용해 주기를, 또한 여자들에게도 남자들처럼 남녀를 가리지 않고 모든 사람들과 즐기는 것이 허용되기를, 게다가 신체의 모든 부위를 통해 즐기는 것이 허용되기를 바라고 있소. 아울러 자신의 육체를 탐하는 모든 남자들에게 몸을 내맡긴다는 특별 조항 아래에서, 여자들은 자신이 만족시켜 줄 만하다고 여겨지는 모든 남자들과 동등하게 즐기는 자유를 누려야만 하오.

그대들에게 묻고 싶은 것은, 무엇 때문에 이런 방종이 위험하다는 것이오? 아버지 없이 아이들이 태어날 것이기 때문이오? 모두가 조국 이외의 다른 어머니를 생각해서는 안 되는 공화주의 체제에서, 태어나는 아이들 모두가 조국의 아이들이 되는 공화주의 체제에서 도대체 무엇이 문제란 말이오? 아! 오로지 조국으로부터 모든 것을 기대해야 한다는 사실을 태어나면서 알게 될 아이들, 그리고 자연 이외에는 아무것도 모르는 아이들이라면 조국을 얼마나 더 사랑하게 될 것인가! 공화국에 귀속되어야 할 아이들을 가정이라는 울타리 안에 격리해 놓고서, 그들을 훌륭한 공화주의자로 양성한다는 생각일랑 하지 마시오. 모든 아이들에게 고루 나누어 주어야 할 정을 몇몇 아이들에게만 준다면, 분명 아이들은 정을 받은 몇몇 아이들에 대해 종종 위험한 편견을 품을 것이오. 그렇게 된다면 소수의 아이들은 고립된 견해와 생각을 품고 별난 행동을 할 것이며, 그들이 국민으로서 미덕을 갖추는 것은 완전히 불가능해질 것이오. 아이를 낳은 사람들에게 아이들의 마음을 송두리째 내맡겨 버린다면, 결국 아이들의 마음에서 그들이 살아가게 해 주고 그들에게 교육을 시켜 주며 그들을 빛내 주기까지 하는 공화국에 대한 어떠한 애착도 찾아볼 수 없게 될 것이오. 마치 공화국으로부터 받은 혜택이 부모로부터 받은 혜택만큼 중요하지 않다는 것처럼 말이오! 조국과 이해관계가 판이한 가정에서 아이들을 그렇게 양육하는 것이 매우 불합리한 일이라면, 아이들을 가정으로부터 떼어 놓는 것은 매우 좋을 것이오. 그런데 결혼이라는 모든 속박을 완전히 떨쳐 버린다면 여자가 쾌락에 빠진다 하더라도 아버지에 대한 모든 것과 완벽히 차단된 아이들만 태어날 것인 만큼, 내가 제안한 방법으로라면, 그리고 이 방법과 함께 그들이 오직 조국의 아이들이 되어야 하는 것처럼 각 가정에서 양육되지 않고 모두가 동일한 가정에 속하는 방식으로라면 자연스럽게 그렇게 되지 않겠소?

이에 따라, 남자들을 위한 방탕의 장소가 있듯이, 정부의 보호 아래 여인네들을 위한 방탕의 장소도 마련되어야 하고, 거기에서 남녀 구별 없이 여자들이 원하는 모든 사람이 제공되어야 하는데, 이 장소를 빈번하게 드나들수록 여자들은 더욱 존경을 받아야 하오. 여성적 명예와 미덕으로써 여자들이 자연으로부터 받은 욕망, 그리고 상스럽게 그 명예와 미덕을 비난하는 자들이 자극하는 욕망을 억누르는 것보다 더 야만스럽고 우스꽝스러운 일은 없을 것이오. 어린 아가씨일지라도 아주 민감해지는 나이가 되면,* 여인네들을 위해 만들어진 장소에서 쾌락에 대한 욕구가 명하는 모든 것에 몸을 내맡겨야 할 것이오. 그 소녀는 아버지의 속박으로부터 자유롭

---

* (원주) 바빌론 여자들은 처녀성을 베누스의 신전에 바치려고 일곱 살이 되기까지 기다리지 않았다. 소녀가 처음으로 색욕을 감지할 때가 자연의 명에 따라 매춘을 시작하는 시기이며, 어떠한 종류의 생각을 하지 않고 본성이 지시하는 대로 따라야 한다. 그녀가 이를 거스른다면 그것은 곧 자연의 법칙을 침해하는 것이다.

고, 결혼을 하지 않을 것이니 지켜야 할 것을 하나도 없으며, 여자와 결부된 예전의 편견까지 초월했을 것이니 말이오. 그녀는 남들의 존중과 함께 그곳에 받아들여진 후 무한한 쾌락에 만족할 것이며, 사회로 되돌아와서는 마치 오늘 있었던 무도회나 산책에 대해 이야기하는 것처럼 자신이 만끽한 쾌락에 대해 공공연히 말해야 할 것이오. 매혹적인 여성들이여, 그대들은 자유로워져야 하오. 그대들도 남성들처럼 자연이 그대들에게 의무로서 부여한 쾌락을 즐겨야 하며, 어떤 것에 대해서도 자제하지 마시오. 누가 속박당하고 있는 것을 가장 숭고한 인간미로 인정해야만 하는 것이오? 아! 속박의 굴레를 벗으시오. 그것이야말로 자연이 원하는 바이오. 그대들의 성벽으로 인한 구속 이외의 다른 구속, 그대들만의 욕망 이외의 다른 법칙, 그리고 자연이 지시하는 윤리 이외의 다른 윤리를 받아들이지 마시오. 그대들의 매력을 퇴색시키고 그대들의 마음이 숭고하게 비약하는 것을 가로막는 비인간적인 편견 속에서 더 이상 번민하지 마시오.* 그대들은 우리 남자들처럼 자유로운 존재이며 방탕을 위한 투쟁의 기회는 우리들에게서처럼 그대들에게도 주어져 있는 것이오. 그러니 남들의 터무니없는 비난일랑 두려워하지 마시오. 근엄한 분위기와 미신은 이제 무력해졌소. 귀엽게도 그대들이 탈선을 저지른다 하더라도 아무도 그대들에게 창피를 주지 않을 것이오. 그대들이 가장 심도 있고 폭넓은 탈선 행위를 하게 될 때, 비로

---

* (원주) 여자들은 음란한 행위를 통해서 자신들이 어느 정도까지 아름다워지는지 알지 못한다. 아주 비슷한 나이와 용모의 두 여자를, 하나는 금욕하면서 살게 하고 다른 하나는 방탕함을 즐기며 살게 하여 비교해 보면, 방탕함을 즐기며 살았던 여자가 얼마나 더 두드러지게 찬란함과 왕성한 원기를 획득했는지 확인할 수 있을 것이다. 따라서 쾌락에 대한 남용의 수준을 훨씬 벗어나, 본성에 있는 모든 난폭함이 행사되어야 한다. 아울러 여자가 아이를 분만하여 아름다워진다는 사실은 아무도 모른다.

소 우리는 도금양꽃과 장미꽃으로 된 화관을 쓴 것과 같은 그대들을 우러러보게 될 것이오.

지금까지 설명한 내용만으로도 간통에 대한 검토를 하지 않아도 될 것이오. 하지만 내가 세운 법칙에서는 비록 하찮은 것일지라도 언급을 하고 지나쳐야 할 것이오. 이전의 제도에서 간통을 범죄로 간주했다는 사실은 얼마나 우스꽝스러운 일인가! 터무니없는 일이 세상에 있다면, 그것은 분명 변치 않을 부부 관계라는 것이오. 부부 관계의 갑갑함이 무엇인지 검토하고 느끼는 것이 필요한데, 그 갑갑함을 완화해 주는 행위를 범죄로 여기는 시각을 바로잡기 위함이오. 방금 전에 말한 것처럼, 자연이 남자들에게 부여한 것보다 더 격렬한 욕구, 더 강렬한 감성을 여자들에게 부여했다면, 여자들은 변치 말아야 하는 결혼의 굴레를 어쩌면 더욱 무겁게 느꼈을 것이오. 열정적인 사랑에 민감하게 흥분하는 여인네들이여, 이제 아무 염려 없이 속박당했던 것에 대한 보상을 받으시오. 본성의 충동을 따르는 것은 어떠한 것도 죄악이 될 수 없다는 것과, 한 남자만을 위해서가 아니라 누구든 상관없이 모든 남자를 즐겁게 해 주도록 하기 위해서 자연이 여자를 창조했다는 사실을 믿으시오. 어떠한 속박도 그대들에게 장애가 되지 않기를. 고대 그리스의 여성 공화주의자들을 모방하시오. 그리스의 입법자들은 결코 그녀들에게 간통죄를 씌운다는 생각을 하지 않았고, 그들 대부분은 여자들의 방탕을 허용해 주었소. 토머스 모어는 자신의 저서 『유토피아』에서 여자들이 방탕을 탐닉하는 것은 좋은 일이라는 사실을 증명했다는데, 이 위대한 사람의 사상이 아직도 공상으로만 남아 있는 것은 아니오.*

_____
* (원주) 이 책에서 토머스 모어는 결혼을 앞둔 사람들이 결혼하기 전에 완전히 벌

타타르 사람들* 사이에서, 여자는 타락할수록 더 훌륭한 영광을 누렸소. 그래서 여자는 자신이 음란하다는 표시를 공개적으로 목에 걸고 다녔는데, 목에 그러한 장식을 하지 않은 여자들은 전혀 존중을 받지 못했소. 페구**의 각 가정에서는 이 왕국을 여행하는 이방인들에게 부인과 딸들을 제공했소. 말이나 마차처럼 그녀들을 하루 단위로 임대한 것이란 말이오! 여하튼 책 몇 권을 읽고서 지상의 현명한 여러 민족 사이에서 음탕함이 결코 범죄로 여겨지지 않았다는 사실을 증명하기에는 충분치 않을 것이오. 하지만 모든 철학자들은 기독교의 사기꾼들 때문에 우리 인간이 음탕함을 범죄로 규정했다는 사실을 잘 알고 있소. 사제들이 우리의 음란한 생활을 막는 데는 충분한 이유가 있었소. 즉 그 신비로운 죄악에 대한 지식과 면죄의 권한을 확보한 그들은 음란함을 금지함으로써 여자들에게 엄청난 영향력을 발휘했고, 그들 스스로는 정도의 제한이 없는 음탕함의 행로를 개척했던 것이오. 사람들은 그들이 그런 권한을 어떻게 이용했는지, 또한 그들이 신용을 남김없이 잃어버리지 않았더라면 지금도 그 권한을 얼마나 남용할 것인지 알고 있소.

근친상간이라고 해서 더 위험할 수야 있겠소? 그렇지는 않을 것이오. 근친상간은 가족 간의 유대를 돈독히 해 줄 것이고, 따라서 조국에 대한 시민들의 사랑을 더욱 강렬하게 만들어 줄 뿐이오. 게다가 우리가 느낄 수 있듯이 근친상간은 자연의 기본 법칙에 따라

거벗은 상태로 교제하기를 요구했다. 이 규칙대로 일이 벌어진다면 얼마나 많은 결혼이 실패로 돌아가겠는가! 그러나 그렇게 하지 않는다면, 물건을 보지도 않고 구입하는 것과 마찬가지 일이라고 할 수 있을 것이다.

*캅카스(코카서스) 인종에 속하는 소수 유랑 민족.

**지금의 미얀마 지역에 있었다고 전해지는 왕국의 이름이다.

우리에게 부과된 것이며 가족을 대상으로 하여 즐기는 것은 언제나 더 감미로울 것이오. 원시사회에서 찾아볼 수 있는 것처럼 태초의 제도는 근친상간을 장려했고 모든 종교에서 신성시되었으며 모든 법은 그것을 촉진했소. 세상을 두루 돌아다녀 보면 도처에서 근친 상간이 이루어지고 있음을 보게 될 것이오. 코트 디프아브르와 리오가봉*의 흑인들은 자식들로 하여금 아내들을 욕보이게 했고, 유다 왕국에서 한 가정의 장남은 아버지의 아내와 결혼해야 했으며, 칠레 백성들은 그들의 누이든 딸이든 개의치 않고 함께 잠자리를 같이 했는데, 종종 한 여자와 그녀의 딸을 동시에 부인으로 삼았소. 감히 한마디로 단언하건대, 근친상간은 박애를 토대로 하는 정부에 서라면 법이 되어야 할 것이오. 분별 있는 사람들이라면 도대체 어떻게 자신의 어머니, 자신의 누이, 또는 자신의 딸과 즐기는 것이 언제고 범죄가 된다고 믿는 우를 범할 수 있겠느냔 말이오! 그대들에게 묻건대, 자신의 쾌락을 위해 아무개가 자연적인 감정에 이끌려 더 가까이 한 대상을 존중한다고 해서 또 다른 아무개가 그를 크게 책망한다는 것은 가증스러운 편견이 아니겠소? 그것은 자연이, 한편으로는 우리에게 어떤 사람들을 최선을 다해 사랑할 것을 명령하면서, 다른 한편으로는 그 사람들을 사랑하는 것을 금지한 것과 다름없으며, 또한 한편으로는 우리에게 어떤 대상에 대한 사랑의 감정을 주면서, 또 다른 한편으로는 우리에게 그 대상으로부터 더 멀어질 것을 명령한 것이나 다름없소! 미신 때문에 얼이 빠진 백성들이 아니고서 터무니없는 이런 모순들을 믿거나 채택할 사람들은

---

* 지금의 코트디부아르와 가봉 공화국을 가리키는 것으로 보인다. 18세기의 지명은 지금과 약간 달랐다.

없을 것이오. 내가 앞서 밝힌 여자들의 공동체는 필시 근친상간을 초래할 것이나, 범죄로 여겨지는 이 행위에 대해서는 말할 것이 거의 없소. 장황하게 늘어놓기에는 이 행위가 범죄가 아니라는 사실이 분명히 증명되었기 때문이오. 그래서 우리는 방탕으로 인한 탈선 가운데 첫 번째로 살펴보았어야 할 강간에 대한 이야기로 넘어가려는 것이오. 능욕 행위로 상해 사실이 두드러지게 나타나는 그 강간에 대해서 말이오. 강간은 아주 드물게나 일어나는 일이고 또 진위 여부를 가리기 매우 힘든 행위인데, 이 강간이 절도에 비해 이웃에게 피해를 덜 준다는 것은 분명한 사실이오. 왜냐하면 절도라는 것은 소유물을 탈취하는 행위인 반면 강간은 훼손하는 것으로 만족하기 때문이오. 강간자는 자신이 농락한 대상을 결혼이나 연애를 하면 즉시 처해지는 것과 동일한 상태로 미리 만들어 준 것인 만큼, 만일 그가 스스로 범한 죄악이 대수롭지 않은 일이라고 말한다면 그대들은 그의 무엇에 대해 반박할 것이란 말이오?

그런데 하늘로부터 불벼락을 맞도록 도시 사람 모두가 몰두했던 그 성도착, 소위 항문 성교라는 것은 망측할 뿐 그저 일탈 행위가 아니겠소? 그렇게 심한 처벌이 과해질 수는 없는 일탈 행위 말이오. 이 행위를 한 자들에 대해 뻔뻔스럽게도 사형에 처한 선조가 있어 이들을 비난하게 된다면 아마도 우리로서는 매우 괴로운 일이 될 것이오. 우리와 같은 취향을 지니지 않았다는 죄목으로 불쌍한 한 남자에게 사형을 언도할 만큼 야만스러울 수 있는 일이 가능이나 하겠소? 지금으로부터 사십 년이 채 안 되었을 때에도 상식 밖의 입법자들이 그렇게 야만스러웠다고 생각하니 치가 떨릴 뿐이오. 그러나 공화국 시민들이여, 기운을 내시오. 현명한 입법자들이 그대들의 기대에 부응하여 그런 터무니없는 일이 더 이상 벌어지지 않도록 할 것이오. 몇몇 사람에게 잘못이 있었다는 것이 완전히 밝혀진 지금, 그러한 과실은 범죄가 될 수 없다는 것과, 인간의 신장 속에 흐르는 액체를 우리가 좋아하는 통로에 파도치듯 쏟아 놓는 것에 대해 자연이 그렇게 대단한 중요성을 부여할 수는 없었을 것이라는 사실을 알 수 있을 것이오.

여기에서 죄가 될 수 있는 것은 무엇이겠소? 신체의 모든 부위가 서로 전혀 비슷하지 않다고 주장하려는 것이 아닌 한, 그리고 어느 곳은 깨끗하고 어느 곳은 더럽다고 주장하려는 것이 아닌 한, 이곳이든 저곳이든 특정한 곳에 정액을 쏟아 놓는 것이 죄가 되는 것은 분명 아니오. 그런 터무니없는 주장을 계속한다는 것은 어불성설인 일, 여기에서 소위 죄라고 할 수 있는 것이라야 단지 정액을 용도에 알맞은 곳에 사용하지 않고 다른 곳에 낭비했다는 것일 뿐이오. 그런데 내가 묻고 싶은 것은 이것이오. 그 정액이 자연의 입장에서 볼 때 귀중하기 때문에 그렇게 정액을 낭비하는 것이 범죄 행위가 아닐 수 없다는 것이오? 그런데도 자연이 매일 그 정액을 낭비하도록 만들었다는 것이오? 왜냐하면 꿈속에서든지 임신부와 즐길 때 사정을 한다는 것은 자연이 그 정액을 낭비할 권한을 우리에게 준 것이 아니겠소? 자연이 스스로에게 해가 될 수 있는 범죄의 가능성을 우리에게 열어 주었다는 상상이 가능이나 한 일이겠소? 자연의 입장에서 즐거움이 되는 것을 우리 인간이 뒤엎어 버리고, 그리하여 우리가 자연보다도 더 강성해지는 것에 자연이 동의한다는 것이 가능한 일이겠소? 횃불 같은 이성의 도움을 버리고 이치를 따지기 위해 그런 불합리함이 가득한 온상과도 같은 논쟁에 뛰어든다는 것은 터무니없는 일일 것이오. 모든 일에서 안심하고자 한다면, 한 여자와 어떤 방식으로 즐기든 아무 문제가 없다는 점, 처녀, 총각 구별 없이 즐기더라도 대단치 않은 일이라는 점, 그리고 우리의 마음에는 자연으로부터 받은 성벽 이외에 어느 것도 존재할 수 없다는 것이 확실해진 지금, 자연은 아주 현명하고 모순되지 않아서 우리에게 결코 자연을 모독할 수 있는 성벽을 심어 주지 않았다는 점들을 잊지 마시오.

항문 성교는 체질에 기인한 행위로서 우리 인간에겐 이 신체 조직을 어떻게 할 수 있는 아무런 능력도 없소. 아주 어린 나이의 아이들에게서 이런 취향이 나타나지만 그 취향은 전혀 바뀌지 않을 것이오. 때로는 정상적인 관계에 싫증을 느껴 하게 되는 항문 성교도 있는데, 이 경우에서조차 그 취향이 덜 자연적인 것이라고 하겠소? 모든 관계들에서 살펴보면 항문 성교는 자연적인 행위이며, 따라서 사람들은 모든 경우에 있어서 자연이 부추기는 것을 따라야 하는 것이오. 만일 정확한 조사를 통해 이 성적 취향이 다른 무엇보다도 무한한 사랑을 받고 있다는 사실, 그 취향이 야기하는 쾌락이 훨씬 더 강렬하다는 사실, 그리고 그런 이유에서 항문 성교의 수호자들이 이를 혐오하는 사람들보다 수적으로 천 배는 더 많다는 사실이 증명된다면, 그 성도착이 자연을 모독하는 일이기는커녕 자연의 의도에 충실한 행위이며, 우리가 광적으로 믿고 있는 바와는 달리 자연은 종족 번식에 대해 그다지 많은 애착을 품고 있지 않다는 결론을 내리는 것이 가능하지 않겠소? 그래서 우리가 세상을 돌아다니다 보면 많은 사람들이 여자들을 그토록 경멸하는 광경을 보게 되는 것이 아니겠소! 오로지 자신들을 계승할 아이를 얻기 위해서 여자를 씨받이로 이용하는 백성들도 있소. 공화제에서는 사람들이 함께 사는 습관 때문에 언제나 항문 성교가 더욱 빈번하게 이루어질 것이지만, 그 성도착은 전혀 위험하지 않은 것이오. 고대 그리스의 입법자들이 그렇게 생각했다면, 그들의 공화국에서 항문 성교를 하도록 허용이나 해 주었겠소? 오히려 그들은 자신들처럼 호전적인 민족에게는 그 행위가 필요하다고 생각했소. 플루타르코스가 능동자들과 수동자들의 전쟁을 열광적으로 묘사한 것처럼, 바로 그들이 그리스의 자유를 오랫동안 유지해 주었던 것이오. 전우들의 모임에서 만연해 있는 이 성도착은 자신들만의 모임을 공고히 해 주었으며, 위대한 사람들까지도 그 행위를 하는 경향이 있었소. 아메리카 대륙이 처음 발견되었을 때 거기에는 이 성적 취향을 지닌 사람들로 가득했고, 루이지애나와 일리노이에서는 남자 인디언들이 여장을 하고서 창녀처럼 매춘을 했소. 벵골 흑인들은* 공공연히 남자들을 정부로 거느리고 있으며, 요즈음 알제의 후궁은 어린 사내아이들만으로 가득 차 있소. 더구나 옛적 그리스 테베에서는 그 행위를 허용하는 것으로 만족하지 못하고 남자아이들 간의 사랑을 명령했고, 특히 카이로네이아 지방의 철학자, 즉 플루타르코스는 젊은이들의 격한 습속을 진정시키기 위해 항문 성교를 지시했던 것이오.

로마에서 항문 성교가 어느 정도까지 유행했는지는 이미 알려진 사실이오. 소년들은 소녀 복장으로 매춘을 일삼고, 소녀들은 소년 복장으로 매춘을 하는 공공장소가 로마에 즐비했을 정도였으니 말이오. 마르티알리스, 카툴루스, 티불루스, 호라티우스, 베르길리우스 등과 같은 시인들은 사랑하는 정부에게 하듯이 그들의 남자 애인들에게 연서를 썼으며, 플루타르코스의 경우 여자들은 남자들 간의 사랑에 조금도 관여해서는 안 된다는 주장까지 했소.** 옛적에 크

---

*현재 앙골라의 한 지방을 지칭하는 것으로서, 인도의 벵골 지방이 아니다.
**(원주)『윤리서 가운데 연애론』

레타 섬의 아마지엥* 사람들은 소년들을 유괴하는 매우 특이한 의식을 치르곤 했소. 즉 누가 소년들 가운데 하나를 사랑하게 되었을 때 그는 소년의 부모에게 사랑하는 대상을 유괴할 날짜를 미리 알려 주는 것인데, 당일에 소년이 자신을 유괴할 자가 마음에 들지 않는다면 저항하고, 반대의 경우라면 유괴하는 자와 함께 집을 나섰소. 그리고 유괴한 자가 소년에게서 목적한 바를 이루었다면 그 즉시 소년을 집으로 돌려보냈소. 여자들에 대한 정열에서처럼 이런 정열에서 충분히 만족하고 나면 언제나 식상해지기 때문이오. 스트라보**는 이미 언급한 섬에서 사람들이 매음굴을 소년들로 가득 채우고 공공연하게 매춘을 시켰다는 서술도 했소.

끝으로 공화주의 체제에서 이 성도착의 유용함을 증명하는 것을 들어 보겠소? 우선 아리스토텔레스 학파의 일원인 제롬***의 주장에 귀 기울일 필요가 있소. 그의 말에 따르면, 고대 그리스 전체에는 남자 아이들 간의 사랑이 유행처럼 번졌는데, 그런 사랑이 용기와 힘을 주고 그래서 폭군을 몰아내는 데 기여하기 때문이라는 것이오. 즉 그들 사이에서 폭군을 몰아낼 음모를 꾸미다가 발각되더라도 혹독한 고문을 받을지언정 공범자들을 누설하지는 않았는데, 이처럼 조국애에 따라 그들은 모든 것을 국가의 번영을 위해 희생했다는 것이오. 아울러 사람들은 남자 아이들 간의 관계가 공화주의 체제를 견고하게 만들어 준다고 생각했기 때문에 여자들을 탄핵했으며, 여자들 따위에게 애착을 품는 것은 전제주의의 병폐라고까

---

* 이 지명은 어느 문헌에서도 찾아볼 수 없다. 다만 우리로서는 고대 크레타 왕국의 한 지역을 지칭하는 것으로 추측할 뿐이다.
** 그리스의 지리학자이자 역사가.
*** 기원전 3세기경의 히에로니무스(Hieronymos de Rhodes)를 말한다.

지 앞서 말한 철학자는 주장했소.

언제나 항문 성교는 호전적인 민족들에게 고유한 성도착이었소. 『갈리아 전기』를 집필한 카이사르를 통해 우리는 골 족*이 항문 성교에 특별히 몰두했다는 사실을 알고 있소. 여러 공화국의 버팀목 역할을 할 수 있었던 전쟁은 남자와 여자를 갈라놓음으로써 그 성도착을 퍼뜨렸고, 그런 행위가 국가에 매우 유용한 결과를 불러온다고 인정되었을 때 종교도 곧바로 그것을 정당한 것으로 인정해 주었소. 로마제국 사람들은 그런 이유로 제우스와 가니메데스의 사랑을 신성시했던 것이오. 섹스투스 엠피리쿠스**의 주장에 따르면, 페르시아 사람들은 포고령에 따라 이 엉뚱한 행위를 했는데, 그 결과 남자로부터 무시당해 질투심 많아진 여자들은 젊은 남자들이 자신들에게 했던 행위를 자신들의 남편들도 똑같이 할 수 있도록 몸을 제공해 주었으나, 몇몇 남자들만이 해 보려고 시도했을 뿐 대부분은 기대했던 것을 얻지 못하고 예전의 습관으로 되돌아갔소.

그러나 무함마드가 『코란』에서 신성시했던 이 성도착의 버릇이 매우 심한 회교도들은 아주 어린 동정녀라면 충분히 소년의 대용이 될 수 있으며, 드문 경우이지만 이 동정녀들은 성도착의 시련을 겪기 전에 그들의 부인이 되기도 한다고 했소. 교황 식스투스 5세와 산체스***도 이런 방탕을 허용했는데, 후자는 그 방탕이 종족 번식에 필요하며 본 행위에 앞서 하는 그 성행위에서 태어난 아이가 훨씬 더 훌륭하다는 것을 증명하려고까지 했소. 하여튼 여자들은 그녀

---

* 로마제국 시대에 현재의 프랑스에 살았던 사람들을 말한다.
** 3세기 초에 활동했던 그리스의 의사이자 철학자이자 역사학자.
*** 궤변으로 유명한 에스파냐의 성직자. 파스칼의 『시골 친구들에게 쓴 편지』에서 심한 비판의 대상이었다.

들 간에 부족한 것을 벌충했소. 그녀들 간의 엉뚱한 행위가 다른 행위보다 더 불리한 점이 있었던 것은 아니오. 왜냐하면 그 행위는 어찌 되었든 아이를 만드는 것을 거부하는 결과가 되기 때문에, 그리고 인구 증가를 염려하는 자들의 방법이란 그들의 반대자들이 전혀 방해할 수 없을 만큼 아주 강력한 것이기 때문이오. 고대 그리스 사람들도 여자들의 이러한 일탈을 국가 존립의 근거로 삼았소. 그녀들끼리 서로가 서로의 부족한 것을 메워 주는 만큼 남자들과의 의사소통이 뜸해지고, 이에 따라 그녀들은 공화국의 국사를 전혀 방해하지 않는 결과를 낳았던 것이오. 이런 방종이 얼마나 진보했는지 우리는 루키아노스*를 통해서도 알 수 있으며, 사포 같은 여류 시인에게서 그 방종을 볼 수 있는 것도 흥미롭지 않을 수 없는 일이오.

한마디로 말해서 이 모든 괴벽에는 어떤 종류의 위험도 없소. 그런 이유로 이 괴벽들이 널리 유행처럼 퍼져 나가 여러 민족의 예에서 볼 수 있는 것처럼 심지어 기괴한 형상을 한 자들과 동물들을 애무하는 데까지 이르렀던 것인데, 한 정부로서는 매우 필요한 습속의 타락이 어떤 면에서도 그 정부에 타격을 주지 않을 것인 만큼 이 추잡스러운 모든 일에는 나쁜 점이라고는 거의 없을 것이오. 따라서 우리는 입법자들에게서 높은 수준의 현명함과 신중함을 기대해야 하는데, 전적으로 체질상의 결과로 나타난 그 하찮은 일들 탓에 자연이 잘못 창조한 사람보다 그 행위를 탐닉하는 경향이 있는 자를 결코 더 사악하게 만들 수는 없는 만큼, 그렇게 하찮은 일들을 억압하는 어떠한 법도 그들로부터는 나오지 않으리라는 확신을 품기 위해서인 것이오.

---

* 고대 그리스의 웅변가이자 풍자 작가.

인간에 대한 두 번째 부류의 범죄 가운데 살인에 관한 사항만이 우리가 검토해야 할 대상으로 남아 있는데, 이 검토가 이루어진 후 인간 개개인이 자신에 대해 지녀야 할 의무를 다뤄 볼 것이오. 인간이 같은 인간에게 저지를 수 있는 모든 죄악 가운데 살인은 이론의 여지없이 가장 잔인한 일이오. 왜냐하면 살인은 자연으로부터 받은 유일한 생명, 한 번 잃으면 돌이킬 수 없는 유일한 생명을 인간에게서 앗아 가기 때문이오. 그렇다 하더라도 살인으로 희생자가 받은 피해를 제외한 여러 문제점이 여기에서 나타날 수 있을 것이오.

1. 자연의 법칙만을 고려했을 때 그 행위는 정말로 범죄인가?
2. 정치의 법칙과 관련해 그 행위는 정말로 범죄인가?
3. 그 행위는 사회에 해로운 것인가?
4. 공화주의 정부에서는 그 행위를 어떻게 받아들여야 하는가?
5. 끝으로 살인은 살인으로써 억제되어야 하는가?

나는 이 문제들을 개별적으로 떼어 놓고 검토해 볼 것이오. 각 항목은 우리의 주의를 끌 수 있을 만큼 중요한 사안을 내포하고 있으며 조금 지나친 견해도 있을 것이오. 그러나 아무려면 어떻겠소? 우리에게는 모든 것을 말할 권리가 있지 않겠소? 사람들이 우리에게서 위대한 진리를 갈구하는 만큼 우리는 그들에게 진리를 설명해 주어야 하오. 그릇된 생각은 이제 사라져야 할 때가 되었고 왕들에 대해서와 마찬가지로 이 문제들에 대한 진실도 밝혀져야만 하오. 자연의 입장에서 살인은 범죄인가? 이 질문이 첫 번째로 제기된 문제였소.

어쩌면 여기에서 인간을 자연이 창조한 다른 모든 피조물과 같은 수준으로 끌어내림으로써 만물의 영장이라는 인간의 지위에 상처를 주게 될 수도 있겠으나, 철학자는 결코 인간의 하찮은 허영심을 우쭐하게 만들고자 하지 않소. 진실을 추구함에 있어서 언제나 열정적인 철학자라면 어리석은 이기적 편견 속에 묻혀 있는 진실을 찾아내어 진실에 도달한 후, 광명에 놀라 깨어난 세상 사람들에게 그 진실을 상세히 설명하고 과감하게 증명해 보여야 하는 것이오.

인간이란 무엇이고, 인간과 다른 여러 초목, 인간과 다른 여러 동물 사이에는 어떤 차이가 있겠소? 분명 아무런 차이도 없소. 이 지구상에 다른 피조물처럼 우연적으로 존재하는 인간은 그들처럼 태어나서, 그들처럼 번식하고, 개체수가 증가하거나 감소하고 있소. 수많은 피조물도 각 개체의 기관의 특성이 고려되어 자연적으로 정해진 기한을 채운 후 노쇠해지면 무로 돌아가듯이 인간도 이들처럼 무로 돌아가는 것이오. 만일 인간과 다른 피조물 간의 자연적 상태가 매우 정확히 일치해서 철학자의 감식안으로도 어떠한 상이함을 감지하는 일이 전적으로 불가능하다면, 동물을 죽일 때나 사람을 죽일 때나 똑같이 죄악이 될 수도 있고 똑같이 아무런 일이 아닐 수도 있소. 따라서 인간으로서의 허영에서 나온 편견이 굳이 그런 구별을 했던 것인데, 허영으로부터 나온 편견처럼 터무니없는 것은 어디에도 없소. 그건 그렇다 치고 문제를 서둘러 다뤄야겠소. 사람을 파괴하는 것이나 짐승을 파괴하는 것이 같은 일임은 그대들도 부정할 수 없을 것이오. 그런데 생명을 지닌 모든 동물을 파괴한다는 것은 피타고라스학파 사람들이 그렇게 생각했던 것처럼, 그리고 갠지스 강변의 주민들도 여전히 그렇게 생각하고 있는 것처럼 분명히 죄악은 아니지 않겠소? 이에 대한 답변을 하기 전에 우선 자연과 관련지어서만 문제를 검토한 후, 이어서 사람들과 관련지어 접근할 것임을 독자들에게 미리 밝혀 두겠소.

한편 자연은 인간에게 조금의 수고나 배려도 할애하지 않았는데, 그렇다면 이런 사람이 자연의 입장에서 무슨 가치가 있을 수 있겠소? 장인은 자신이 한 노동과 자신이 할애한 시간을 고려하여 자신이 만들어 놓은 세공품의 값을 매기는 것이오. 그런데 자연이 인간에게 뭔가를 할애했소? 설사 그렇다 치더라도 원숭이나 코끼리에게 하는 것보다 인간에게 뭔가를 더 할애했겠소? 좀 더 심각한 말을 하자면 자연의 기본적인 물질이란 무엇이겠소? 생명을 지니는 실재는 무엇으로 이루어지는 것이오? 실재를 구성하는 세 가지 원소는 다른 물체의 근원적인 파괴에서 비롯된 것이 아니겠소? 만일 모든 개체가 영원히 존재한다면 자연이 개체를 새롭게 창조하는 것이 불가능해지지 않겠소? 만일 자연에서 영원히 존재하는 것이 불가능한 일이라면 그 존재를 파괴한다는 것은 자연의 법칙 가운데 하나가 될 것이오. 그런데 만일 자연으로서는 파괴가 정말로 필요한 일이어서 그 파괴를 하지 않고는 절대로 견딜 수 없다면, 그리고 죽어서 폐기된 덩어리에서 재료를 얻지 않고서는 자연이 창조할 수 없다면, 이 순간부터 내가 죽음과 결부하고 있는 소멸이라는 것은 더 이상 실제적인 일이 아닐 것이며, 더 이상 확실하게 인정되는 소멸이라는 것은 있을 수 없을 것이오. 다시 말하자면 생명을 가진 동물이 죽는다는 것은 실제적인 죽음이 아니라 그저 단순한 변형일 따름인데, 변형의 기반은 물질의 진정한 본질인 영속적인 운동으로서 작금의 모든 철학자들은 이 운동을 일차적인 자연의 법칙 가운데 하나로 인정하고 있소. 부인할 수 없는 이 원리들에 따르자면 죽음이란 형태의 변화이고 대수롭지 않게 한 실재에서 다른 실재로 전이하는 것으로, 이것이 바로 피타고라스가 말하는 윤회인 것이오.

이런 진실들이 일단 받아들여진다면, 파괴를 범죄로 규정할 수 있는 것인지 묻고 싶소. 그대들이라면 터무니없는 편견을 견지할 목적으로 형태의 변화를 두고 감히 파괴라고 주장할 수 있겠소? 아니, 그럴 수는 없을 것이오. 왜냐하면 그런 주장을 하려면 물질에서 무위의 순간, 즉 정지의 순간을 증명해야만 하기 때문이오. 그렇지만 아무도 그 순간을 밝히지는 못할 것이오. 큼직한 동물의 숨이 끊어지면 작은 생물들이 생겨나는데, 그 작은 생물들의 생명은 바로 큰 동물의 일시적인 활동 정지 상태에서 야기된 필연적인 결과이기 때문이오. 이 시점에서 자연은 두 부류의 동물 가운데 한쪽을 다른 한쪽보다 더 좋아한다고 누가 감히 말하겠소? 이에 대한 답변을 하기 위해서는 당치도 않는 내용, 즉 길쭉하거나 각진 형태가 장방형이나 삼각형 형태보다 자연에 더 유용하고 쾌적하다는 내용을 입증해야 하고, 자연의 숭고한 계획을 고려했을 때 무위도식과 나태함 속에서 살만 찌우는 게으름뱅이가 이루 말할 수 없는 효용성을 가진 말이나 쓰이지 않는 부위라곤 한 군데도 없을 만큼 귀중한 몸체를 지닌 소보다 더 유용하다는 내용을 입증해야 하며, 또한 독사가 충직한 개보다 더 유용하다는 내용을 입증해야 할 것이오.

한편 이 모든 체계는 감당 못할 것들인 만큼, 또한 파괴를 할 때 우리가 한 유일한 일은 생명을 끊은 것이 아니라 형태에 변화만을 준 것이므로 자연의 창조물을 우리가 소멸시키는 것은 불가능하다는 사실을 전적으로 인정해야만 하는데, 그렇게 되면 그대들도 추측하듯이 어느 나이가 되었든, 어느 성별이 되었든, 또 어느 종이 되었든 한 피조물을 파괴하는 일에 모종의 범죄가 도사리고 있을 수 있음을 입증하는 것은 우리 인간의 능력을 넘어서는 일이오. 서로에게서 도출된 이 일련의 결론에 따라 진일보한 우리는 자연계의 여러 창조물의 형태를 변화시킬 때 사람이 하는 행위가 자연을 방해하기는커녕 오히려 자연을 위해 유익하다는 데 동의해야 할 것이오. 왜냐하면 사람이 파괴 행위를 하지 않는다면 자연의 작업은 실현 불가능해지는데, 사람은 그 행위로써 자연이 스스로를 재구성하는 데 필요한 일차적인 물질을 제공하기 때문이오. 아! 그대들에게 말하거니와 사람이 그렇게 하도록 놔두시오. 또 그렇게 하도록 놔둬야만 하는 것이오. 사람이 살인을 한다는 것은 자신의 충동에 따르는 짓일 뿐이오. 즉 자연이 인간에게 살인을 교사한 것이며, 따라서 인간이 같은 인간을 파괴하는 행위는 자연이 직접 우리에게 부과한 페스트나 기근에 따른 파괴처럼 자연적인 것이오. 이처럼 자연은 파괴로 인한 일차적인 물질, 즉 자신의 작품을 창조하는 데 절대적으로 필요한 물질을 보다 빨리 얻고자 가능한 한 모든 수단을 사용하는 것이오.

철학이라는 성스러운 횃불로 인간의 마음을 잠시 밝혀 보겠소. 자연의 권고가 아니라면 무엇이 우리에게 끝없이 반복되는 모든 살인의 이유인 개인적인 증오심, 복수심, 전쟁 등을 불러일으킨다는 말이오? 그런데 자연이 그 살인을 우리에게 교사한다면 자연으로서는 우리가 살인하는 것을 필요로 한 것에 다름 아니오. 결국 우리는 자연의 의도에 따랐을 뿐인데 어떻게 우리가 자연에 대해 죄를 지었다고 생각할 수 있다는 말이오?

이것이야말로 이성을 찾은 독자에게 살인 행위는 결코 자연을 모독할 수 없다는 사실을 납득시키기 위해 반드시 해 주어야 할 훌륭한 추론이 아니겠소?

한편 정치적인 측면에서 볼 때 살인은 범죄가 되겠소? 안된 일이지만, 살인은 범죄이기는커녕 정치에 있어서 중요한 원동력 가운데 하나라는 사실을 나는 감히 고백하겠소. 로마는 바로 그 살인의 힘으로 세계의 지배자가 되었던 것이 아니겠소? 프랑스도 그 살인의 힘으로 오늘날 자유로워진 것이 아니겠소? 여기에서 반역적인 도당이나 교란분자들이 저지른 만행이 아니라 전쟁에 따른 우발적인 살인에 대해서만 이야기하고 있다는 것을 미리 말할 필요는 없을 것이오. 사람들의 저주를 받고 있는 그 만행은 언제까지나 혐오감과 공분을 불러일으키기 위해서만 환기시킬 필요가 있는 것이오. 인간을 다루는 어떤 기술이 있어서 속이기만 하는 경향이 있는 정치, 타민족을 희생해 자국민의 번영만을 목적으로 하는 정치보다 살인을 통한 자기 보존을 더 필요로 하는 것이 어디 있겠소? 이 야만스러운 정치의 필연적인 결과인 전쟁은 정치의 자양이 되고, 정치를 보강해 주고, 정치를 떠받쳐 주는 수단이 아니고 무엇이겠소? 그리고 전쟁이 파괴하는 기술이 아니라면 무엇이겠소? 인간의 이상한 무분별함이라니, 어떻게 공공연히 인간을 죽이는 기술을 가르치고, 죽이는 일을 가장 잘한 자에게는 보상을 주는 반면 어떤 이유에서든 적에게 패한 자에게는 벌을 준다는 말이오! 이제는 이렇게 야만스러운 잘못으로부터 벗어날 때가 된 것이 아니겠소?

여하튼 살인이라는 것이 사회에 대한 범죄가 되는 것이오? 이성적인 사람이라면 누가 한시라도 그렇게 생각이나 할 수 있겠소? 아! 이렇게 많은 사람으로 이루어진 사회에서 사회 구성원 가운데 한 사람이 더 있거나 빠진다고 해서 무엇이 문제가 되겠소? 또 그렇다고 해서 사회의 법, 습속, 관습 등이 오염될 것이라 생각할 수 있겠소? 한 사람의 죽음이 일반 대중에게 언제고 영향을 주기나 하겠소? 그리고 아주 큰 전쟁에서 패한 후, 말도 되지 않는 소리이겠으나, 그래서 전체 인구의 절반이 절멸된 후 살아남은 사람들이 실제적인 변화를 조금이라도 느낄 것 같소? 슬픈 일이지만 그렇지는 않소. 자연 전체도 그 이상의 변화를 느끼지 못할 것인데, 어리석게도 모든 것은 인간을 위해 존재한다고 믿는 교만한 인간도 인류 전체가 절멸된 후, 자연에서는 아무것도 변하지 않는다는 사실과 천체의 운행에 있어서 조금의 지체조차 없다는 사실을 알게 된다면 매우 놀랄 것이오. 계속하겠소.

호전적이고 공화주의적인 국가에서라면 살인이 어떻게 여겨져야 하겠소?

살인 행위에 대해 저주를 퍼붓거나 처벌하는 것은 분명 대난히 위험한 일이 될 것이오. 공화주의자로서의 긍지는 어느 정도의 잔인성을 요구하고 있소. 공화주의자란 약해지면, 그리고 그의 에너지가 사라지면 타인에 의해 곧 정복될 것이기 때문이오. 여기에서 전개한 성찰이 매우 기이하다는 인상을 주겠으나 특유의 과감함에도 불구하고 그 성찰은 진실한 것이기에 말하겠소. 공화주의 체제의 지배를 받기 시작한 국민은, 큰일을 완수하려면 언제나 작은 일부터 시작해야 하기 때문에, 덕성을 유지할 수 있을 것이오. 반면 이제 쇠퇴할 만큼 쇠퇴하고 타락할 만큼 타락한 국민, 즉 용감하게도 공화주의 정부를 채택하기 위해 군주제 정부로부터 벗어나려고 하는 국민은 수많은 죄악을 저지를 것이오. 왜냐하면 이 국민은 이미 죄악의 순환 주기에 들어섰기 때문인데, 이 국민이 죄악에서 미덕으로, 즉 난폭한 상태에서 온화한 상태로 옮겨 가고자 한다면 무기력해져 곧 확실한 파멸을 맞을 것이오. 비옥한 대지에서 건조한 모래밭으로 옮겨 심은 나무는 어떻게 되겠소? 지성적인 모든 사상은 이처럼 자연학에 뿌리를 두고 있어서, 농사일에 빗대어 한 비교는 도덕에서도 결코 우리를 속이지 않을 것이오.

인간들 가운데 가장 독자적이고 가장 자연에 가까웠던 원시인들은 처벌과는 무관하게 매일 살인을 저질렀소. 스파르타와 아테네에서는 우리가 프랑스에서 자고새를 사냥하듯이 노예사냥을 했소. 가장 자유로운 백성들은 살인을 더 많이 저지르는 자들이오. 민다나오 섬에서는 살인을 저지르고자 하는 사람이라야 용감한 축에 들 수 있고, 일을 저지른 다음 사람들은 곧바로 그에게 터번을 씌워 주는데, 이 머리 장식을 하는 영광을 차지하기 위해 카라구오스 족 사람들은 남자 일곱 명을 죽여야만 했소. 보르네오 사람들은 자신들이 죽으면 그들의 손에 희생된 사람들이 저승에서 자신들을 섬길 것이라고 생각했으며, 성지 산티아고데콤포스텔라에서는 신앙심 깊은 에스파냐 사람들도 매일 아메리카 사람 열두 명만 죽일 수 있도록 해 달라고 빌어 왔소. 그리고 탕구트 족 사람들은 강하고 원기 왕성한 젊은 남자를 선택하여 며칠 동안 그의 눈에 띄는 사람을 모조리 죽일 수 있는 권한을 주었소. 또한 유대인들보다 더 살인을 애호하는 민족이 있을 것 같소? 그들이 살인을 좋아한다는 사실은 모든 형태로 그리고 그들 역사의 모든 시기에서 잘 나타나 있소.

중국의 황제들과 고관대작들은 때때로 백성들로 하여금 반란을 일으키도록 자극하는 모종의 조치를 취하여, 즉 조작을 통해 끔찍한 학살을 할 수 있는 권한을 부여받아 왔소. 이 온순하고 나약한 백성이 폭군들의 속박으로부터 해방되면, 이번에는 당연히 그들이 폭군들을 때려잡을 것인데, 그렇게 되면 언제나 필요하여 선택하게 된 살인 행위는 희생자만이 바뀌어 일어나는 셈인 것이오. 즉 살인이 예전에 폭군들의 행복이었다면 차후에는 백성들의 기쁨이 될 것이오.

수많은 민족이 공공연한 암살을 허용하고 있소. 즉 제노바, 베네

치아, 나폴리, 그리고 알바니아 전체에서 암살은 완전히 허가되어 있고, 산도밍고 강변의 카차오*에서는 예전부터 승인된 관습에 따라 살인자들은 사람들이 보는 앞에서, 그리고 사람들이 명하는 대로, 그들이 지목한 사람의 목을 쳐서 죽이곤 했으며, 인디언들은 기운을 내어 살인을 하려고 아편을 한 후 길거리로 뛰쳐나가 눈에 띄는 사람을 모조리 살육했는데, 이런 괴벽은 영국인 탐험가들이 바타비아에서 확인한 것들이오.

어느 민족이라서 로마 사람들보다 더 위대하고도 더 잔인할 수 있다는 말이오. 그리고 어느 민족이 그들보다 더 오랫동안 찬란함과 자유를 보존할 수 있었겠소! 검투사들이 검투하는 장면은 로마 국민의 용기를 북돋아 주었으며, 습관처럼 살인 놀이를 함으로써 그들은 전사가 되었던 것이오. 매일 1200명에서 1500명에 달하는 희생자들이 원형경기장을 가득 채웠는데 거기에서 여자들은 남자들보다 더 잔인하게도, 죽어 가는 자들이 우아하게 쓰러질 수 있도록 그리고 죽을 때 발생하는 경련을 그림으로 그릴 수 있도록 해 달라고 감히 요구했소. 로마인들은 거기에 만족하지 않고 난쟁이들이 그들의 면전에서 서로 죽이려고 칼질하는 광경을 즐겨 감상했소. 그런데 기독교 신앙이 세상을 오염하면서 사람들에게 스며들어 와서 서로를 죽이는 것은 죄악이라고 납득시키자 폭군들은 이 민족을 억압했고, 검투사와 같은 진정한 영웅들은 순식간에 놀림감이 되어 버렸던 것이오.

같은 사람을 죽일 정도까지, 그리고 공적이든 사적이든 복수를 감행할 정도까지 자신의 감성을 억눌렀던 살인자를 도처에서 매우

---

* 통킹(Tonkin) 왕국의 수도.

위험하다고, 그래서 결과적으로 호전적인 공화주의 정부에서는 매우 귀중하다고 사람들은 생각했소. 좀 더 잔인한 일이 되겠으나 종종 친자식들을 포함해서 아이들을 살육함으로써만 만족을 느끼는 민족들을 살펴보면, 보편적으로 받아들여진 이 행위가 이따금 법의 일부라는 사실을 알게 될 것이오. 원시적인 여러 미개 종족들은 아이들이 태어나자마자 죽였소. 오리노코 강변에서는 아이를 밴 여인들이 자신들의 딸아이들도 태어나 불행해질 것이라는 확신에서 아이를 낳자마자 죽여 버렸소. 이 고장에서의 자신의 운명이란 여자 자체를 견디지 못하는 미개한 한 남자의 아내가 되는 것일 뿐이라는 사실을 그녀들은 잘 알았기 때문이오. 트라포반*과 소피트 왕국**에서는 불구로 태어난 모든 아이들을 죽였는데 때로는 부모들이 직접 죽이기도 했고, 마다가스카르의 여인네들은 태어난 아이들을 일주일에 며칠 동안씩 야수들이 어슬렁거리는 곳에 놔두곤 했소. 고대 그리스의 여러 공화국에서는 세상에 태어난 모든 아이들을 주의 깊게 검사했는데, 장차 공화국을 방위해야 할 아이들이 정상이 아니라는 사실이 발견되면 그 아이들은 바로 죽어야 했소. 이곳에서는 자연의 찌꺼기와도 같이 무가치한 이 아이들을 관리하기 위해 많은 비용을 들여 수용 시설을 짓는 것이 필요하다고는 생각하지 않았던 것이오.*** 로마제국이 수도를 옮기기 전까지, 로마 사람들 가운데 아이들의 부양을 원치 않았던 모든 사람들은 자신의 아이들을

---

* 지금의 스리랑카를 가리킨다.

** 지금의 파키스탄에 해당하는 인도 북서부에 있었던 왕국의 이름.

*** (원주) 우리 민족은 모든 지출 가운데 가장 불필요한 이런 종류의 지출을 줄일 것을 기대해야 한다. 장차 공화국에 필요하게 될 자질을 지니지 않고 태어난 사람에게는 생명을 부지할 어떠한 권리도 없으며, 할 수 있는 최선의 방법은 태어나는 순간 그의 생명을 거두는 것이다.

쓰레기장에 내다 버렸소. 고대의 입법자들은 아이들을 죽음에 이르도록 하는 것에 대해 어떠한 가책도 느끼지 않았으며 그들이 만든 법률 가운데 어떤 조항도 가장이 자신의 가족에 대해 행사할 수 있다고 여긴 권한을 억제하지 않았소. 또한 아리스토텔레스는 낙태를 권장했고, 조국에 대해 열광과 열의가 넘치는 고대 공화주의자들은 현대의 민족들에게서 볼 수 있는 개인적인 연민을 인정하지 않았소. 각자의 자녀들보다는 나라를 더 사랑하자는 것이었소. 중국의 모든 도시에서는 매일 아침 엄청나게 많은 아이들이 길에 버려지고 있소. 여명 무렵이면 사람들은 사형수 호송차로 아이들을 구덩이로 실어가서 그곳에 던져 버리고 있소. 많은 경우 산파는 받아 낸 아이를 바로 끓는 물에 넣어 질식시킴으로써 또는 강에 던져 버림으로써 산모에게서 아이를 제거해 주고 있소. 베이징에서는 골풀로 만든 바구니에 아이를 넣어 배수구에 흘려 버리고 있어서 사람들은 매일 이 배수구를 치워야 하는데, 유명한 탐험가인 뒤알드*는 매일 이렇게 들어 올려지는 아이들의 수효가 3만 이상이 된다고 썼소. 공화주의 정부에서 인구 증가를 막는 것은 지극히 정치적인 일로서 최우선 과제라는 데 대해서는 누구도 부정할 수 없을 것이오. 이와 정반대의 관점에서 볼 때 군주제하에서는 인구 증가에 대해 장려를 해야 하오. 여기에서 폭군들의 부는 노예들의 수효에 비례하기 때문에 그들에게는 사람들이 필요한 것이오. 하지만 공화주의 정부에서 이 풍부한 인구는 실제적인 약점이 되고 있소. 그렇다고 해서 바뵈프와 같은 현대의 대관**이 말했던 것처럼 인구를 줄이려고 사람들을

---

* 프랑스의 성직자. 선교사로서 실제로 중국을 여행한 것이 아니고 다른 선교사들이 현지에서 보내온 글을 묶어 펴냈다.

** 대혁명 당시 공안위원회의 위원들을 가리킨다.

학살해서는 안 될 일이오. 다만 사람들의 행복을 보장하는 적정 인구수를 초과하지 못하도록 인구 증가의 여력을 남겨 두지 않는 것이 필요한 일이오. 구성원 각자는 존엄한 이 민족의 인구가 너무 증가하지 않도록 조심하시오. 그리고 혁명은 너무 많은 인구 탓에 생긴 결과일 뿐이라는 사실을 명심하시오. 만일 국가의 영광을 위해 사람들을 파괴할 권한이 전사들에게 주어진다면, 그 국가의 유지를 위해서 국민 각자가 원하는 대로 자신들이 양육할 수 없는 아이들, 그리고 정부로서는 어떠한 도움도 기대할 수 없는 아이들을 처치할 수 있는 권한이 주어져야 할 것이오. 그들이 그렇게 아이들을 처치하더라도 자연을 모독하는 일은 아닌 것이오. 그와 마찬가지로 우리 국민 각자에게 자신을 해칠 수 있는 모든 적을 각자의 책임하에 처치할 수 있는 권한이 주어져야 할 것인데, 왜냐하면 행위 자체로 볼 때 전혀 대수롭지 않은 그 모든 살인 행위는 우리 정부를 전복하기에는 충분치 못한 수효의 인구를 절제된 상태에서 유지해 주는 결과를 가져올 것이기 때문이오. 국가의 인구 부양 능력을 초과할 만큼 인구가 많다면 그 국가는 언제나 빈곤할 것이고, 적정한 인구를 유지해 잉여 생산물을 유통할 수 있다면 언제나 번창할 것이니, 과도한 인구수에 비례하여 국가가 부강해진다는 왕정주의자들의 주장에 대해서는 신경도 쓰지 마시오. 나무에 가지들이 너무 많다면 그 가지들을 쳐내야 하지 않겠소? 그리고 나무의 기둥을 보전하기 위해서는 잔가지들을 잘라 내야 하는 것이 아니겠소? 이러한 원리에서 빗나간 모든 체계는 터무니없는 것이라서 장차 우리가 매우 힘겹게 일으켜 세운 국가 체계를 완전히 전복할 것이오. 그러나 인구를 감소시키려고 이미 성숙한 사람을 파괴해서는 안 될 일이오. 즉 지극히 정상인 사람의 인생을 줄여 버린다는 것은 부당한 일이란 말이오. 이 세상에 전혀 불필요할 사람이라면 그렇게 성인이 되도록 사람들이 놔두지는 않았을 것이오. 불필요한 인간은 요람에서부터 걸러져야만 하오. 즉 사회에 결코 유용할 것 같지 않다고 여겨지는 그런 아이들은 사회라는 품에서 배제해야 하는 것이오. 내가 방금 입증한 것처럼 인간의 폐습 가운데 가장 위험한 인구 팽창에 대해, 인구를 감소시킬 수 있는 몇 안 되는 유일한 방법은 바로 이것이오.

이제 요약을 해야겠소.

살인을 살인으로 억제해야 하는 것이오? 아니오, 그럴 수는 없는 노릇이오. 살인자에게는 자신이 살해한 자의 친지나 가족으로부터 받을 수 있는 앙갚음 이외의 어떤 형벌도 부과해서는 안 될 것이오. 루이 15세가 사람을 재미로 살해한 샤롤레 백작에게 "그대를 용서하겠소. 하지만 나는 나중에 그대를 살해할 자도 용서해 줄 것이오."라고 말했소. 이 훌륭한 말 속에서 살인자들에 대한 법의 모든 기본을 찾아야 할 것이오.*

한마디로 말해 살인은 처참하지만 종종 필요한 일이고, 결코 범죄가 될 수 없으며 공화주의 국가에서라면 반드시 허용되어야 마땅한 일이오. 나는 이 세상에 널려 있는 살인에 대한 수많은 예를 보

---

* (원주) 살리카 법전은 살인자를 가벼운 벌금형에 처했는데, 죄인이 벌금형을 면하는 방법을 쉽게 찾을 수 있었기에, 아우스트라시아 왕국의 왕, 힐데베르트는 쾰른의 법규에 따라 살인자가 아니라 살인자에게 부과된 벌금을 면하게 해 준 자에게 사형을 언도했다. 라인프랑크 법전도 이 살인 행위에 대해서 살인자가 죽인 사람의 지위에 따라 부과되는 벌금형에 처했다. 사제를 살해했을 때 벌금이 가장 무거웠는데, 우선 살인자에게 납으로 만든 속옷을 그의 키에 맞춰 제작하도록 하여 그 속옷의 중량에 해당하는 금을 벌금으로 부과했던 것이다. 그 벌금을 납부하지 못할 경우에는 죄인과 그의 가족은 교회의 노예로 살아야 했다.

여 주었소. 그런데도 살인을 여전히 사형에 처해질 만한 행위로 여겨야 한다는 말이오? 다음의 딜레마를 해결할 수 있는 사람이 이 문제를 풀어 줄 수 있을 것이오. 살인은 범죄인가 아닌가? 만일 살인이 범죄가 아니라면 무엇 때문에 살인에 대한 처벌을 하는 법률을 만드는 것인가? 그리고 살인이 범죄라 하더라도 같은 범죄를 저질러 가면서 살인에 대한 처벌을 하는 것은 참으로 야만스럽고 어리석은 모순이 아니겠는가?

이제 인간이 스스로에게 가져야 하는 의무에 대한 이야기를 하는 것이 남아 있소. 철학자는 이 의무를 인간의 쾌락이나 자기 보존을 지향하는 것으로만 여기고 있는 만큼, 인간에게 그 의무를 실천할 것을 권한다든지, 더구나 실천하지 않는다고 하여 처벌을 한다는 것은 너무도 불필요한 일이오.

이러한 범주에서 사람이 범할 수 있는 유일한 범죄는 자살이오. 나는 여기에서 이 행위를 범죄로 여기는 사람들의 어리석음을 증명하는 데 조금도 시간을 헛되이 보내지는 않을 것이니, 자살과 관련해 여전히 의문을 품고 있는 사람들은 루소의 그 유명한 서간집*을 참조하시오. 예전의 거의 모든 정부는 정략에 따라서, 그리고 종교에 따라서 자살을 허용해 왔소. 고대 아테네 사람들은 아레오파고스 재판소에서 자살해야 할 이유를 진술하고는, 곧바로 칼로 자신의 몸을 찔러 자살했소. 자살은 고대 그리스의 모든 공화국에서 묵인되다가 입법자들의 정책에 포함되었던 것이오. 그리하여 사람들은 공개적으로 자살을 했는데, 이 죽음을 기해 사람들은 성대한 공연을 벌였소. 로마 공화국은 자살을 장려했소. 즉 자살이야말로 로

---

*서간체 소설인 『신 엘로이즈』를 말한다.

마인들이 조국에 대해 할 수 있는 가장 장렬한 희생이었던 것이오. 로마가 골 족에게 점령당했을 때, 유명한 원로원 의원들은 죽음으로써 조국에 몸을 바쳤소. 우리도 이런 정신을 계승하여 로마인들과 같은 미덕을 채택해야 할 것이오. 프랑스 병사 한 명이 1792년 원정 기간 중에, 제마프 전투에 전우들과 함께 종군할 수 없음을 비관하여 자살했소. 이렇게 자부심 강한 공화주의자들과 언제나 견줄 수 있을 만큼 훌륭한 우리는 빠른 시일 내에 그들의 미덕을 능가해야 할 것이오. 정부가 사람을 만든다는 것을 언제나 명심하시오. 즉 전제주의의 오랜 습관이 우리의 용기를 완전히 무기력하게 만들었으며, 우리의 습속을 타락시켰던 것이오. 이제 우리는 다시 태어나고 있소. 그리하여 프랑스 사람들이 자유를 찾을 때 어떤 숭고한 행위가 프랑스의 정수, 그리고 프랑스의 특성이 될 수 있는지 곧 보게 될 것이오. 또한 이미 많은 희생자를 만든 이 자유를 우리의 재산과 생명으로 지켜야 할 것이오. 목적을 이루지 못하더라도 이 희생자들에 대해서는 조금도 애석해하지는 마시오. 그들 모두 스스로 원해서 자신들을 희생했기 때문이오. 다만 그들이 흘린 피를 헛되이 해서는 안 될 일이오. 그런데 무엇보다도 단결을…… 단결을 해야 할 것이오, 그렇지 않으면 우리가 모든 고통을 감수하면서 얻은 결과를 잃을 것이오. 훌륭한 법을 만듦으로써 우리가 쟁취한 승리를 완성하시오. 이전의 프랑스 입법자들은 우리 때문에 결국 힘을 잃어 버린 전제군주의 하수인들로서, 여전히 군주에게 아첨하고 있는데 이들은 폭군에게나 어울리는 법을 만들었소. 그러므로 예전의 입법자들이 만든 법을 거부해야 하며, 궁극적으로 공화주의자들과 철학자들을 위해서 우리가 일해야 한다는 것과 그렇게 해서 만들어진 우리의 법은 그 법체계 아래 살게 될 국민처럼 온화해야 함을 염두에 두어야 할 것이오.

내가 지금까지 그래 왔던 것처럼, 우리의 조상들이 터무니없는 종교에 속아 범죄로 여겼던 수많은 행위를 무로 돌리고 무관심하게 만든 이상, 나는 우리가 해야 할 일을 몇 가지로 축소하고자 하오. 무엇보다도 적지만 선한 법을 만드시오. 속박의 수단을 배가하는 것이 아니라 법을 이용하는 사람들이 파기할 수 없는 훌륭한 법을 만드는 것이 중요한 일인 것이오. 우리가 공포한 법률은 시민의 안녕과 행복 그리고 공화국의 번영을 목적으로 삼아야 할 것이오. 그러나 프랑스 사람들이여, 그대들의 영토에서 적을 몰아낸 이 마당에 그대들이 세운 원리를 더 멀리 열정적으로 퍼뜨리려는 것을 나는 원치 않소. 그대들이 세상 끝까지 그대들의 원리를 보급하는 것은 총과 칼의 힘을 이용해서나 가능한 일이오. 이런 문제들을 해결하기에 앞서, 십자군들이 맞았던 불행한 결말을 상기하시오. 그대들의 적이 라인 강 너머에 있다면 새로이 설정된 국경을 수비해야지 국경을 넘으려 해서는 안 될 일이오. 상업을 진흥하고, 제조업에 활력을 불어넣어 주고 판로를 개척해 주어야 하며, 모든 사람에게 누구의 도움도 필요하지 않은 정신을 제공할 수 있고자 하는 그대들의 정부에 매우 필요한 기술을 꽃피우게 하고, 농업을 장려하시오. 유럽 여러 나라의 왕권이 스스로 붕괴하도록 놔두시오. 왕권을 무너뜨리기 위해 그대들이 끼어들 필요 없이 그대들이 보여 줄 본보기와 그대들이 이룩할 번영으로 인해 여러 왕국의 왕권은 곧 무너질 것이외다.

훌륭한 통치와 법에 따라 국내적으로는 누구도 저항할 수 없고, 국외적으로도 모든 민족의 본보기가 될 그대들, 이 세상에 그대들을 모방하지 않으려는 정부, 그대들과 동맹을 맺는 것을 영광스럽게 여기지 않을 정부는 하나도 없을 것이오. 그러나 그대들의 원리를 멀리 있는 다른 나라에까지 보급하려는 헛된 공명심을 위해 그대들만의 행복을 세심하게 지키는 것을 게을리 한다면 잠복해 있던 전제주의가 다시 나타나, 내전이 일어나서 그대들에게 크나큰 상처를 주고 나라의 재정과 국민의 구매력을 고갈시킬 것인데, 이 모든 일은 폭군들에게 그대들이 자리를 비운 사이에 남아 있는 사람들을 정복한 후 그대들 스스로를 노예 상태로 되돌려 달라고 애원하는 것이나 다름없소. 그대들이 원하는 모든 일은 그대들이 가정을 떠나지 않고도 이룰 수 있소. 그대들의 행복을 다른 여러 민족이 확인하게 되면, 그들도 그대들이 제시한 것과 같은 행복의 길로 달려갈 것이니 말이오.*

외제니 (돌망세에게) 바로 이런 글을 두고 아주 현명하다고 말하지요. 그런데 나리께서 이 글을 쓰신 것이 아닌가 생각될 정도로 많은 대목이 나리의 원칙과 일치하네요.

돌망세 내가 이 글에 나타난 것과 어느 정도 비슷한 생각을 하고 있다는 것과, 내가 한 논증에서 네가 확인할 수 있는 것처럼 우리가 방금 전에 읽은 이 글은 내가 한 말을 되풀이한다는 인상을 준다는 것은 분명한 사실⋯⋯.

외제니 (말을 끊으면서) 그걸 깨닫지는 못했지만, 누구도 그렇게 좋은 말을 할 수는 없을 거예요. 그런데 이 글이 내세우는 여러 원칙에는 좀 위험하게 여겨지는 구석이 있어요.

---

* (원주) 비열한 뒤무리에(프랑스의 장군. — 옮긴이)만이 외국과의 전쟁을 제안했다는 사실을 잊지 마시라.

돌망세 이 세상에 동정심과 선행보다 더 위험한 일은 없느니라. 남에게 베푸는 호의라는 것은 언제나 올바른 사람들이 나약하게도 배은망덕하고 무례하기 짝이 없는 약자들에게 뉘우치기를 강요받아 행한 행위일 뿐이다. 인간의 마음을 훌륭하게 관찰하려는 사람이 있어 동정심의 모든 위험을 감히 가늠해 보려 한다면, 그래서 그가 그 동정심의 위험과 변함없는 냉담함의 위험을 비교 검토해 본다면, 전자가 더 위험하다는 것을 깨달을 것이다. 그런데 네가 이해하지 못할 이야기를 늘어놓은 것 같구나. 외제니, 너에 대한 교육을 위해 지금까지 말한 모든 내용에서 이끌어 낼 수 있는 유일한 충고를 한마디로 요약하자면, 네 마음의 울림을 무시하라는 것이다. 그 마음이라는 것은 우리 인간이 자연으로부터 받은 가장 잘못된 안내자이니라. 그러므로 타인의 불행에서 받는 가식적 감정의 울림에 현혹되지 않도록 매우 세심하게 마음의 빗장을 걸어 잠가야 한다. 사람의 마음을 교묘하게 충동질하고 이용하는 간악한 자에게 무엇을 주는 위험에 빠지는 것보다는 너에게 정말로 이득이 될 수 있는 사람이라 할지라도 그를 거절하는 편이 훨씬 나은 일이란다. 즉 가치 있는 사람에 대한 거절은 대수롭지 않은 결과를 낳는 반면 무분별하게 증여하는 행위는 엄청나게 나쁜 일이 되는 것이다.

공자 내가 돌망세 나리의 원칙들을 근본적으로 새로이 할 수 있으면, 그러나 가능하다면 완전히 무효화할 수 있으면 좋겠소. 나리께서는 엄청난 재산을 가지고 정열을 충족할 수 있는 모든 수단을 얻어 왔는데, 만일 잔인하기 짝이 없는 나리께서 이 재산을 잃고 혹독한 불행 속에서 몇 년을 괴로워했다면 나리의 원칙들은 지금과는 다를 것이오! 물론 무자비한 정신의 소유자인 나리는 그 불행 속에서도 불쌍한 사람들에게 잘못을 저지르려 했겠지만 말이오. 동정심을 가지고 그들에게 눈길을 돌려 보시오. 그리고 가난으로 절규하는 소리에 뒤도 돌아보지 않을 만큼 나리의 마음을 메마르도록 냉각시키지는 마시오! 나리께서 오로지 쾌락에 찌든 몸으로 사치스러운 침상에서 나른하게 쉬고 있을 때, 나리와 같은 사람을 위해 파김치가 되도록 일한 그들은 짐승처럼 맨땅에 누울 수밖에 없는 처지인 만큼, 땅으로부터 올라오는 한기를 피하려고 얼마 안 되는 밀짚을 긁어모으는 광경을 생각해 보시오. 고급 조리사와 제과 장인 스무여 명이 만들어 낸 산해진미가 매일 나리의 미각을 자극할 때, 숲 속에서 그들은 늑대들의 위협에 시달리면서 메마른 땅에서 자라는 쓰디쓴 무 뿌리를 캐내어 그것으로 연명하고 있음을 상상해 보시오. 키티라 섬의 신전에서나 있을 법한 매력이 넘치는 여인네들과 함께 나리께서 기쁨과 즐거움, 그리고 쾌락으로 잠자리를 수놓고 있을 때 다른 행복은 상상조차 하지 못한 채 고통 속에서나마 얻은 약간의 행복에 만족하고 애처로운 아내 곁에 누워 있는 불쌍한 사람을 마음속에 그려 보시오. 나리께서 절약이라는 것을 모르고 잉여 재산을 만끽하고 있을 때 불쌍한 사람을 생각해 보시오. 가장 기본적인 생필품조차 갖추지 못한 불쌍한 사람을 말이오. 자신 곁에 초췌하게 있는 남편과 기본적인 보살핌이 필요한 아이들에게 쏟아야 하는 정성을 다정하게 그러나 정확하게 나누고 있는 그의 아내를, 즉 다정다감한 마음을 가진 아내에게는 숭고한 일이지만 그 의무를 다할 수 있는 아무런 능력이 없어 쩔쩔매고 있는 아내를 보시오. 그리고 나리께서 전에는 잉여 재산을 나누어 주는 것을 거절했다 하더라도 이제 나리께 누가 원조를 구한다면 기꺼이 응해 주시오!

무정하기 짝이 없는 사람 같으니, 그들도 나리와 같은 사람이 아니오? 그리고 나리와 같은 사람인 그들이 그토록 괴로워하고 있는

데 무슨 이유로 나리만 즐겨야 한다는 말이오? 외제니, 외제니 너는 결코 네 마음속에서 신성한 자연의 울림을 떨쳐 버리지 마라. 자연의 울림을 약화하는 불같은 정열로부터 네가 그 자연의 울림을 떼어 놓을 때, 자연은 너를 네 의지와 상관없이 선행으로 이끌 것이니라. 나도 동의하건대, 종교적 원칙들일랑 어디에든 내팽개쳐도 상관없다. 하지만 감성이 부추기는 미덕을 포기해서는 안 될 일이야. 우리는 이 미덕을 실천함으로써만 지극히 감미롭고 흥겨운 정신적 쾌락을 만끽할 수 있는 것이다. 또한 선행을 함으로써 온갖 종류의 잘못으로 얼룩진 인간의 정신은 구제될 것이다. 선행을 통해서 나쁜 행실 때문에 생긴 양심의 가책이 소멸될 것이며, 의식 깊숙한 곳에 인간 스스로 자신을 되돌아볼 수 있는 신성한 은신처가 마련되어 각자가 저질렀던 과오들에 대한 위안을 얻기 때문이다. 누이, 나는 젊고, 방종하며, 반종교적인 데다 내 자유로운 정신에서 나온 모든 방탕함을 다 저지를 수 있소. 하지만 나에게는 아직 순수한 마음이 남아 있어서, 내 나이에서 있을 수 있는 모든 기벽을 그 순수한 마음으로써 누그러뜨리고 있는 것이오.

돌망세　그렇다네, 공자, 자네는 젊지. 자네가 늘어놓은 말을 들어 보니 자네가 젊다는 것을 알겠네. 다 경험이 부족해서 그런 것이니 자네가 경험을 쌓아 성숙해지기를 나는 기다릴 것이야. 그렇게 되면 자네가 사람에 대해서 알게 될 테니, 사람들에 대해 그렇게까지 좋게 말하지는 않을 것일세. 내 마음이 이렇게까지 메마르게 된 것은 사람들의 배은망덕 때문이고, 태어나면서부터 자네처럼 유지하고 있어야 할 그 해로운 모든 미덕이 나에게서 사라진 것은 그들의 배신 때문이었네. 그런데 어떤 사람의 악덕이 다른 사람에게서 위험하기 짝이 없는 미덕을 회복시켜 줄 수 있다고 한다면, 위험한 미덕의 싹을 일찌감치 근절하는 것이 인간의 성장기 때 해 주어야 할 일이 아니겠는가? 그리고 자네는 양심의 가책에 대해 무엇을 말하고자 하는 것인가? 죄악이란 단어조차 전혀 이해하지 못하는 사람의 마음속에 그 양심의 가책이란 것이 존재할 수 있을 것 같은가? 자네가 뼈저리게 뉘우치는 것을 염려한다면 자네의 원칙으로 양심의 가책이라는 것을 마음속에서 절멸하면 될 일이야. 즉 자네가 근본적으로 양심의 가책에 대해 무관심하게 되었을 때, 그 무관심 속에서 나온 행위에 대해 자네 스스로 뉘우친다는 것이 가능이나 한 일이겠는가? 자네는 어디에서도 죄악이라는 관념을 전혀 갖고 있지 않은데, 무슨 죄악에 대해 뉘우칠 수 있다는 말인가?

공자 양심의 가책이란 자유로운 정신에 기인하는 것이 아니라 마음의 결과인 것이고, 두뇌 활동에 따른 궤변은 마음의 움직임을 결코 막을 수 없소.

돌망세 그러나 마음이라는 것은 잘못 계산된 정신이 표출된 것이기 때문에 사람의 눈을 속인다네. 그러니 자네의 자유로운 정신을 성숙시키도록 하게. 마음은 곧바로 그 자유로운 정신에 굴할 것이니. 이치를 따지고자 할 때 잘못된 정의는 언제나 우리를 혼란시킨다네. 심정이 무엇인지는 모르겠으나 나는 그것을 나약한 정신이라 부르겠네. 유일무이한 광명이 나를 비추고 있다고 하세. 내가 건강하고 꿋꿋할 때 나는 그 광명을 받아 길을 잘못 들어서지 않을 것이지만, 내가 늙고, 우울증에 걸려 있거나 소심하다면 그 광명은 나를 속인다네. 그래서 내가 감수성이 예민하다고 말할 때, 사실은 내가 나약하고 소심하다는 것을 말하는 것일세. 다시 한 번 말하건대, 외제니, 그 해로운 감성에 농락당하지 마라. 감성이란 나약한 마음일 뿐이며, 누가 운다는 것은 두렵기 때문임을 명심하여라. 그리고 바로 이런 이유로 왕들은 모두 폭군인 것이다. 따라서 우리 공자님의 해로운 충고를 거부하고, 짓밟아라. 불행이라는 모든 가상적 고통에 네 마음을 열라고 말하면서, 너와는 상관없을 뿐만 아니라 아무 쓸모 없이 곧 너를 괴롭히게 될 고통을 부과하려고 하는 것이니. 아! 외제니, 감성이 우리에게 주는 쾌락보다 냉담함에서 비롯된 쾌락이 훨씬 가치가 있다는 것을 확신하여라. 어떤 의미에서 감성은 마음에 상처를 주기만 하는 반면, 냉담함은 마음에 쾌감을 주고 마음의 구석구석을 감동으로 뒤흔들어 준다. 한마디로 말해, 매우 짜릿한 도발적 행위에 사회적 제약의 파기에 대한 유혹, 모든 법의 전복에 대한 유혹을 결합하는 쾌락과 누구나 다 맛보는 쾌락을 비교할 수 있겠느냐?

외제니 나리의 말씀이 압도적이고, 나리께서 내세우는 논리가 우세했어요. 공자님의 말씀은 제 마음을 약간 움직였을 뿐이었는데, 나리의 말씀은 제 마음을 끌어당겨 사로잡는군요. 아! 공자님께서 한 여자를 설득하려 하신다면 미덕에 대해서보다는 정열에 대해 이야기하셔야 할 겁니다.

생탕주 부인 (공자에게) 그건 그렇네, 동생. 그 짓이나 잘할 일이지 설교 따위는 하지 말게. 동생은 결코 우리 마음을 돌려놓지 못할 뿐더러, 이 아리따운 아가씨의 마음과 자유로운 정신을 물들이고자 마련한 이 강습에 혼란만 일으킬 수 있으니.

외제니 혼란이라니요? 두 분 사부님의 임무는 끝났어요. 어리석은 자들이 타락이라고 말하는 것이 이제 저에게는 충분히 정립되어서 예전의 저를 회복할 수 있는 여지가 조금도 남아 있지 않으며, 제 마음에는 사부님들의 원칙이 매우 견고하게 자리 잡고 있어서 공자님의 궤변 따위가 결코 그 원칙들을 뒤엎을 수 없을 거예요.

돌망세 이 아이 말이 옳으네. 그에 대해서는 더 이상 아무 말도 하지 말도록 하세. 자네의 생각이 잘못된 것 같으니, 훌륭한 사고방식을 갖추도록 하게나.

공자 좋소. 이미 알고는 있었지만, 여러분의 목적은 내가 이루고자 하는 것과는 매우 다르오. 여러분이 원하는 목적을 향해 가십시다. 내 윤리관은 여러분보다 올바른 정신을 지니고 있어서 내 말을 잘 들을 수 있을 만한 사람들을 위해 간직해 두겠소.

생탕주 부인 아무렴, 그래야 하지, 그래야 하고말고. 동생은 여기에서 정액만을 제공하면 된다네. 도덕 따위에 대해 말할 필요는 없는 일이야. 우리와 같이 파렴치한 사람들에게 도덕이란 너무도 무미건조한 것이니 말일세.

외제니 그런데 나리, 나리께서 열심히 권하시는 그 잔혹함이 나리께서 추구하시는 쾌락에 작용하는 것은 아닌지 염려되는군요. 저는 이미 눈치챈 일이지만, 그리고 저 역시도 그런 성적 도착에 약간은 빠져든다고 느끼지만, 나리께서는 즐기실 때 무자비하셨어요. 이 모든 행위에 대해 제 생각을 정리하려고 하니, 나리의 쾌락을 위해 봉사하는 대상을 나리께서는 어떤 견해로 보시는지 말씀해 주세요.

돌망세 외제니, 그 대상이란 전혀 대수롭지 않은 존재인 만큼, 그가 나와 함께 쾌락을 즐기든 즐기지 않든, 그가 만족을 느끼든 느끼지 않든, 그가 무감각하든 고통을 느끼든, 내 만족을 위해서는 다른 무엇이 어찌 되었든 나에게는 똑같은 일일 뿐이다.

외제니 그래도 그 대상이 고통을 느끼는 것이 더 낫지 않겠어요?

돌망세 당연하지. 그 편이 훨씬 나은 일이야. 내가 이미 말한 바와 같이, 성적 대상이 고통을 받는 것은 우리에게 강렬한 반향을 일으켜 우리의 동물 정기를 보다 힘차고 보다 신속하게, 쾌락을 이끌어

내는 데 필요한 방향으로 이끌어 준단다. 아프리카 왕들의 후궁, 아시아 왕들의 후궁, 그리고 발칸 반도 왕들의 후궁에서, 인구에 자주 회자되는 그 하렘의 왕들이 성적으로 흥분했을 때, 자신들을 위해 봉사하는 사람들에게 쾌감을 주는 것에 대해 신경이나 쓰는지 잘 살펴보아라. 거기에서는 왕들이 명령하면 사람들은 그에 따르고, 왕들이 즐길 때 사람들은 감히 함께 즐기려 하지 않으며, 왕들이 만족하면 사람들은 즉시 물러갈 뿐이다. 왕들 가운데는 자신과 함께 대담하게도 쾌락을 즐긴 자들을 버릇이 없다 하여 처벌한 자도 있었다. 아켐* 왕은 자신의 면전에서 본분을 망각하고 감히 즐기려고 한 여자의 목을 무자비하게 베도록 했는데, 대부분 왕 스스로 여자의 목을 베어 버렸다. 아시아에서 매우 별난 폭군들 가운데 하나인 이 군주는 여자들에게만 자신의 호위를 맡겼고, 이들에게 명령을 할 때는 말이 아니라 손짓으로만 했다. 그런데 이 신호를 이해하지 못하는 여자들에 대해서는 가장 잔인한 사형으로써 처벌했으며, 형의 집행은 언제나 왕이 직접 하든지 자신의 면전에서 이루어지도록 했다.

외제니, 이 모든 것은 전적으로 내가 너에게 이미 설명한 바 있는 원리들에 기반을 두고 있는 것이란다. 사람이 즐길 때 무엇을 원하겠느냐? 그것은 우리 주위의 모든 사람이 오직 우리에게만 관심을 두어야 하고, 우리만을 생각해야 하며, 우리만을 위해 마음을 써야 한다는 것이다. 만일 우리에게 봉사하는 대상이 봉사하면서 쾌락을 추구한다고 한다면, 그들은 분명 우리보다는 자신들에게 더 관심을 쏟는 것인 만큼, 우리가 쾌감을 얻는 데 방해가 되는 결과를 초래하

---

* 18세기 수마트라 섬의 한 왕국 이름.

는 것이야. 누가 성적으로 흥분했을 때 폭군이 되지 않기를 바라는 사람은 아무도 없느니라. 그의 입장에서 다른 사람이 자신만큼 쾌감을 얻는 것으로 여겨진다면 자신의 쾌감이 반감될 것이기 때문이다. 이때 그는 매우 자연적인 자만심의 작용으로 자신이 느끼는 것을 이 세상에서 자신만 홀로 느낄 수 있기를 원하는 것이야. 물론 자신처럼 다른 사람도 즐길 수 있도록 해 주려는 의도는, 비록 이 평등이란 것이 전제주의를 통해 느끼는 무어라 설명할 수 없는 매력을 해치기는 하지만 말이다. 일종의 평등을 실현하는 것일 수도 있다.* 그러나 다른 관점에서 보자면 타인에게 쾌감을 마련해 준다는 것은 거짓이란다. 즉 그렇게 해 준다는 것은 타인을 위해 봉사한다는 것인데, 성적으로 흥분한 당사자에게는 애초부터 타인에게 필요한 사람이 되려는 바람이 없기 때문이야. 이와 반대로 그가 타인에게 고통을 주면, 힘 좋은 사람이 무력을 사용할 때 맛보는 모든 감미로움을 느끼게 된다. 그렇게 한다는 것은 남을 지배한다는 것, 즉 폭군이 된다는 것을 의미하지. 그런데 이것이 이기심과 무슨 차이가 있겠느냐! 아무튼 이 경우 그가 잠자코 있으리라는 생각은 조금도 하지 마라.

쾌락을 위한 행위란 그 행위에 다른 사람들을 종속시키는, 게다가 동시에 모두를 끌어들이는 정열이란다. 쾌락의 행위에 있어서 군림하려는 욕망은 너무도 강렬한 본성에 속하는 것이라서 동물들

---

* (원주) 프랑스어의 빈약함 때문에 오늘날 우리의 훌륭한 정부가 충분한 근거를 들어 배척하는 단어들을 쓸 수밖에 없었다. 현명한 독자들이 이 점을 이해해 주기를, 그리고 정치에서의 터무니없는 전제주의와 방탕한 정열에서의 음란한 전제주의를 혼동하지 않기를 바랄 뿐이다.
　(역주) déspotisme은 전제주의(정치용어)라는 의미도 있지만 일상적으로 횡포, 전횡이라는 의미를 지닌다.

에게서조차 그 욕망을 알아볼 수 있단다. 속박을 당하는 동물이 자유로운 동물처럼 생식이나 하는지 생각해 보아라. 낙타의 경우는 더 심하게 나타난다. 즉 낙타는 홀로 있다고 생각하지 않으면 더 이상 새끼를 낳으려 하지 않는단다. 또한 낙타를 한번 깜짝 놀라게 해 주면, 즉 주인이 나타남으로써 낙타를 놀라게 해 주면, 그 수컷은 당장 도망쳐 암컷으로부터 떨어져 나갈 것이다. 한편, 인간이 이러한 우월함을 누리는 것이 자연의 의도가 아니었다면, 자연이 이 예에서처럼 낙타들을 인간보다 더 나약하게 창조하지는 않았을 것이다. 게다가 자연이 여자들을 허약하게 만들었다는 것은, 언제나 힘을 누리고 있는 남자가 자신에게 좋을 수 있는 모든 폭력을 통해, 원한다면 고문까지 포함한 모든 폭력을 통해 힘을 행사하는 것이 자연의 의도임을 명백하게 증명하고 있단다. 우리 인류의 어머니인 자연이 성행위를 통해 인간이 자신의 사나움을 해소할 것을 원하지 않았다면, 어떻게 격렬한 행위가 쾌락의 절정이 될 수가 있겠느냐? 간단히 말해서 남자가 건장하고 강건한 신체 기관을 타고났는데 어느 누가 어떤 방식으로든 성적 쾌락의 대상을 괴롭히는 것을 마다하겠느냔 말이다. 자신들의 고유한 감각이 어떠한지 전혀 이해하지 못하고 있는 수많은 얼간이들은 내가 세운 체계를 잘못 이해할 것임을 나는 잘 안다. 그런데 그 어리석은 자들은 내게 문제도 되지 않아. 내가 말하는 대상은 그들이 아니기 때문이지. 자신들의 거만한 연인을 행복하게 해 주려고 그녀의 발치에서 사랑 고백 따위나 하는 비굴한 여성 숭배자들은 상관하지 않겠다. 그리고 여성을 지배해야 마땅함에도 오히려 여성의 노예가 된 그들이, 하찮은 매력 때문에 남들을 억압하라고 자연이 부여한 권리를 포기하고 스스로 속박당한다 하더라도 그냥 놔둘 것이다. 이런 짐승 같은 사람들은 스스로 품격을 떨어뜨리는 비천함 속에서 보람 없이 살 것인 만큼 이들에게 설교해 보았자 다 부질없는 일이 될 것이야. 그러나 그들에게 이해할 수 없는 것이 있다 해도 비방은 하지 말기를, 또한 이런 종류의 분야에서 생탕주 부인과 내가 그러하듯이 오직 강인한 정신과 고삐 풀린 상상력의 충동이라는 기반 위에서 원칙을 세우려는 자들의 이야기만 들을 가치가 있는 것이며, 이들만이 비굴한 여성 숭배자들에게 법을 부과하고 그들에게 가르침을 줄 자격이 있다는 것을 그들이 납득하기를 바랄 뿐…….

그것참! 발기가 되었어……! 오귀스탱을 좀 불러 주시구려. (종을 치자 오귀스탱이 들어온다.) 놀랍게도 내가 말을 시작했을 때부터 머릿속에서 이놈의 기막힌 엉덩이가 떠나질 않더이다! 나도 모르게 내 모든 생각이 이 녀석에게 연결되어 있는 것 같았소…… 오귀스탱, 네 엉덩이를 까서 내 면전에 내밀어 보여라…… 잠깐이라도 네 엉덩이에 키스와 애무를 해야겠구나! 이리 오너라, 귀여운 것, 이리 오너라. 기막히게 훌륭한 네 엉덩이에다 소돔을 연상시키는 정열을 나답게 발산할 것이니라. 외제니, 너는 내가 그렇게 하는 동안 무릎을 꿇고 오귀스탱의 음경을 빨아라! 그런 자세가 되면 외제니의 엉덩이가 공자님에게 향하게 되니 공자는 외제니의 엉덩이를 범하게. 생탕주 부인은 오귀스탱의 허리 위에 말을 타듯이 올라가 내가 키스할 수 있도록 엉덩이를 내밀어 주시오. 부인이 그 상태에서 조금만 몸을 구부리면 아주 순조롭게 한 움큼의 채찍으로 공자님에게 채찍질을 할 수 있으리라 생각하오. 그러나 이 자극적인 의식을 치른다 하더라도 우리의 문하생을 너그럽게 봐주는 일은 없어야 할 것이오. (모두 돌망세가 지시한 자세를 취한다.) 그래, 그렇게들 말이오. 모두 최상의 자세를 취해 주었소. 사실 그대들에게 이런 장면이 이루어지도록 명령하는 것도 나에게는 쾌락인 것이오. 그대들처럼 내가 원하는 바대로 감각적으로 뛰어난 자세를 취할 수 있는 사람은 이 세상에 없을 것이오…… 그런데 이 녀석의 항문은 너무 좁단 말이야…… 그래도 최선을 다하면 꿰뚫을 수 있을 것이야…… 그건 그렇고, 부인, 내가 이놈의 엉덩이를 꿰뚫으면서 부인의 아름다운 볼기 살을 물어뜯고 꼬집어도 되겠소?

생탕주 부인　원하는 대로 하시오. 하지만 미리 말씀드리건대 앙갚음도 있을 거요. 즉 나를 아프게 할 때마다 나리의 입에 방귀를 뀌겠소.

돌망세　허! 제기랄 신 같으니! 대단한 협박이로다! 그 협박이 나로 하여금 부인을 공격하도록 재촉하는구려. (생탕주 부인의 엉덩이를 깨문다.) 자, 한번 해 보시구려. (생탕주 부인이 뀐 방귀를 맞는다.) 아! 이것 참! 더없이 기분 좋구려. 대단히 관능적이야! (엉덩이를 찰싹 때리자 곧바로 방귀가 날아든다.) 오! 훌륭하오, 부인! 그러나 절정의 순간을 위해 조금은 남겨 두시구려…… 물론 매우 잔인하고…… 매우 야만스럽게 그대를 다뤄 줄 것이니…… 거참…… 더는 못 참겠소…… 나는 사정하리다…… (그가 부인을 물어뜯고 때리는 동안 그녀는 계속해서 방귀를 뀐다.) 내가 그대를 어떻게 다루는지 잘 보시오…… 그대를 어떻게 지배하는지…… 부인을 좀 더…… 외제니에게도…… 마지막으로 내 희생양이었던 이놈을 공격해야겠어! (오귀스탱의 항문을 물어뜯자, 모두의 자세가 흐트러진다.) 그런데 그대들, 그대들은 어땠소?

외제니　(항문과 입속에 있던 정액을 흘리면서) 아! 사부님, 사부님의 가르침을 받은 이 두 사람에게 제가 어떻게 당했는지 좀 보세요. 제 뒤쪽과 입은 정액으로 가득 차 있는데, 이렇게 위와 아래에서 동시에 흘러내리고 있잖아요.

돌망세　(신속하게) 잠깐, 공자님이 네 엉덩이에 사정한 것을 내 입 속에 흘려 넣어라.

외제니　(자세를 취하면서) 참으로 기상천외한 일이네!

돌망세　아! 아름다운 엉덩이의 깊숙한 곳에서 흘러나오는 정액처럼 좋은 것은 아무것도 없단 말이야…… 천상에서나 맛볼 수 있는 요리지. (정액을 단숨에 삼킨다.) 모두 내가 하는 짓을 잘 보시구려. (오귀스탱의 엉덩이 쪽으로 옮겨서 키스를 한다.) 내가 이 녀석과 옆 서재에 가서 잠시 있다가 오도록 해 주시구려.

생탕주 부인　그와 함께하고 싶은 모든 일을 여기에서 하실 수는 없겠소?

돌망세　(낮고 이상한 목소리로) 그럴 수는 없소. 철저한 비밀을 요하는 것이라서 말이오.

외제니　아! 그럴 수도 있겠지요. 그래도 최소한 무슨 일인지는 알려 주세요.

생탕주 부인　알려 주시지 않으면 보내 드리지 않을 것이오.

공자　뭔지 알고들 싶으시오?

외제니　꼭 알고 싶어요!

돌망세　(오귀스탱을 끌고 가며) 자, 나는 가오…… 아무리 그래도, 이것만은 말할 수 없는 것이라서.

생탕주 부인　우리가 들어서도 실행해서도 안 되는 행위라면 세상에서 가장 파렴치한 짓이 아니겠소?

공자　이봐요, 누이. 내가 말해 주리다. (두 여자에게 소곤거린다.)

외제니　(비위에 거슬리는 표정을 짓고는) 공자님 말씀이 옳아요. 끔찍한 일이에요.

생탕주 부인　오! 난 그럴 줄 알았어.

돌망세   내가 그대들에게 이 엉뚱한 짓에 대해 말하면 안 되는 이유를 알았을 거요. 이제 그와 같은 추잡한 일에 몰두하기 위해서 우리끼리 은밀하게 있어야 함을 이해해 주시구려.

외제니   제가 함께 가도 되겠어요? 나리께서 오귀스탱을 탐닉하는 동안 나리께 용두질해 드리지요.

돌망세   아니, 아냐. 이건 정절에 관한 일, 즉 남자들 사이에서 이루어져야 하는 일이야. 여자가 끼어들면 일을 그르치게 되느니······ 곧 돌아오리다. (오귀스탱을 끌고 나간다.)

여섯 번째 대화

생탕주 부인, 외제니, 미르벨 공자

생탕주 부인 동생이 친구라고 모시고 온 돌망세 나리는 정말로 확실한 방탕아야.

공자 그렇다면 방탕아로서 그분을 소개한 것이 누이의 기대에 어긋나지는 않았다는 말로 받아들이겠소.

외제니 확신하건대 그분과 같은 사람은 이 세상에 없어요…… 오! 마님, 나리는 매력적이세요. 그분을 자주 뵙도록 해요.

생탕주 부인 누가 문을 두드리는데…… 누가 저러는 거야……? 모든 출입을 금지해 놓았는데…… 틀림없이 급한 일이 있을 거야…… 무슨 일인지 동생이 나가 봐 주게.

공자 라플뢰르가 편지 한 통을 가져왔더이다. 누이의 명령 때문이라면서 황급히 물러갔는데, 그의 표정으로 보아 중요하고도 급한 일 같았소.

생탕주 부인 아! 또 무슨 일이야……? 외제니, 네 아버지의 편지로

260

구나!

외제니 아버지라고요……! 아! 이젠 다 틀렸군요.

생탕주 부인 실망하기에 앞서 편지나 읽어 보자꾸나. (생탕주 부인이 편지를 읽는다.)

"아무도 못 말릴 제 안사람이 마님 댁에 딸아이가 놀러 갔다는 사실을 알고는, 곧장 아이를 찾으러 나섰다는 것을 아름다운 우리 마님이시라면 상상이나 하실 수 있겠소? 안사람은 온갖 상상을 다 하고 있소…… 전혀 대수롭지 않은 일을 두고 무슨 일이라도 난 것처럼 말이오. 그런 무례함에 대해서는 마님께서 호되게 경을 쳐 주시기 바랍니다. 어제도 그와 비슷한 일로 혼을 내 주었는데, 징계가 충분치 못했나 봅니다. 안사람의 눈을 철저히 가려 주시오. 후의로써 그렇게 해 주시기를 부탁드립니다. 그리고 마님 때문에 어떤 문제가 생기더라도 그에 대해서는 아무런 불평도 하지 않을 것임을 믿어 주시오…… 창녀 같은 안사람은 아주 오래전부터 나를 괴롭혀 왔소…… 사실은…… 내 말을 이해하시겠소? 마님께서 하실 일이니 잘될 것이라 믿고, 더 이상 아무 말도 하지 않겠소. 이 편지가 도착한 후 곧바로 안사람이 들이닥칠 것이니 조심하시오. 그럼 안녕히. 마님을 뵙고 싶구려. 청컨대, 외제니를 확실히 교육한 후에나 보내 주시오. 외제니의 맏물은 마님께서 거두어 가시오. 그러나 마님께서 그렇게 하시는 것은 어느 정도 나를 위한 일이기도 하니 염려는 하지 마시구려."

봐라! 외제니, 그렇게까지 걱정할 일은 아니지 않느냐? 그런데 하찮은 여자가 매우 불손하다는 것은 인정해야만 하겠구나.

외제니 빌어먹을……! 아! 마님, 아빠가 우리에게 전권을 위임했으니 망나니 같은 그 여자에게 걸맞은 대접을 해 줘야 해요.

생탕주 부인　사랑스러운 것, 나에게 키스를 해 다오. 너에게서 그런 소양을 발견하게 되다니 몹시 만족스럽구나……! 자, 안심해라. 네 어미를 가만두지는 않을 것이니라. 외제니, 희생양이 필요하다고 했지? 네 어미가 바로 자연과 운명이 동시에 허락한 희생양이니라.

외제니　우리 그 희생양을 통해 쾌락을 맛봐요, 마님, 그 희생양을 농락해서 재미를 봐요, 정말이에요.

생탕주 부인　아! 돌망세 나리께서 이 소식을 어떻게 받아들일지 궁금하구나!

돌망세　(오귀스탱과 함께 되돌아오면서) 세상에서 가장 대단한 일이었소. 그런데 그대들과 멀리 떨어져 있지 않아서 말소리가 다 들리더이다. 그래서 전부 알고 있소…… 미스티발 부인이 도착하면 더는 못 할 텐데…… 부인께서는 미스티발이 의도한 바를 들어주기로 이미 작정했으리라 생각하오.

외제니　(돌망세에게) 들어준다고요? 들어주는 것 이상의 것을 해야지요, 나리……! 아! 그 매춘부 같은 여자를 나리께서 아무리 잔인하게 다루시더라도 제가 약한 모습을 보인다면 제 발밑의 땅이 꺼져 버릴 거예요! 나리, 모든 일의 진행을 도맡아서 해 주세요, 부탁입니다.

돌망세　그것은 네 마님과 내가 할 것이니 가만 있어라. 그대들은 그저 복종만 하면 될 것이야. 그것이 우리가 그대들에게 바라는 전부이네…… 아! 대단한 아이로세! 일찍이 이와 같은 아이를 본 적이 없어!

생탕주 부인　무분별한 것이지요……! 그건 그렇고, 미스티발 부인을 맞으려면 좀 점잖게 있어야 하지 않겠소?

돌망세　그와 반대가 되어야지요. 그 여자가 들어왔을 때, 우리가 자기 딸에게 어떤 시간을 보내게 해 주었는지 확인하는 것을 방해해서는 안 될 일이오. 우리 모두 아주 난잡한 상태로 있으십시다.

생탕주 부인 인기척이 들려요. 미스티발 부인이오. 자 외제니, 용기를 내라! 우리의 원칙을 염두에 두고…… 아! 제기랄 신 같으니! 더 없이 기분 좋은 광경을 보겠구나!

일곱 번째이자 마지막 대화

생탕주 부인, 외제니, 미르벨 공자, 오귀스탱, 돌망세,
미스티발 부인

미스티발 부인 (생탕주 부인에게) 마님, 미리 기별을 보내지 않고 이 렇게 마님 댁을 찾아뵙게 되어 죄송합니다. 하지만 제 딸아이가 여 기에 있다고들 해서요. 제 아이가 혼자서 다니기에는 아직 어리고 하니 제 행동을 나무라지 마시고 부디 아이를 돌려주십시오, 마님.

생탕주 부인 지금 그대의 행실은 매우 불손하오. 누가 들으면 마치 그대의 딸이 나쁜 놈의 마수에라도 걸린 줄 알겠소.

미스티발 부인 지금 제 아이가 마님, 그리고 다른 분들과 함께 있는 상태를 보고 판단하건대, 제 딸이 여기에 있는 것이 매우 해롭다고 생각하는 것은 정말로 큰 무리가 아니라고 여겨집니다.

돌망세 초면인데 무례하구려. 생탕주 부인과 그대의 관계가 어떠 한지는 정확히 모르겠으나, 솔직히 말해서 나라면 그대를 진작에 창밖으로 내던져 버렸을 것이오.

미스티발 부인 창밖으로 내던져 버린다고 말씀하셨습니까? 나리, 저

와 같은 여자를 창밖으로 내던져서는 안 되지요. 나리께서 누구신지는 모르겠으나 하시는 말씀과 몸가짐을 보니 나리의 품행을 잘 알 것 같습니다. 외제니, 따라오너라!

외제니　미안합니다만, 어머니, 그렇게 할 수는 없어요.

미스티발 부인　뭐라고! 네가 나를 거역하다니!

돌망세　그대도 느끼겠지만 이 아이의 거역은 단호한 것이오. 그대의 딸이 저러는 것을 참아서는 안 될 것이오. 회초리를 가져오라고 할까? 반항하는 그대의 딸의 버릇을 고치게 말이오.

외제니　그 회초리를 저보다는 제 어머니를 때리는 데 사용하시는 것은 아닌지 염려되는군요.

미스티발 부인　괘씸한 것 같으니!

돌망세　(미스티발 부인에게 다가서며) 조용히 하시오. 여기에서 심한 욕지거리를 하면 안 되지. 외제니는 우리 모두의 보호 아래 있으니 이 아이에게 성을 내면 후회할 수도 있을 것이오.

미스티발 부인　뭐라고요! 이 아이가 이제 제 말을 듣지 않을 것이란 말인가요! 그리고 아이에 대한 제 권리를 딸에게 깨우쳐 줄 수도 없다는 말인가요!

돌망세　그런데 그대가 말하는 그 권리란 무엇이오? 그 권리가 정당하다는 것을 은근히 믿는 것인가? 미스티발 씨 또는 나도 모르는 어떤 놈이 그대의 질 속에 정액을 분출시켜 외제니를 만들었을 때 그대는 아이를 만들 생각이나 하고 있었소? 아니지, 그렇지 않소? 누가 그대의 그 추잡한 음부에 사정한 것을 두고 그대의 딸이 그대에게 지금 어떤 감사의 마음이라도 표하기를 원하는 것이오? 자식에 대한 부모의 감정, 부모에 대한 자식의 감정처럼 허망한 것은 없음을 명심해야 할 것이오. 어떤 나라에서는 부모가 자식을 죽이는가 하면, 다른 나라에서는 자식이 자신에게 생명을 불어넣어 준 부모를 참살하기도 하는 것처럼, 어디서는 통용되고 어디서는 저주를 받는 그런 감정이란 어떠한 성립 기반도 없는 것이오. 상호적인 사랑의 감정이 자연적인 것이라면 그 진하다는 피의 힘은 더 이상 비현실적이지 않을 것이고, 한 번도 서로 본 적이 없고 알지도 못하는 상태에서라도 부모는 자식을 구별해서 애지중지할 것이며, 그와 반대로 자식은 엄청나게 많은 사람이 모여 있는 가운데에서라도 한 번도 본 적이 없는 아버지를 알아보고 그의 품으로 달려가 안겨서 날뛰듯이 좋아할 것이오. 그런데 이 모든 일 대신에 지금의 상황은 어떻소? 부모 자식 간에 고질적인 증오만이 남아 있어, 자식 쪽은 철들기 전이라 하더라도 아버지가 자신의 눈에 띄는 것을 조금도 견딜 수 없어 하고, 아버지 쪽은 자식이 다가오는 것을 결코 참을 수 없어서 자식을 자신에게서 떼어 놓기에 급급한 것이오. 따라서 소위 감정이라는 것은 허망하고 터무니없는 것이오. 달리 말하자면 그 감정이란 이기심에서 고안된 것인데, 관습이 그 감정을 규정했고 습관이 유지시켜 준 것일 뿐 자연은 결코 그 감정을 우리 인간의 마음속에 새겨 놓은 것이 아니란 말이오. 동물들이 그 감정을 아는지 잘 생각해 보시오. 분명 모를 것이오. 이처럼 자연의 의도를 알고자 할 때에는 언제나 동물들을 참조해야만 하는 것이오. 오, 자식을 둔 세상의 모든 아비들이여! 그대들의 정액 몇 방울로 인해 세상에 태어난 아이들은 그대들에게 아무것도 아닌 만큼, 그대들이 정열이나 이기심에 이끌려 그들에게 일을 저지른다고 하여 사람들이 부당하다고 하는 그 말에 대해 조금도 흔들리지 마시라. 그대들은 아이들에게 아무런 의무도 없으며, 그대들은 아이들을 위해서가 아니라 그대들 자신을 위해 세상에 존재하는 것이오. 또한 체면이나 따지는 것은 터무니없는 짓이 될 터, 오로지 그대 자신들에 대해서만 걱정해야 할 것이오. 그대들은 오직 그대들만을 위해 살아야 한다는 말이오. 그리고 너희 자식들, 효심이란 아무런 근거도 없는 망상일 뿐이니 이를 과감히 떨쳐 버림과 동시에 너희가 세상에 태어나도록 만들어 준 부모들에게 너희들도 마찬가지로 아무런 의무가 없음을 명심하기를. 동정심, 감사, 사랑과 같은 감정 가운데 어느 것도 부모에게 보일 필요가 없으니, 너희에게 생명을 불어넣어 준 부모들은 너희에게서 그런 호의를 강요할 만한 명분을 하나도 가지고 있지 않기 때문이다. 부모들은 오직 자신들만을 위한 행위를 하여 만족을 찾았던 것이니라. 그런데 모든 것 가운데 가장 심각한 기만 행위는 어떤 점에서도 부모에게 해 주어서는 안 되는 보살핌이나 도움을 자식인 너희가 그들에게 베푸는 일일 거다. 어떠한 법도 너희가 그렇게 하도록 명령하지 않았다. 그리고 혹시라도 너희가 관습에 기인한 충동에서든 도덕적 기질의 결과에 기인한 충동에서든 감정의 울림을 떨쳐 버리고자 생각한다면, 감정이란 기후에 따라 변하기 때문에 자연이 배척하고 인간의 이성이 인정하지 않는 만큼, 양심의 가책을 느끼지 말고 터무니없는 감정 따위는…… 지엽적인 감정 따위는 짓눌러 버리기를!

미스티발 부인 뭐라고요! 그럼 제가 딸아이에게 베푼 배려와 교육은…….

돌망세 아! 배려에 대해 말하자면, 그것은 관습이나 교만함에서 나온 것일 뿐이오. 게다가 그대가 살고 있는 나라의 습속에 따라 정해진 것 이외에는 그대의 아이에게 해 준 것이 없으니, 분명 외제니는 그대에게 아무런 의무가 없소. 교육에 관해서 말하자면 그대의 딸은 틀림없이 매우 잘못된 교육을 받았소. 왜냐하면 그대가 외제니에게 가르쳐 준 모든 원칙을 우리가 여기에서 다시 세워 줘야 했기 때문이오. 즉 외제니가 그대에게서 배운 것에는 그녀의 행복과 관련 있는 것이 하나도 없었고, 부조리하지 않고 비현실적이지 않은 것이 하나도 없었다는 말이오. 그대는 외제니에게 마치 신이 존재하는 것처럼 신에 대한 말을 했고, 마치 미덕이 정말로 필요한 것인 양 미덕을 강조했으며, 마치 모든 종교의식이 강자가 사기 친 결과이자 약자가 어리석었던 결과가 아닌 것처럼 종교에 대해 말한 데다가, 마치 예수 그리스도가 사기꾼이자 악당이 아닌 것처럼 그 불한당에 대해 말했소! 인생에서 성교가 가장 감미로운 행위인데도 그대는 외제니에게 그 행위를 죄악이라고 말했소. 또한 그대는 마치 어린 아가씨가 방탕하거나 부도덕하면 행복해질 수 없는 것처럼, 마치 모든 여자들 가운데 가장 행복한 여자는 악덕과 방탕의 수렁 속에서 사는 여자, 모든 편견을 가장 용감하게 물리치고 남들의 평판 따위는 조금도 아랑곳하지 않는 여자가 절대로 아닌 것처럼 그대의 딸에게 도덕 관념을 심어 주고자 했소! 아! 미망에서 벗어나시오. 이제 눈을 뜨란 말이오. 그대가 딸을 위해 한 일이라곤 아무것도 없고, 딸에 대해 자연이 명한 의무 가운데 하나도 이행한 것이 없소. 따라서 외제니에게는 그대를 증오할 일만 남은 것이오.

미스티발 부인 이럴 수가! 우리 외제니가 타락해 버렸어, 분명히…… 외제니, 내 사랑 외제니, 너를 낳아 준 이 엄마의 애원을 마지막으로 한 번만 들어다오. 이것은 명령이 아니고 간청이란다, 아가야. 불행한 일이지만 분명 너는 여기에 흉악한 자들과 함께 있는 것이란다. 위험하기 그지없는 이 관계를 집어치우고 나와 함께 가자꾸나. 이렇게 무릎을 꿇고 빈다! (외제니의 발치에 달려든다.)

돌망세 아! 훌륭해! 눈물겨운 광경이야……! 자, 외제니, 시작하여라!

외제니 (무슨 생각이 떠오른 듯이 반쯤 벗고는) 우리 사랑스러운 엄마, 자요, 여기 내 엉덩이예요…… 엄마 입과 거의 같은 높이가 될 거예요. 엉덩이에 키스하고, 핥아 봐요. 외제니가 엄마에게 해 줄 수 있는 것이라곤 이것뿐이에요…… 돌망세 나리, 제가 사부님의 문하생이 될 만한 자질을 보여 드린다고 했잖아요.

미스티발 부인 (혐오스럽다는 듯 외제니를 밀쳐 내면서) 아! 흉악한 것 같으니! 저리 가거라, 너는 이제부터 내 딸이 아니다!

외제니 원하신다면 저주라도 퍼부어 보세요. 더 극적인 장면을 연출하려면, 아무리 엄마가 그래도 나는 개의치 않을 것이니.

돌망세 오! 조심해서, 살살 하라고 말하지 않았소. 우리 면전에서 외제니를 좀 심하게 밀쳐 낸 것은 우리를 모욕한 것이야. 외제니가 우리의 보호 아래에 있다고 경고했는데도 이를 무시했으니 벌을 받아야 할 것이오. 그대의 난폭한 행위에 해당하는 처벌을 받아야 하니 옷을 모두 벗으시오.

미스티발 부인 옷을 벗으라니요……!

돌망세 오귀스탱, 이 여자가 반항을 하는구나. 시종처럼 옷 벗는 것을 도와주어라. (미스티발 부인이 저항해 보지만 오귀스탱은 난폭하게 옷을 벗긴다.)

미스티발 부인 이럴 수가! 내가 어디에 와 있단 말인가? 도대체, 마님, 마님 댁에서 제가 이렇게 당하도록 놔두시는 것이 무엇을 의미하는지는 아시겠지요? 이와 같은 만행을 제가 고발하지 않으리라 생각하십니까?

생탕주 부인 자네가 그리 할 수 있을지는 두고 볼 일이야.

미스티발 부인 오! 이런! 그러면 제가 여기서 죽을 수도 있다는 말씀이군요.

돌망세 못 할 것도 없지 않소?

생탕주 부인 잠시들 기다리시오. 매력적인 이 여자의 몸뚱이를 완전히 벗겨 보기에 앞서, 그대들이 보게 될 이 여자의 몸 상태가 어떤지 미리 설명하는 것이 좋을 듯싶소. 외제니가 방금 전에 귓속말로 나에게 말하기를, 어제 이 여자는 여러 가지 크고 작은 집안 문제로 남편에게 채찍으로 흠씬 두들겨 맞았다고 하던데…… 그래서 그녀의 엉덩이는 마치 여러 빛깔의 호박단처럼 보일 거라고 단언하더이다.

돌망세 (미스티발 부인의 옷이 모두 벗겨지자) 아! 그래, 이보다 더 진실한 것은 없어. 이보다 더 혹독한 학대를 받은 몸뚱이는 한 번도 본 적이 없는 것 같아…… 어떻게, 빌어먹을! 앞뒤로 온통 채찍 자국이 나 있네…… 그래도 엉덩이 하나는 훌륭하구먼. (엉덩이에 키스를 하고 주물럭거린다.)

미스티발 부인 놔주세요! 제발! 그러지 않으면 소리 지를 겁니다!

생탕주 부인 (그녀에게 다가서서 팔을 움켜쥐고는) 잘 들어, 잡것 같으니! 이제 말해 주겠다……! 너는 우리의 희생양으로서 사실상 네 남편이 보내 여기에 오게 되었어. 그러니 네 운명을 감내해야지. 어느 무엇도 네 안위를 보장할 수는 없을 것이야…… 어떤 운명을 말하는 것일까? 지금으로서는 나도 전혀 몰라! 어쩌면 교수대에 매달릴 수도, 차형에 처해질 수도, 능지처참을 당할 수도, 인두로 지짐을 당할 수도, 또는 화형을 당할 수도 있는 일이야. 너에 대한 형벌의 선택은 네 딸이 할 것이며, 형벌의 중지도 네 딸이 명할 것이다. 형벌이 중지되더라도 또 형벌을 받을 것이지만 말이야. 오! 그래! 창녀 같은 너는 예비 행위로 엄청난 고문을 당한 후 희생될 거야. 네가 소리 지르는 것에 관해서는, 미리 말해 두거니와 불필요한 일이 될 것이다. 여기에서는 소의 멱을 따더라도 소의 울부짖는 소리가 밖으로 새어 나가지 않기 때문이야. 네가 타고 온 마차와 하인들은 이미 모두 되돌려보냈다. 한번 더 말하거니와, 네 남편은 우리가 하는 일을 허락했어. 그리고 너로 하여금 여기에 발걸음을 하도록 만든 것은 어리석은 너에게 쳐 놓은 덫이었는데, 너처럼 이렇게 제대로 걸려들기란 불가능한 일이지.

돌망세 이제 외제니 어미가 아주 조용해진 것 같소.

외제니 이렇게까지 알려 준다는 것은 분명 정상참작을 하는 것이지요!

돌망세 (미스티발 부인의 엉덩이를 계속하여 더듬고 찰싹 때리면서) 참으로, 누가 보면 자네와 생탕주 부인은 매우 절친한 친구로 알겠네 그려…… 지금과 같은 때에 어디에서 이런 솔직함을 찾아볼 수 있겠는가? 부인은 진심으로 자네에게 말한 것이야……! 외제니, 너는 이리로 와서 네 어미의 엉덩이 바로 옆에 네 엉덩이를 대라…… 내가 두 엉덩이를 비교해 볼 것이니라. (외제니가 명령을 따른다.) 확실히 네 엉덩이는 훌륭해. 물론! 네 어미의 엉덩이도 괜찮아…… 잠시 이 두 엉덩이를 범하는 즐거움을 맛보아야 하겠어…… 오귀스탱, 외제니의 어미를 잡고 있어라.

미스티발 부인 아! 이럴 수가! 이런 능욕을 당하다니!

돌망세 (서두르지 않고 미스티발 부인의 엉덩이를 먼저 범한다) 자! 아무것도 아니지. 이보다 더 간단한 일은 없어…… 이봐라, 삽입되는 것조차 느껴지지 않지……! 네 남편이 이 통로를 자주 이용했다는 것을 알겠어! 외제니, 이제 너에게 할 차례다…… 확실한 차이가 있어! 자! 이쯤이면 됐다. 나는 본 행위에 앞서 예비 행위만을 하려고 했던 것이다…… 이제 약간의 정리를 합시다. 우선 외제니와 생탕주 부인은 기구를 착용하시구려. 음부가 되었든 엉덩이가 되었든 존중받아 마땅한 이 여자를 번갈아 가며 가혹하게 꿰뚫어 주기 위함이오. 공자님과 오귀스탱, 그리고 나는 각자의 음경으로 세심하게 그대들과 결합하리다. 내가 먼저 시작하겠소. 먼저 그대들도 짐작하듯이 다시 한 번 이 여자의 엉덩이에 경의를 표해야겠소. 그대들은 쾌락을 즐기는 동안 각자 좋을 대로 그리고 원하는 만큼 형벌을 집행해도 되오. 다만 그녀가 단번에 기진맥진하지 않도록 주의를 기울여 천천히 하시오…… 오귀스탱, 내가 이 늙은 암소 같은 여자의 항문을 범해야 하는 책임을 지고 있으니, 너는 내 엉덩이를 꿰뚫는 것으로 나를 위로해 다오. 외제니 너는 내가 네 어미의 엉덩이를 범하는 동시에 네 엉덩이에 키스할 수 있도록 엉덩이를 내밀고, 부인, 그대도 엉덩이를 나에게로 내밀어 내가 주무르고…… 손가락으로 꿰뚫을 수 있도록 해 주시구려…… 내가 교접하는 곳이 엉덩이일 때에는 엉덩이로 둘러싸여 있어야만 하오.

외제니 무엇을 하실 거예요, 나리, 이 몹쓸 여자에게 무엇을 하실 거예요? 내 엄마에게 정액을 쏟아부어 주시면서, 어떻게 형벌을 내린다는 것이에요?

돌망세 (행위를 계속하면서) 이 세상에서 가장 자연스러운 일을 할 것이다. 네 어미의 털을 뽑고 허벅지를 뜯어내 심한 상처를 줄 것이다.

미스티발 부인 (험한 소리를 들으면서) 아! 이런 괴물 같으니! 악당! 나를 불구로 만들겠다고……! 이럴 수가!

돌망세 애원해도 소용없다. 다른 모든 사람에게도 그랬던 것처럼 나는 네 말을 조금도 들어주지 않을 것이고, 네가 그렇게 좋아하는 그 전지전능하다는 신도 결코 엉덩이 따위에 관련된 일에는 간섭하지 않을 것이니 말이다.

미스티발 부인 악! 너무 아파요!

돌망세 희한한 행위에서 인간의 자유로운 정신이 맛보는 놀라운 효과라……! 네가 고통 속에서 울부짖는데, 나는 사정하고 있으니…… 아! 내가 너 같은 진짜 매춘부를 다른 사람들도 즐기도록 넘겨줄 마음이 없었더라면 너는 이미 목이 졸려 죽었을 것이다. 생탕주 부인, 그대 차례요. (생탕주 부인이 미스티발 부인의 엉덩이와 앞쪽을 착용하고 있는 기구로 범하고는 그녀에게 몇 차례 주먹질을 한다. 뒤이어 공자도 부인과 마찬가지로 양쪽 통로를 범한 후, 사정하면서 그녀의 따귀를 후려친다. 오귀스탱은 그다음 차례로, 앞의 두 사람과 동일한 방식으로 미스티발 부인을 능욕하고 손가락으로 콧등을 튀긴다. 이러한 공격이 진행되는 동안 돌망세는 자극적인 말을 하면서 각 공격자들의 엉덩이를 자신의 물건으로 섭렵한다.) 자, 이제 외제니 네가 네 어미를 범할 차례이니라. 우선 앞쪽을 공격해라!

외제니 이리 오시오, 엄마, 내가 이제 엄마의 남편 노릇을 할 것이니 몸을 갖다 대시오. 엄마의 남편 것보다 좀 더 크지, 그렇지 않아요? 괜찮아요, 그래도 삽입될 것이니…… 아! 소리를 질러 봐, 엄마, 소리를 질러 보란 말이오. 이렇게 딸이 엄마를 범하고 있는데……! 돌망세 나리, 나리는 내 엉덩이를 범해 주세요……! 그리되면 나는 근친상간, 간통, 항문 성교를 동시에, 그것도 바로 오늘 처녀성을 잃은 소녀가 모든 일을 벌이게 되는 것이지요……! 얼마나 대단한 진전이란 말이에요……! 까다로운 방탕의 행로를 제가 얼마나 빠른 속도로 섭렵하고 있는 것인지……! 오! 저는 이제 타락한 갈보랍니다……! 엄마가 사정하고 있는 것 같은데, 맞아요……? 돌망세 나리, 제 어미의 눈을 보세요! 엄마가 사정하고 있는 것이 확실하지요……? 아! 갈보 같으니라고! 엄마에게 방탕해지는 방법을 가르쳐 줄 것이야……! 자, 매춘부야! 자……! (외제니가 미스티발 부인을 압박하고 목을 조인다.) 아! 계속해 주세요, 나리…… 계속해 주세요, 죽기 일보 직전이에요……! (외제니가 사정하면서 미스티발 부인의 가슴과 옆구리를 주먹으로 십여 차례 내리친다.)

미스티발 부인 (정신을 잃으면서) 저를 불쌍히 여겨 주세요, 제발 부탁입니다…… 너무 아파요…… 기절할 지경이에요……. (생탕주 부인이 도와주려는데 돌망세가 가로막는다.)

돌망세 이런! 그러면 안 되지요, 안 돼. 이 여자가 실신하더라도 놔두시구려. 여자가 기절하는 장면을 목격하는 것처럼 음란한 일은 없소. 미스티발 부인이 의식을 회복할 수 있도록 채찍질을 해 주십시다…… 외제니, 너는 우리 희생양의 몸뚱이 위에 엎드려 누워라…… 이제 네 마음가짐이 확고해졌는지 확인해 볼 것이야. 공자, 자네는 어미의 품에 있는 외제니가 기절할 때까지 채찍질을 하게. 그동안 외제니는 양손으로 오귀스탱과 나에게 용두질을 해줄 것이네. 생탕주 부인, 그대는 외제니가 채찍질을 받는 동안 곁에서 용두질을 해 주시오.

공자 돌망세, 나리께서는 우리에게 정말로 끔찍한 일을 시키시는구려. 이런 짓은 자연과 신, 인정의 미덕이라는 아주 성스러운 법칙을 모독하는 일이오.

돌망세 미덕에 대한 우리 공자님의 확고한 비약처럼 나를 즐겁게 하는 것은 어디에서도 찾아볼 수 없지. 악마라면 우리가 하는 모든 짓에서 자연과 신, 인정의 미덕을 모독한다고 조금이라도 느끼겠는가? 여보게, 우리처럼 파렴치한 사람은 바로 자연으로부터 행동으로 실천할 모든 원리를 이끌어 낸다네. 내가 이미 자네에게 수 없이 말했던 바와 같이, 자연은 자신에게 절대적으로 필요한 균형의 법칙을 유지하기 위해 때로는 악덕을 때로는 미덕을 필요로 하는 만큼, 자신에게 필요한 심적 충동을 번갈아 가면서 우리 인간에게 불러일으키는 것이야. 그러므로 일반적으로 받아들여진 생각과는 달리, 그러한 충동을 우리 인간이 충실하게 따른다 하더라도 어떠한 종류의 악도 범하는 것이 아니라네. 신에 대해서는 사실이 이러하니 인간이 저지르는 선과 악에 대해 신이 개입할 것이라는 염려는 하지 말도록 하게. 즉 우주에는 유일한 신이 작용하고 있으니, 그 신이란 바로 자연이라네. 기적, 아니 오히려 인간들이 여러 가지로 곡해하여 받아들인 자연의 현상도 사실은 서로 터무니없는 형태로 인간들이 수없이 신격화한 것들이며, 사기꾼이든 책략가이든 그들은 같은 인간들의 신심을 남용하여 자신들의 우스꽝스러운 망상을 전파시킨 것일세. 이것이 바로 우리 공자님이 신이라고 부르는 것이고, 바로 이런 신을 모독하는 일에 대해 공자 자네가 안절부절못하고 있는 것이네……! 또한 자네는 우리의 객설이 인정의 법칙을 모독했다고 했지! 순박하고 소심한 그대여, 어리석은 자들이 인정이라고 부르는 것은 두려움과 이기심에서 나온 나약함일 뿐이고, 인내와 용기, 그리고 철학으로 뭉쳐진 기개를 지닌 사람들이라면 나약한 인간을 옭아매는 그런 터무니없는 미덕 따위는 알지 못한다는 사실을 기억해 두게. 그러니 무슨 짓이든 하게. 우리 공자님, 아무런 염려 말고 무슨 짓이든 하란 말이네. 이 갈보를 우리 함께 가루로 내 버리세. 그렇게 하더라도 범죄의 혐의가 있을 수 없는 것이니 말일세. 인간에게 있어서 범죄란 있을 수 없는 일이야. 자연은 우리 인간에게 죄를 짓고자 하는 억제할 수 없는 욕망을 주입시켰지만, 용의주도하게도 자연의 법칙을 어지럽힐 수 있는 행위는 인간이 할 수 없도록 만들었네. 자, 그러니 그 이외의 모든 짓은 완전히 허용되었다는 것과, 자연의 운행에 있어서 자연을 방해하거나 어지럽히는 능력을 우리에게 줄 정도로 자연이 어리석지 않다는 사실을 확신하게. 자연의 계시에 대한 맹목적인 도구에 불과한 우리에게 자연이 이 지구를 불태우라고 명령한다고 할 때, 이 명령을 거부하는 것이야말로 유일한 범죄가 될 것이고, 지상의 모든 대역 죄인은 자연의 변덕스러운 의도에 대한 하수인에 불과하다네…… 자, 외제니, 자세를 취해라…… 그런데 왜 그러느냐……! 창백하게 질린 것이더냐……!

외제니 (자신의 어머니 위에 엎드리면서) 제가요, 창백해졌다고요? 제기랄 신 같으니! 그렇지 않다는 것을 곧 아실 겁니다! (모두 자세를 취한다. 미스티발 부인은 여전히 졸도 상태다. 공자가 사정하자 모두의 자세가 풀어진다.)

돌망세 뭐야! 이 잡것이 아직도 깨어나질 않았어! 회초리! 회초리를 가져와……! 오귀스탱, 얼른 정원에 가서 가시나무 한 묶음을 꺾어 오너라. (기다리면서 돌망세는 미스티발 부인의 코에 입김을 불어넣다가, 코를 연기에 쐬도록 한다.) 오! 정말이지 이 망할 것이 죽은 것은 아닌지 염려되는군. 무슨 수를 써도 되질 않네.

외제니 (화가 나서) 죽었어요! 죽었다고요! 아주 예쁜 옷을 맞춰 놨는데 올여름에 상복을 입어야 한다는 말이에요!

생탕주 부인 (폭소를 터뜨리면서) 아! 악동 같으니라고는……!

돌망세 (되돌아온 오귀스탱의 손에 들린 가시나무를 낚아채면서) 마지막 수단의 효과가 어떤지 한번 봅시다. 외제니, 내가 네 어미를 소생시키려 애쓰는 동안 너는 내 음경을 빨고, 나도 곧 그렇게 해 줄 것이니 오귀스탱 너는 내 뒤를 깊숙하게 쑤셔라. 공자, 자네가 누이의 항문을 범하더라도 나는 조금도 개의치 않을 것인데, 내가 일을 치르면서 자네의 엉덩이에 키스를 할 수 있도록 자세를 취해 주게.

공자 나리의 말을 따릅시다. 아무리 해도 이 대역 죄인이 우리에게 끔찍한 일을 시키고 있다는 사실을 그에게 납득시킬 방법이 없으니 말이오. (자세의 틀이 잡힌다. 매질을 당하자 미스티발 부인이 점차 정신을 차린다.)

돌망세 자! 내 수단의 효과가 어떤지 모두들 보았소? 이 방법은 확실하다고 분명히 내가 말했잖소.

미스티발 부인 (눈을 뜨면서) 오! 하느님! 죽음의 문턱에 있는 저를 왜 부르시나요? 왜 끔찍하게도 저에게 생명을 되돌려주시나요?

돌망세 (매질을 계속하면서) 저런! 이봐라, 당연히 아직 모든 것이 이야기되지 않아서이지. 너에게 내려질 판결을 들어야 하지 않겠느냐……? 또 모든 것이 실행되어야 하지 않겠느냐……? 자, 우리의 희생양을 중심으로 모이시오. 그러면 희생양은 우리의 한가운데에서 무릎을 꿇고, 자신에게 내려질 선고를 들으면서 떨게 될 것이오. 생탕주 부인, 시작하시오. (다음의 여러 선고가 내려질 때에도 배우들은 계속하여 움직인다.)

생탕주 부인 나는 이 여자를 교수형에 처하오.

공자 나는 이 여자를 중국 사람들처럼 이만사천 조각의 능지처참형에 처하오.

오귀스탱 자요, 지는, 이 마님이 산 채로 박살이 나는 것 땜시 딴 것은 제하겠구먼요.

외제니 나는 아리따운 엄마에게 유황 심지를 찔러 넣고 나 스스로 세심하게 심지에 불을 댕기는 형벌을 내립니다. (여기에서 취했던 자세가 풀어진다.)

돌망세 (냉정하게) 자, 여러분, 그대들의 사부로서 나는 판결을 완화하겠소. 그런데 내가 내릴 선고와 그대들의 선고에 차이가 있다면, 그대들의 선고는 거짓 독설에 불과한 반면 내 선고는 실제로 이루어진다는 것이오. 밖에 내 하인이 있는데, 불행하게도 세상에서 가장 끔찍한 매독에 감염되어 병균을 퍼뜨리는 물건이지만, 아마도 세상에서 가장 훌륭한 음경을 그는 가지고 있을 것이오. 그놈을 올라오도록 하여, 소중하고도 사랑스러운 미스티발 부인에게 자연이 만들어 준 두 통로에다 독액을 뿜도록 할 것이오. 잔인한 그 성병의 결과가 오랫동안 지속되어 자신의 딸이 성교를 할 때 이 잡것이 방해하지 못하도록 오금을 박기 위해서요. (모두 박수갈채를 한 후, 하인을 올라오도록 한다. 돌망세가 하인에게) 라피에르, 이 여자를 범하여라. 믿을 수 없을 만큼 깨끗한 이 여자 덕분에 네놈의 병이 나을 수도 있을 것인데, 이런 처방의 예가 없지는 않느니라.

라피에르 모든 분이 보는 앞에서 말입니까, 나리?

돌망세 네놈의 물건을 우리에게 보여 주기가 두려우냐?

라피에르 그건 아닙죠, 정말입니다! 단지 너무 심해서…… 자, 마님, 자세를 좀 취해 주십시오.

미스티발 부인 오! 이런 변이 있나! 이 무슨 참담한 형벌이란 말인가!

외제니 엄마 그래도 죽음에 이르는 형벌보다는 낫지요. 적어도 이번 여름에 예쁜 옷을 입을 수 있을 테니까요!

돌망세 그동안 우리도 즐깁시다. 우리 모두 서로에게 채찍질하자는 것이 내 생각이오. 즉 라피에르가 미스티발 부인의 음부를 확실하게 범할 수 있도록 생탕주 부인은 라피에르를 때리고, 나는 생탕주 부인을, 오귀스탱은 나를, 그리고 외제니는 오귀스탱을 때리면서 동시에 공자님에게 매우 혹독하게 채찍질을 당하는 것을 말하오.

(계획대로 모든 일이 이루어진다. 라피에르가 음부를 범했을 때, 주인이 다시 항문을 범할 것을 명하자, 라피에르는 그 명령을 따른다. 모든 일이 끝났을 때, 돌망세가 말을 잇는다.) 됐다! 라피에르 너는 이제 나가거라. 옛다, 10루이다…… 오! 이런 접종은 트롱셍*도 생전에 해 보지 못했을 것이야!

생탕주 부인 내 생각으로는 이제 자네의 혈관에 퍼진 독이 날아가 버릴 수 없도록 만드는 것이 매우 중요할 것 같네. 이에 따라 외제니가 자네의 음부와 항문을 세심하게 꿰매야만 할 것이야. 매우 진하기 때문에 증발하는 성질이 약한 데다 독성까지 지독한 고름이 보다 신속하게 자네의 뼈를 녹여 버릴 수 있도록 말일세.

외제니 훌륭한 일이네요! 자! 어서요! 바늘과 실을……! 엄마, 다리를 벌려 봐. 엄마가 남자아이든 여자아이든 내 동생을 더 낳지 못하도록 꿰매 줄 테야. (생탕주 부인이 대바늘을 외제니에게 건네주는데 바늘에는 붉은 밀납을 입힌 굵은 실이 꿰여 있다. 외제니가 꿰매기 시작한다.)

미스티발 부인 아! 이럴 수가! 너무 아파!

돌망세 (미친 사람처럼 웃으면서) 정말 대단한 발상이야! 외제니, 이로써 너는 명예를 획득했다. 그러한 발상은 어디에서도 찾아볼 수 없을 거야.

외제니 (이따금 음순 안쪽을, 때로는 배와 둔덕을 찌르면서) 엄마, 이건 아무것도 아냐, 단지 이 바늘을 시험해 보려 한 것일 뿐이거든.

공자 이러다가 이 요망한 것이 자기 어미를 피로 물들이겠소.

돌망세 (행위가 일어나는 곳 정면에서 생탕주 부인에게 용두질을 받으며) 아! 제기랄 신 같으니! 이런 탈선이 얼마나 나를 흥분시키는지

---

*천연두 접종으로 유명한 제네바 출신의 의사.

모르겠어! 외제니, 흥분을 유지시키기 위해서이니 계속해서 찔러
대라.

외제니 필요하다면 이백 번도 더 찌르겠어요…… 공자님, 제가 엄
마를 찌르는 동안 저에게 용두질을 해 주세요.

공자 (그녀의 말을 따르면서) 이년처럼 불한당 같은 계집은 결코 찾
아볼 수 없을 거야!

외제니 (매우 흥분하여) 욕은 한마디도 하지 마세요, 공자님. 그렇지
않으면 나리를 찌르겠어요! 신사적으로 저에게 애무나 해 주세요.
공자님은 손이 하나밖에 없으세요? 엉덩이도 좀 만져 주세요. 이제
앞을 분간할 수 없어요. 아무 곳이나 가리지 않고 꿰맬 것이야……
자, 바늘이 어디까지 가는지 보세요…… 허벅지까지, 유방까지 꿰매
는 것을 말이에요…… 아! 이런! 이게 무슨 쾌락이람!

미스티발 부인 몹쓸 것, 네가 나에게 이런 고통을 주다니……! 너를
낳아 준 것이 너무도 부끄럽다!

외제니 자, 조용히 해, 엄마! 이제 끝났어.

돌망세 (생탕주 부인의 손에서 흥분되어 빠져나오면서) 외제니, 엉덩이
는 내 전문 분야이니 나에게 넘겨라.

생탕주 부인 돌망세, 너무 흥분한 나머지 그녀를 학대하다가 죽이
겠소.

돌망세 상관없소! 우리에게는 그래도 된다는 허가서가 있지 않소?
(돌망세가 미스티발 부인을 배를 깔도록 하여 눕히고는 바늘로 그녀의 항
문을 꿰매기 시작한다.)

미스티발 부인 (악마나 지를 법한 비명 소리로) 아! 악! 아아……!

돌망세 (살 속 깊숙이 바늘을 꽂으면서) 조용히 해, 이 갈보야! 그러지
않으면 네 양 볼기를 엉망진창으로 만들어 줄 테다…… 외제니, 나

에게 용두질을 하여라!

외제니 그러겠어요. 그 대신 더 심하게 찔러야 해요. 나리께서도 인정하시겠지만 제 어미를 너무 조심스럽게 다루고 계시니까요. (외제니가 돌망세에게 용두질한다.)

생탕주 부인 이제 이 큼직한 두 볼기를 잘 좀 다듬어 주시구려!

돌망세 참으시오, 곧 그녀의 볼기를 소 넓적다리에 하는 것처럼 찌를 것이니 말이오. 외제니, 내 가르침을 잊었구나, 귀두가 덮였어!

외제니 이 매춘부가 받는 고통으로 저는 제가 정확히 무엇을 하는지 모를 정도로 흥분해서 그래요.

돌망세 어미랑 붙어먹을 년 같으니! 머리가 돌기 시작하네. 생탕주 부인, 오귀스탱이 내 면전에서 그대의 엉덩이를 범하도록 해 주는 한편 그대의 동생에게는 음부를 범하도록 해 주시오. 특히 그대들 모두의 엉덩이가 보이도록 해 주시구려. 그런 장면이라야 나를 완전히 미치도록 만들 수 있기 때문이오. (자신이 요구한 자세가 취해지는 동안 돌망세가 미스티발 부인의 볼기를 찌른다.) 자, 소중한 외제니 어미야, 이 바늘 맛을 보아라, 이 맛도! (돌망세가 미스티발 부인의 볼기에 이십여 곳 이상을 찌른다.)

미스티발 부인 아! 용서해 주세요, 나리! 정말로 잘못했습니다. 이러다 저를 죽이시겠어요……!

돌망세 (쾌락으로 정신이 혼미하여) 그렇게 하고 싶다…… 내가 이렇게 흥분에 도취되기란 오랜만의 일이지. 수많은 사정을 한다 하더라도 이런 도취를 만끽할 수는 없을 것이야.

생탕주 부인 (돌망세가 요구한 자세를 취하면서) 돌망세, 이렇게 하면 되겠소?

돌망세 엉덩이가 잘 보이질 않으니 오귀스탱은 오른쪽으로 몸을 조금만 돌려라. 그리고 허리를 굽혀라. 항문을 보고 싶다.

외제니   아! 이런! 피로 물든 잡년을 보세요!

돌망세   대수로울 것 없다. 자, 모두들 준비되었소? 나는 조금 있으면 내가 방금 전에 낸 상처에 생명의 향유를 뿌릴 것이오.

생탕주 부인   그러시구려, 나리, 나도 사정할 것이오…… 나리와 동시에 우리 모두 목표에 도달할 것이오.

돌망세   (꿰매는 작업을 마친 그는 사정하면서 희생양의 볼기를 바늘로 찌르기만을 계속한다.) 아! 지독한 놈의 신 같으니! 정액이 흐르고 있어…… 흘러 없어지고 있단 말이야, 제기랄 신 같으니…… 외제니, 정액이 흐르는 방향이 내가 학대한 볼기를 향하도록 하여라…… 아, 이것 참! 이런! 됐어…… 더는 못하겠어…… 그토록 강렬한 정열 다음에는 왜 무기력함이 뒤따르는 것인가?

생탕주 부인   계속해! 동생, 더 강하게 하란 말이야, 사정하겠어…… (오귀스탱에게) 나를 휘저어라, 이 상놈아! 내가 사정할 때에는 내 엉덩이에 더 깊숙이 밀어 넣어야 한다는 사실을 모른다는 것이냐……? 아! 빌어먹을 신 같으니! 두 남자 사이에서 이렇게 당하는 것이란 얼마나 감미로운 일인지! (무리는 해산된다.)

돌망세   모든 것이 다 이야기 되었소. (미스티발 부인에게) 매춘부, 너는 이제 옷을 입고 언제든 원할 때 여기를 떠나도 된다. 우리는 지금까지 했던 모든 일에 대해 바로 네 남편의 허락을 받았다는 사실을 명심하여라. 우리가 너에게 말했지. 너는 그 사실을 믿지 않았지만 말이다. 증거가 있으니 읽어 보아라. (미스티발 부인에게 편지를 보여 준다.) 이 편지는 네 딸이 원하는 일을 할 나이가 되었다는 사실과 네 딸이 성교를 좋아하고 성교를 위해 태어났다는 사실, 그리고 너 자신이 당하고 싶지 않다면 네 딸아이가 하는 대로 놔두는 것이

상책이라는 사실을 너에게 상기시켜 주기에 충분할 것이다. 나가거라, 우리 공자님이 너를 파리까지 데려다 줄 것이다. 좌중에게 작별 인사를 하여라, 빌어먹을! 네 딸 앞에서 무릎을 꿇고, 딸에게 했던 가증스러운 소행에 대한 용서를 구하여라…… 외제니, 너는 있는 힘을 다하여 네 어미에게 따귀 두어 대를 갈기고, 어미가 문턱을 넘는 순간 엉덩이에 힘찬 발길질을 하여라. (그대로 실행된다.) 잘 가시게, 우리 공자님. 파리로 가는 도중에 부인을 범하지는 말게. 그녀의 몸은 꿰매진 데다 매독에 걸렸음을 잊지 말아야 할 것이야. (모두가 나간다.) 이제 저녁 식사를 하고, 우리 네 사람 모두 한 침대에 누움시다. 굉장한 하루였소! 나는 말이오, 어리석은 자들이 범죄라고 부르는 짓으로 충분히 더럽혀진 날 이외에는 훌륭한 식사를 하지도 편안한 잠을 청하지도 않소.

작품 해설

사드 읽기*

사드에 대한 독자의 관심은 그가 성적 추문을 일으킨 이후 19세기 낭만주의, 20세기 초현실주의 그리고 21세기 초엽인 현재까지도 수그러들지 않고 있다. 이 같은 현상은 사드의 문학과 철학적인 측면만을 조명한 결과가 아니다. 특히 프로이트 이후 정신분석학계에서는 사드에 대한 연구를 공공연히 해 왔고 바타이유, 바르트, 푸코, 들뢰즈, 라캉 같은 대표적 현대 지성들은 그에 대한 깊은 관심을 표명하고 심도 있는 연구를 해 왔다. 요즈음에도 정신분석학은 물론이고 문학, 철학, 사회학, 병리학, 법학 등 여러 학문 분야에서 광범위하게 사드를 다루고 있다. 18세기 계몽사상에 관해 저명한 학자인 장 마리 굴르모가 말한 바처럼 사드는 매우 흥미로운 연구 대상으로서 연구자들의 끊임없는 관심을 불러일으키기에 충분하기 때

---

*이 작품 설명은 필자의 여러 논문을 토대로 작성되었음을 밝힌다.

문일 것이다.

그러나 수많은 연구자들이 사드에 대해 깊은 관심을 보이고 그의 사상과 작품을 이해하기 위해 심도 있는 연구를 수행했다 하더라도 사드 작품의 의미는 아직도 명쾌하게 밝혀지지 않았다. 이들은 작품의 전체적인 맥락은 경시한 채 작품의 부분적인 요소만을 취해 연구 대상으로 삼음으로써 작가의 사상 또는 작품의 의미를 오히려 훼손한 경우가 많았고 연구자 스스로도 잘못 이해한 텍스트를 이해하기 어려운 이론적 시각으로 해석하여 자주 독자의 판단을 흐리게 한 측면도 있었다.

필자는 여러 논문에서 사드의 작품에 언술된 수많은 철학적 논증에는 서로 모순이 있다는 점, 작품 전체에 걸쳐 지나치게 과장되어 묘사된 사덕한 장면들은 작가가 추구한 사상의 결과가 아니라는 것, 더불어 사디스트적인 장면들을 이 장면의 부가 설명처럼 이어지거나 전조처럼 발화되는 철학적 논증과 결부하는 작가의 일관된 사상 또는 통일성은 구축될 수 없음을 밝혔다.

그렇다면 이제 난마처럼 얽힌 사드의 작품을 어떻게 읽어야 하는가? 난데없이 행해지는 내용상 유사한, 그러나 서로 상반되는 철학적 논증들, 논증 전이나 후의 사디스트적인 장면들, 등장인물들의 기상천외한 성도착증, 그럼에도 철학자의 모습을 보이는 등장인물들은 여전히 우리의 독서를 방해하며 그런 만큼 독자가 사드를 읽으려면 상당한 인내와 용기 게다가 극도의 세심함까지 갖춰야 한다.

사드를 이해하기 위해서 우선 그가 했던 독서에 대한 이해가 필요하다. 그는 평생을 걸쳐 누구보다도 책을 좋아했던 독서광이었다. 볼테르와도 친분이 두터웠을 만큼 유명한 지성이자 여러 대교구의 고위직을 역임했던 숙부 자크 드 사드 사제에게게서 일찍이 교육을 받았던 사실은 제외하더라도 그는 엄청난 분량의 책을 소장한 영지 라코스트 성 서고에서 책 읽는 것을 좋아했다. 더구나 대부분의 시간을 독서에 할애할 수 있었던 수감 생활 동안에는 철저한 계획을 세워 굉장한 분량의 책을 읽었다. 우리가 조사한 바에 의하면 1778년부터 1789년까지 옥중 서신에서 언급된 서적만 279종이었다. 이 가운데는 수십 권으로 이루어진 전집도 10여 질 포함되고 보통 2~7권 정도로 구성된 작품들이 많았다. 하루에 읽는 책도 보통 두세 권이었다.

그런데 많은 사드 연구자들은 독서광 사드가 자신이 읽은 책의 내용을 광범위하게 인용하여 작품을 창작했다는 사실을 간과해 왔다. 물론 알리스 라보르드 같은 학자는 1776년 라코스트 서고의 도서 목록을 작성하여 사드가 읽은 책의 내용과 종류를 짐작할 수 있도록 해 주었다. 또한 한스울리히 사이퍼(Hans-Ulrich Seifer)는 수많은 서적에서 사드가 인용한 문장들을 꼼꼼하게 확인하는 작업을 했으며 장 르뒤크 같은 경우에도 사드의 무신론과 부도덕주의의 배경이 되는 사상가들의 주장을 찾고자 했다. 특히 언급한 마지막 두 연구자는 사드의 작품에서 벨, 몽테스키외, 볼테르, 라메트리, 엘베시우스, 디드로, 달랑베르, 돌바크 등을 비롯한 18세기 프랑스를 빛낸 사상가 수십, 수백 명의 논거가 약간 수정되거나 또는 한 자도 바뀌지 않고 원문 그대로 인용된 사실을 밝혀냈다. 그러나 이들의 연구는 사드가 어느 저자의 어떠한 서적을 읽었는지 아는 데 유용할 수는 있어도 사드의 작품과 그가 접했던 수많은 작가의 책 또는 사상과의 상관 관계를 파악하고자 할 때에는 큰 도움을 주지 못했다.

사드의 등장인물들이 대변하는 사상이 작가가 읽었던 사상가들의 것이라면 많은 연구자들이 그랬듯이 어떻게 언급한 수십, 수백 사상가들의 철학적 논거를 엮어 일관된 사드의 사상을 재구성할 수 있겠는가? 더구나 한 등장인물의 철학적 논증도 많은 사상가들의 논거들이 조합되어 상반된 경우가 많아 일관된 논점을 파악하는 것도 거의 불가능한 일인데 어떻게 사드의 작품에서 통일된 체계를 구축할 수 있단 말인가? 사드 작품에서의 철학적 논증은 수많은 사상가들의 논거를 조합해 놓은 것에 지나지 않으며, 따라서 등장인물들의 철학적 단상들은 작가 고유의 사상과 별개임을 반증한다. 이런 의미에서 대부분의 사드 연구자들이 시도한 것처럼 작품을 통해 사드의 일관적인 사상 체계를 재현하는 작업은 무의미한 일이 된다. 여기에서 중요한 일은 사드는 왜 수많은 사상가들의 논거를 종종 단어 한 개도 바꾸지 않고 작품에 인용했는지, 그리고 이러한 표절을 통해 작가는 무엇을 말하고자 했는지 연구하는 일이어야 한다.

사드의 『소설론』은 사드를 읽을 때 가장 정확하고도 중요한 길잡이 역할을 해 준다. 사드는 소설이란 무엇보다도 한 세기에 걸친 여러 도덕관념에 대한 묘사라고 여겼다. 여기에서 여러 도덕관념은 여러 철학적 세계관을 직접적으로 반영하는 것으로서 사드는 이러한 세계관과 함께 소설적인 기법으로 철학이 낳을 수 있는 여러 가지 도덕적 결과를 그려 내야 한다고 생각했다. 사드가 18세기 철학자들의 사상을 자신의 작품에 표절한 사실은 그의 소설론 입장에서 보자면 충분히 이해 가능한 일이다. 즉 작가가 여러 철학자들의 사상을 검토하고 등장인물들을 통해 각 세계관의 모랄을 비교하고자 했다면 자신이 주장한 소설론에 정확히 일치하기 때문이며, 이러한 가정이 타당한 것이라면 사드를 읽는 것은 의외로 수월해진다.

사드가 작품에서 여러 철학적 세계관, 특히 18세기 철학적 세계관을 다루고자 했다면, 사드를 읽기 위해서는 18세기의 철학적 조류에 대한 이해가 필수적이다. 그러나 여기에서 모든 철학자들에 대한 자세한 탐구를 할 수도, 또 그럴 필요까지도 없다. 단지 그들이 주장했던 주요 사상이 무엇인지 살펴보는 것으로 충분할 것이다. 그다음으로는 사드의 작품에서 이러한 사상들이 어떠한 양상으로 나타났고 그 의미가 무엇인지 몇 가지 예를 들어 밝히도록 하겠다.

계몽주의에 관해서

이성이라는 말로 정의 내릴 수 있는 18세기 계몽주의는 17세기 말 사상까지 거슬러 올라가야만 설명이 가능하다. 데카르트는 언급하지 않더라도 퐁트넬의 『신탁의 역사』(1687)와 벨의 『비판적 역사 사전』(1697)에서도 볼 수 있듯이 이성과 과학적 사고로 계시종교, 즉 기독교의 허구성을 고발하고 맹신을 타파하고자 하는 시도를 계몽주의의 첫 걸음으로 보면 정확할 것이다. 특히 18세기 계몽주의자들은 진정한 철학자적 태도를 벨에게서 찾았다. 과학적 이성과 사고방식, 절대군주에 대한 저항, 교회에 대한 저항 그리고 그 때문에 박해를 받았던 그의 진보적 인생 역정은 다음 세대의 거의 모든 철학자들에게 모범이 되었으며, 계몽철학자들이 당시에 가장 뜨거운 논점인 자유와 평등을 부르짖을 때 이러한 철학자적 태도가 그들의 버팀목 역할을 해 주었다.

18세기 전반에 걸쳐 모든 계몽 사상가들의 사유에서 공통적으로 나타나는 요소는 기독교에 대한 끈질긴 공격이다. 여기에서부터 절대왕권에 대한 비판, 권력 구조에 대한 탐구, 사회 불평등에 대한 논거, 그리고 새로운 세계, 새로운 모럴에 대한 탐구가 시작되었다. 그런데 18세기 초부터 말까지 계몽주의 사상가들은 벨 이후 형성된 철학자적 태도를 공통적으로 취할 뿐, 단일한 사상적 통일성을 그들에게서 찾기는 어렵다. 오히려 그들은 서로의 사상에 대해 가감 없는 비판을 가했고, 볼테르와 루소의 관계에서 볼 수 있는 것처럼 대립의 정도를 넘어서 생사를 건 투쟁의 양상을 보이는 경우도 있었다. 즉 볼테르와 디드로의 세계관이 다르듯이 루소와 디드로 또는 볼테르의 세계관, 디드로와 라메트리 또는 엘베시우스의 세계관은 많은 차이를 보인다. 시대에 따라 또는 동시대에도 서로 다른 여러 사상과 세계관이 혼재했던 것이다.

이러한 사상적 조류는 세 시기로 나누어 살펴볼 수 있다. 즉 1715년부터 1743년까지와 1743년부터 1774년까지, 그리고 1774년부터 대혁명까지의 기간을 말한다.* 우선 첫 번째 시기는 찬란한 문화를 꽃피웠으나 왕권이 지나치게 강화되어 자유로운 지적 활동을 저해한 루이 14세가 죽은 후 시대로서 자유로운 시대정신과 함께 새로운 사상적 경향이 활발하게 나타났다. 그러나 몽테스키외와 볼테르로 대표되는 새로운 경향의 많은 철학자들의 사상은 아직 온건하고 매우 조심스러웠다. 이때까지는 기독교 신의 존재는 부정하지만 이 세계의 창조주인 신, 즉 자연신을 인정하는 이신론자들의 세

---

* 사상사적 내용을 역사적 연대기에 비춰 고찰하는 것은 상당히 위험하나 모든 문화는 사회적인 것이고 역사와 밀접한 관계가 있다는 가정하에 18세기 계몽주의의 경향을 역사적 구분에 따라 분류하고자 한다. 또한 사상사적 측면에서 시대 구분은 명확하게 나눌 수 있는 것이 아니다. 여기에서의 시대 구분은 편의상 설정한 것에 지나지 않음을 밝혀 둔다.

계관이 우세했는데, 이러한 철학적 경향은 필립 도를레앙(Philippe d'Oréans)의 섭정 기간 동안 꾸준하게 유지되었다. 1743년부터 1774년까지는 루이 15세가 프랑스를 직접 통치한 기간으로, 이어지는 국내외적인 실정, 특히 다미엥의 루이 15세 시해 사건으로 철학자들이 탄압당해 동요했던 시기였다. 이때까지 조심스러웠던 계몽사상은 라메트리, 디드로, 엘베시우스, 돌바크 같은 철학자들의 활발한 문필 활동과 함께 극단적으로 치닫는 경향이 있었다. 이들은 기독교뿐만 아니라 자연신까지도 부정하는 무신론적 유물론자들로서, 그들의 주요 논거를 살펴보면 이 세계는 물질로 이루어져서 그 자체로 존재하며 스스로 움직인다는 것이 골자이고, 그들의 모든 논거는 여기에서부터 출발한다. 마치 우리나라 태극사상과도 비슷한 추론으로 생각하면 이해하기 쉬울 것이다. 이에 대해서는 더 설명될 것이다. 마지막으로 1770년 이후 계몽사상은, 계몽주의 운동의 핵심 사상가들이 서서히 문단에서 사라져 가면서부터 퇴조 기미를 역력히 보이는 가운데, 매우 복잡한 양상을 띠었다. 이 시기부터 볼테르, 루소, 디드로 등은 사회 문제보다는 내면 문제 또는 예술 문제에 집착하다가 루소와 볼테르는 1778년에, 디드로는 1784년에 죽었다. 구심점을 잃은 철학자들은 한편으로는 돌바크를 중심으로 유물론적 계몽사상의 전파에 박차를 가했던 그룹이 있었고 다른 한편으로는 계몽철학에 염증을 느꼈던 그룹이 있었다. 마르몽텔, 쉬아르, 베르나르댕 드 생피에르 등은 이 그룹에 속했던 대표적 작가들이다.

반계몽주의 사상

　18세기 반계몽주의는 그 말 자체가 최근에 생성되어 아직 용어 자체에 대한 검증 작업이 미비한 만큼 이 용어를 쓰기에는 이르다는 느낌이다. 그러나 우리는 반계몽주의란, anti 라는 요소가 지칭하듯 계몽주의에 반대 입장을 취하는 이데올로기로 잠정적인 결론을 내린 바 있다. 그런데 반계몽주의자들이라고 해서 계몽주의를 완전히 배격한 것은 아니다. 오히려 이들은 계몽주의의 과학 정신, 저항정신, 상상력, 자유와 평등사상 등에 어느 누구보다도 매료되었을지도 모른다. 반계몽주의자들 가운데 대표적인 문인인 팔리소가 그의 저서에서 퐁트넬, 벨, 볼테르, 몽테스키외 등을 매우 높이 평가한 것은 어떤 의미였을까? 이는 반계몽주의자들이 초기 계몽주의에 대해서는 거부감이 없었다는 것과, 반계몽주의자들과 계몽주의 사상가들을 구분하는 경계가 모호하다는 사실을 반증한다.

　여기에서 중요한 것은 반계몽주의에 대한 정의를 내리는 것이 아니라 반계몽주의자들이 계몽주의를 거부하고 이에 대항했던 배경은 무엇이었으며 언제부터 이러한 현상이 나타났는지 살펴보는 것이다.

　이미 언급한 것처럼 계몽주의는 기독교를 부정하면서 형성된 사상이다. 18세기 중엽까지 계몽주의자들의 사상에 대해 공개적으로 반론을 제기할 수 있었던 세력은 교회뿐이었다. 당시 수많은 지식인들은 자신들의 조심성 때문에 또는 계몽사상의 타당성 때문에 침묵했을 것이다. 그런데 18세기 초엽부터 은밀하게 논의되었던 무신론이 1740년 이후 지식인층에서 유행처럼 번졌다.

　당시만 해도 무신론적 사상을 유포하는 것은 구금, 또는 사형에 처해질 수 있는 중대한 범법 행위였다. 이런 상황에서도 돌바크의 성관(계몽주의자들의 집결지 역할)에서는 공개적으로 무신론적 내용을 담은 글들이 발표되기까지 했으며, 급기야 무신론자들의 저서들이 무더기로 출판되기에 이르렀다. 대표적인 저작으로는 라메트리의 『영혼의 자연사』(1745)와 『인간 기계론』(1747), 엘베시우스의 『정신론』(1759)과 『인간론』(1772), 돌·바크의 『폭로된 그리스도교』(1756)와 『자연의 체계』(1770), 그리고 디드로의 철학적 단편들이 있다. 이 여러 저작은 모두 기독교를 부정하고 새로운 철학 체계를 세우려고 시도한 것으로 보아도 무방하다. 특히 모럴은 이 저작에서 공통적으로 또한 심도 있게 다루어진 문제였다. 그들이 무너뜨린 기독교적 세계관을 대체하는 자연주의적 세계관을 확립하고자 했던 것인데, 여기에서 그들이 설파했던 철학의 궁극적 목적인 인간과 사회를 위한 모럴의 체계를 세우는 데 실패한다면 그들의 철학은 무의미한 것이 되기 때문이다.

기독교적 세계관에서는 절대자가 있어서 그의 영향력 아래 우주의 운행, 자연, 인간과 사회의 모든 질서가 유지된다. 또한 선과 악의 개념, 사후의 심판 등이 성서에 규정되어 상당한 구속력을 행사하면서 인간 사회의 안녕을 유지하고자 하는데 이것이 바로 기독교적 모럴의 근간을 이룬다. 그런데 자연사상가들이 주장한 이론을 그대로 수용한다면 인간 사회는 대단한 혼란에 빠질 것이다. 왜냐하면 자연의 모든 것이 물질이라고 가정할 때, 인간 역시 돌이나 금속처럼 물질에(라메트리는 인간의 영혼까지도 물질로 보았다.) 지나지 않으며, 따라서 신의 의지나 각자의 의지에 의해서가 아니라 체내 물질의 상호작용, 보다 정확히 말하자면 본능에 의해 움직이기 때문이다. 이런 세계에서는 동물의 세계에서처럼 선과 악의 경계가 있을 수 없다. 각자는 본능과 자기 보존을 위해서만 살아야 하며 이것이 인간의 유일한 삶의 법칙이 되기 때문이다. 반계몽주의자들은 바로 여기에서 자연사상을 부도덕하다고 보았으며 계몽주의를 비판할 수 있는 근거를 찾았던 것이다. 이러한 비판에 대해서는 다시 언급할 것이다.

　그러면 어떠한 사람들이 반계몽주의 운동에 참여했을까? 필자가 연구한 바로는 세 그룹이 있다. 우선 계몽주의자들이 주적으로 삼았던 기독교과 관련이 있는 사람들이다. 잠재적 호교론자들이었던 대다수의 일반 프랑스국민들과 식자층은 제외하더라도 여전히 프랑스 교육, 문화 그리고 지성의 한 축을 담당한 성직자 그룹이 있다. 이들은 십 세기가 훨씬 넘는 전통과 지식의 본산임을 자부하는 교회, 수도원을 중심으로 계몽철학자들의 논리를 철저히 분석하여 상대방의 논리를 무력화할 수 있는 길을 끊임없이 탐구했다. 베르지에, 제라르, 바뤼엘 등이 대표적인 성직자들이며 신교 쪽에서도 자코브 베르네스, 올랑 등이 가세했다. 또 다른 그룹은 정기 간행물《안네 리테레르》편집인들을 중심으로 이루어졌는데 프레롱, 바퀼라르 다르노, 팔리소, 도라, 조제프 드 라 포르트 등과 같은 작가로서, 한때는 계몽주의자들과 어울렸던 사람들이다. 바퀼라르 다르노의 후견인은 볼테르였고, 조제프 드 라 포르트는 돌바크가 주관하는 살롱에서 디드로 등의 계몽사상가들과 교유했다. 이들은 공통적으로 계몽주의 사상에 폭넓은 이해와 지식을 갖추어서 성직자 그룹보다는 논리적으로 훨씬 성숙한 면모를 보여 주었다. 마지막으로 소외된 감성주의 작가 그룹이 있다. 루소를 비롯하여 문학에 재능 있는 수많은 인재들이 지방에서 파리로 올라왔으나 경제적으로는 성공하지 못했던 소외된 그룹이다. 몇몇 작가들을 제외하고는 이름조차 알려지지 못한 경우가 대부분인데, 그들은 특히 계몽주의자들의 '귀족성'에 대해 신랄한 비판을 가했다. 여기에서 귀족성이란, 계몽주의자들 대부분이 귀족에 속했거나 볼테르의 경우처럼 사업으로 거부가 되었거나, 또는 유력 인사로부터 많은 연금 혜택을 입었거나, 아카데미 회원이되어 연금을 받았던 이유로 경제적인 어려움이 없었음을 말한다.

살펴본 바와 같이 반계몽주의자들은 어떤 단일한 계층이나 사상으로 결집된 그룹을 형성한 것은 아니다. 그렇지만 이들의 계몽주의자들에 대한 공격이 계몽철학의 논리와 모럴의 위험성과 위선에 집중되었다는 데 대해 공통점이 있다. 신이 없는 세계, 즉 계몽주의자들이 말하는, 자연에 던져진 인간이 자기 보존을 위해 타인을 해칠 수도 있다는 결론을 도출해 낸 반계몽주의자들은 이 점에 대해서 집요한 답변을 요구(돌바크의 『자연의 체계』와 엘베시우스의 『인간론』 등은 이런 연유로 집필되었다.)했고, 자유와 평등을 주장했던 계몽주의자들의 위선에 대한 각성을 촉구했던 것이다.

반계몽주의자들의 글쓰기와 사드의 글쓰기

계몽주의 사상을 직설적인 방법으로 공격할 때 가장 탁월했던 사람은 베르지에 신부로 돌바크의 『자연의 체계』(1770)를 논문 형식으로 정면 비판한 저서 『유물론 검토 또는 자연의 체계에 대한 반박』(1771)을 써서 많은 지식인들의 공감을 얻었다. 이전에도 『스스로 반박한 이신론』(1765)을 집필하여 루소의 이신론 사상의 모순을 밝혀 주었다. 제라르, 바뤼엘 등과 자코브 베르네스, 올랑 등은 소설을 통해 계몽사상을 공박했다. 이들은 계몽철학 이론대로 사고하고 행동하는 패륜아 주인공을 등장시켜 자기모순에 빠지게 하고 결국은 회개하는 것으로 소설을 끝맺음으로써 계몽사상이 낳을 수 있는 비윤리성(유물론은 개인의 이기심을 부추긴다는 논증)과 철학체계의 모순을 고발했다.

반계몽주의자들 가운데 가장 효과적으로 계몽주의의 모순을 적나라하게 밝힌 작가는 팔리소였다. 그는 『철학자들』(1760)과 풍자시 『우인열전 또는 어리석은 자들의 논쟁』(1764) 등을 써서 디드로, 루소, 엘베시우스, 뒤클로 등을 비롯한 수많은 계몽주의자들의 이론적 모순을 밝히거나 계몽주의자들을 비하하여 공격했다. 『철학자들』은, 디드로를 풍자한 도로티디우스가 자신이 주장한 모럴의 근간인 "실리"를 보이기 위해 남의 주머니를 털고, 루소의 화신인 크리스팽은 네 발로 걸어 다니면서 루소의 자연관을 실천하기 위해 풀 뜯기를 권하는 장면이 매우 유명한, 대단한 성공을 거둔 희곡이다. 다음은 팔리소가 계몽철학을 패러디하는 기법을 보여 주는 한 장면(3막 7장)으로 인용문에서는 루소를 문제시했다.

시달리즈 아! 그러면 저는 제 애독서를 읽겠습니다.

발레르 뭐라고요? 『인간불평등의 기원론』을 말이오? 그 책은 내 애독서이기도 하지요.

테오프라스트 그 책은 금과옥조요. 모든 인간을 동물들과 같은 수준의 피조물로 환원했으니. 우리처럼 말이오. 인간은 법이란 것을 알게 되면서부터 스스로 노예가 되었소. 그러니 인간이란 숲 속에 살 때라야 모든 일이 풀리는 것이라오.

시달리즈 저는 우리 모두가 자연 상태로 돌아가는 모습을 보는 순수한 기쁨을 음미하고 싶군요.

테오프라스트 그릇된 생각을 하는 사람들은 여전히 자기 침잠의 세계에 깊게 빠져 있소. 게다가 그들은 엄청난 편견에 사로잡혀 있지요. 식자층이라고 해 봤자 재능 없는 사람이 대부분이고…….

난해한 포르노그래피 작가로 알려진 사드의 작품은 이런 패러디의 측면에서 조망해 보면 쉽게 읽힌다. 그동안 사드 연구자들은 작가를 극단적 계몽철학자라는 가정하에 분석해 왔는데, 이들은 등장인물들의 담론이 마치 작가의 고유 사상이며 그들이 추구했던 괴상한 정열들, 방탕의 세부 규칙들, 온갖 추태와 죄악 등이야말로 작가가 추구했던 절대 자유이며 이상이라고 여겨 왔다. 그러나 정작작가 자신은 우리가 곧 살펴볼 것처럼 작품 여기저기에서, 또는 그가 쓴 편지들에서 등장인물들의 자연사상과는 상당한 거리를 두었다. 프랑스 대혁명 이전에 집필된 사드의 대표작인 『소돔에서의 120일』, 『미덕의 불운』 그리고 『알린과 발쿠르』에 대한 약간의 분석으로도 그의 글쓰기 의도와 방식이 드러난다.

그의 초기 작품인 『소돔에서의 120일』에서부터 작가는 등장인물의 사상을 비아냥거리고 비판하는 태도로 일관한다. 천일야화 형식의 이 소설 내용을 요약하면 다음과 같다. 부와 명예에 있어서 최고위직에 있는 네 탕아들이 자신들의 성적 정열을 마음껏 충족하기 위해 어느 누구의 접근도 불허하는 성에서 백이십 일간의 질펀한 통음 난무를 준비한다. 이를 위해서 엄청난 비용을 들여 수많은 사람들을 납치하거나 사들여 그들의 괴이한 성욕을 위한 도구로 삼아 자신들의 아내나 딸까지도 사디즘의 희생자로 만들어 나중에는 집단 학살로 이르는 과정을 그린 것이 이 소설의 간략한 줄

거리다. 이 작품에서 주목해야 할 사실은 무엇보다도 네 탕아들이 다른 모든 소설에서와 마찬가지로 철학자들이다. 그들은 한결같이 철저한 무신론자이고 유물론자인 동시에 자연사상가들이다. 또한 네 주인공 모두 상상조차 하기 힘든 방탕아들이고 살인자이며 폭군들이다. 전혀 일치되지 않는 철학자와 방탕아의 모습. 그런데 우리는 작품 서문 첫 페이지부터 그들이 원하는 대로 욕망을 충족하고 모든 죄악을 저지르는 근거가 바로 그들의 철학적 토대 위에 있다는 것을 깨달을 수 있다. 화자가 묘사한 블랑지스 공작은 명확한 예이다.

바로 이런 종류의 억지 추론으로 공작은 자신의 모든 기벽을 정당화해 왔으며, 할 수 있는 모든 생각을 품고 있었기에 그의 논지는 단호해 보였다. 자기 철학의 틀에 꼭 맞추어 행동하면서, 공작은 사춘기에 접어들어서부터 이미 더없이 수치스럽고 황당무계한 짓거리를 아무 거리낌 없이 해 왔던 것이다.

이 인용문은 서문에 묘사된 네 탕아들이 살인, 방화, 근친상간, 동성연애를 하는 것은 그들의 철학 이론에서 비롯된 것임을 명확히 보여 준다.*

이와 더불어 『소돔에서의 120일』과 『미덕의 불운』에 기술된 '평

---

* 블랑지스 공작은 다음과 같이 말했다. "내 기질은 자연으로부터 받은 것이어서 이 기질에 어긋나고자 하는 것은 곧 자연의 뜻을 거스르는 것이다. 자연이 나에게 못된 기질을 주었다면 그 기질 또한 자연의 뜻에 비추어 볼 때 필요했기 때문이지. 나는 자연이란 커다란 맥락에서 단지 자연에 의해 움직이는 기계에 지나지 않는 고로, 나의 어떠한 죄악도 자연에 도움이 되지 않는 것은 하나도 없다."

등'에 대한 논의는* 그들의 철학이라는 것이 모두 모순으로 가득한 궤변에 지나지 않는다는 사실을 극명하게 보여 준다. 우선 『소돔에서의 120일』에서 이야기꾼 뒤클로는 절도 행위를 자연적 평등론으로 정당화하는 데 반해 나중에 뒤르세는 자연적 불평등론을 설파한다.

뒤클로의 자연적 평등론

지상의 모든 재산은 고루 분배되어야 함과 힘과 폭력이 자연의 제일법칙인 이 평등을 저해함을 통감한 저로서는 할 수 있는 한 최선을 다해 운명을 바로잡고 균형을 맞추려고 했습니다.

뒤르세의 자연적 불평등론

우리 인간들에게 부여된 불평등은 자연이 이러한 불일치를 좋아한다는 것을 증명하지. 왜냐하면 자연이 이런 부조화를 만들었고 신체에서와 마찬가지로 재산에서도 이런 상태를 원하기 때문이야. 또한 약자에게는 절도로 불평등의 해소가 허용된 것처럼 강자에게는 약자를 도와주지 않음으로써 불평등을 복원하는 것이 허용되었지. 만일 모든 피조물이 완벽한 평등을 이루며 존재한다면 세계는 한순간도 존재하지 않을 것이야. 모든 것을 유지하고 이끌어 가는 질서가 나오는 것은 바로 이러한 차이에서이기 때문이지.

뒤클로와 뒤르세, 뿐만 아니라 사드의 등장인물 대부분은, 자연사

---

* 여기에서 언급되는 평등 또는 불평등에 관련된 담론은 볼테르와 루소의 주장을 문제시한 것이다.

상에서 논증의 철학적 근거를 찾았다. 그러나 그들의 철학적인 내용은 서로 완전히 다르게 나타난다.

이렇게 모순이 있는 담론은 『미덕의 불운』에서 더욱 두드러지게 나타난다. 소설 처음부터 뒤아르팽은 절도의 유용성을 옹호하였고 몇 쪽 뒤에 뒤부아 역시 동일한 견해를 밝혔는데, 그들에 의하면 인간은 평등해야 하는데도 불평등함이 존재하기 때문에 이를 해소할 수 있는 방편 가운데 하나가 절도라는 것이다.

뒤아르팽의 절도 옹호

도둑질은 부의 불평등 때문에 완전히 흐트러진 일종의 균형을 되찾아 준다.

뒤부아의 견해

자연은 우리 모두를 평등하게 태어나도록 했단다. 만일 운명이 가장 기본적인 이 보편적 법칙들을 깨고자 한다면, 우리가 이 운명의 장난을 바로잡고 가장 강한 자들이 행한 횡령을 우리 수완으로 만회해야 하는 것이란다.

그러나 달빌의 경우에는 자연은 인간을 처음부터 불평등하게 창조했다는 사실을 강조한다.

자연이 애초에 강자와 약자를 만들었다면 그의 의도는, 언제나 양이 사자에게, 곤충은 코끼리에게 굴종하듯 약자는 항상 강자에게 굴종하는 것이야. 인간의 재주와 지능에 따라 개인의 지위가 달라지는데 이 계급을 결정하는 것은 더 이상 물리적 힘이 아니라 재력으로 얻은 힘이었단 말이야.

이와 같이 자유사상가 등장인물들은 각자 자신이 말하고자 하는
바에 따라 철학적 논증을 전개하는데, 그들의 담론은 매우 상반되
며 더 나아가 모순임을 볼 수 있다.

『소돔에서의 120일』과 『미덕의 불운』에서 볼 수 있는 모순된 철
학적 담론과 철학을 빙자한 사디스트적인 장면은 무엇을 의미할까?
사드가 계몽주의 작가이고 하나의 일관된 자신의 사상을 구축하고
자 했다면 이러한 글쓰기를 할 수 있었을까? 지금까지 살펴본 사드
의 글쓰기는 분명 계몽주의 철학을 공격하기 위한 것이다. 사드의
걸작 가운데 하나인 『알린과 발쿠르』에서 편집자주 또는 원주를 살
펴보면 이러한 의도가 더욱 명확히 나타난다.* 이 소설은 알린의 아
버지인 블라몽의 반대로, 알린과 발쿠르 사이의 이루어질 수 없는
사랑을 다룬 연애소설이자 철학소설, 그리고 생빌과 레오노르의 사
랑과 모험을 다룬 모험소설이기도하다. 그러나 사드의 소설에서 중
요한 것은 소설의 서사성이나 이야기 구조가 아니라 언제나 등장인
물들의 담론이다.

다음 인용문에서 볼 수 있듯이 사드는 작품의 편집자란을 통해
자신의 글쓰기 방식과 이 작품의 의도를 보여 준다.

등장인물들의 원칙은 그들의 인상착의가 그러하듯 대조적일 수
있는데, 이 원칙에서 도가 지나친 것들을 조명하는 것은, 어떠한 영
향으로 그리고 동시에 어떠한 능란함으로 미덕의 언어가 항상 방종

---

*당시 유행했던 편집자주는 거의 모두 소설가가 쓴 것이다.

과 무신앙에 기인한 억지 이론을 깨부수는지를 보게 하기 위해서일 뿐이다. (……) 죄악이 되는 몇몇 구절이 있더라도 이의 신봉자들에 대해서만 염려하면 될 것이고, 악이 승리하더라도 미덕에는 끔찍한 일이 될 뿐이다. 즉 뉘앙스를 완화하는 것처럼 위험한 것은 없는 것이다. 크레비용 식으로 글을 쓰는 것은 악을 좋아하도록 만드는 것이며, 결국 올바른 모든 사람이 글을 쓸 때 제시해야 할 윤리적 목적을 그르치게 하는 것이다.

이 인용문에서 사드는 한편으로는 미덕을 추구하는 등장인물들을, 또 다른 한편으로는 철학에 물들고 방탕한 등장인물들을 병치함으로써, 독자로 하여금 옳고 그름을 판단하도록 하는 글쓰기 전략을 구사하고자 했음을 엿볼 수 있다.

이 작품에서 가장 문제가 되는 것은 특정 세계관이나 철학적 체계를 가지고 있는 등장인물들로서 철학적 성향에 따라 무신론자, 이신론자 그리고 신앙심 깊은 그룹으로 나뉜다. 무신론자 그룹에는 블라몽 법원장, 사르미엔토 등이, 이신론자 그룹에는 자매, 레오노르 등이 그리고 신앙에 충실한 그룹에는 블라몽 부인, 알린, 발쿠르 그리고 데테르빌 등이 속한다. 그런데 작품에서 이신론적 사상을 가진 자매와 레오노르를 제외하고 모두 철학적인 측면에서, 특히 모럴 측면에서 철저한 분석과 비판의 대상이 된다. 작가의 가장 신랄한 공격은 특히 블라몽과 사르미엔토에게 집중된다. 두 등장인물 모두 유물론자들이고, 철저한 무신론자이며 확고한 자연주의 사상가들이기 때문임은 물론이다.

사드가 원주에서 블라몽을 비난하는 방식은 『소돔에서의 120일』의 화자가 자유사상가들을 비하하는 방식과 동일하다. 방탕아 주인공들의 흉악한 인상과 더불어 그들의 방탕함, 그리고 이기적인 모습을 과장되게 묘사하는 것은 가장 사드적인 기법인데, 여기에서 작가가 가장 강조하는 것은 그들이 자유사상가, 즉 철학자라는 사실이다.

여러 편지에서 명백히 나타난 못된 기질은 블라몽의 추악함을 정확하게 보여 주는데, 이와는 별개로 그는 아내보다 열다섯 살 연상이다. 또한 그보다 얼굴이 더 흉악한 사람은 없다. 즉 그는 어릴 때부터 가발을 착용했으며 눈빛은 소름이 끼치도록 무섭고 입은 잔인하게 생긴 데다 코는 길쭉하고 이마는 천박하게 벗었으며 턱은 끝이 쳐들렸고, 호리호리하고 큰 키에 꾸부정하고, 밋밋한 가슴에 목소리는 카랑카랑하고 째진다. 그럼에도 기지가 풍부하며 지식은 상당하다.

많은 편지(이 소설은 서간체임.)에서 블라몽의 도덕적인 모순과 극단적 이기주의 그리고 과장된 부도덕성에서 독자들이 혐오감을 느꼈다면 생빌과 레오노르의 여행담에 등장하는 사르미엔토의 모순된 철학적 사유는 독자들에게 블라몽의 부도덕함에 대한 울림의 역할을 하면서 그의 철학에 대한 의구심을 불러일으키기에 충분하다.
다음 인용문은 사르미엔토의 이론이 모순덩어리이고, 나아가 사르미엔토는 물론 동일한 성향을 보이는 블라몽의 철학은 전적으로 궤변에 지나지 않는다는 사실을 부각한다.

사르미엔토가 이전에 말했던 바와는 달리 자신의 원칙을 저버리는 대목은 아마도 여기일 것이다. 왜냐하면 이미 보았듯이 또한 보게 될 것이기도 한데, 그는 평등론 지지자와는 상당한 거리가 있기 때문이다. 논쟁에 약한 사람과 사상적 체계를 논할 때, 한 체계의 정당성을 옹호하기 위해 누군가의 원칙을 왜곡해야 할 경우가 자주 있는데, 이는 자신의 도덕관념 또는 견해를 말할 때 상대방을 보다 더 확실히 납득시키기 위함이다. 이것이 포르투갈 출신인 사르미엔토의 경우임은 물론이다.

이렇듯 독자들에게 그들의 철학적 체계가 부조리하다는 사실을 인식시키는 것, 더 나아가 그들의 사상이 인간의 이상과는 거리가 멀다는 것을 보여 주는 것은 작가가 작품에서 꾸준히 견지하는 태도이다. 알린이 죽어 가며 말한 내용은 편지들에서 그리고 생빌과 레오노르의 모험담에 드러난 작가의 의도를 함축한다.

끔찍하고도 슬픈 이 체계는 그러므로 좋은 것이라고는 아무 데도 없어요. 그리고 압제하는 사람들에게는 치명적이고 당하는 사람들에게는 끔찍한 만큼 모든 계층 사람들에게 위험한 것이지요. 진정한 철학자라면 이 체계가 사람들의 정신을 홀리는 이 순간을 마치 페스트의 독성으로 감염된 대기가 현세대를 지상에서 은밀하게 절멸하려고 엄습한 비탄의 나날로 직시해야 합니다.

알린의 이야기는 매우 상징적으로 나타나나, 여기에서 체계란 무신론적 유물론에 근거를 둔 철학체계임은 바로 드러나고, 그녀가 철학의 해악을 고발하며 자신이 살고 있는 세계, 즉 철학이 지배하는 세계를 마치 페스트가 만연한 상태로 비유한다. 알린이 사드의 입장을 대변하는 것이라면 사드는 동시대 철학자들의 이론이 사람들을 타락시키고 결국 파멸로 이끌어 가는 가장 중대한 요인으로 파악하는 것이다.

사드 작품의 특성은 시간, 서사성은 물론이고 등장인물의 심리까지도 무시되고 한편으로는 연속적인, 그러나 거의 동일한 포르노적 장면과 또 다른 한편으로는 유사하지만 내용상 상충되는 담론의 반복으로 이루어졌다는 데 있다. 즉 사디스트적인 장면은 약간 변형되었을 뿐 거의 모두 동일한 차원인 반면 서로 다른 등장인물의 담론은 유사하지만 모순이다. 또한 심리적 차원이 없는 사드의 등장인물들은 하나의 철학적 체계를 온전하게 반영하는 것이 아니라 극히 단편적인 담론만을 말하며, 이 단편적인 담론에 대응하는 또 다른 등장인물의 담론은 즉각적이 아니라 한참 뒤에 나타나도록 구성되었는데, 두 종류 담론이 세부적으로는 내용이 서로 다르지만 철학적 체계는 유사하고 이 체계 내에서 서로의 의견이 상충하며 간접적으로나마 두 의견이 대화를 한다는 느낌을 준다. 우리가 분석의 예로 설명한 평등과 불평등에 대한 논의는 이런 면을 부각하기 위함이었다. 그 외에도 수많은 주제들도(예를 들자면 사치에 대한 논의, 정부 형태, 법에 대한 사유 등) 이러한 방식으로 다루어졌으며, 이러한 관점에서 난해한 사드를 읽는 것은 매우 효과적인 방법이라고 할 수 있다.

밀실에서나 하는 철학

　『밀실에서나 하는 철학』은 대혁명 이전에 집필된 사드의 작품들과 비교할 때 전체적인 글쓰기 맥락이나 의도는 동일하다. 그러나 이 작품은 문학 장르 측면에서 '대화' 형식을 취하여 이전 작품과(사드는 1782년에 『어느 사제와 죽어 가는 사람 사이의 대화』를 썼으나 이 작품은 습작의 성격이 짙다.) 두드러진 차이를 보여 준다. 라옹탕, 볼테르, 루소, 디드로를 비롯한 동시대 작가들처럼 '대화'가 지니는 문학적 특성을 잘 알았던 사드는 『밀실에서나 하는 철학』과 같이 대화체 작품에서뿐만 아니라 대부분의 소설에서 직접화법 대화체를 즐겨 사용했다. 문학 장르로서의 '대화'는 오늘날 거의 사라진 장르이지만 고대 그리스 시대부터 18세기 계몽주의 시대까지 수많은 철학자들이 애용해 왔던 장르라는 사실을 여기에서 언급할 필요는 없다. 다만 '대화'는 논증의 정과 반을 매우 자유롭고도 용이하게 보여 줄 수 있는 장르인 만큼 철학자 대부분이 독자들에게 자신들의 메시지를 효과적으로 전달하기 위해 철학적 대화체를 즐겨 이용해 왔다는 사실을 아는 것만으로도 충분할 것이다.

그런데 사드가 논증의 논리성을 중시하는 '대화'를 작품 형식으로 선택했다는 사실은 대단히 흥미롭다. 왜냐하면 대부분의 철학자들이 그랬던 것과는 반대로 그는 『밀실에서나 하는 철학』을 통해 자신의 고유한 철학이나 모럴을 독자에게 논리적으로 전달하려는 의지를 보이지 않았기 때문이다. 작품 서두에 "딸을 둔 어머니라면 딸에게 이 책을 읽혀야 할 것이다."라고 쓴 것처럼 언뜻 보기에 이 작품은 하나의 통일된 사상을 독자에게 재현하는 것처럼 보인다. 또한 돌망세의 장광설, 그리고 장광설 다음에 펼쳐지는 포르노그래피보다도 심한 장면들은 서로 긴밀한 관계가 있어 보이기도 한다. 게다가 작품에 삽입된 소책자 「프랑스 사람들이여, 공화주의자가 되려면 좀 더 노력을」은 돌망세의 복잡다단한 담론을 구체적이고 일관된 체계로 재구성했다는 인상을 준다.

그러나 작품의 주축인 돌망세의 담론은, 앞서 언급한 대혁명 이전의 작품들에서 볼 수 있는 것처럼 마키아벨리, 스피노자, 로크, 홉스, 몽테스키외, 볼테르, 뷔퐁, 루소, 엘베시우스, 라메트리, 돌바크 등과 같은 수많은 사상가들의 중심 사상을 필요에 따라 교묘하게 재구성한 것으로서 세부적인 내용이 서로 상충되는 궤변일 뿐이다. 즉 우리 독자들은 종종 등장인물 돌망세의 담론을 통해 작가의 고유 사상을 접한다는 착각을 할 수도 있겠으나 실제로 사드가 원했던 바는 특정한 사상적 유파 또는 특정 사안이 가지는 논리적 모순을 폭로하는 것이다.

다시 말하면 사드는 돌망세를 세상에서 가장 부도덕하고 완벽하게 타락한 데다, 비정하고 흉악하여 남색, 근친상간, 가학적 성행위 등을 벌이는 등장인물로 묘사했는데, 이러한 행위는 다른 사드의 등장인물들처럼 그도 무신론과 유물론 철학을 실천하는 것에 지나지 않는다는 사실을 독자들에게 보여 주는 것이다. 돌망세의 가르침을 받은 외제니가 단 하루 만에 무신론적 유물론 철학에 현혹되어 방탕의 극단까지 섭렵하다 급기야 자신의 생모까지 성적 쾌락의 도구로 삼아 필설로 옮기기조차 힘든 학대를 하는 마지막 장면을 읽고 독자들은 무신론적 유물론 철학, 즉 극단적 계몽철학이 인간에게 올바른 길을 제시해 주는 것이라고는 생각할 수 없다. 이런 의미에서 작품 서두의 "딸을 둔 어머니라면 딸에게 이 책을 읽혀야 할 것이다."라는 구절을 돌망세, 생탕주 부인의 철학이 진정으로 모범이 되어서 자식에게 읽히기를 권장하는 것으로 해석하는 것이 아니라 그들의 철학은 외제니의 경우에서 볼 수 있는 것처럼 매우 위험한 결과를 낳는 만큼, 그리고 그들은 '밀실에서나 하는 철학'을 하는 만큼 인간을 파멸로 이끌어 갈 위험한 철학을 경계하라는 권고로 여겨야 한다.

다섯 번째 대화에 삽입된 소책자 「프랑스 사람들이여, 공화주의자가 되려면 좀 더 노력을」도 이와 같은 관점에서 읽어야 할 것이다. 『밀실에서나 하는 철학』은 무엇보다도 로베스피에르가 주도한 공포정치(1793년 6월부터 1794년 7월까지) 기간에 구상되어 1795년 익명으로 출판된 작품이다. 그리고 30만 명이 체포되고 이 가운데 1만 5000명이 단두대에서 처형된 이 참혹했던 시기에 사드 역시 혁명정부 공안당국에 체포되어 사형선고를 받았다. 다시 말하면 로베스피에르가 실각하여 목숨을 겨우 구했으나 사드는 공포정치의 처참함을 누구보다도 생생하게 체험한 사람이다. 이러한 시각에서 『밀실에서나 하는 철학』은 사드가 계몽사상을 토대로 성립된 혁명정부의 모순을 깨닫고 집필한 작품이며 「프랑스 사람들이여, 공화주의자가 되려면 좀 더 노력을」은 자유와 평등 이념을 표방한 혁명정부에 대한 패러디라고 가정하는 것이 당연할 것이다. 계몽사상을 그대로 계승하고자 했던 혁명정부가 공포정치로 수많은 사람들을 처형하는 만행을 저지르는 광경을 목도한 사드가 계몽철학은 인간을 결국 파멸로 이끌게 된다는 결론에 도달한 것이지 않겠는가? 소책자에 대한 세밀한 독서는 이러한 가정을 보다 견고하게 한다.

언뜻 보아 사드는 이 소책자에서 자신의 정치적, 철학적 견해를 일목요연하게 정리해 놓았다는 인상을 주기에 충분하다. 게다가 대부분의 연구자들도 이 소책자를 사드 철학의 정수로 여기고 연구하고 일반 독자들에게 소개해 왔다. 그러나 많은 연구자들은 혁명정부에 대해 비판적이었던 작가가 계몽사상과 공화주의를 빈정거리는 어투로 일관했다는 사실을 애써 외면해 왔다. 우선 미르벨 공자가 소책자를 읽기 전 생탕주 부인이 오귀스탱에게 한 말은 독자로 하여금 공화제에 대한 이 소책자의 진정성을 의심하도록 만든다.

생탕주 부인 오귀스탱, 너는 나가거라. 지금 여기는 네놈을 위한 곳이 아니다. 하지만 멀리는 가지 마라. 네가 필요하면 다시 부를 것이다. (174쪽)

모든 프랑스 사람들을 위한 공화제 이념은 오귀스탱 같은 하인 또는 평민들과는 아무런 관련이 없음을 시사하는 인용문으로서 이 소책자의 성격은 사드의 정치적, 철학적 의견을 피력하는 것이 아니라 '빈정거림'을 위한 수단이다. 빈정거림의 예를 한 가지만 더 들어 보자. 작가는 이 소책자의 서두에 비록 "이 글에서 언급된 수

많은 생각이 모두 마음에 드는 것은 아니겠지만 (……) 여기서 언급될 사항은 몇 가지 측면에서 계몽사상의 발전에 기여할 것"(177쪽)이라고 썼다. 즉 소책자에서 말하는 공화주의는 계몽사상에 근거한 이념으로서 글은 처음부터 끝까지 다음에서 강조하듯 계몽사상에 입각하여 종교 및 습속에 대한 분석을 한 것이다.

군주제 정부하에서 사형의 대상으로 여겨졌던 이 모든 행위들이 공화주의 국가에서도 그렇게 심각하게 여겨지겠소? 우리가 철학의 횃불을 비춰 분석하게 될 것이 바로 이 점인데, 그런 검토는 언제나 철학의 빛으로만 행해져야 하오.(200쪽)

문제는 인용문에서 볼 수 있는 것처럼 계몽사상에 입각하여 습속을 검토하고 분석하다 보니 군주제 정부하에서 사형 대상으로 여겨졌던 "중상모략, 절도, 음란함 때문에 남들을 불쾌하게 만들 수 있는 범죄, 그리고 살인"까지도 정당화했다는 것이다. 따라서 논리적으로 그럴듯해 보이는 소책자는 논리의 비약을 뛰어넘어 궤변을 지향한다. 다음의 인용문은 사드의 작품에서 흔히 발견되는 궤변 가운데 하나다.

철학이라는 성스러운 횃불로 인간의 마음을 잠시 밝혀 보겠소. 자연의 권고가 아니라면 무엇이 우리에게 끝없이 반복되는 모든 살인의 이유인 개인적인 증오심, 복수심, 전쟁 등을 불러일으킨다는 말이오? 그런데 자연이 그 살인을 우리에게 교사한다면 자연으로서는 우리가 살인하는 것을 필요로 한 것에 다름 아니오. 결국 우리는 자연의 의도에 따랐을 뿐인데 어떻게 우리가 자연에 대해 죄를 지었다고

생각할 수 있다는 말이오?(234쪽)

"호전적이고 공화주의적인 국가에서 (……) 살인 행위에 대해 저주를 퍼붓거나 처벌하는 것은 분명 대단히 위험한 일이 될 것"이라는 주장, "공화주의자로서의 긍지는 어느 정도의 잔인성을 요구"(236쪽)한다는 견해, "살인은 처참하지만 종종 필요한 일이고, 결코 범죄가 될 수 없으며 공화주의 국가에서라면 반드시 허용되어야 마땅한 일"(242쪽)이라는 생각 등도 모두 궤변으로서 계몽사상과 공화주의 혁명정부의 이념을 비아냥거리는 구절들이 소책자 전체를 채운다.

미르벨 공자가 소책자를 모두 읽고 난 후 외제니가 "이 글을 '돌망세가' '쓴' 것이 아닌가 생각될 정도로 많은 대목이 '그'의 원칙과 일치"(246쪽)한다고 지적한 점도 주목해야 한다. 사실 돌망세 스스로도 인정한 것처럼 소책자에 나타난 공화주의 이념이나 돌망세의 담론은 우주론, 종교론 그리고 풍속론에 있어서 거의 동일하다. 따라서 돌망세의 담론 역시 궤변에 지나지 않으며, 소책자의 여러 원칙에는 "위험하게 여겨지는 구석"(246쪽)이 있는 것만큼 돌망세의 원칙도 위험하기 짝이 없다. 돌망세만큼 "방종하며, 반종교적인 데다 자유로운 정신에서 나온 모든 방탕함"(249쪽)을 다 저지를 수 있는 미르벨 공자조차도 "궤변"(250쪽)에 지나지 않는 돌망세의 원칙이 내포하는 위험성을 깨닫고 "가능하다면 '그의 원칙들을' 완전히 무효화"(247쪽)할 수 있으면 좋겠다고 했다. 따라서 소책자에서 공화주의 정신에 의거하여 살인 같은 범죄까지도 정당화되는 것과 동일하게 소책자 낭독 이후 벌어지는 등장인물들의 이해할 수 없는 정열들과 기괴한 장면들은 돌망세의 철학적 원칙들의 재현일 뿐이며, 바로 이러한 점에서 사드는 앞서 언급한 팔리소의 글쓰기 방식과 동일한 패러디로써 유물론적 계몽철학의 위험성을 폭로했다고 말할 수 있다. 사드에게 있어서 계몽철학은 작품의 제목처럼 『밀실에서 하는 철학』, 보다 더 심한 표현을 쓰자면 『밀실에서나 하는 철학』인 것이었다.

그동안 아폴리네르나 엘뤼아르 같은 초현실주의 시인들이나 사드 연구자들을 비롯한 독자 대부분은 사드 작품의 강렬함에 현혹되어 작가의 글쓰기 의도를 알지 못하고 종종 작가를 왜곡하고 신화화해 왔다. 그의 작품이 어떻게 인간의 절대자유를 극대화하려는 글쓰기가 될 수 있으며 돌망세 같은 방탕아들의 사상은 또 어떻게 작가의 철학과 동일시될 수 있겠는가? 자신의 작품을 혹평한 잡지사 기자를 공박한 글 「『사랑이라는 죄악들』의 저자가 삼류 잡지 기자인 빌테르크에게」에서 사드가 밝힌 자신의 글쓰기 방식은 이에 대한 답변이다.

유식한 척하는 빌테르크가 부연하기를 내가 서문에서 말한 것과는 다른 내용을 등장인물들에게 이야기를 하도록 만들었기 때문에 내가 스스로 모순에 빠졌다고 했다. 가증스럽도록 무식한 자 같으니라고. 다음과 같은 사실을 염두에 두기를. 즉 극작품의 각 등장인물은 자기 성격에 어울리는 언어를 구사해야 한다. 그래서 말하는 주체는 작가가 아니라 등장인물이다. 이런 경우 간단하게 알 수 있는 것은 아니지만 자신의 극중 역할에 너무도 충실한 나머지 이 등장인물은 작가 자신이 말하는 바와 완전히 반대인 것을 이야기한다는 사실을 알아야 한다.

등장인물은 작가에게 '타인'이고 작가란 소설 속에서 언제나 '제삼자'로 있으면서 여러 등장인물들과 화자를 넘나들며 대화를 하도록 유도한다고 생각한 미셸 푸코나 미하일 바흐친의 작가관과 동일한 내용을 사드는 말한다. 번역자는 사드 작품에서의 철학적 논증은 수많은 사상가들의 논거를 조합해 놓은 것에 지나지 않으며, 따라서 등장인물들의 철학적 단상들은 작가 고유의 사상과 별개라는 점을 서두에 이미 가설로 제시했다. 작가는 등장인물들 사이에서 언제나 제삼자이고자 했고 자신의 목소리나 의도를 되도록 숨기면서 등장인물 각자의 사상과 행동을 묘사하려고 했다. 이 점에서 돌망세, 생탕주 부인, 미르벨 공자, 외제니 등의 담론은 작가의 사상과 동일시될 수 없다.

사드는 분명 계몽주의 사상에 많은 영향을 받은 작가다. 그에게도 역시 이성과 철학이 인간을 모든 편견과 종교적인 암흑에서 벗어나게 하여 인류의 진보에 기여할 수 있으리라는 신념이 있었다. 그러나 이미 언급한 것처럼 18세기 후반의 계몽철학은 무신론을 극단적으로 수용했는데 사드는 이 철학체계가 이기심과 방종을 조장한다는 논리적 모순을 깨닫게 되었다. 이러한 맥락에서 사드는 당시 지식층에 만연한 무신론적 유물론의 해악을 독자들에게 고발하고자 작품을 쓴 것이며(작가는 신앙심 깊은 등장인물들에 대해서도 심도 있는 분석과 비판을 가했다.) 이것이야말로 사드가 밝힌 자신의 철학자로서의 소명이라고 말할 수 있을 것이다. 즉 하나의 철학적인 체계를 세우는 철학자가 아니라 모든 철학적 체계를 두루 섭렵하고 판단하여 독자들로 하여금 어떠한 편견이나 극단에 치우치지 않도록 인도하는 실용을 표방한 철학자를 말한다.

번역을 마치면서

현재 서울대학교 국문과 교수로 재직 중이신 박성창 선생님의 권유로 나는 2002년 겨울 민음사와 『밀실에서나 하는 철학』의 번역 계약을 맺었다. 일 년 남짓 번역 작업을 한 끝에 2003년 번역 초고를 출판사측에 인도했다. 그러나 이 번역본이 빛을 보게 된 것은 칠 년여가 지난 후가 되었다. 역자는 출판사 측의 고민을 충분히 짐작하고 있었다. 원래 이 작품은 세계문학전집에 포함될 예정이었다. 과격하고 포르노그래피적인 작품의 성격이 대한민국의 독자들, 특히 세계문학전집의 주 독자층인 청소년들에게 알맞은 것인가 하는 의문을 출판사 측은 계속 제기했으리라.

그동안 이 작품을 담당했던 편집부 관계자 분들도 여러 차례 바뀌었다. 또한 2005년 도서출판b에서 '규방철학'이라는 제목으로(물론 작품을 바라보는 번역자의 시선에 따라 작품 내용이 상당히 달라지만) 출판되는 일까지 벌어졌다. 역자가 개인적인 연구와 강의를 이유로 출판을 독촉하지 않아 생긴 일일 것이다.

우여곡절 끝에 출판되기는 했으나 이 작품은 수많은 프랑스 사상가들의 논점이(작가 개인의 생각이 아니라) 무엇인지, 그리고 그들의 논리적 모순이 무엇인지 보다 분명하게 보여 주는 수작이다. 역자는 독자들이 이 작품을 통해 지엽적인 논리와 말초적인 장면에 현혹되지 않기를 권한다. 다시 한 번 강조하건대 작품에 전개된 철학적 단상들은 작가의 고유한 생각이 아닌 만큼 독자 여러분은 이 단상들을 조합하여 사드의 철학이 이러이러하다고 결론 내리지 말기를 바란다.

등장인물들의 이름을 외래어 표기법에 따라 표기했기 때문에 프랑스어 이름의 고유한 느낌이 사라졌음도 밝힌다. Dolmancé는 돌망쎄라고 표기해야 더 정확하고, Saint-Ange는 생탕주보다는 쌩땅쥬, Sade도 사드보다는 싸드라고 발음해야 옳다. 프랑스어 발음은 경음에 가깝기 때문이다.

오랫동안 마음에 담아 두었던 일 하나가 해결되었다. 출판사 측도 마찬가지였을 것이다. 이 지면을 빌려 여러 차례 난상토론을 벌였을 편집부 직원 여러분, 그리고 박성창 선생님께 감사의 말씀을 드리며 이 글을 맺는다.

2011년 4월
정해수

사드 연보

1740년　프로방스 지방 명문 귀족 가문에서 도나시앵 알퐁스 프랑수아 드 사드 출생. 사드 가문은 이탈리아계로서 13세기경 아비뇽에 정착하여 조상 대대로 군대와 교황청에서 고위직을 지냈으며 백작 작위 명문가로서 왕가와도 긴밀한 관계를 유지했다. 사드 가문의 영지는 아비뇽과 그 주위(라코스트, 마장, 소만)에 퍼져 있었다.

1744∼1750년　아비뇽의 고모들에게 맡겨져 있다가 소만 성에 있는 숙부 자크 프랑수와 드 사드 사제에게 맡겨져 교육받음. 유명한 툴루즈 부대 주교였고 나르본 주교였던 그는 『작품에 나타난 페트라르크의 생애와 동시대 작가들에 대한 회고록』의 저자였고 볼테르와 친분이 두터운 자유사상가였음.

1750년　파리로 이주하여 가정교사 앙블레 사제의 지도로 엄격한 분위기의 루이 르 그랑 학교에 입학하여 정규교육을 받기 시작. 앙블레 사제와 오랫동안 친분을 유지했음.

1754년 루이 르 그랑을 졸업하고 국왕 근위대 경기병 학교에 입학. 이 학교
는 오랜 전통의 명문 귀족 가문의 자제들에게만 입학이 허용될 정
도로 극히 입학하기 어려웠다. 이듬해 국왕 보병연대 소위로 임관.

1757년 프로방스 백작 휘하 기병 연대 기병 장교로 배속되어 칠 년 전쟁
(1756~1763년에 오스트리아와 프로이센 사이에 일어난 전쟁으로 3차 슐
레지엔 전쟁이라고도 한다.)에 참전.

1763년~1767년 전쟁 종식으로 사드는 기병대 대위로 예편. 이 개월 후 사드
의 아버지 사드 백작은 프로방스 지방에 아들의 연인이 있었음에
도 막대한 유산 상속이 기대되는 몽트뢰이 상납금 재판법원장의
장녀 르네 펠라지와 아들을 결혼시킴. 사드는 르네 펠라지와의 사
이에서 2남 1녀를 얻었다. 몽트뢰이 가문은 조상이 귀족은 아니었
으나 오랜 기간 동안 법률가로서 왕국에 기여한 공로로 귀족서임
을 받은 법복 귀족 집안이다. 당시 무소불위의 권력을 행사했던 몽
트뢰이 법원장 부부는 자신들이 안타까워했던 출신 성분을 채워
준 명문 귀족 출신 사위에 대해 처음에는 상당한 호감을 가졌다.
그러나 사드가 결혼 직후부터 계속해서 추문을 일으키고, 처제인
안 프로스페르와도 깊은 관계를 유지하자 몽트뢰이 부부는 사법당
국의 법적 제재를 더 이상 막아 주지 않게 된다. 결혼하던 해부터
경찰에게 쫓기다 감옥 드나들기를 계속하던 사드는 모든 것이 몽
트뢰이 부부의 음모에서 비롯된 것이라 여기게 되었으며, 자신의
작품에서 장인과 장모에 대한 원한을 막강한 권력과 금력을 지닌
돌망세 같은 법원장 등장인물들을 통해 풀곤 했다. 10월에는 젊은
여자 직공인 잔 테스타르에 대한 과도한 방탕 행위와 매질, 불경건
한 언행으로 뱅센 감옥에 수감. 이후 사드는 경찰의 끊임없는 감시
를 받음.

1764년	아버지로부터 부르고뉴 지역(브레스, 뷔제, 발로메, 젝스)의 국왕 대리 관직을 물려받아 디종 고등법원 앞에서 수락 연설을 하러 디종에 감. 1763년 11월에 감옥에서 풀려난 후 1777년 벵센 감옥에 투옥될 때까지 그의 방탕 행위와 연애 행각이 계속되었고 몇 차례 피해자의 고소로 경찰의 추적을 받았으며 여러 차례 투옥과 석방이 반복되었다. 많은 사드 연구자들은 사드의 일생과 작품의 연관성을 찾으려고 자주 이 부분에 초점을 맞춰 연구하려는 경향을 보인다. 하지만 오히려 이러한 경향이 사드의 사상과 작품의 의미를 파악하는 데 걸림돌이 된다는 결론에 이 기간 사드의 '방탕한' 행적에 대해서는 특별한 언급은 피함.

1767년   아버지 사드 백작 사망. 큰 아들 루이마리 출생. 큰아들의 대부와 대모는 콩데 왕자와 콩티 공주였다.

1769년   라코스트 지방 귀족들과의 교유와 방탕한 생활로 빚이 쌓여 라코스트 성을 압류당할 처지에 놓임. 네덜란드 여행을 하면서 『서간형식의 네덜란드 여행기』 집필.

1771년   부채 때문에 단기간 수감.

1772년   비역을 비롯한 큰 추문으로 라코스트 성에 대해 경찰이 압수수색을 하자 이탈리아로 도주. 엑스 법정 결석 재판에서 사드는 사형을, 그의 하인 라투르는 교수형을 언도받음. 12월에 체포되어 사부아의 미올랑 성에 구금.

1773년   4월에 탈옥하여 그르노블을 경유, 프랑스 남부 지방 여행.

1775년   재정적 어려움이 가중된 가운데 계속된 경찰의 추적을 피해 이탈리아로 여행.

1776년   『이탈리아 여행기』 집필.

1777년   어머니가 위독하다는 사실을 알고 파리로 돌아왔으나 경찰에 체포되어 벵센 감옥에 투옥.

1778년 　엑스 법정이 선고한 사형 선고가 사드가 출석한 가운데 파기됨. 7월 벵센으로 이송 도중 탈주했으나 경찰에 다시 체포되어 벵센에 구금. 이때부터 십이 년간 벵센과 바스티유 감옥에서 수감 생활. 어떤 의미에서 작가로서의 사드의 삶은 여기에서부터 출발한다고 볼 수 있다. 물론 사드는 군대 생활 외에 특별한 활동이 없었으나 이전부터 상당한 지적 역량과 작가의 재능을 보여 왔다. 그는 감옥에서 대부분 독서와 글쓰기로 시간을 보냈다. 작품에 나타난 그의 지적 편력과 지인들과의 서신을 바탕으로 조사한 바에 따르면 사드는 하루 두세 권의 서적을 탐독했을 만큼 엄청난 독서가였다. 그러나 이러한 독서는 단순히 자신의 지적 욕구를 충족하기 위한 것이 아니라 작품 구상에서부터 세부 사항에 이르기까지 글쓰기에 필요한 정보를 얻기 위함이었다. 이에 대한 상세한 내용은 작품 해설을 참조.

1781년 　희극 『변덕스러운 사람』 집필.

1782년 　대화체 작품 『어느 사제와 죽어 가는 사람 사이의 대화』 집필. 『소돔에서의 120일』 구상.

1783년 　비극 『잔 레스네』 집필.

1784년 　바스티유로 이감.

1785년 　천일야화 형식의 콩트 『소돔에서의 120일』 완성.

1786년 　철학 소설 『알린과 발쿠르』 집필 시작. 1789년 완성된 이 작품은 사드의 진정한 대표작으로서 루소의 『신 엘로이즈』, 라클로의 『위험한 관계』와 더불어 18세기 후반 프랑스 소설의 걸작에 속한다. 아울러 언급한 세 작품은 모두 서간체 소설로서 형식과 내용 면에서 비슷한 점이 많아 종종 비교 대상이 되곤 한다.

1787년	십오 일 만에 철학 콩트『미덕의 불운』완성. 세 개의『쥐스틴』버전 가운데 첫 번째 버전임.
1788년	단편 소설『외제니 드 프랑발』완성.
1789년	7월 14일, 프랑스 대혁명이 일어나기 전 샤랑통으로 갑자기 이감되면서『소돔에서의 120일』을 비롯한 다수의 작품 원고를 분실함.
1790년	국민의회에서 봉인장제를 폐지하여 사드는 석방됨. 6월에 사드 부부 이혼. 마리 콩스탕스 케네와 만나 죽을 때까지 관계를 유지. 코메디 프랑세즈에서 사드의 희곡『사랑이 만든 염세가, 또는 소피와 데프랑』공연을 허락함. 사드는 이미 연극에 관심이 많아 다수의 희곡을 남겼고 대혁명 이후 코메디 프랑세즈를 비롯한 여러 극장 무대에서 자신의 작품을 올렸다. 한편 사드는 자코뱅당과 대립하는 헌법옹호 지지회에 입회하였고, 이 클럽이 해산한 직후 피크 지구 혁명위원회에서 열성당원으로 활약했으며 1793년에는 피크 지구 혁명위원회 의장이 되었다.
1791년	국왕의 바렌 탈주 사건 직후「프랑스 왕에게 파리의 한 시민이 고함」을 작성하여 유포함.(사드는 바렌에서 돌아오는 국왕의 마차에 책자를 던졌다고 주장했다.)『쥐스틴』의 두 번째 버전인『쥐스틴, 또는 미덕의 불운』을 네덜란드에서 익명으로 출판.『옥스티에른, 또는 자유사상의 결과』를 몰리에르 극장에서 성공적으로 상연.
1792년	『유혹하는 자』의 상연 도중 자코뱅 당원들의 난입으로 공연을 망침. 파리에서 프로방스의 영지와 재산을 지키려고 노력했으나 라코스트 성이 약탈당했음. 사드의 두 아들이 망명함. 사드 자신은 파리에서 계속하여 활동했음에도 행정 착오로 마르세이유 시에 망명 귀족으로 기재됨. 사드가 이의를 제기하여 망명 귀족 명단에서 자신의 이름이 삭제됐으나 이후 십여 년간 남부 프랑스 여러 행정 기

관의 망명 귀족 명단에 계속해서 이름이 발견되었다.

1793년 자코뱅당 지도자 마라가 암살된 후『마라와 펠르티에의 넋에 바치는 말씀』을 씀. 철학 소설『알린과 발쿠르』의 일부를 손질하여 발간하려고 했으나 출판업자가 체포, 처형되어 뜻을 이루지 못함. 사드도 온건파로 지목되어 마들로네트 감옥에 구금.

1794년 사드에게 사형이 선고되었으나 그다음 날 로베스피에르가 실각하여 목숨을 구하고 출옥됨.

1795년 『알린과 발쿠르』를 자기 이름의 이니셜로 출판.『밀실에서나 하는 철학』은 익명으로 출판됨. 언론은 사드가 추잡한 소설『쥐스틴』의 저자라고 비난함.

1796년 위 두 작품의 출판으로 경제적 이득을 챙기지 못한 사드는 라코스트 성을 매각처분함. 그러나 성은 이미 압류된 상태여서 경제적으로 어려웠던 사드에게 도움이 되지 못했다.

1797년 『쥐스틴』의 세 번째 버전인『신 쥐스틴 또는 미덕의 불운』출간.

1798년 빈곤한 상황이 더욱 악화됨.

1799년 베르사유 극장에서 노무자로 일함.『옥스티에른, 또는 자유사상의 결과』를 재상연함. 사드도 이 작품의 공연에서 역할을 맡았음. 1792년 이후 여러 행정 기관의 망명 귀족 명단에서 자신의 이름을 삭제하려고 노력해 왔음.

1800년 계속된 재산 압류로 곤궁함이 극에 달함. 『옥스티에른, 또는 자유사상의 결과』출판. 단편집『사랑이라는 죄악』을 처음으로 자신의 이름으로 출판. 이 작품집은 바스티유 감옥에서 쓴 것으로 그의『소설론』도 포함되었다. 언론인 빌르테르크가『쥐스틴』의 저자는 사드라고 거듭 주장하자「『사랑이라는 죄악』의 저자가 삼류 잡지 기자인 빌테르크에게」라는 반박문을 펴냄.

1801년	경찰이 사드의 입회하에 마세 출판사와 생투앙 소재 작가의 집을 압수수색하여 그의 원고와 다수의 출판된 서적을 압수한 후 경찰서 유치장에 구금함. 경찰조사 후 생트펠라지 감옥으로 이송.
1803년	비세트르 감옥으로 이송되었다가 다시 샤랑통 정신병원으로 이송. 사드는 바로 이 샤랑통에서 최후를 맞는다.
1804년	『플로르벨의 나날들 또는 폭로된 자연』을 집필했으나 1807년 경찰이 원고를 압수하여 폐기함.
1808년	동료 환자들을 규합하여 자신의 작품을 상연.
1812년	『삭스 공주 아델라이드 브룅스빅』 집필.
1813년	『이자벨 드 바비에르의 은밀한 이야기』 집필. 『강주 후작 부인』 출판.
1814년	12월, 샤랑통에서 사망.

사드의 유작이 여러 연구자들의 노력으로 다음과 같이 출판되었다.

1904년	베를린에서 외젠 뒤렌이 『소돔에서의 120일』을 출판.
1909년	기욤 아폴리네르가 『사드 후작의 작품 선집』 출판.
1926년	모리스 엔이 『일화, 콩트, 우화』와 『어느 사제와 죽어 가는 사람의 대화』 출판.
1929년	폴 부르뎅이 『서간집』 출판. 모리스 엔이 베를린으로 가서 노아이유 자작의 이름으로 『소돔에서의 120일』 원본을 취득.
1930년	모리스 엔이 『미덕의 불운』을 출판.
1931~1935년	모리스 엔이 『소돔에서의 120일』 출판.
1947년	장자크 포베르가 '사드 작품 전집'을 출간하기 시작. 모리스 나도가 사드 작품 선집 출판.

1952년	질베르 렐리가 『사드 후작의 일생』 초판을 출판. 이후 여러 차례 수정을 거쳐 여러 판본을 출간했음.
1953년	질베르 렐리가 『수첩(1803~1804)』과 『이자벨 드 바비에르의 은밀한 이야기』 출판.
1957년	장자크 포베르가 『밀실에서나 하는 철학』, 『신 쥐스틴』, 『쥘리에트의 이야기』, 『소돔에서의 120일』을 출판하여 처벌을 받음.
1962~1964년	귀중본 애호 서클(Cercle du livre précieux) 출판사에서 '사드 작품 전집' 열다섯 권이 출판됨. 질베르 렐리가 『삭스 공주 아델라이드 브룅스빅』과 『플로르벨의 나날들을 위한 노트』 출판.
1967년	조르주 도마와 질베르 렐리가 『이탈리아 여행기』 출판.
1970년	장자크 브로시에가 『희곡집』, 조르주 도마가 『샤랑통 일기』를 출판.
1980년	조르주 도마와 질베르 렐리가 『잡문집』 출판.
1986년	아니 르 브룅과 장자크 포베르가 『사드 작품 전집』을 출판.
1990년	미셸 들롱이 갈리마르 출판사 플레이아드 총서로 『사드 작품집 I』 출판. 프랑스에서 한 작가의 작품이 플레이아드 총서에 포함되었다는 것은 프랑스를 대표하는 고전으로 인정받았음을 뜻한다. 미셸 들롱은 장 드프룅과 함께 계속해서 『사드 작품집 II』, 『사드 작품집 III』을 펴냈다.

밀실에서나 하는 철학

LA PHILOSOPHIE DANS LE BOUDOIR

1판 1쇄 찍음 2011년 4월 15일
1판 1쇄 펴냄 2011년 4월 29일

지은이   사드
옮긴이   정해수
발행인   박근섭, 박상준
편집인   장은수
펴낸곳   (주)민음사

출판등록 1966. 5. 19. 제16-490호
주소   서울시 강남구 신사동 506 강남출판문화센터 5층 (135-887)
대표전화 515-2000 | 팩시밀리 515-2007
홈페이지 www.minumsa.com

ISBN 978-89-374-8363-9 (03860)